La PRINCESSE de papier

Ce livre est une fiction. Toute référence à des évènements historiques, des personnages ou des lieux réels serait utilisée de façon fictive. Les autres noms, personnages, lieux et évènements sont issus de l'imagination de l'auteur, et toute ressemblance avec des personnages vivants ou ayant existé serait totalement fortuite.

34-36, rue La Pérouse
75116 - Paris
www.hugoetcie.fr

Collection « New Romance® »
dirigée par Hugues de Saint Vincent
Ouvrage dirigé par Bénita Rolland
Traduit par Caroline de Hugo

ISBN : 9782755636437
Dépôt légal : janvier 2018
Imprimé en France (Corlet)
N° d'imprimeur : 193783

NEW ROMANCE®

ERIN WATT

LES HÉRITIERS
TOME 1

La PRINCESSE de papier

ROMAN

Traduit de l'américain
par Caroline de Hugo

Hugo Roman

Pour Margo,
son enthousiasme pour ce projet
n'a eu d'égal que le nôtre.

Chapitre 1

– Ella, vous êtes attendue au bureau du principal, me lance madame Weir, avant même que je sois entrée dans sa classe d'introduction au calcul intégral.

Je vérifie l'heure.

– Mais je ne suis même pas en retard !

Il est neuf heures moins une, et cette montre est toujours parfaitement exacte. C'est probablement mon bien le plus précieux. Ma mère prétend qu'elle appartenait à mon père. Avec son sperme, c'est le seul truc qu'il ait laissé derrière lui.

– Non, il ne s'agit pas d'un retard… pas cette fois-ci.

Son regard, habituellement sévère, est presque doux. Mes boyaux se tordent en déclenchant un signal d'alerte vers mon cerveau embrumé. Madame Weir est une peau de vache, c'est pour ça que je l'aime bien. Elle traite ses élèves comme si nous étions ici pour vraiment apprendre les maths, pas pour ingurgiter une espèce de leçon de vie sur l'amour de notre prochain ou ce genre de conneries. Alors, si elle me lance des regards de sympathie, cela signifie sûrement que quelque chose de très mauvais se mijote dans le bureau du principal.

– Très bien.

Je ne vois pas ce que je pourrais répondre d'autre. Je lui fais la grâce d'un hochement de tête et je pars en direction des bureaux de l'administration.

– Je t'enverrai le cours par mail, me lance madame Weir.

Je suppose qu'elle pense que je ne vais pas revenir. Cela dit, le principal Thomson ne peut rien me balancer de pire à la figure que ce à quoi j'ai été confrontée depuis longtemps.

Avant d'entrer au lycée George Washington en première, j'avais déjà tout perdu.

Même si monsieur Thompson s'est rendu compte que je n'habite pas dans le secteur du lycée GW, je peux toujours raconter un bobard pour gagner du temps. Et si je dois changer d'établissement, ce qui serait le pire de ce qui pourrait m'arriver, je m'en fiche. Je le ferai.

– Comment ça va, Darlene ?

La secrétaire lève à peine les yeux de son magazine *People*.

– Assieds-toi, Ella. Monsieur Thompson va te recevoir tout de suite.

Ouaip, on s'appelle par nos prénoms, Darlene et moi. Depuis mon arrivée au lycée GW, il y a un mois, j'ai déjà passé un temps fou dans ce bureau à cause de mes innombrables pannes de réveil. Mais c'est ce qui arrive quand vous bossez de nuit et que vous ne vous glissez pas dans vos draps avant trois heures du matin.

Je me tords le cou pour jeter un œil à travers la porte entrouverte du bureau de monsieur Thompson. Quelqu'un est assis sur le siège des visiteurs, mais la seule chose que j'aperçois, c'est une mâchoire carrée et des cheveux brun foncé. Tout le contraire de moi. Je suis on ne peut plus blonde, les yeux bleus. Un cadeau de mon géniteur, d'après ma mère. Le visiteur me rappelle les hommes d'affaires qui offraient des paquets de dollars à maman pour qu'elle prétende qu'elle était leur petite copine d'un soir. Certains types préfèrent même ça à la baise, toujours d'après ma mère, bien sûr. Je ne suis pas allée jusque-là… pas encore. Et j'espère n'avoir jamais à le faire. C'est la raison pour laquelle j'ai besoin de passer mon bac, pour ensuite pouvoir aller en fac, obtenir un diplôme et avoir enfin une vie normale.

Certains mômes rêvent de voyager à travers le monde, de posséder des grosses voitures, de belles maisons. Moi ? Je veux avoir un appartement à moi, un frigo bien rempli et un boulot qui paye correctement et qui soit de préférence totalement inintéressant.

Les deux hommes parlent, et parlent, et parlent.

– Hé, Darlene ? Je suis en train de rater le cours d'introduction au calcul intégral, là. Je peux repasser quand monsieur Thompson sera dispo ?

J'essaie de dire ça le plus poliment possible, mais les années que j'ai passées sans vraie présence adulte – mon absente et ravissante mère compte pour du beurre – font que j'ai du mal à montrer le minimum de déférence qu'attendent les adultes de quelqu'un qui n'a pas l'âge légal de boire de l'alcool.

– Non, Ella. Monsieur Thompson va bientôt avoir fini.

Cette fois, elle a raison, parce que la porte s'ouvre et que le principal sort. Monsieur Thompson a dans les cinquante ans, mais on dirait qu'il vient tout juste de terminer la fac. Il réussit quand même à avoir un semblant d'autorité.

Il me fait signe.

– Mademoiselle Harper, entrez, je vous prie.

Entrer ? En présence de Don Juan ?

– Vous avez déjà quelqu'un dans votre bureau, je lui réponds en soulignant l'évidence.

Tout ça est sacrément suspect. Mes tripes me disent de décamper. Mais si je m'enfuis, je laisse tomber la petite vie tranquille que j'ai planifiée depuis des mois.

Thompson se retourne et regarde Don Juan, qui se lève de sa chaise et me tend une main large,

– Oui, c'est lui la raison de votre présence. Entrez, je vous en prie.

Malgré mon intention première, je passe devant monsieur Thompson et je reste plantée là, à l'entrée. Thompson referme la porte et baisse les stores. Cette fois, je suis vraiment inquiète.

– Mademoiselle Harper, si vous voulez bien vous asseoir.

Thompson me désigne la chaise que Don Juan vient de quitter. Je croise les bras et je les observe l'un et l'autre d'un air buté. Il peut toujours attendre pour que je m'asseye.

Thompson soupire et se rassied. Il sait reconnaître les cas désespérés quand il tombe dessus. Ça me met encore plus mal à l'aise parce que, s'il abandonne le combat, c'est qu'il y en a un autre, plus important, qui s'annonce.

Il ramasse une pile de papiers sur son bureau.

– Ella Harper, voici Callum Royal.

Il fait une pause, comme si cela me disait quelque chose. Royal, lui, me dévisage comme s'il n'avait jamais vu une fille de sa vie. Je comprends que mes bras croisés font pointer mes seins en avant, alors je laisse maladroitement tomber mes mains le long de mon corps.

– Ravie de vous rencontrer, Monsieur Royal.

Il paraît évident pour tout le monde que je pense exactement le contraire. Le son de ma voix le tire de sa sidération. Il plonge en avant et avant même que j'aie eu le temps de réagir, ma main droite est prise en étau entre les siennes.

– Mon Dieu, comme vous lui ressemblez.

Ces mots sont murmurés tellement bas que nous sommes les seuls, lui et moi, à les entendre. Et comme s'il se souvenait enfin de là où il était, il me serre la main.

– Je vous en prie, appelez-moi Callum.

Il dit ça sur un ton étrange. Comme s'il avait du mal à prononcer ces mots. J'ôte ma main de la sienne, ce qui me demande un petit effort parce que ce sale type ne veut pas me lâcher. Il faut que monsieur Thompson se racle la gorge pour que ce monsieur Royal me laisse enfin tranquille.

– C'est quoi ce bordel ?

Je suis une môme de dix-sept ans dans une pièce remplie d'adultes, et mon ton est déplacé. Pourtant personne ne réagit.

Monsieur Thompson se passe une main nerveuse dans les cheveux.

– Je ne sais pas comment dire cela, alors j'irai droit au but. Monsieur Royal, ici présent, vient de m'annoncer que vos parents sont tous les deux décédés et qu'il est votre tuteur légal.

J'ai un instant d'hésitation. Juste un instant. Juste assez pour que le choc se transforme en indignation.

– C'est des conneries !

Le juron est sorti de ma bouche avant que j'aie pu le retenir.

– Ma mère m'a inscrite en classe. Vous avez sa signature sur les formulaires d'inscription.

Mon cœur bat à mille à l'heure, parce qu'en réalité, cette signature, c'est la mienne. Je l'ai contrefaite pour garder le contrôle de ma vie. Bien que je sois mineure, c'était moi l'adulte de la famille depuis l'âge de quinze ans.

Je dois reconnaître que monsieur Thompson ne me réprimande pas pour avoir juré.

– Les papiers que j'ai sous les yeux indiquent pourtant que la requête de monsieur Royal est légitime.

Et il agite bruyamment ces papiers.

– Ouais ? Eh bien, il ment. Je n'ai jamais vu ce type de ma vie, et si vous me laissez partir avec lui, le prochain papier que vous aurez en main vous annoncera qu'une élève de GW a disparu dans un trafic de traite des Blanches.

– Vous avez raison, nous ne nous sommes jamais rencontrés, réplique Royal, mais ça ne change rien aux faits indiqués.

– Laissez-moi regarder.

J'arrache les papiers des mains de monsieur Thompson. Je parcours les pages sans vraiment lire ce qu'elles contiennent. Certains mots me sautent aux yeux, *tuteur*, *décès* et *legs*, mais ils ne signifient rien pour moi. Callum Royal est toujours un étranger. Point final.

– Peut-être que votre mère pourrait venir et éclaircir la situation, suggère monsieur Thompson.

– Oui, Ella, amenez votre mère et je retirerai ma demande, dit Royal sur un ton doucereux dont je perçois très bien la dureté.

Il est au courant de quelque chose.

Je me tourne vers le principal. C'est lui le maillon faible.

– Je pourrais parfaitement fabriquer tout ça sur l'ordinateur du lycée. Je n'aurais même pas besoin de Photoshop.

Et je lui jette la liasse de papiers. Je lis le doute dans ses yeux, alors je décide de faire jouer mon avantage.

– Il faut que je retourne en cours. Le semestre commence à peine, et je n'ai pas envie de prendre du retard.

Il se lèche les lèvres d'un air incertain, et je le fixe avec toute la conviction dont je suis capable. Je n'ai pas de père. Je n'ai certainement pas de tuteur. Si j'en avais eu un, où était ce connard quand ma mère se cassait le cul pour joindre les deux bouts, quand elle souffrait le martyre avec son cancer, quand elle pleurait dans son lit d'hôpital parce qu'elle allait m'abandonner ? Il était où ?

Thompson pousse un soupir.

– Très bien, Ella, pourquoi ne retournes-tu pas en classe ? Il est clair que monsieur Royal et moi devons encore discuter.

Royal objecte.

– Vous me connaissez et vous connaissez ma famille. Ces papiers sont en règle. Je ne serais pas venu vous les montrer si ce n'était pas la vérité. Quelle en serait la raison ?

– Il y a beaucoup de pervers dans le monde, je dis d'un air narquois. Ils ont bien des raisons de raconter des bobards.

Thompson lève la main.

– Ella, ça suffit. Monsieur Royal, ceci est une surprise pour nous tous. Lorsque nous aurons contacté la mère d'Ella, nous pourrons tirer tout cela au clair.

Royal n'apprécie pas le contretemps et insiste sur le fait qu'il est quelqu'un de très important et qu'un membre de la famille Royal ne peut pas mentir. Un peu plus, et il va invoquer George Washington et le cerisier[1].

Pendant que ces deux-là se disputent, je m'éclipse.

– Je vais aux toilettes, Darlene. Et ensuite, je vais direct en cours.

Elle gobe mon bobard sans problème.

– Prends ton temps. Je préviens ton professeur.

Je ne vais pas aux toilettes. Je ne retourne pas en classe. À la place, je cours jusqu'à l'arrêt de bus et je prends la ligne G jusqu'au terminus. De là, j'ai trente minutes de marche pour arriver à l'appartement que je loue pour environ cinq cents dollars par mois. Il y a une chambre à coucher, une salle de bains miteuse et un coin cuisine qui sent le moisi. Mais ça n'est pas cher et la propriétaire accepte le cash sans vérifier vos antécédents. Je ne sais pas qui est Callum Royal, mais je sais que sa présence à Kirkwood est une mauvaise, une très mauvaise nouvelle. Ces papiers légaux n'ont pas été photoshopés. Ils sont en règle. Mais il est hors de question que je remette ma vie entre les mains d'un étranger venu de nulle part.

Ma vie m'appartient. C'est moi qui la vis. C'est moi qui la contrôle.

Je sors mes livres de classe à cent dollars de mon sac à dos et je le remplis de vêtements, d'articles de

1. La légende raconte que George Washington, enfant, aurait abattu un cerisier que son père aimait beaucoup. Quand ce dernier lui demanda qui avait fait ça, George lui répondit : « Père, je ne peux vous mentir, c'est moi. » George Washington fut donc surnommé « l'homme qui ne pouvait mentir ». (NdT, ainsi que pour les notes suivantes)

toilette et de mes dernières économies, mille dollars. Merde. J'ai besoin d'argent rapidement pour pouvoir quitter la ville. Je suis sacrément à sec. Ça m'a coûté deux mille balles de m'installer ici, en comptant les tickets de transport et les deux mois de loyer, plus la caution. Ça me fout les boules de devoir taper dans mes réserves, mais il est clair que je dois filer d'ici.

Encore une fois, je m'enfuis. Voilà l'histoire de ma vie. Maman et moi, on a passé notre temps à fuir. Fuir ses petits copains, ses patrons pervers, les services sociaux, la pauvreté. L'hospice est le seul endroit où nous sommes restées un certain temps, et c'était parce qu'elle était en train de mourir.

Parfois, je me dis que la terre entière a décidé que je n'avais pas le droit d'être heureuse.

Je m'assieds sur le bord du lit et je me retiens de hurler ma frustration et ma colère, et ok, ma peur aussi. Je m'autorise cinq minutes d'apitoiement sur mon sort et ensuite, hop, je téléphone. J'emmerde la terre entière.

– Hé, George, j'ai réfléchi à ta proposition de bosser au *Daddy G,* je débite quand une voix masculine répond au bout du fil, je suis partante.

J'ai fait du strip-tease à la barre chez *Miss Candy*, un petit club où je me désape en ne gardant qu'un cache-sexe et des cache-tétons. Je gagne pas mal, mais pas suffisamment. Il y a quelques semaines, George m'a proposé de passer aux choses sérieuses chez *Daddy G*, une boîte de nu intégral. J'ai résisté parce que je n'en voyais pas l'utilité. Maintenant je la vois.

J'ai la chance d'avoir hérité du corps de ma mère. De longues jambes. Une taille de guêpe. Mes seins ne sont pas énormes, pas du genre 100 D, mais George dit qu'il aime bien mon 85 C qui me donne l'air d'une ado. Ce n'est pas faux, car ma carte d'identité dit que j'ai trente-quatre ans et que je m'appelle Margaret Harper et pas Ella Harper. Ma mère morte. C'est super-glauque quand on y pense, mais je m'efforce de ne pas y penser.

Il n'y a pas des masses de boulots qu'une fille de dix-sept ans peut faire à mi-temps, qui lui permettent de payer ses factures. Et aucun n'est légal. Dealer. Monter des casses. Faire du strip-tease. J'ai choisi le dernier.

– Putain, ma poulette, c'est une sacrément bonne nouvelle, s'étrangle George. J'ai une place ce soir. Tu seras la troisième. Mets un uniforme d'écolière catholique. Les mecs vont adorer.

– Combien pour ce soir ?

– Combien de quoi ?

– De cash, George. Combien de liquide ?

– Cinq cents dollars et tous les pourboires que tu peux récolter. Si tu veux faire quelques strip-teases en privé, je te refilerai cent dollars pour chaque.

Merde. Ce soir, je pourrais gagner mille dollars facilement. Je refoule mon angoisse et ma gêne. Ce n'est pas le moment d'avoir un débat moral. J'ai besoin de fric, et le strip-tease est pour moi le moyen le plus sûr d'en gagner.

– Je serai là. Réserve-m'en autant que tu peux.

Chapitre 2

Le *Daddy G* est un endroit de merde. Mais c'est quand même bien mieux que les autres clubs en ville. Et puis, l'argent, c'est l'argent.

L'apparition de Callum Royal au lycée m'a pris la tête toute la journée. Si j'avais un ordinateur portable et une connexion Internet, j'aurais googlisé ce type, mais mon vieil ordi est pété et je n'ai pas assez d'argent pour le remplacer. Je n'ai pas voulu aller à la bibliothèque pour utiliser les leurs. C'est stupide, mais j'avais peur que Royal me tende une embuscade dans la rue si je quittais mon appartement.

Qui est-ce ? Et pourquoi pense-t-il qu'il est mon tuteur ? Maman ne m'a jamais parlé de lui. Je me demande si ça pourrait être mon père, mais ces papiers disaient qu'il était mort, lui aussi. Et à moins que maman m'ait menti, je sais que nom père ne s'appelait pas Callum, mais Steve.

Steve. Ça m'a toujours paru bidon. Un peu comme si, quand votre môme vous demande « maman, parle-moi de mon père » et que vous ne savez pas quoi répondre, vous sortiez le premier prénom qui vous vient à l'esprit : « Euh… il s'appelait… euh… Steve, ma puce. »

Mais je n'arrive pas à croire que maman m'ait menti. Nous avons toujours été honnêtes l'une envers l'autre.

Je me sors Callum Royal de la tête, parce que ce soir je débute au *Daddy G*, et je ne peux pas me permettre d'être distraite par un inconnu entre deux âges qui porte un costard à mille dollars. Il y a déjà assez d'hommes mûrs dans ce rade pour m'occuper l'esprit.

Le club est blindé. Je suppose que la soirée « écolière catholique » est un must au *Daddy G*. Les tables et les alcôves de la scène principale sont toutes prises, mais l'étage supérieur qui abrite la loge VIP est désert. Ça n'a rien d'étonnant. Il n'y a pas beaucoup de VIP à Kirkwood, cette petite ville de la banlieue de Knoxville, dans le Tennessee. C'est une ville ouvrière, avec principalement des gens pauvres. Si vous gagnez plus de 40 K€ par an, vous êtes considéré comme plein aux as. C'est la raison pour laquelle je l'ai choisie. Les loyers sont bas, et le système scolaire public est correct.

La loge est à l'arrière et elle est pleine de vie lorsque j'y entre. Des femmes à moitié nues me dévisagent. Certaines me font un signe de tête, une ou deux sourient, avant de se remettre à régler leurs porte-jarretelles ou à peaufiner leur maquillage devant leur coiffeuse.

Une, pourtant, se rue sur moi.

– Cendrillon ?

J'acquiesce. C'était mon nom de scène chez *Miss Candy*.

Ça semble bien correspondre au moment présent.

– Je m'appelle Rose. George m'a demandé de te mettre au parfum ce soir.

Il y a toujours une maman poule dans chaque club. Une femme plus âgée qui se rend compte qu'elle est en train de perdre la partie contre la gravité et décide de se rendre utile autrement. Chez *Miss Candy*, c'était Tina, une blonde décolorée vieillissante qui m'avait prise sous son aile dès le début. Ici, c'est Rosa la rousse vieillissante qui glousse en m'entraînant vers un portant rempli de costumes de scène. Je suis sur le point d'attraper le costume d'écolière, mais elle m'arrête.

– Non, ça, c'est pour plus tard. Mets celui-ci.

Le truc suivant dont je me souviens, c'est qu'elle m'aide à enfiler un corset noir avec des parements en dentelle noire et un string assorti en dentelle noire.

– Je vais danser là-dedans ?

Je peux à peine respirer dans ce corset et j'ai besoin de l'aide de quelqu'un pour me le délacer.

– Oublie ce qui se passe là-haut. (Elle se marre quand elle entend ma respiration haletante.) Contente-toi de remuer ton cul, accroche-toi à la barre de ce richard et ça sera parfait.

Je lui lance un regard surpris.

– Je croyais que j'allais sur scène ?

– George ne t'a pas dit ? Tu fais d'abord un numéro en privé dans la loge VIP.

Quoi ? Mais je viens à peine d'arriver. D'après mon expérience au *Miss Candy*, on danse d'abord à plusieurs reprises sur scène avant qu'un client demande une danse en privé.

– Ça doit être un de tes habitués de ton ancien club, suppose Rose lorsqu'elle se rend compte de ma confusion. Crésus vient de se ramener comme si les lieux lui appartenaient, il s'est contenté de filer un bifton de cinq cents à George et lui a dit « tu me l'envoies ». (Elle me fait un clin d'œil.) Joue-la fine et tu vas lui soutirer encore quelques billets de cent.

Puis elle part s'occuper d'une autre danseuse et moi, je reste là, à me demander si je ne suis pas en train de commettre une erreur.

J'aime bien jouer les dures à cuire et, ouais, j'en suis une, dans une certaine mesure. J'ai connu la pauvreté et la faim. J'ai été élevée par une strip-teaseuse.

Je sais balancer un coup de poing quand c'est nécessaire. Mais je n'ai que dix-sept ans. Parfois, j'ai l'impression que je suis trop jeune pour avoir vécu la vie que j'ai vécue. Parfois, je regarde autour de moi et je me dis, *je ne suis pas à ma place*.

Mais j'y suis. Je suis ici et je suis fauchée, et je veux être cette fille normale que je me donne un mal de chien à devenir, et il faut que je quitte cette loge et que j'enfourche ma barre VIP, comme Rose me l'a si élégamment expliqué.

George apparaît au moment où je sors dans le couloir. C'est un costaud, avec une barbe fournie et un gentil regard.

– Est-ce que Rose t'a parlé du client ? Il t'attend.

Je déglutis difficilement en hochant la tête.

– Je ne dois rien faire de particulier, n'est-ce pas ? Juste une lap dance normale ?

Il glousse.

– Sois aussi particulière que tu veux, mais si jamais il te touche, Bruno va le vider à coups de pied au cul.

Je suis soulagée d'apprendre que chez *Daddy G*, la sacro-sainte règle du « pas touche à la marchandise » est respectée. C'est beaucoup plus facile de danser pour des types libidineux quand leurs mains poisseuses ne vous collent pas de trop près.

– Tu vas très bien t'en sortir, ma poulette.

Il me tapote le bras.

– Et s'il te pose la question, tu as vingt-quatre ans, ok. Personne, passé trente ans, ne bosse ici, tu te souviens ?

Je manque lui demander : « Et quelqu'un qui a moins de vingt ans ? » Mais je serre les lèvres. Il doit savoir que je mens à propos de mon âge. Comme la moitié des filles ici. Et j'ai beau avoir eu une vie difficile, je ne fais carrément pas mes putains de trente-quatre ans. Avec le maquillage, je peux passer pour une fille de vingt et un ans, maximum.

George disparaît dans la loge et je respire un grand coup avant de m'engager dans le couloir. C'est la ligne de basse bien épaisse qui m'accueille dans la salle principale. Sur scène, la danseuse vient juste de déboutonner le chemisier de son uniforme et les types se déchaînent à la vue de son soutien-gorge transparent. Les billets pleuvent sur scène. Je n'ai d'yeux que pour ça. Le fric.

J'emmerde tout le reste.

Pourtant, je me sens vraiment mal à l'idée de devoir quitter le lycée GW et tous ces profs qui avaient l'air de se sentir concernés par ce qu'ils enseignaient. Je trouverai un autre bahut, dans une autre ville.

Une ville que Callum Royal ne sera pas capable de découvrir. Je m'arrête soudain. Et je fais demi-tour dans la panique totale. Trop tard. Callum Royal a déjà traversé le salon d'accueil pour VIP à la lumière tamisée et m'attrape fermement par le bras.

– Ella, dit-il à voix basse.

– Laissez-moi tranquille.

J'essaie d'avoir le ton le plus indifférent possible, mais ma main tremble lorsque j'essaie de lui faire lâcher prise.

Il ne lâche pas, pas avant qu'un autre personnage charpenté ne sorte de l'ombre.

– Aucun contact physique, prévient le videur d'un air sinistre.

Royal lâche mon bras comme s'il était brûlant. Il jette un regard sévère à Bruno, le videur, avant de revenir sur moi. Il me dévisage, comme s'il faisait un effort surhumain pour ne pas mater mon semblant de costume.

– Il faut qu'on parle.

Son haleine pue le whisky au point de me faire presque vomir. Je réponds froidement :

– Je n'ai rien à vous dire, je ne vous connais pas.

– Je suis ton tuteur.

– Vous êtes un inconnu.

À présent, je le prends de haut.

– Et vous m'empêchez de travailler !

Il ouvre la bouche. La referme. Puis il lance :

– D'accord. Alors, vas-y, au boulot.

Il a une lueur moqueuse dans les yeux lorsqu'il recule en direction des canapés en velours. Il s'assied en étendant légèrement ses jambes.

– Donne-m'en pour mon argent.

Mon cœur se met à battre à cent à l'heure. C'est hors de question. Je ne danserai pas pour cet homme.

Du coin de l'œil, je repère George qui monte les marches. Mon nouveau patron me regarde avec impatience.

Gulp. J'ai envie de pleurer, mais je résiste. Au lieu de ça, je me retourne vers Royal, l'air sûr de moi.

– Très bien. Tu veux que je danse pour toi, papa ? Je vais danser pour toi.

Sous mes faux cils, mes yeux se remplissent de larmes, mais je sais qu'elles ne couleront pas. Je me suis entraînée à ne jamais pleurer en public. La dernière fois, c'était sur le lit de mort de ma mère, et après le départ des médecins et des infirmières.

Callum Royal a un air chagrin pendant que je bouge devant lui. Je roule des hanches sur le tempo de la musique, comme si c'était instinctif chez moi. De fait, ça l'est. J'ai la danse dans le sang. Ça fait partie de moi. Quand j'étais môme, maman avait réussi à mettre assez d'argent de côté pour me payer des leçons de danse classique et de danse jazz pendant trois ans. Ensuite, l'argent a manqué et elle m'a donné des cours elle-même. Elle regardait des vidéos ou squattait des cours à la maison de quartier jusqu'à ce qu'ils la virent, puis rentrait à la maison et m'enseignait ce qu'elle avait vu.

J'adore danser et je suis assez douée, mais pas assez stupide pour croire que je vais faire carrière à moins de choisir le métier de strip-teaseuse. Non, ma carrière sera plus pragmatique. Dans les affaires ou le droit, quelque chose qui me permettra de vivre dans l'aisance. La danse, c'est un rêve fou de petite fille.

Je glisse mes mains langoureusement le long de mon corset. Royal pousse un grognement. Cependant, ce n'est pas le genre de grognement que j'ai l'habitude d'entendre. Il n'a pas l'air excité. Il a l'air… triste.

– Il doit être en train de se retourner dans sa tombe, dit-il d'une voix rauque.

Je l'ignore. Pour moi, il n'existe pas.

– Ce n'est pas juste.

On dirait qu'il va s'étrangler.

Je rejette mes cheveux en arrière et je bombe le torse. Je sens que Bruno me surveille dans l'ombre.

Cent dollars pour dix minutes de danse et j'ai déjà tournoyé depuis au moins deux minutes. Je peux y arriver. Mais, de toute évidence, Royal, lui, ne peut pas. Encore un tour, ses deux mains m'agrippent fermement les hanches.

– Non, gronde-t-il, Steve n'aurait pas voulu de ça pour toi.

Avant que j'aie eu le temps de dire ouf, je vole dans les airs et je me retrouve sur son épaule. Je hurle :

– Lâchez-moi !

Il ne m'écoute pas, il m'emporte comme une vulgaire poupée de chiffon. Même l'apparition soudaine de Bruno ne parvient pas à l'arrêter.

– Dégage de mon chemin !

Bruno fait un pas en avant, il lui rentre dedans.

– Cette fille a dix-sept ans ! Elle est mineure, je suis son tuteur et, Dieu m'est témoin, si tu fais encore un pas, tous les flics de Kirkwood vont débouler ici, et toi et tous les autres pervers de cette boîte iront en taule pour détournement de mineure.

Bruno a beau avoir l'air d'une brute, il n'est pas débile. Il recule, l'air paniqué.

Moi, je suis moins coopérative. Mes poings martèlent le dos de Royal, mes ongles lacèrent sa veste de luxe. Je hurle : « Lâchez-moi ! »

Il n'en fait rien, et personne ne s'interpose quand il se dirige vers la sortie. Les clients sont bien trop occupés à mater et à hurler en regardant la scène. Dans un flash, j'aperçois George s'approcher de Bruno qui lui murmure furieusement quelque chose à l'oreille, puis ils disparaissent et je suis frappée par un courant d'air frais.

Nous sommes dehors, mais Callum Royal ne me lâche pas pour autant. Je vois ses belles chaussures claquer sur le revêtement fissuré du parking. J'entends un cliquetis de clés, un bip sonore, et me voilà à nouveau projetée dans les airs pour atterrir enfin sur un siège en cuir. Je suis à l'arrière d'une voiture. La portière claque. Le moteur gronde.

Oh mon Dieu !

Ce type est en train de me kidnapper.

Chapitre 3

MON SAC À DOS !

Il y a tout mon argent et ma montre à l'intérieur ! La banquette arrière de la voiture de ce monstre de Callum Royal est le truc le plus luxueux où mes fesses se sont jamais posées. Dommage que je n'aie pas le temps de l'apprécier. Je me rue vers la poignée et je l'actionne, mais cette maudite portière ne s'ouvre pas.

Je me tourne vers le conducteur. C'est complètement stupide, mais je n'ai pas le choix. Je plonge en avant et j'attrape l'épaule du conducteur, dont le cou est aussi gros que ma cuisse.

– Faites demi-tour, il faut que j'y retourne !

Il reste de marbre. On dirait un mur de brique. Je le secoue encore un peu, mais je suis sûre que même si je le poignardais dans le cou, ce type ne bougerait pas d'un pouce, à moins que Royal ne lui dise de le faire.

Callum n'a pas bougé non plus de son siège passager. Je finis par me résigner à rester prisonnière de la voiture. Je teste la vitre, juste pour vérifier. Elle reste obstinément fermée.

– La sécurité enfant ? je murmure, certaine de la réponse.

Il hoche légèrement la tête.

– Entre autres choses. Est-ce que c'est ça que tu cherches ?

Mon sac à dos atterrit sur mes genoux. Je résiste à l'envie de l'ouvrir pour vérifier que mon argent et mes papiers s'y trouvent encore. Sans eux, je suis complètement à sa merci, mais je ne veux rien lui révéler avant de comprendre ce qu'il me veut.

– Écoutez, Monsieur, je ne sais pas ce que vous voulez, mais il est évident que vous avez de l'argent. Il y a plein de putes par ici qui vous feront tout ce que vous voulez sans vous attirer d'ennuis avec la loi comme moi. Déposez-moi au prochain carrefour, et je vous promets que vous n'entendrez plus jamais parler de moi. Je n'irai pas voir les flics. Je dirai à George que vous êtes un ancien client, mais que nous avions des problèmes à régler entre nous.

– Je ne cherche pas de pute. Je suis ici pour toi.

Après cette déclaration inquiétante, Royal enlève sa veste et me la tend.

Je voudrais bien être un peu plus entreprenante, mais c'est un peu bizarre, ça me met mal à l'aise d'être assise dans cette voiture de luxe avec un type pour qui je viens juste d'exécuter une pole dance. Je donnerais n'importe quoi pour avoir une culotte de grand-mère. À contrecœur, j'enfile sa veste en ignorant la gêne douloureuse que me procure le corset et je serre les pans contre ma poitrine.

– Je n'ai rien à vous offrir.

Le peu d'argent que j'ai caché au fond de mon sac, c'est sûrement de la gnognotte pour ce type. Rien que cette voiture suffirait à acheter le *Daddy G* en entier.

Royal hausse un sourcil en signe de dénégation. Maintenant qu'il est en bras de chemise, je peux voir sa montre. C'est exactement la même que… la mienne. Ses yeux suivent mon regard.

– Tu l'as déjà vue.

Ce n'est pas une question, mais une affirmation. Il me tend son poignet. La montre a un bracelet en cuir noir, des boutons en argent, et un gousset en or 18 carats encercle son cadran bombé. Les chiffres et les aiguilles brillent dans le noir.

La bouche sèche, je mens.

– Je n'ai jamais vu ce truc de ma vie.

– Vraiment ? C'est une montre Oris. Suisse, faite main. Je l'ai reçue en cadeau quand j'ai été diplômé de l'IUN[2]. Mon meilleur ami, Steve O'Halloran, a reçu exactement la même quand lui aussi a obtenu son diplôme de l'IUN. Sur le dos, il est gravé…

Non sibi sed patriae.

J'ai cherché ce que cela voulait dire quand j'avais neuf ans, après que ma mère m'avait raconté l'histoire de ma naissance.

Désolée, ma puce, mais j'ai couché avec un marin. Les seules choses qu'il m'a laissées, c'est son prénom et

2. L'Indiana University Northwest, une des universités de l'État d'Indiana.

sa montre. Et moi, je le lui rappelais. Elle m'avait ébouriffé les cheveux et m'avait dit que j'étais la meilleure chose qui lui soit arrivée. Son absence me fait mal, à nouveau.

– … Cela signifie : « Pas pour soi, mais pour la patrie ». Il y a dix-huit ans, la montre de Steve a disparu. Il disait qu'il l'avait perdue, mais il ne l'a jamais remplacée. Il n'en a jamais porté d'autre.

Royal renifle tristement.

– Il s'en servait comme prétexte pour être tout le temps en retard.

Je me surprends à me pencher en avant, j'ai envie d'en savoir plus sur Steve O'Halloran, à quoi ressemblait ce donneur de spermatozoïdes, et comment ces deux hommes se connaissaient. Puis je reprends le dessus, je ne vais quand même pas me laisser aller à du sentimentalisme.

– Sympa ton histoire, mon pote, mais qu'est-ce que ça a à voir avec moi ?

Je jette un coup d'œil à Goliath, sur le siège avant, et je hausse la voix :

– Parce que, tous les deux, vous venez de kidnapper une mineure, et je suis quasi certaine que c'est considéré comme un crime dans les cinquante États.

Seul Royal me répond :

– Le kidnapping est un crime, quel que soit l'âge de la personne, mais comme je suis ton tuteur et que tu commettais des actes illégaux, c'est mon droit de t'empêcher d'aller plus loin.

Je me force à lui répondre par un rire moqueur.

– Je ne sais pas qui vous pensez que je suis, mais j'ai trente-quatre ans.

Je saisis mon sac à dos et j'en sors ma carte d'identité en repoussant à l'intérieur l'exacte copie de la montre que Royal porte au poignet gauche.

– Vous voyez ? Margaret Harper, trente-quatre ans.

Il m'arrache la carte d'identité des mains.

– Un mètre soixante-dix. Cinquante-neuf kilos.

Il me balaie du regard.

– On dirait plutôt 45 kilos, mais je suppose que tu as maigri depuis que tu es en fuite.

En fuite ? Comment est-il au courant ?

Comme s'il lisait dans mes pensées, il renifle et ajoute :

– J'ai cinq fils. Ils m'ont fait tout ce qui était humainement possible, et je sais reconnaître une ado quand j'en vois une, même couverte de maquillage.

Je regarde fixement devant moi. Cet homme, qui qu'il soit, n'obtiendra rien de moi.

– Steve O'Halloran est ton père.

Il se reprend.

– Était ton père. Ton père s'appelait Steve O'Halloran.

Je tourne la tête vers la vitre pour que cet étranger ne voie pas la douleur que je ressens.

Bien entendu, mon père et mort. Bien entendu.

Ma gorge se serre, et j'ai cette sensation horrible des larmes qui me piquent les yeux. Ce sont les bébés qui pleurent. Ce sont les faibles qui pleurent.

Pleurer un père que je n'ai pas connu, c'est complètement naze.

En plus du ronronnement du moteur, je perçois le tintement d'un verre et ensuite le bruit familier de l'alcool qui coule dans un verre à whisky. Royal se remet à parler.

– Ton père et moi étions les meilleurs amis du monde. Nous avons grandi ensemble. Nous sommes allés à l'université ensemble. Nous avons décidé de nous enrôler dans la marine sur un coup de tête. Nous avons finalement intégré le corps des Seals[3], mais nos pères voulaient prendre leur retraite, alors au lieu de rempiler, nous sommes rentrés chez nous pour reprendre les rênes de l'entreprise familiale. Nous construisons des avions, si ça t'intéresse de le savoir.

Cause toujours, je pense amèrement.

Il ignore mon silence, ou le prend comme une invitation à poursuivre.

– Il y a cinq mois, Steve est mort dans un accident de deltaplane. Mais avant qu'il meure, c'est dingue, c'est comme s'il avait eu une prémonition (Royal secoue la tête), il m'a donné une lettre en me disant que c'était sans doute le courrier le plus important qu'il ait jamais reçu. Il m'a dit que nous le lirions ensemble à son retour, mais une semaine plus tard, sa femme est rentrée de voyage et m'a annoncé que Steve était mort. J'ai mis la lettre de côté pour… m'occuper des problèmes que son décès occasionnait, avec sa veuve.

3. Les Seals sont la principale force spéciale de la marine de guerre des États-Unis, l'US Navy.

Des problèmes ? Qu'est-ce que ça voulait dire ? On meurt, et voilà, c'est tout, non ? En plus, je me demande pourquoi il prononce le mot « veuve », comme si c'était un gros mot.

– Deux ou trois mois plus tard, je me suis souvenu de la lettre. Tu veux savoir ce qu'elle contenait ?

Quel sale tentateur ! Bien sûr que je veux savoir ce que disait cette lettre, mais je ne vais pas lui faire le plaisir de lui répondre. Je colle ma joue à la fenêtre.

Nous avons passé plusieurs pâtés de maisons avant que Royal continue.

– La lettre venait de ta mère.

– Quoi ?

Sous le choc, je tourne la tête.

Le fait d'avoir réussi à attirer mon attention ne semble pas le faire sauter de joie pour autant, il a juste l'air las.

La perte de son ami, de mon père, est gravée sur son visage, et pour la première fois, je vois Callum Royal pour ce qu'il prétend être, un homme qui a perdu son meilleur ami et qui a eu la surprise de sa vie.

Pourtant, avant que j'aie eu le temps de dire autre chose, la voiture s'arrête. À travers la vitre, je vois que nous sommes en rase campagne. Il y a une longue bande de terre plane, un grand bâtiment métallique et une tour. À côté du bâtiment, un gros avion blanc avec l'inscription « Atlantic Aviation » peinte dessus. Royal m'a dit qu'il construisait des avions, mais je ne m'attendais pas à ça. Je ne sais pas à quoi je m'attendais, mais pas à un putain d'énorme avion capable de transporter des centaines de passagers à l'autre bout du monde.

– Il est à vous ?

J'ai du mal à ne pas hausser le ton.

– Oui, mais nous ne nous arrêtons pas.

Je retire la main de la grosse poignée argentée de la voiture.

– Que voulez-vous dire ?

Pour l'instant, j'oublie le choc de l'enlèvement, celui de l'existence, et de la mort, du donneur de sperme qui a contribué à m'enfanter, celui de cette mystérieuse lettre, pour constater, bouche bée, que nous franchissons les portes, devant le bâtiment, et que nous roulons sur ce que je pense être un terrain d'aviation.

À l'arrière de l'avion, une porte s'ouvre et, lorsque la rampe atteint le sol, Goliath monte sur le pan incliné et roule directement dans la soute de l'avion. Je me retourne pour apercevoir, à travers le pare-brise arrière, la porte se refermer lourdement sur nous. Puis les serrures de la voiture font un petit clic, et je suis libre. Enfin plus ou moins.

– Après toi.

Callum désigne la portière que Goliath tient ouverte pour moi.

Je sors en essayant de me donner une contenance. Même l'avion est en meilleur état que moi avec mon corset de strip-teaseuse et mes talons hauts inconfortables.

– Il faut que je me change.

Je suis contente d'avoir réussi à parler sur un ton à peu près naturel. Au fil des ans, j'ai pris l'habitude d'être humiliée et j'ai appris que la meilleure des défenses, c'est l'attaque.

Mais là, je suis en très mauvaise posture. Je ne veux pas que Goliath, ou quiconque parmi le personnel navigant, me voie dans cet accoutrement.

C'est la première fois que je prends l'avion. Jusqu'à présent, ça a toujours été le bus, au pire, des virées en auto-stop avec des camionneurs. Mais ce truc-là est géant, assez grand pour y loger une voiture. Il y a sûrement un coin quelque part où je pourrai me changer.

Le regard de Callum s'adoucit, il fait un signe de tête rapide à Goliath.

– Nous t'attendrons en haut.

Il indique l'extrémité de la pièce qui ressemble un garage.

– Derrière cette porte, il y a un escalier. Monte quand tu seras prête.

Une fois seule, j'échange mon costume de strip-teaseuse pour des dessous plus confortables, une paire de jeans large, un débardeur et un pull en flanelle boutonné que je porte habituellement ouvert, mais qu'aujourd'hui je boutonne jusqu'en haut en ne laissant que le dernier bouton ouvert. Je ressemble à un SDF, mais au moins je suis couverte.

Je fourre les trucs de strip-tease dans mon sac et je vérifie que mon argent est toujours là. Il l'est, ouf ! Et la montre de Steve aussi. Sans elle, je me sens toute nue et puisque Callum est au courant, autant la mettre. Dès l'instant où le bracelet est à mon poignet, je me sens mieux, plus forte. Je suis capable d'affronter tout ce que Callum Royal a à me dire. Je jette mon sac à dos sur mon épaule et, tout en me dirigeant vers la porte, je me mets à gamberger. J'ai besoin d'argent. Callum Royal en a. J'ai besoin d'un nouvel endroit pour vivre, et vite. Si j'arrive à lui extorquer assez d'argent, je m'envolerai vers ma destination suivante et je recommencerai tout depuis le début. Je sais le faire. Ça va aller.

Tout va bien se passer. Si je me raconte ce bobard assez longtemps, je vais finir par y croire… même si ce n'est pas vrai.

Callum m'attend en haut de l'escalier. Il me présente au pilote.

– Ella Harper, voici Durand Sahadi. Durand, c'est la fille de Steve, Ella.

– Ravi de vous rencontrer, dit Durand d'une voix étonnamment grave. Toutes mes condoléances.

Il hoche légèrement la tête. Il est tellement chouette que je serais bien conne de l'ignorer. Je serre la main qu'il me tend.

– Merci.

– Merci bien, Durand.

Callum renvoie son pilote et se tourne vers moi.

– Asseyons-nous. Je veux rentrer à la maison. Il y a une heure de vol pour Bayview.

– Une heure ? Vous avez pris l'avion juste pour une heure ?

– Ça m'aurait pris six heures par la route, c'était beaucoup trop long. Ça m'a déjà demandé neuf semaines et une armée de détectives pour te retrouver.

Comme je n'ai pas le choix, je suis Callum vers un ensemble de sièges en cuir crème qui entourent une étonnante table en bois sombre incrustée d'argent. Il s'installe dans l'un d'entre eux et me fait signe de m'asseoir en face de lui. Quelqu'un a déjà apporté un verre et une bouteille, comme si son équipe savait qu'il ne peut pas carburer sans alcool.

Derrière Callum, il y a un autre ensemble de fauteuils et un sofa. Je me demande si je pourrais me dégoter un job d'hôtesse de l'air pour lui. Cet endroit est encore plus confortable que sa voiture. Je pourrais habiter ici, sans problème.

Je m'assieds et je pose mon sac à dos entre mes jambes.

– Belle montre, remarque-t-il froidement.

– Merci. C'est ma mère qui me l'a donnée. Elle m'a dit que c'était la seule chose que mon père lui avait laissée, en plus de son prénom et de moi.

Ça ne sert plus à rien de mentir. Si son armée de détectives privés l'a mené jusqu'à moi à Kirkwood, il en connaît probablement plus que moi à propos de ma mère et moi. Et il semble en connaître encore plus sur mon père, ce que je meurs d'envie de découvrir.

– Où est la lettre ?

– À la maison. Je te la donnerai quand nous serons arrivés.

Il attrape un portfolio en cuir et en sort un paquet de billets, le genre de liasse qu'on voit au cinoche, avec une bande blanche autour.

– Je veux passer un marché avec toi, Ella.

Je sais que mes yeux sont ronds comme des soucoupes, mais je n'y peux rien. Je n'ai jamais vu autant de billets de cent dollars de ma vie.

Il pousse la pile sur la surface sombre jusqu'à moi. Peut-être que c'est un jeu télévisé ou un genre de concours de téléréalité ? Je serre les lèvres et je me raidis. Je ne laisserai personne me prendre pour une imbécile.

– Allez-y, dis-je en croisant les bras et en fixant Callum, les yeux mi-clos.

– D'après ce que j'ai compris, tu fais du strip-tease pour subvenir à tes besoins et pour pouvoir passer ton bac. Ensuite, je suppose que tu voudrais aller à l'université et renoncer à te déshabiller pour faire autre chose. Peut-être voudrais-tu devenir comptable, ou médecin, ou avocat. Cet argent est un geste en signe de ma bonne foi. (Il tape de la main sur les billets.) Il y a dix mille dollars. Chaque mois que tu passeras avec moi, tu auras une nouvelle pile, du même montant. Si tu restes jusqu'à la fin de tes études secondaires, tu recevras un bonus de deux cent mille dollars. Cela paiera ton école, ton logement, tes vêtements et ta nourriture. Si tu obtiens un diplôme, tu auras un autre bonus tout aussi substantiel.

– C'est quoi l'arnaque ?

Ça me démange de prendre le fric, de dégotter un parachute et d'échapper aux griffes de Callum Royal.

Au lieu de ça, je reste assise à attendre de voir ce que je vais devoir faire pour obtenir tout ce fric, tout en me demandant intérieurement où je pose les limites.

– Tu arrêtes de lutter. Tu n'essaies plus de t'enfuir. Tu acceptes ma tutelle. Tu vis dans ma maison. Tu considères mes fils comme tes frères. Si tu fais ça, tu pourras vivre la vie dont tu as rêvé. (Il fait une pause.) La vie que Steve aurait voulu que tu aies.

– Et qu'est-ce que je dois faire pour vous ?

J'ai besoin qu'il me dise les choses clairement. Les yeux de Callum s'élargissent, et son teint vire au vert.

– Rien pour moi. Tu es une très jolie fille, Ella, mais tu es une jeune fille, et moi je suis un homme de quarante-deux ans qui a cinq fils. Mais rassure-toi, j'ai une petite amie très séduisante qui comble tous mes besoins.

– Euhhh. (Je lève une main.) Très bien, je ne veux pas en savoir plus.

Callum rit de bon cœur avant de redevenir sérieux.

– Je sais que je ne peux pas remplacer tes parents, mais je serai là pour toi, comme eux l'auraient été. Tu as perdu ta famille, Ella, mais tu n'es plus seule. Tu es une Royal à présent.

Chapitre 4

Nous sommes en train d'atterrir, mais même en pressant mon nez contre le hublot, je ne vois rien, il fait trop sombre. La seule chose que je distingue, ce sont les feux clignotants sur la piste en dessous. Une fois que nous nous sommes posés, Callum ne me laisse pas le temps d'examiner les alentours.

Nous ne prenons pas la voiture qui est toujours dans la soute, elle doit être réservée aux voyages. Durand nous conduit à une autre berline noire. Les vitres teintées sont si foncées que je n'ai pas la moindre idée des paysages que nous traversons, mais quand Callum entrouvre la vitre, je le sens. Le sel. L'océan.

On est donc au bord de la mer. En Caroline du Nord ou du Sud ? À six heures de Kirkwood, on doit être quelque part le long de la côte Atlantique, ce qui ne serait pas étonnant, vu le nom de la boîte de Callum. Cela dit, ça n'a aucune importance. La seule chose qui compte, c'est le tas de billets tout neufs dans mon sac à dos. Dix mille. Je n'arrive toujours pas à réaliser. Dix mille par mois. Et un sacré paquet en plus quand j'aurai passé mon bac.

Il y a forcément une arnaque. Callum a eu beau m'assurer qu'il ne veut pas de… faveurs spéciales en échange, je ne suis pas née de la dernière pluie. Il y a toujours un piège, qui va finir par apparaître. Mais, à ce moment-là, j'aurai dix mille balles en poche si je dois fuir de nouveau.

Jusque-là, je joue le jeu. Je suis sympa avec Callum. Et ses fils…

Merde, je les avais oubliés, ceux-là. Il a parlé de cinq, non ?

Quel problème peuvent-ils représenter ? Cinq fils à papa pourris gâtés ? Ah. J'ai eu affaire à bien pire. Comme le petit copain gangster de ma mère, Léo, qui a essayé de me sauter quand j'avais douze ans, puis m'a appris la bonne façon de serrer le poing après que je lui avais balancé un coup dans le bide et que j'avais manqué me casser la main. Ça l'avait fait marrer et, ensuite, nous étions devenus les meilleurs amis du monde. Ces trucs d'autodéfense m'ont bien aidée avec le petit copain suivant de maman, qui avait lui aussi la main baladeuse.

Maman avait vraiment le chic pour choisir les meilleurs.

Mais je ne veux pas la juger. Elle a fait ce qu'elle devait faire pour survivre, et pas une seconde, je n'ai douté de son amour pour moi.

Au bout d'une demi-heure, Durand ralentit devant un portail. Il y a une séparation entre nous et le conducteur, mais j'entends le bip d'une télécommande, puis un bruit mécanique, et nous redémarrons. Nous roulons plus lentement cette fois, jusqu'à ce que la voiture s'arrête et que les portières se déverrouillent d'un clic.

– Nous sommes arrivés à la maison, dit tranquillement Callum.

– J'ai envie de le reprendre, « ce truc-là n'existe pas », mais je me retiens.

Durand ouvre ma porte et me tend la main. Mes genoux tremblent un peu. Trois autres véhicules sont parqués dans un grand garage, deux SUV[4] noirs et un pick-up[5] rouge cerise qui ne semble pas être à sa place.

Callum surprend mon regard et sourit d'un air piteux.

– On avait trois Range Rover, mais Easton a échangé le sien contre ce pick-up. Je le soupçonne de vouloir plus de place pour aller baiser à droite à gauche avec ses petites copines.

Il ne dit pas ça comme un reproche, mais plutôt d'un air résigné. J'imagine que Easton est l'un de ses fils. Je sens également un sous-entendu de... je ne sais pas trop quoi dans le ton de Callum. De l'impuissance, peut-être ? Je ne le connais que depuis quelques heures, mais je n'arrive pas à imaginer que cet homme puisse être impuissant, et je remonte la garde à vitesse grand V.

– Il faudra que les garçons t'emmènent en cours les premiers jours, ajoute-t-il, jusqu'à ce que je t'achète

4. SUV signifie « sport utility vehicle ». On l'appelle aussi « crosssover ».
5. Un pick-up est un véhicule utilitaire muni d'un plateau à l'arrière.

une voiture. (Il plisse un peu les yeux.) Enfin, si tu as un permis de conduire à ton nom, sur lequel tu n'as pas trente-quatre ans.

Je hoche la tête à contrecœur.

– Très bien.

Et, soudain, je réalise ce qu'il vient de me dire.

– Vous allez m'offrir une voiture ?

– Ce sera plus simple comme ça. Mes fils… (il semble chercher soigneusement ses mots) ne se lient pas facilement avec les étrangers. Mais tu dois aller à l'école, donc… Il hausse les épaules et se répète :

– Ça sera plus simple.

Je ne peux m'empêcher d'avoir des soupçons. Il se passe un truc ici. Avec cet homme. Avec ses mômes. Peut-être que j'aurais dû plus me battre pour sortir de sa voiture à Kirkwood. Peut-être que je…

Mes pensées s'évanouissent dès l'instant où je jette un premier coup d'œil sur le manoir.

Non, le palais. Le palais Royal. Littéralement.

Ce n'est pas possible. La maison n'a que deux étages, mais elle s'étend tellement que je n'arrive pas à en voir le bout. Et il y a des fenêtres partout. Peut-être que l'architecte qui a conçu ce bâtiment était allergique aux murs, ou avait vraiment la trouille des vampires.

– Vous… (ma voix se brise) vous vivez ici ?

– Nous vivons ici, corrige-t-il. C'est aussi ta maison à présent, Ella.

Ce ne sera jamais ma maison. Je n'appartiens pas à ce monde de splendeur, j'appartiens à la misère la plus noire. C'est ce que je connais. C'est là que je suis à l'aise, parce que la misère ne ment pas. Elle n'est pas emballée dans un joli papier cadeau. Elle est ce qu'elle est.

Cette maison est une illusion. Elle est lisse et belle, mais le rêve que Callum est en train d'essayer de me vendre est aussi fragile que du papier. Rien ne brille pour toujours dans ce monde.

L'intérieur du manoir Royal est aussi dément que l'extérieur. Des dalles blanches veinées de gris et d'or, du genre de celles qu'on trouve chez les médecins et dans les banques, recouvrent le hall qui semble s'étendre sur des kilomètres. La hauteur de plafond est incroyable elle aussi, j'ai envie de crier pour entendre jusqu'où ira l'écho.

Des escaliers grimpent des deux côtés de l'entrée et se rejoignent sur un balcon qui domine le hall. Au-dessus de ma tête, le lustre doit bien compter cent ampoules et tellement de cristal que s'il me tombait dessus, on ne retrouverait plus que des éclats de verre. Il ne déparerait pas dans un hôtel de luxe. Ça ne me surprendrait pas qu'ils l'aient pris dans ce genre d'endroit.

Partout où se pose mon regard, je vois la richesse.

Et pendant ce temps, Callum me regarde d'un air inquiet comme s'il pouvait lire dans mes pensées et qu'il se rendait compte que je suis vraiment sur le point de péter les plombs. Pour vous la faire courte, c'est parce que je n'appartiens pas à ce monde, putain.

– Je sais que c'est différent de ce dont tu as l'habitude, dit-il sur un ton bourru, mais tu vas t'y habituer. Tu vas bien aimer. Je te le promets.

Mes épaules se crispent.

– Ne faites pas de promesses, Monsieur Royal. Pas à moi. Non, jamais.

Son visage se fige.

– Appelle-moi Callum. Et j'ai bien l'intention de tenir toutes les promesses que je te fais, Ella. Tout comme j'ai tenu celles que j'avais faites à ton père.

Quelque chose s'attendrit en moi.

– Vous, euh… (Les mots sortent difficilement.) Vous aimiez vraiment mon… euh… Steve, hein ?

– C'était mon meilleur ami, répond simplement Callum. Je lui ai toujours fait confiance.

Ça doit être chouette. La seule personne à qui j'ai jamais fait confiance a disparu. Morte et enterrée. Je pense à maman et, tout à coup, elle me manque tellement que ma gorge se noue.

– Hum…

Je lutte pour paraître détendue, mais je suis au bord des larmes, prête à craquer.

– Alors, vous devez avoir un maître d'hôtel ou un truc comme ça ? Ou une gouvernante ? Qui est-ce qui s'occupe de cet endroit ?

– J'ai du personnel. Tu ne seras pas obligée de laver par terre pour gagner ton argent.

Son sourire s'évanouit devant mon regard glacé.

– Où est ma lettre ?

Callum doit sentir que je suis vraiment sur le point de craquer, parce que le ton de sa voix se fait plus doux.

– Écoute, il est tard. Et tu as eu assez d'émotions aujourd'hui. Pourquoi est-ce que nous ne poursuivrions pas cette conversation demain ? Pour l'instant j'aimerais que tu aies une bonne nuit de sommeil.

Il me regarde comme s'il était au courant.

– J'ai comme l'impression que ça ne t'est pas arrivé depuis longtemps.

Il a raison. J'inspire, puis j'expire très lentement.

– Où est ma chambre ?

– Je vais te montrer…

Il s'interrompt lorsque des pas se font entendre en haut, et une lueur d'approbation illumine ses yeux bleus.

– Vous voilà. Gideon est à l'université, mais j'avais demandé aux autres de descendre t'accueillir. Ils ne m'écoutent pas toujours…

Et pas cette fois-ci, apparemment, parce que quels que soient les ordres qu'il ait donnés aux jeunes Royal, ils semblent les avoir ignorés. Et moi avec. Pas un seul regard ne se pose sur moi lorsque quatre têtes brunes apparaissent à la rampe du balcon.

Ma mâchoire s'entrouvre légèrement avant que je la claque fermement en m'armant de courage face à ce spectacle, là-haut, qui m'agresse. Je ne vais pas leur laisser voir à quel point je suis déconcertée, mais putain de merde, je suis vraiment déconcertée. Non, je suis intimidée.

Les garçons Royal ne sont pas comme je les imaginais. Ils ne ressemblent pas à des gosses de riches BCBG. Ils ressemblent à de vrais voyous, ils semblent capables de ne faire qu'une bouchée de moi.

Chacun d'eux est aussi grand que leur père, un mètre quatre-vingt-cinq, facile, avec différents types de musculature. Les deux à droite sont les plus maigres, les deux à gauche sont très baraqués, avec des bras sculpturaux. Personne ne peut être aussi musclé sans avoir bossé dur, sans suer et souffrir pour le devenir.

À présent, la nervosité me gagne parce que personne ne dit un mot. Ni eux ni Callum. Même en étant assez loin, je me rends compte que tous ses fils ont hérité de ses yeux. Bleu vif et perçants, tous intensément braqués sur leur père.

– Les garçons, finit-il par dire, venez dire bonjour à notre invitée. (Il secoue la tête comme pour se corriger.) Venez dire bonjour au nouveau membre de notre famille.

Silence.

C'est à faire frémir.

Celui au milieu esquisse un petit sourire narquois, juste un petit mouvement du coin de la bouche.

Il se moque de son père, pose ses avant-bras musclés sur la rambarde et se tait.

– Reed.

La voix de Callum résonne.

– Eaton.

Il lance un autre nom à toute allure.

– Sawyer.

Puis un autre.

– Sebastian. Descendez. Tout de suite.

Ils ne font pas un geste. Je réalise que les deux de droite sont jumeaux. Ils ont le même regard et la même pose insolente quand ils croisent leurs bras sur leur poitrine.

L'un des jumeaux jette un coup d'œil sur le côté, en lançant un regard quasi invisible vers son frère à l'extrême gauche. Un frisson me parcourt l'échine. C'est celui-là qu'il faut craindre. C'est celui-là qu'il me faudra surveiller.

Et il est le seul qui me fait un signe de tête d'une lenteur calculée. Quand nos regards se croisent, mon cœur se met à battre un peu plus vite. De crainte. Peut-être que dans d'autres circonstances, mon cœur battrait pour d'autres raisons. Parce qu'il est magnifique. Ils le sont tous. Mais celui-ci me fait peur. Et je me donne un mal de chien pour le cacher.

Je soutiens son regard en signe de défi.

Descends ici, Royal. Ramène-toi donc.

Ses yeux bleu foncé se ferment légèrement. Il sent le défi silencieux. Il perçoit ma défiance et il n'aime pas ça. Puis il s'éloigne de la rambarde. Les autres l'imitent comme s'il leur en avait donné l'ordre. Ils quittent leur père des yeux.

Le bruit de leurs pas résonne dans la maison caverneuse. Des portes se ferment.

À côté de moi, Callum soupire.

– Je suis désolé. Je pensais qu'en les prévenant, ils auraient le temps de se préparer, mais il est clair qu'ils ont encore besoin de digérer tout ça.

– Tout ça ?

Il veut dire moi. Ma présence chez eux, mon lien avec leur père que j'ignorais jusqu'à aujourd'hui.

– Je suis certain qu'ils seront plus accueillants demain matin.

On dirait qu'il cherche à s'en convaincre lui-même. Mais ce qui est sûr, c'est que moi, il ne m'a absolument pas convaincue.

Chapitre 5

Je me réveille dans un lit inconnu et je n'aime pas ça. Pas le lit. Le lit est super. Il est doux et ferme à la fois et les draps sont soyeux comme du satin, pas comme les trucs merdeux qui grattent, dont j'ai l'habitude quand il m'arrive de dormir dans un lit avec des draps. La plupart du temps, c'est plutôt dans un sac de couchage.

Ce lit-ci sent le miel et la lavande. Tout ce luxe et ce confort sont inquiétants, parce que mon expérience m'a enseigné que ce qui est agréable est généralement suivi d'une très mauvaise surprise.

Une fois, maman est rentrée à la maison et m'a annoncé que nous déménagions dans un endroit beaucoup mieux. Un homme grand et mince est venu nous aider à faire nos pauvres bagages, et quelques heures après, nous étions dans sa petite maison. C'était adorable, il y avait des doubles rideaux aux fenêtres et, malgré la petitesse des lieux, j'avais même ma propre chambre à coucher. Plus tard, pendant la nuit, j'ai été réveillée par des cris et un bruit de verre brisé. Maman s'est précipitée dans ma chambre, m'a sortie de mon lit et avant que j'aie eu le temps de dire ouf, nous étions loin. Ce n'est que deux pâtés de maisons plus loin que j'ai vu le bleu se former sur sa pommette. Les choses agréables ne signifient donc pas forcément des gens bien.

Je m'assieds et détaille mon environnement. Toute la chambre est décorée pour une vraie princesse, une princesse vraiment jeune. Il y a une quantité ridicule de rose et de frous-frous. Il ne manque plus que des affiches de Disney, bien que je sois certaine que les affiches sont trop vulgaires pour cet endroit, tout comme mon sac à dos, posé par terre à côté de la porte.

Les événements d'hier tournent en boucle dans ma tête, et je m'arrête sur la liasse de billets de cent dollars. Je saute du lit et j'attrape mon sac. Je feuillette la liasse et j'écoute le bruit du papier qui craque sous mes doigts dans la chambre silencieuse. Je pourrais prendre ça et ficher le camp. Dix mille balles, ça me permettrait de vivre un bon moment.

Mais… si je reste, Callum Royal m'en a promis bien plus. Le lit et le couvert, dix mille chaque mois jusqu'à ce que j'obtienne mon bac, juste pour aller en classe ? Pour habiter au manoir ? Pour avoir ma propre voiture ?

Je glisse l'argent dans la poche secrète au fond du sac. Je vais attendre une journée. Rien ne m'empêche de partir demain, ou la semaine suivante, ou dans un mois.

Dès que les choses tournent mal, je me casse.

Une fois mon argent à l'abri, je vide le contenu de mon sac sur le lit et je fais le point. Côté vêtements, il y a deux jeans skinny, la paire de baggies que je portais pour ne pas attirer l'attention, cinq tee-shirts, cinq culottes, un soutien-gorge, le corset dans lequel j'ai dansé la nuit dernière, un string, une paire de talons aiguille de strip-teaseuse et une robe sympa qui appartenait à ma mère. Elle est courte, noire et met mes formes en valeur. Il y a une trousse de maquillage pleine de produits qui appartenaient à ma mère, mais aussi des restes des différentes strip-teaseuses que nous avons croisées en chemin. L'ensemble vaut au moins mille balles.

J'ai aussi mon livre de poèmes d'Auden[6] qui, je suppose, est le truc le plus romantique et le plus inutile que je trimballe, mais je l'ai trouvé qui traînait sur la table d'un café, et l'exergue était exactement la même que l'inscription sur ma montre. Je n'ai pas pu le laisser. C'était un signe du destin, bien que d'habitude je ne croie pas à ces machins-là. Le destin, c'est pour les faibles, ces gens qui n'ont pas assez de pouvoir ou de volonté pour transformer leur vie comme ils l'entendent.

Je n'y suis pas encore parvenue.

Je n'ai pas encore le pouvoir nécessaire, mais j'y arriverai un jour. Je caresse la couverture du livre.

Peut-être que je pourrai me dégotter un boulot de serveuse à mi-temps. Une rôtisserie, ça serait

---

6. Wystan Hugh Auden est un poète américain d'origine anglaise, considéré comme l'un des plus importants et influents du XXe siècle.

bien. Comme ça, je n'aurais pas à taper dans mes dix mille dollars, que je considère à présent comme intouchables.

Un coup à ma porte me fait sursauter.

– Callum ?

– Non, c'est Reed. Ouvre.

Je jette un coup d'œil à mon tee-shirt XXL. Il appartenait à l'un des anciens petits copains de ma mère. Il me descend presque aux genoux et je ne veux pas affronter le regard accusateur d'un des fils Royal sans être parfaitement armée. Ce qui signifie être entièrement habillée et couverte d'une bonne couche de maquillage de dure à cuire.

– Je ne suis pas présentable.

– Je n'en ai rien à foutre. Tu as cinq secondes, ensuite j'entre.

Les mots sont prononcés sur un ton froid et autoritaire. Merde. Je ne doute pas une seconde que si l'envie lui prend, il peut très bien défoncer ma porte.

Je me précipite et j'ouvre violemment.

– Qu'est-ce que tu veux ?

Il me repousse tout aussi violemment, et bien que mon tee-shirt soit assez long pour couvrir mon intimité, j'ai le sentiment d'être complètement nue. Je déteste ça, et la méfiance que j'ai ressentie hier soir se transforme aussitôt en véritable détestation.

– Je veux savoir à quoi tu joues.

Il fait un pas en avant. Je sais que c'est pour m'intimider. C'est un type qui utilise son physique à la fois comme arme et comme appât.

– Je crois que tu devrais en parler à ton père. C'est lui qui m'a kidnappée et amenée ici.

Reed avance encore d'un pas, nous sommes tellement proches l'un de l'autre qu'à chaque respiration nos corps se frôlent. Il est vraiment bandant, j'ai la bouche sèche et des picotements à des endroits que je croyais qu'un connard comme lui n'aurait jamais pu stimuler. Mais j'ai également appris de ma mère que, parfois, votre corps peut aimer des trucs que votre tête déteste. Il faut juste que ce soit votre tête qui décide.

C'était un de ses fameux avertissements, son « fais ce que je dis, pas ce que je fais ».

Ce type est un salaud, et il te veut du mal, ai-je hurlé silencieusement à mon corps.

Mes tétons se mettent à durcir malgré mon avertissement.

– Et tu t'es beaucoup débattue, hein ?

Il regarde avec dédain les pointes qui se sont formées sous l'épaisseur toute fine de mon tee-shirt. Je n'ai plus rien d'autre à faire que de prétendre que mes seins sont tout le temps pointés en avant.

– Je te le répète, tu devrais parler à ton père.

Je fais demi-tour en faisant comme si Reed Royal ne mettait pas le feu à toutes mes terminaisons nerveuses. Je me dirige vers le lit sur lequel je ramasse une culotte.

Comme si je n'en avais vraiment rien à foutre, j'ôte celle que porte et je la laisse tomber sur la moquette blanc cassé.

J'entends le sifflement d'une respiration saccadée derrière mon dos. Un à zéro pour l'équipe des visiteurs. Aussi nonchalamment que possible, j'enfile ma nouvelle culotte en la faisant glisser le long de mes cuisses, sous mon tee-shirt. Je sens ses yeux glisser sur mon corps, comme s'ils me touchaient.

– Tu devrais te rendre compte que quel que soit le jeu auquel tu joues, tu ne peux pas gagner. Pas contre nous tous.

Sa voix est devenue plus grave, plus rauque. Mon show lui fait de l'effet. Deux-zéro. Je suis vraiment heureuse de lui tourner le dos, comme ça, il ne peut pas se rendre compte que moi aussi je suis émoustillée, uniquement par sa voix et son regard sur moi.

– Si tu pars maintenant, il ne t'arrivera aucun mal. Nous te laisserons emporter tout ce que papa a pu te donner, et aucun de nous ne t'embêtera. Si tu restes, on va tellement te casser que tu devras partir en rampant.

J'enfile mon jean et, toujours de dos, je commence à enlever mon tee-shirt. S'ensuivent une espèce de gloussement et des bruits de pas rapides. Sa main enserre mon épaule et maintient mon tee-shirt en place. Il me retourne comme une crêpe. Il se penche sur moi, sa bouche effleure mon oreille.

– Dernières nouvelles, bébé. Tu peux faire un strip-tease devant moi tous les jours, je ne te baiserai pas pour autant, tu as pigé ? Tu as peut-être pu embobiner mon père avec ton petit cul, mais nous, on connaît ton numéro.

Le souffle chaud de Reed glisse le long de mon cou, et j'ai toutes les peines du monde à ne pas frissonner. Est-ce que j'ai peur ? Est-ce que je suis allumée ?

Qui peut savoir. Mon corps est tellement tourneboulé. Merde.

Est-ce que je suis la fille de ma mère, ou quoi ? Parce qu'aimer les hommes qui vous traitent mal c'est, c'était, putain, la spécialité de Maggie Harper.

– Fous-moi la paix, dis-je froidement.

Ses doigts agrippent mon épaule un moment avant de me repousser. Je trébuche et me rattrape au bord du lit.

– On te surveille tous, lance-t-il d'une voix sinistre avant de s'éclipser.

Je me dépêche de finir de m'habiller. Mes mains tremblent. À partir de maintenant, j'aurai toujours des vêtements sur moi dans cette maison, même dans ma propre chambre à coucher. Il n'est pas question que je baisse la garde une seconde devant ce salaud de Reed.

– Ella ?

Je sursaute et je me tourne d'un bond pour voir Callum debout devant ma porte ouverte. Je glapis en posant ma main sur mon cœur qui bat.

– Callum, vous m'avez fait peur !

– Désolé.

Il tient un morceau de papier froissé dans sa main.

– Ta lettre.

Je le regarde, l'air étonné.

– Je… ah, merci.

– Tu ne croyais pas que j'allais te la donner, n'est-ce pas ?

– Pour dire vrai, je n'étais pas sûre qu'elle existe.

– Je ne te mentirai pas, Ella. J'ai bien des défauts. Les bêtises de mes fils pourraient remplir un livre plus long que *Guerre et Paix*, mais je ne mentirai jamais. Et je ne vais pas te demander autre chose que de me donner ma chance.

Il glisse la feuille de papier dans ma main.

– Quand tu auras fini, descends prendre le petit déjeuner. Il y a un deuxième escalier au bout du couloir qui mène à la cuisine. Viens quand tu voudras.

– Merci.

Il me sourit chaleureusement.

– Je suis si heureux que tu sois là. Pendant un moment, j'ai cru que je ne te retrouverais jamais.

– Je… je ne sais pas quoi dire.

S'il n'y avait eu que Callum et moi, je crois que j'aurais été soulagée d'être là, peut-être même reconnaissante, mais après ma rencontre avec Reed, j'étais effrayée, voire terrorisée.

– Tout va bien. Tu vas t'habituer à tout ça, je te le promets.

Il me lance un clin d'œil qui est censé me rassurer et disparaît.

Je me jette sur mon lit et j'ouvre la lettre en tremblant.

Cher Steve,

Je ne sais pas si tu recevras cette lettre un jour et si tu croiras ce que tu vas lire. Je l'envoie à la base navale de Little Creek avec ta carte d'identité. Tu l'avais laissée ici, avec un bout de papier et ta montre. J'ai gardé la montre. Je ne sais pas comment, mais je me suis souvenue de ce fichu numéro.

Quoi qu'il en soit, allons droit au but. Tu m'as rendue dingue avec cette folie que nous avons vécue ensemble le mois qui a précédé ton départ pour Dieu sait où. Quand je me suis rendu compte que j'étais enceinte, tu étais parti depuis longtemps. Les types à la base n'ont pas eu la moindre envie d'écouter mon histoire. Je suppose que toi non plus, à présent. Mais si jamais tu l'as, tu devrais venir. J'ai un cancer. Ça me bouffe le colon. Je te jure, je le sens à l'intérieur de moi, comme un parasite.

Ma petite fille va se retrouver seule. Elle est résistante. Solide. Plus solide que moi. Je l'aime. Et si je ne crains pas la mort, j'ai peur qu'elle se retrouve seule. Je sais qu'entre nous, ce n'était pas autre chose qu'une histoire physique, mais je te jure qu'ensemble, nous avons créé la plus belle des choses qui soit au monde. Tu vas te haïr si tu ne cherches pas au moins à la rencontrer.

Ella Harper. Je lui ai donné ce nom à cause de la petite boîte à musique kitch que tu avais gagnée pour moi à Atlantic City. J'ai pensé que tu aimerais bien ça.

Bon, j'espère que tu recevras cette lettre à temps. Elle ne sait pas que tu existes, mais elle a ta montre et tes yeux. Tu t'en rendras compte dès que tu la verras.

Sincèrement,

Maggie Harper

Je fonce dans la salle de bains, elle aussi rose bonbon, pour me passer un gant de toilette sur la figure.

Ne pleure pas, Ella.

Il n'y a aucune raison de pleurer. Je me penche sur le lavabo et je mouille mon visage en faisant comme si toute l'eau qui coule dans la vasque provenait du robinet et pas de mes yeux.

Une fois calmée, je me passe une brosse dans les cheveux et je les relève en queue-de-cheval. Je me tartine de BB crème pour cacher mes yeux rouges, et c'est tout.

Avant de partir, je remets tout dans mon sac à dos et je le jette sur mon épaule. Je vais l'emporter partout tant que je ne lui ai pas trouvé de cachette.

Je passe quatre portes avant de trouver l'escalier de service. Le couloir devant ma chambre est tellement large qu'on pourrait sans problème y faire rouler une des voitures de Callum. Bon d'accord, cet endroit a dû être un hôtel jadis, parce qu'il me paraît ridicule qu'une maison de famille soit si grande.

La cuisine, en bas des escaliers, est gigantesque. Il y a deux fours, un îlot central recouvert de marbre et un nombre énorme de placards blancs. Je vois un évier, mais pas de réfrigérateur ni de lave-vaisselle.

Peut-être y a-t-il une seconde cuisine dans les entrailles de cette maison, et on va m'y envoyer pour récurer les sols, malgré ce que m'a dit Callum hier. Ce qui ne me dérangerait pas, en fait. J'aimerais mieux gagner de l'argent en faisant un vrai boulot qu'en allant à l'école et en étant une môme normale, parce que qui est payé pour être normal ? Personne.

Au fond de la cuisine, une énorme table trône devant un océan de portes-fenêtres.

Les frères Royal sont assis sur quatre des seize chaises. Tous portent un uniforme, leurs chemises blanches pendent sur un pantalon en toile. Des blazers bleus sont posés sur le dossier de certaines des chaises. Et ainsi habillé, chacun des garçons est sublime, avec un petit côté mauvais garçon.

On dirait le jardin d'Éden, beau mais rempli de dangers.

– Comment aimes-tu tes œufs ? demande Callum.

Il s'approche du fourneau avec une spatule dans une main et deux œufs dans l'autre. Je n'ai pas l'impression qu'il soit très à son aise dans cette position. Un coup d'œil rapide aux garçons confirme mes soupçons. Callum ne doit pas cuisiner souvent.

– Des œufs brouillés, ce sera parfait.

Et en plus, c'est impossible à rater.

Il hoche la tête en désignant la porte d'un grand placard blanc derrière lui.

– Il y a des fruits, des yaourts au frigo et des bagels derrière moi.

Je me dirige vers le placard sous le regard de quatre paires d'yeux froids et inquisiteurs. C'est un peu comme un premier jour dans une nouvelle école, quand les autres ont décidé de détester la nouvelle, juste pour le plaisir. Une lumière s'allume et le froid me frappe au visage. Des frigos encastrés. Pourquoi voudriez-vous que les autres puissent voir que vous possédez un frigo, je vous le demande ? Bizarre.

Je sors une barquette de fraises que je pose sur le comptoir.

Reed jette sa serviette.

– J'ai fini. Qui est-ce qui veut que je le dépose ?

Les jumeaux reculent leurs chaises, mais l'autre, Eaton je crois, secoue la tête.

– Moi, je passe prendre Claire ce matin.

– Les garçons… lance Callum en signe d'avertissement.

– Tout va bien.

Je ne veux pas être la cause d'une bagarre ou source de tension entre Callum et ses fils.

– Tout va bien, papa, se moque Reed. (Puis il se tourne vers ses frères.) On part dans dix minutes.

Ils le suivent comme un seul homme. Ou comme une bande de troufions, c'est peut-être plus exact comme analogie.

– Je ne sais pas pourquoi ils sont tellement furieux. J'avais prévu de te conduire à l'école de toute façon. J'espérais juste qu'ils seraient un peu plus… accueillants.

Une odeur d'œufs brûlés nous fait nous retourner tous les deux vers la cuisinière.

– Merde, jure-t-il. (Je m'approche pour découvrir un truc tout marron. Il me sourit d'un air piteux.) Je ne cuisine jamais, mais je ne pensais pas que je pouvais rater des œufs. Visiblement, j'avais tort.

Alors, comme ça, il ne cuisine jamais, mais il le fait pour une fille étrangère qu'il a ramenée chez lui ? Pas étonnant qu'ils éprouvent du ressentiment.

– Vous avez faim ? Parce que moi, je me contente très bien de fruits et de yaourt.

Je n'ai pas eu souvent l'occasion de manger des fruits frais. N'importe quoi de frais est un signe de privilège.

– En fait, je meurs de faim.

Il dit ça avec un air pitoyable.

– Je peux vous faire cuire quelques œufs… (et avant même que j'aie le temps de poursuivre, il sort un paquet de bacon du frigo) avec du bacon si vous en avez.

Pendant que je cuisine, Callum se penche sur le comptoir.

– Alors cinq garçons, hein ? C'est beaucoup.

– Leur mère est morte il y a deux ans. Ils ne s'en sont jamais vraiment remis. Aucun d'entre nous ne s'en est remis. Maria était le ciment de notre famille.

Il passe une main dans ses cheveux.

– J'étais très souvent absent avant sa mort. Atlantic Aviation traversait des moments difficiles et je cherchais à signer des contrats dans le monde entier.

Il pousse un gros soupir.

– Les affaires, j'ai réussi à m'en sortir… Pour la famille, je n'ai pas encore totalement réussi.

Si j'en crois ce que j'ai vu, je ne pense pas qu'ils soient sur la bonne voie, mais après tout, les qualités parentales de Callum ne me regardent pas. J'émets un bruit de gorge évasif que Callum prend pour un encouragement.

– C'est Gideon le plus vieux. Il est à l'université, mais il rentre à la maison le week-end. Je pense qu'il a une petite copine en ville, mais je ne sais pas qui c'est. Tu vas le rencontrer ce soir.

Bon. Enfin pas vraiment.

– Super !

Super comme un lavement.

– Je veux t'emmener au lycée pour t'y inscrire. Quand ce sera fait, Brooke, c'est ma petite amie, m'a proposé de t'emmener faire des courses. Je pense que tu pourras commencer les cours dès lundi.

– J'ai raté combien de temps ?

– Les cours ont commencé il y a deux semaines. J'ai vu tes notes, je pense que tu seras parfaitement au niveau, me rassure-t-il.

Je fixe les œufs en fronçant les sourcils.

– Vous devez avoir de sacrément bons détectives privés pour avoir obtenu mes bulletins scolaires.

– Tu as beaucoup bougé, mais quand j'ai découvert le nom de famille de ta mère, ça n'a pas été bien difficile de deviner la suite et d'obtenir tout ce dont j'avais besoin.

– Maman a fait du mieux qu'elle a pu.

Je pointe mon menton en avant.

– Elle faisait du strip-tease. Est-ce qu'elle t'a forcée à faire pareil ? réagit Callum, avec colère.

– Non, c'est moi qui ai choisi de le faire.

Je jette ses œufs dans son assiette. Il n'a qu'à se faire cuire son stupide bacon tout seul. Personne ne dit du mal de maman devant moi.

Callum m'attrape par le bras.

– Écoute, je…

– Est-ce que j'interromps quelque chose ? lance une voix glaciale depuis la porte d'entrée.

Je me retourne d'un coup pour voir Reed. Sa voix est glacée, mais ses yeux lancent des éclairs. Il n'aime pas que je sois proche de son père. Je sais que c'est débile, mais quelque chose me pousse à me rapprocher encore plus de Callum, à presque me glisser sous son bras. Callum observe son fils, pour le coup, il ne comprend pas la raison de ma proximité subite. Le regard de Reed m'apprend que lui a très bien compris le message.

Je lève la main et la pose sur l'épaule de Callum.

– Non, je préparais juste le petit déjeuner de ton père.

Je souris ingénument.

Le regard de Reed devient encore plus noir, si tant est que ce soit possible.

– J'ai oublié ma veste.

Il contourne la table et la ramasse sur le dossier d'une chaise.

– On se voit au lycée, Reed, je raille.

Il me lance un dernier éclair avant de se retourner pour partir. Je baisse la main.

Callum me regarde d'un air ébahi.

– Tu joues avec le feu.

– C'est lui qui a commencé.

Callum secoue la tête.

– Et dire que je pensais qu'élever cinq garçons était toute une sacrée aventure. Apparemment, je n'ai encore rien vu !

Chapitre 6

Callum me conduit au lycée que je vais fréquenter pour les deux prochaines années. Enfin, c'est Durand qui conduit. Callum et moi sommes assis à l'arrière. Il farfouille dans une pile de documents qui ressemblent à des plans pendant que je regarde le paysage par la vitre, en essayant de ne pas penser à ce qui s'est passé plus tôt dans ma chambre avec Reed.

Dix minutes passent avant que Callum lève enfin la tête de son boulot.

– Désolé, je rattrape mon retard. J'ai pris un peu de temps après la mort de Steve, et le conseil d'administration me tanne pour que je boucle les dossiers.

Je suis tentée de lui demander à quoi ressemblait Steve, s'il était sympa, ce qu'il faisait pour prendre du bon temps, pourquoi après avoir fait l'amour avec ma mère, il est parti sans un mot. Mais je me tais. Une partie de moi ne veut pas savoir qui était mon père. Parce que si j'apprends des trucs sur lui, il deviendra réel. Il pourrait même devenir quelqu'un de bien. C'est plus facile pour moi de penser à lui comme à un sale type qui a abandonné ma mère.

Je montre les papiers du doigt.

– Ce sont des plans pour vos avions ?

Il hoche la tête.

– Nous concevons un nouvel avion de combat. Une commande de l'armée.

Mon Dieu. Il ne se contente pas de construire des avions. Il construit des avions de guerre. C'est du lourd. Mais cela dit, vu la maison, ce n'est pas si étonnant que ça.

– Et mon pè… Steve, il dessinait des avions, lui aussi ?

– Il était plutôt dans la partie tests. Moi aussi, dans une certaine mesure, mais ton père avait une véritable passion pour le vol.

Mon père aimait voler. Je range cette information dans un coin de ma tête. Comme je reste muette, la voix de Callum se fait plus douce.

– Tu peux me poser toutes les questions que tu veux à son sujet, Ella. Je connaissais Steve mieux que personne.

– Je ne suis pas sûre d'être prête à apprendre quoi que ce soit sur lui, je réponds en hésitant.

– Compris. Mais quand tu seras prête, je serai heureux de te parler de lui. C'était un grand bonhomme.

Je ravale mon envie de lui répondre que ça ne devait pas être un si grand bonhomme que ça s'il a abandonné ma mère, mais je n'ai pas envie d'en discuter avec Callum.

Toutes mes pensées au sujet de Steve s'évanouissent lorsque la voiture atteint un portail de plus de six mètres de hauteur. Est-ce ainsi que les Royal vivent ? En passant d'une porte à l'autre en voiture ? Nous les laissons derrière nous pour suivre un chemin pavé qui mène à un grand bâtiment de style gothique recouvert de lierre. J'observe les alentours en descendant de voiture et je découvre des bâtiments similaires, disséminés sur le campus de l'école préparatoire d'Astor Park, sur des kilomètres de pelouse verdoyante. Je comprends alors pourquoi le nom de l'école comprend le mot « parc ».

– Restez dans le coin, lance Callum à Durand à travers la vitre ouverte du conducteur. Je vous appellerai quand nous aurons fini.

La voiture noire disparaît derrière la porte d'un garage à l'autre bout de l'allée. Callum se tourne vers moi.

– Monsieur le directeur Beringer nous attend.

J'ai du mal à cacher mon étonnement en le suivant sur les hautes marches qui mènent aux portes d'entrée. Cette école est démente. Elle suinte le fric et les privilèges. La pelouse impeccablement tondue et la cour immense sont désertes. Dans le lointain, j'aperçois des taches de couleur, ce sont des élèves qui jouent au football. Callum suit mon regard.

– Tu pratiques un sport ?

– Euh, non. Enfin, je suis assez athlétique. La danse, la gymnastique, ce genre de trucs. Mais je ne suis pas très bonne en sport.

Il fait la moue.

– C'est bien dommage. Si tu rejoins une équipe, tu es dispensée de cours d'éducation physique. Je vais me renseigner pour voir s'il n'y a pas une possibilité dans une des équipes de pom-pom girls. Ça pourrait te convenir.

Pom-pom girl ? Ouais, d'accord. Mais pour ça il faut du peps, et je suis la fille la moins pêchue qui soit. Nous entrons dans un hall digne d'un décor de film.

De grands portraits d'anciens élèves sont accrochés aux murs lambrissés de chêne. Sous nos pieds, le parquet est tout lustré. Quelques types en blaser bleu traînent dans un coin. Ils me jettent des coups d'œil curieux au passage.

– Reed et Aaton jouent au football. Notre équipe est numéro un de l'État. Et les jumeaux jouent au lacrosse. Si tu obtiens une place dans une équipe de pom-pom girls, tu pourrais te retrouver en train de les applaudir, un de ces quatre.

Je me demande s'il se rend compte qu'il est en train de me donner une raison supplémentaire pour ne pas devenir pom-pom girl. Pas question que je me trémousse en levant les bras au ciel pour encourager un trou du cul comme Reed.

Je murmure :

– Peut-être. Mais je préférerais me concentrer sur mes études.

Callum entre dans la salle d'attente du bureau du proviseur comme s'il était déjà venu des centaines de fois. C'est probable, car la secrétaire aux cheveux blancs le salue comme un vieil ami.

– Monsieur Royal, c'est bien agréable de vous voir dans des circonstances agréables, pour une fois.

Il lui répond par un sourire narquois.

– Dites-moi, est-ce que François peut nous recevoir ?

– Tout à fait. Entrez donc.

La rencontre avec le proviseur se passe mieux que je l'imaginais. Je me demande si Callum lui a filé du fric pour qu'il ne pose pas trop de questions sur mes antécédents. Mais il doit être au courant de certaines choses, parce qu'il commence par me demander si je veux qu'on m'appelle Ella Harper ou Ella O'Halloran.

– Harper, je réponds sèchement.

Je ne vais pas abandonner le nom de ma mère. C'est elle qui m'a élevée, pas Steve O'Halloran.

On me donne mon emploi du temps qui inclut un cours de gym. Malgré mes protestations, Callum explique au proviseur Beringer que j'aimerais bien devenir pom-pom girl. Seigneur ! Je ne comprends pas ce que cet homme a contre l'éducation physique.

Lorsque nous avons terminé, Beringer me serre la main et m'explique que ma guide scolaire m'attend dans le hall d'entrée pour me faire faire une visite rapide des lieux. Je lance un regard paniqué à Callum, mais il est clairement bien trop occupé à discuter du green du trou 9, qu'il trouve assez coton. Apparemment, Beringer et lui sont partenaires de golf, et il me fait signe de sortir en m'expliquant que Durand va rappliquer avec la voiture dans une heure.

En quittant le bureau, je me mordille les lèvres. Je ne sais pas quoi penser de cette école. Académiquement, j'ai entendu dire qu'elle était au top. Mais tout le reste… les uniformes, le campus super-chic… ça ne me correspond pas. Je l'avais déjà compris, mais ça se confirme à l'instant même où je retrouve ma guide scolaire.

Elle porte la jupe bleu marine et le chemisier blanc qui composent l'uniforme de l'école, et tout chez elle pue le fric, depuis sa coupe de cheveux parfaite jusqu'à sa french manucure. Elle se présente, Savannah Montgomery.

– Oui, ces Mongomery, dit-elle d'un air suffisant, comme si j'étais dans le secret des dieux.

Je n'ai pas la moindre putain d'idée de qui elle est.

Elle est en première, comme moi, et elle passe bien vingt secondes à me jauger. Elle fronce le nez devant mes jeans serrés et mon débardeur, mes bottes de l'armée éculées, mes cheveux, mes ongles non manucurés et mon maquillage appliqué à la va-vite.

– Tu vas recevoir tes tenues d'uniforme ce week-end, m'informe-t-elle. La jupe n'est pas négociable, mais il existe des moyens de tricher avec l'ourlet.

Elle me lance un clin d'œil en lissant sa jupe qui lui arrive à peine en bas des cuisses. Les autres filles que j'ai aperçues dans le hall d'entrée portaient les leurs aux genoux.

– Quoi, si tu fais une pipe aux profs, tu obtiens l'autorisation de la raccourcir ?

Ses yeux bleu glacier s'écarquillent de panique. Puis elle a un petit rire gêné.

– Hum, non, tu glisses un billet de cent à Beringer quand les profs se plaignent, et il regarde ailleurs.

Ça doit être chouette de vivre dans un monde où on peut refiler des billets de cent dollars aux gens. Moi, je suis une fille à un dollar. C'était en général tout ce que les types glissaient dans mon string. Je décide de ne pas en parler à Savannah.

– Bon, laisse-moi te faire faire le tour du propriétaire.

Il me suffit d'une minute à peine pour me rendre compte qu'elle n'en a rien à cirer. Ce qu'elle veut, ce sont des infos.

– Une classe, une classe, les toilettes des filles. (Son doigt si joliment manucuré désigne les différentes portes devant lesquelles nous passons.) Alors, comme ça, Callum Royal est ton tuteur légal ?... Une classe, une classe, la salle des premières. Comment ça se fait ?

Je réponds sèchement.

– Il connaissait mon père.

– C'était l'associé de Callum, n'est-ce pas ? Mes parents sont allés à ses funérailles.

Savannah repousse ses cheveux noisette sur son épaule et ouvre une série de portes.

– Les classes des premières années. Tu ne vas pas passer beaucoup de temps ici. Les classes de première sont dans l'aile Est. À propos, tu habites chez les Royal, hein ?

– Oui.

Je ne donne pas de détails.

Nous passons devant une longue rangée de casiers qui ne ressemblent en rien aux casiers étroits et rouillés de l'enseignement public que j'ai fréquenté toutes ces années. Ils sont bleu marine, de la largeur d'au moins trois casiers traditionnels. Ils brillent dans la lumière du soleil qui pénètre par un mur de fenêtres dans le hall.

Ni une ni deux, nous voici à l'extérieur. Nous empruntons un sentier pavé de pierres rondes, bordé de chaque côté par des arbres splendides. Savanah me montre un autre bâtiment couvert de lierre.

– C'est l'aile des premières. Tous tes cours y auront lieu. Sauf l'éducation physique. La gym a lieu sur la pelouse Sud.

Aile Est. Pelouse Sud. Ce campus est ridicule.

– Tu as déjà rencontré les garçons ?

Elle s'arrête en plein milieu du chemin et me fixe de ses yeux noirs. Elle me jauge à nouveau.

– Ouaip. (Je lui rends son regard.) Pas vraiment impressionnant.

Elle me répond par un rire effrayé.

– Dans ce cas, tu fais partie de la minorité. (Son visage redevient sombre.) La première chose que tu dois savoir, c'est qu'ici les Royal sont les maîtres, Eleanor.

– Ella, je la corrige.

Elle me fait un signe de la main.

– Comme tu veux. Ils font la loi et ils la font respecter.

– Et toi, tu les suis comme un brave petit toutou.

Un léger soupçon de dédain effleure ses lèvres.

– Si tu ne le fais pas, les quatre années que tu passes ici sont atroces.

– Eh bien moi, je m'en fous complètement de leurs règles, dis-je en haussant les épaules. Je vis peut-être dans leur maison, mais je ne les connais pas et je ne veux pas les connaître. Je suis ici uniquement pour obtenir mon diplôme.

– Bon, je pense que c'est le moment de te donner une autre leçon concernant Astor. Elle hausse les épaules. La seule raison pour laquelle je suis sympa avec toi…

Attendez, c'est ça sa façon d'être sympa ?

– … C'est parce que Reed n'a pas encore promulgué de décret Royal.

Je hausse un sourcil.

– Ce qui signifie ?

– Ce qui signifie qu'il suffit d'un mot de lui et tu ne seras plus rien ici. Insignifiante. Invisible. Ou pire encore.

Là, je me marre.

– C'est censé me foutre les jetons ?

– Non. C'est juste la vérité. On attendait que tu arrives. On avait été prévenus, on nous avait dit d'attendre les ordres.

– Qui ça ? Reed ? Le roi d'Astor Park ? Merde, je vais faire pipi dans ma culotte !

– Ils n'ont pas encore décidé ce qu'ils allaient faire de toi. Mais ils vont le faire bientôt. Je ne te connais que depuis cinq minutes, mais je peux déjà te dire quelle sera leur décision.

Elle grimace un sourire.

– Nous autres, les filles, nous avons un sixième sens. Ça ne nous prend pas longtemps pour comprendre à qui on a affaire.

Je lui retourne son sourire.

– Non, c'est vrai.

Notre échange de regards ne dure que quelques secondes. Assez longtemps toutefois pour lui faire comprendre que je me fous complètement d'elle, ou de Reed, ou de cette hiérarchie sociale qu'elle semble visiblement respecter.

– Allons, Eleanor, viens, je te montre le stade de foot. C'est une installation de pointe, tu sais.

Chapitre 7

La balade avec Savannah s'achève après la visite de l'intérieur de la piscine olympique. S'il y a un truc qu'elle semble apprécier, c'est ma silhouette.

– Le look sous-alimenté est à la mode, m'informe-t-elle sur un ton brusque qui, je commence à le croire, est naturel chez elle. Tu dois penser que je suis une salope, mais je suis simplement honnête. Astor Park est une école d'un genre complètement différent. Je suppose que tu étais dans le public ? poursuit-elle en montrant de la main mes jeans skinny de friperie.

– Ouais, et alors ? L'école c'est l'école, je sais bien qu'il y a différentes tribus. Les mômes pauvres, les mômes riches…

Elle lève la main pour m'interrompre.

– Non. Ici, c'est différent de tout ce que tu as pu connaître auparavant. Le gymnase que tu as vu tout à l'heure ? Au départ, c'était censé être pour l'équipe de foot, mais il a suffi que la famille de Jordan Carrington fasse une histoire, et il a immédiatement ouvert au public, sauf à certains moments particuliers.

Entre cinq heures et huit heures du matin, et entre deux heures et huit heures l'après-midi, c'est réservé au foot. Le reste du temps, c'est ouvert à tout le monde. Sympa, hein ?

Je ne sais pas si elle plaisante, mais l'accès limité me paraît stupide. Curieuse, je lui demande :

– Pourquoi les Carrington ont-ils fait une objection ?

– Astor Park est une école préparatoire avec un grand P.

Savannah continue. Il n'y a pas de bouton marche/arrêt.

– Dans cet État, chaque famille veut y envoyer ses mômes, mais c'est très sélectif. Il ne suffit pas d'avoir de l'argent pour y entrer. Tous ceux qui sont acceptés, même les boursiers, sont ici parce qu'ils ont quelque chose d'unique. Ils peuvent être des as du foot, ou faire gagner des prix nationaux à l'équipe scientifique, ce qui implique des articles dans la presse nationale. Dans le cas de Jordan, elle est capitaine de l'équipe de danse, ce qui selon moi, n'est pas bien loin du strip-tease…

Merde, j'espère que ce n'est pas pour ça que Callum l'a suggéré ce matin.

– Mais elles gagnent, et Astor adore voir son nom figurer dans les journaux, sous la rubrique vainqueurs.

– Alors, pourquoi suis-je ici ? je murmure dans un souffle.

Mais Savannah possède une ouïe de super-héros et tout en ouvrant la porte d'entrée, elle me répond :

– Tu es une Royal, en quelque sorte. Quel genre de Royal, c'est encore à voir. Cette école va te manger toute crue si tu es faible, alors je te conseille de profiter de tout ce que peut t'offrir le nom de Royal, même si tu dois le prendre de force.

La portière d'une voiture claque, et une blonde platine filiforme, en jeans super-moulants et stilettos vertigineux, s'avance à notre rencontre.

– Salut, euh…

L'inconnue tend une main devant elle comme si elle se protégeait les yeux du soleil, ce qui est complètement inutile vu qu'elle porte une paire de lunettes énormes qui lui mangent tout le visage.

Ma guide marmonne doucement.

– C'est la petite amie de Callum. Inutile d'être sympa avec elle, c'est juste un extra.

Et sur ces dernières bonnes paroles, Savannah disparaît en me laissant avec ce petit bout de femme.

– Tu dois être Elaine. Je suis Brooke, l'amie de Callum. Je suis venue te chercher pour faire des courses.

Puis elle frappe des mains, comme si c'était le truc le plus excitant qui existait.

– Ella, je la reprends.

– Oh, je suis désolée ! Je suis tellement nulle avec les noms. Puis, avec un grand sourire, elle ajoute : On va bien s'amuser aujourd'hui !

J'hésite.

– Hum. Nous ne sommes pas obligées d'aller faire des courses. Je peux très bien attendre ici que le bus arrive.

– Oh ma chérie, glousse-t-elle, il n'y a pas de bus ici. En plus, Callum m'a demandé de t'emmener faire des courses, alors c'est ce qu'on va faire.

Elle m'agrippe le bras avec une force étonnante et m'entraîne jusqu'à la limousine. À l'intérieur de laquelle il y a Durand. Je commence à l'apprécier, celui-là. Je lui lance un « Salut Durand » avant de jeter un regard à Brooke. Puis je propose :

– Que dirais-tu si je m'asseyais devant avec Durand pour que tu puisses te relaxer à l'arrière ?

– Non. Je veux faire ta connaissance.

Elle me pousse sur la banquette arrière et s'y engouffre à ma suite.

– Raconte-moi tout.

Je soupire vaguement, je n'avais pas vraiment l'intention de bavarder avec la copine de Callum. Et je m'en veux, parce que Brooke n'a rien fait d'autre que d'être sympa avec moi. Je ne juge pas les gens comme ça d'habitude. Je décide de baisser un peu la garde. En plus, il me semble que Brooke est plus mon type que les Royal, surtout si les camarades de classe des garçons l'affublent du titre d'*extra*.

Pourtant, elle a l'air jeune. Vraiment jeune. Un peu comme si Callum pouvait être son jeune père.

– Il n'y a pas grand-chose à dire, je lui réponds en haussant les épaules. Je m'appelle Ella Harper. Callum prétend que Steve O'Halloran est mon père.

Brooke hoche la tête.

– Oui, il me l'a dit ce matin. N'est-ce pas incroyable ? Il m'a raconté qu'il t'avait retrouvée il y a juste quelques heures et qu'il était désolé que ta mère soit décédée.

Elle m'attrape la main en réduisant un peu son large sourire.

– Ma mère est morte quand j'avais treize ans. Une rupture d'anévrisme. J'ai eu le cœur brisé, alors je sais ce que tu ressens.

Quand elle me serre la main, je sens une boule monter dans ma gorge. Je dois déglutir deux fois avant de pouvoir répondre :

– Je suis désolée.

Elle ferme les yeux un instant comme si elle luttait elle aussi pour contrôler ses émotions.

– Eh bien, nous sommes toutes les deux dans un meilleur endroit, non ? Callum m'a sauvée, moi aussi, tu sais.

– Toi aussi tu faisais du strip-tease ? je lui demande à brûle-pourpoint.

Les yeux de Brooke s'élargissent un peu et elle laisse échapper un petit rire avant de poser une main sur sa bouche.

– C'est ça que tu faisais ?

– Ce n'était pas du nu intégral.

Je me recroqueville devant son fou rire en souhaitant n'avoir jamais abordé la question.

Elle se reprend et recommence à tapoter ma main.

– Excuse-moi, je ne ris pas de toi mais de Callum. Il a dû être mortifié. En ce moment, il essaie tellement d'être un bon père pour ses fils et je suis certaine que de trouver sa jeune pupille dans un club de strip-tease a dû être très choquant pour lui.

Rougissante et gênée, je fixe la fenêtre. Cette journée a vraiment mal commencé. Depuis les sentiments bizarres que Reed a déclenchés en moi jusqu'à la balade pleine de condescendance avec Savannah et ma confession embarrassante à la petite amie de Callum. Je déteste avoir l'impression de ne pas être à ma place. Le premier jour dans une nouvelle école. Le premier trajet en bus. Le premier…

Une tape sur mon front interrompt mes pensées.

– Eh, ne te perds pas dans ta boîte crânienne, mon chou.

Je regarde Brooke par-dessus mon épaule.

– Je ne me perds pas.

– Conneries. (Elle prononce ce juron doucement et tendrement. Elle pose sa main sur ma joue.) Je n'ai pas fait de strip-tease, mais c'est parce que j'ai préféré faire pire pour m'en sortir. Je ne te jugerai pas. Jamais. Ce qui est important, c'est que tu ne sois plus là-bas et que tu n'aies jamais besoin d'y retourner. Si tu joues le jeu, tu seras tranquille pour toute ta vie.

Elle retire sa main et me donne une tape légère.

– Maintenant, souris un peu, parce qu'on va faire des courses.

Je ne vais pas vous mentir, ça me va parfaitement.

– Combien est-ce que ça va coûter ?

Je suis déjà allée dans un centre commercial, les prix grimpent vite, même en soldes, mais si on me fournit un uniforme scolaire, je n'aurai besoin que d'un ou deux articles. Un autre pantalon. Peut-être un ou deux hauts. La plage n'est pas loin, alors un maillot de bain, ça serait pas mal. Je vais pouvoir m'en sortir pour quelques centaines de dollars.

Le visage de Brook s'éclaire. Elle sort une carte de crédit qu'elle agite devant mes yeux.

– Tu te poses la mauvaise question. C'est Callum qui paie et, crois-moi, même s'il raconte que sa boîte était au bord de la faillite il y a quelques années, ce mec pourrait acheter et vendre tout le centre commercial, il aurait encore assez de fric pour avoir le putain d'orgasme le plus cher du monde.

Ça me laisse sans voix.

Nous arrivons dans un centre en plein air, avec de minuscules boutiques qui vendent de minuscules vêtements à des prix exorbitants. Je n'arrive pas à me décider pour quoi que ce soit. Mille cinq cents dollars pour une paire de chaussures ? Elles sont en or ou quoi ? Brooke prend les choses en main et passe article après article à la vendeuse.

Il y a tellement de sacs et de boîtes que j'ai peur que Durand soit obligé d'échanger la limousine contre une camionnette. Au bout du dixième magasin, je suis épuisée, et vu le soupir qu'elle pousse, je pense que Brooke n'en est pas loin non plus.

– Je vais m'asseoir un instant pour boire quelque chose de frais pendant que tu termines.

Elle s'écroule sur une chaise en velours et fait signe à une vendeuse qui accourt immédiatement.

– Que puis-je vous servir, Madame Davidson ?

– Un mimosa.

Elle me fait un signe de la main avec la carte noire qu'elle a déjà tellement fait chauffer que je suis étonnée qu'elle n'ait pas fondu entre ses doigts

– Continue, achète. Callum sera déçu si tu reviens à la maison sans que le coffre soit rempli de paquets. Il a bien spécifié que tu avais besoin d'absolument tout.

– Mais… je…

Je suis complètement larguée. Déposez-moi dans un Walmart ou zut, même dans un Gap, et je crois que je pourrai très bien m'en sortir. Mais ici ? Aucun de ces vêtements n'a l'air portables. Mais Brooke m'ignore complètement. Elle et la vendeuse entament une conversation passionnée pour savoir ce qui, de la flanelle grise ou du tweed gris, est le plus tendance.

Je prends la carte de crédit à contrecœur. Elle pèse plus lourd que toutes les cartes de crédit que j'ai pu avoir en main jusqu'ici. Je me demande s'il y a une autre carte à l'intérieur et qu'ainsi Brooke s'arrange pour pouvoir acheter la moitié du magasin sans qu'elle soit rejetée. Je la quitte et j'achète quelques trucs supplémentaires, en frémissant devant leur prix. Je suis franchement soulagée quand Durand apparaît et nous ramène au château des Royal.

Sur le chemin du retour, Brooke papote et m'explique comment assortir au mieux mes achats pour créer de parfaits ensembles. Certaines de ses suggestions me font rigoler et je suis stupéfaite de m'apercevoir que je n'ai pas passé un si mauvais moment que ça avec elle, aujourd'hui. Son enthousiasme est un peu exagéré, bien sûr, et elle est un peu trop gentille, mais peut-être que j'ai été injuste en doutant des goûts féminins de Callum. Quoi qu'il en soit, Brooke est quand même amusante.

– Merci pour la conduite, Durand, je dis quand nous nous arrêtons devant la porte d'entrée du manoir.

Il arrête la voiture au lieu de faire le tour de la maison comme hier, quand nous sommes arrivés de Kirkwood.

Durand aide Brooke à sortir de la voiture et à grimper les escaliers. Je suis à la traîne, comme si j'étais l'extra dont a parlé Savannah à propos de Brooke.

– Je vais monter les sacs, lance-t-il par-dessus son épaule.

Tout cela me donne une impression de malaise et d'inutilité. Je devrais vraiment me trouver un boulot. Peut-être que si j'avais mon argent à moi et quelques amis, je pourrais me sentir normale de nouveau.

Quand je rêvais à mon avenir, cela n'incluait pas des limousines ni des manoirs, des fashionistas ou des marques de créateurs. Le pendule de ma vie se balançait bien trop loin, dans la direction opposée.

Callum nous accueille dans le hall. Durand porte les sacs à l'intérieur.

– Merci pour votre aide, dit Callum au chauffeur. Chérie !

Brooke semble revivre en entendant le son de la voix de Callum, elle se jette sur lui.

– Nous nous sommes amusées comme des folles !

Callum hoche la tête en signe d'approbation.

– Ça me fait plaisir. (Il me regarde.) Gideon est arrivé. Je veux te le présenter, sans plus attendre. Après ça, pourquoi ne pas commander un déjeuner tardif ?

– Gideon.

Les yeux de Brooke s'allument.

– Cela fait trop longtemps que je n'ai pas vu cet amour de garçon. (Elle se dresse sur la pointe des pieds et embrasse Callum sur la joue.) Ton idée de déjeuner me semble délicieuse. J'ai faim.

Sa voix aiguë me fait presque rougir. Callum, un peu gêné, s'éclaircit la voix.

– Viens Ella, je veux que tu rencontres mon fils aîné.

Il y a une grande fierté dans sa voix. Curieuse, je le suis à l'arrière de la maison, où une sublime piscine carrelée de bleu et blanc se marie parfaitement avec la pelouse impeccablement tondue.

Dans la piscine, une flèche humaine fend l'eau en douceur avec des mouvements d'une grande pureté. À côté de moi, Brooke soupire. Ou peut-être bien qu'elle gémit. L'un ou l'autre son s'explique devant le spectacle que nous offrent les muscles ciselés de l'aîné des Royal.

Je comprends pourquoi Brooke était tout excitée en entendant son nom. Mais c'est un peu bizarre, vu qu'elle sort avec son père. Je me dis que les adultes sont des gens compliqués. Ce n'est pas à moi de porter un jugement sur leur relation. Après deux autres longueurs, Gideon s'arrête et se hisse hors de la piscine. Moulé dans son Speedo, il est clair que ce type n'a aucun problème physique.

– Papa !

Il s'essuie le visage avec une serviette qu'il passe ensuite autour de son cou. Il ne semble pas remarquer qu'il goutte et met de l'eau partout sur le deck.

– Gideon, je te présente Ella Harper, la fille de Steve.

Son fils me jette un regard.

– Alors, tu l'as retrouvée.

– Oui.

Ils parlent de moi comme si j'étais un chiot abandonné. Callum pose une main sur mon épaule et me pousse en avant.

– Contente de te connaître, Gideon.

J'essuie ma main sur mon jean et la lui tends.

– Pareil.

Il me serre la main et, malgré la froideur de son ton, je trouve qu'il est plus amical que quiconque dans cette maison, à part son père.

– J'ai quelques coups de fil à passer. Mais avant ça, je dois prendre une douche. À plus tard.

Il passe devant nous. Lorsque nous nous tournons pour le regarder s'éloigner, je surprends le regard de Brooke, qui me choque. Ses yeux ont une expression d'avidité, la même que celle qu'avait maman quand elle regardait quelque chose d'extravagant dont elle avait envie mais qu'elle ne pouvait pas s'offrir.

Callum n'a pas l'air de s'en apercevoir. Il a dirigé son attention sur moi. Toutefois, je ne peux m'empêcher de continuer à penser à l'expression de Brooke. Elle avait l'air complètement dingue du fils de Callum. Suis-je la seule à m'en apercevoir ? Arrête, Ella, ce ne sont pas tes oignons.

– Et si on déjeunait, à présent ? suggère Callum. Il y a un super petit café à cinq minutes d'ici. Ils servent des merveilleux produits de la ferme. C'est très frais. Léger.

– D'accord.

Je suis prête à tout pour sortir d'ici.

– Je viens, moi aussi, dit Brooke.

– En fait, Brooke, si tu es d'accord, j'aimerais passer un moment en tête à tête avec Ella, maintenant.

Son ton indique clairement qu'il se fiche qu'elle soit d'accord ou pas, parce que c'est comme ça, et pas autrement.

Chapitre 8

Le déjeuner en compagnie de Callum est étonnamment agréable. Il m'en dit plus sur Steve, bien que je ne lui aie pas posé de questions. Mais il avoue que parler de lui lui fait du bien. Callum admet qu'il n'a jamais été très présent pour ses fils et sa femme, mais que dès que Steve avait besoin de lui, il laissait tout tomber. Apparemment, ce lien entre SEALs était inaltérable.

Il ne se moque pas de moi quand je lui demande si c'est là qu'ils sont devenus potes, au contraire, il m'explique que le terme « BUD/S[7] » est le nom d'un programme d'entraînement de la Navy. Après ce déjeuner, j'ai l'impression de mieux cerner Royal Senior, il est dévoué, assez déterminé et ne contrôle pas tout à fait sa vie. Nous ne parlons pas de ses fils, mais je me crispe lorsqu'il pousse la porte d'entrée.

– Ils vont changer d'avis, dit Callum pour m'encourager.

Nous retrouvons les garçons dans une grande pièce, au fond de l'aile droite de la maison. Callum

7. *Bud* signifie « pote », en anglais.

l'appelle la salle de jeux. Avec ses murs peints en noir, l'endroit est immense. Les garçons nous accueillent dans un silence de mort et les affirmations de Callum me paraissent soudain peu convaincantes.

– Que faites-vous tous ce soir ? demande Callum sur le ton de la conversation.

D'abord, personne ne répond. Les plus jeunes se tournent vers Reed, vautré sur un tabouret de bar, un pied sur le sol et l'autre posé sur le barreau le plus bas du siège. Gideon est adossé au bar, il regarde ce qui se passe, les mains posées sur le comptoir.

– Gideon ? le questionne Callum.

Son aîné hausse les épaules.

– Jordan Carrington donne une fête.

Reed se retourne et dévisage Gideon en faisant la moue, comme s'il était un traître.

– Vous allez emmener Ella à cette fête, ordonne son père. Ce sera une bonne chose qu'elle puisse rencontrer ses nouveaux camarades de classe.

– Il y aura de l'alcool, de la drogue et du sexe, raille Reed. Tu veux vraiment qu'elle aille là-bas ?

– Je préférerais rester à la maison ce soir, j'essaie de dire, mais personne ne fait attention à moi.

– Alors tous les cinq, vous ferez attention à elle. C'est votre sœur à présent.

Callum croise les bras sur sa poitrine. Leurs volontés s'affrontent, et il veut gagner. En plus, cette histoire d'alcool, de drogue et de sexe n'a pas l'air du tout de l'inquiéter. Génial. C'est vraiment dingue.

– Ah bon, tu l'as adoptée, lance Reed, sarcastique. Je suppose que je ne devrais pas être surpris. Faire des conneries sans nous en parler, c'est ta spécialité, n'est-ce pas, papa ?

Je reprends la parole.

– Je ne veux pas aller à cette fête. Je suis fatiguée. Je serai contente de rester à la maison.

– Bonne idée, Ella. (Callum décroise ses bras et en pose un sur mon épaule.) Toi et moi, on va regarder un film.

Un muscle de la mâchoire de Reed se met à tressaillir.

– Tu as gagné. Elle peut venir avec nous. On part à huit heures.

Callum baisse le bras. Il n'est pas aussi aveugle que je le pensais. Les garçons ne veulent pas que je reste seule avec lui, et Callum le sait.

Les yeux bleu glacier de Reed se tournent vers moi.

– Tu ferais bien de monter et de t'arranger pour être présentable, frangine. Tu ne peux pas foutre en l'air tes débuts dans le grand monde avec ce look.

– Reed… l'avertit Callum.

L'expression de son fils est l'innocence même.

– J'essayais juste d'être utile.

Appuyé sur une queue à côté de la table de billard, Easton semble retenir un sourire. Gideon a l'air résigné et les jumeaux nous ignorent de façon délibérée.

Un vent de panique m'envahit. Les fêtes au lycée auxquelles j'ai participé, enfin la seule, c'était des trucs en tee-shirt et en jean. Les filles, bien sûr, s'étaient un peu fringuées, mais toujours dans un style décontracté. J'aimerais bien savoir si cette fête sera très habillée, mais je ne veux pas offrir aux frères Royal le plaisir de voir à quel point je suis larguée.

Puisque huit heures, c'est dans dix minutes, je grimpe à toute vitesse dans ma chambre où je découvre tous mes paquets bien rangés au pied de mon lit. Je me rappelle vaguement les conseils de Savannah. Si je dois rester dans le coin pendant deux ans, il faut que je fasse bonne impression. Et ensuite, je me mets à penser à autre chose. Qu'est-ce que j'en ai à foutre ? Je n'ai pas besoin que ces gens m'apprécient, je veux juste passer mon bac. Mais en fait, si, j'en ai quelque chose à foutre. Je me déteste pour ça, mais je ne peux résister au besoin désespéré que j'ai d'essayer. Essayer d'être intégrée. Essayer de faire de cette expérience scolaire autre chose que les précédentes.

Il fait chaud dehors, alors je choisis une jupe courte bleu marine et un haut bleu clair et blanc en coton et soie. Il coûte aussi cher que tout le rayon vêtements de Walmart, mais il est tellement joli que je soupire d'aise en l'enfilant. Dans un autre sac, j'attrape une paire de chaussures plates bleu marine avec une grosse boucle rétro en argent. Je me brosse les cheveux et je les rassemble en une queue-de-cheval, mais finalement, je décide de les laisser lâchés. Je mets un bandeau argenté que Brooke m'a fait acheter, « les accessoires, c'est un must », a-t-elle insisté. C'est la raison pour laquelle j'ai également un sac rempli de bracelets, de colliers, d'écharpes et de sacs à main.

Dans la salle de bains, je fouille dans ma trousse à maquillage et j'essaie d'avoir la main la plus légère possible. Il s'agit d'obtenir un look éthéré en espérant que tout le temps que j'ai passé dans les clubs de strip-tease et les bars ne se voie pas dans ma façon de faire. Je n'ai pas l'habitude des fêtes de lycéens, mais de travailler avec des filles de trente ans qui veulent paraître dix ans de moins et dont la devise est « si tu ne mets pas au moins trois couches épaisses de fond de teint, tu n'arriveras à rien ».

Une fois prête, j'examine mon reflet dans le miroir, j'y vois une étrangère. J'ai l'air tirée à quatre épingles et bien comme il faut. On dirait Savannah Montgomery, pas Ella Harper. Mais c'est peut-être bien ainsi. Sauf qu'il n'y a rien d'encourageant dans le regard que me jettent les frères Royal quand je les retrouve sur le parking, cinq minutes plus tard. Gideon a l'air surpris. Les jumeaux et Easton reniflent. Reed a un petit sourire goguenard.

Est-ce que je vous ai dit qu'ils portent tous des jeans taille basse et des tee-shirts larges ? Les enfoirés se sont payé ma tête.

– On va à une fête, frangine, pas prendre le thé avec la reine.

La voix grave de Reed ne m'émoustille pas du tout, cette fois. Il se fout de moi à nouveau, et ça l'amuse.

– Vous pouvez attendre cinq minutes que je me change ? je demande fermement.

– Nan. Il est temps d'y aller.

Il s'avance à grandes enjambées vers une des Range Rover sans se retourner. Gideon me jette un nouveau coup d'œil, puis un autre à son frère. Il pousse un soupir et rejoint Reed dans la voiture.

La fête a lieu à l'intérieur des terres, loin de l'océan. C'est Easton qui m'emmène. Les autres garçons sont partis devant et ça n'a pas l'air de lui plaire d'être coincé avec moi. Il ne dit pas grand-chose pendant le trajet. Il n'allume pas non plus la radio, du coup le silence rend le trajet assez désagréable. C'est uniquement quand il arrive à l'entrée principale d'un manoir de trois étages qu'il me lance : « Sympa ton bandeau ».

Je résiste à une violente envie de lui faire ravaler son sourire suffisant d'une gifle bien sentie.

– Merci. Il m'a coûté cent trente dollars. Merci à la carte noire magique de ton père.

Du coup, son regard s'assombrit.

– Fais gaffe à toi, Ella.

Je lui souris en ouvrant la portière.

– Merci pour la balade, Easton.

Reed et Gideon sont là, de dos, sous les colonnades du porche d'entrée. Ils sont en grande discussion à voix basse. J'entends Gideon jurer d'un air ennuyé, puis « Ce n'est pas malin, frangin. Pas pendant la saison ».

– Mais qu'est-ce que tu en as à foutre ? murmure Reed. Tu nous as clairement fait comprendre dans quel camp tu étais, et ce n'est plus le nôtre.

– Tu es mon frère, et je m'inquiète pour…

Il s'interrompt quand il s'aperçoit que nous arrivons.

Ils se crispent tous les deux, puis Reed se tourne pour m'accueillir et quand je dis accueillir, ça signifie qu'il déroule une liste sans fin de ce que je peux et ne peux pas faire.

– Nous sommes chez Jordan. Ses parents possèdent des hôtels. Ne te bourre pas la gueule. Ne fais pas honte à notre famille. Ne nous tourne pas autour. N'utilise pas le nom de Royal pour obtenir quoi que ce soit. Joue les putes, et on te fait sortir à coups de pied au cul. Gid m'a dit que ta mère était une pute. N'essaie pas cette merde ici, tu as pigé ?

Voilà donc les fameux décrets Royal.

– Va te faire mettre, Royal. Elle n'était pas prostituée, à moins que tu considères la danse comme faisant partie du sexe, et si c'est le cas, ta vie sexuelle doit être bien naze.

Je soutiens son regard noir.

– Vas-y, montre-moi le pire de ce que tu peux faire. Tu n'es qu'un pauvre amateur comparé à ce par quoi je suis passée.

Sur ce, je laisse les frères Royal scotchés sur place et j'entre comme si j'étais chez moi. Et immédiatement, je le regrette, parce que tout le monde, dans le premier salon, se retourne pour me dévisager. Le martèlement des basses produit un bruit sourd dans toute la maison, les murs tremblent et le sol vibre sous mes pieds. Des éclats de voix et des rires me parviennent de derrière l'embrasure d'une porte voûtée, à ma gauche.

Deux ou trois filles en hauts moulants et jeans skinny me jettent des regards dédaigneux. Un grand type en polo me fait un sourire en coin en levant sa bouteille de bière à ses lèvres.

Je me retiens de ressortir immédiatement, mais si je peux me recroqueviller et devenir une cible pour les deux ans qui viennent, je suis capable de subir cet affront. Le mieux que je puisse faire, c'est de faire face quand c'est nécessaire et de me couler dans le moule chaque fois que j'en ai la possibilité. Je ne suis la pute de personne, mais c'est inutile de faire des vagues. Alors, je me contente de sourire poliment à tous ceux qui me dévisagent, et lorsque leurs regards glissent de moi vers les Royal, j'en profite pour filer dans le couloir le plus proche. Je continue à avancer jusqu'à ce que j'aie trouvé le coin le plus tranquille, un petit recoin obscur, tout au bout d'un couloir. On dirait que j'ai trouvé le coin idéal, il n'y a personne.

– Il est encore tôt, dit une voix féminine qui me fait sursauter. Mais même plus tard, cette partie de la maison est toujours vide.

– Oh mon Dieu, je ne t'avais pas vue.

Je pose une main sur mon cœur qui bat la chamade.

– On me le dit souvent.

Mes yeux s'habituent à l'obscurité. Je m'aperçois qu'il y a un fauteuil dans le coin. La fille qui est assise dessus se lève d'un bond. Elle est vraiment petite, elle a des cheveux noirs qui lui arrivent au cou et un minuscule grain de beauté sur sa lèvre supérieure. Et elle a des formes pour lesquelles je me damnerais.

– Je suis Valérie Carrington.

La sœur de Jordan ?

– Et moi…

– Ella Royal, poursuit-elle à ma place.

– Harper, en réalité.

Je regarde autour d'elle. Est-ce qu'elle était en train de lire à la lampe de poche ? Je remarque un téléphone sur la petite table à côté du fauteuil. Elle envoyait des textos à son petit copain ?

– Tu te caches ?

– Ouaip. Je t'offrirais bien une chaise, mais il n'y en a qu'une ici.

– Moi je sais pourquoi je me cache, je lui réponds avec honnêteté, mais toi, quelle est ton excuse ? Si tu es une Carrington, tu habites bien ici ?

Elle pouffe de rire.

– Je suis la cousine pauvre de Jordan, par deux fois déplacée. Un cas de charité absolue.

Et je parie que Jordan ne lui offre pas la moindre chance de l'oublier. Je hausse les épaules.

– Se cacher, ce n'est pas une mauvaise solution. Si tu t'enfuis, tu as une chance de voir le jour suivant. Du moins c'est ma théorie.

– Pourquoi tu te caches ? Tu es une Royal à présent.

Il y a un soupçon de moquerie dans sa voix qui me fait réagir.

– Comme toi tu es une Carrington ?

Elle fronce les sourcils.

– J'ai pigé.

Je passe une main sur mon front, je me sens vraiment minable.

– Je suis désolée. Je n'avais pas l'intention de te faire flipper. Mais ces derniers jours ont été durs. Je suis éreintée, et en plus je suis complètement paumée.

Valérie hoche la tête et me regarde sans rien dire pendant quelques instants.

– Bon, d'accord Ella Harper, elle accentue comme si elle voulait faire la paix, essayons de trouver un truc qui te réveille. Tu sais danser ?

– Ouais, plus ou moins, j'ai pris des cours quand j'étais petite.

– Ça va être marrant, alors. Ramène-toi.

Elle me guide à travers le couloir, dans un recoin, sous un escalier.

– S'il te plaît, ne me dis pas qu'on te force à dormir sous l'escalier !

– Ah ! non. J'ai ma propre chambre en haut. C'est le quartier des employés, et le fils de la femme de ménage est un ami. Il est parti à la fac et il a laissé son ancien matos de jeu ici. On jouait tout le temps, même au DDR[8].

Je lui avoue :

– Je ne sais pas du tout ce que c'est. Maman et moi n'avions même pas la télé dans notre dernier appart à Seattle.

8. *Dance Dance Revolution* est un jeu vidéo qui consiste à « danser » avec ses pieds une chorégraphie préenregistrée et affichée sur un écran.

– *Dance Dance Revolution*. Tu copies les mouvements qui apparaissent sur l'écran et plus tu danses bien, plus tu obtiens des points. Je suis assez bonne à ce jeu-là, mais si tu as des notions de danse, je ne devrais pas complètement t'écraser.

Quand elle me sourit, je manque l'embrasser parce que ça fait tellement longtemps que je n'ai pas eu d'amie. Je ne me rendais même pas compte que ça me manquait à ce point.

– Tam était nul, avoue-t-elle

Au ton mélancolique de sa voix, je comprends qu'il lui manque. Beaucoup.

– Il revient souvent ?

Je pense à Gideon qui rentre chez lui tous les quinze jours.

– Non. Il n'a pas de voiture, donc on ne se verra pas avant Thanksgiving. C'est sa mère qui va aller le voir, et j'irai avec elle.

Elle semble soudain tout excitée à l'idée de ce voyage.

– Mais un jour, il en aura une.

– C'est ton petit copain ?

– Ouais.

Elle me regarde d'un air accusateur.

– Pourquoi ? Ça te pose un problème ?

Je lève la main en signe d'apaisement.

– Bien sûr que non. Je suis curieuse, c'est tout.

Elle hoche la tête et ouvre la porte d'une petite pièce avec un lit soigneusement fait et une télé d'une taille standard.

– Et comment sont les Royal chez eux ? me demande-t-elle en installant le jeu.

Je mens :

– Sympas.

– Vraiment ? (Elle a l'air sceptique.) Parce qu'ils n'ont pas été sympas avec toi. Ou à ton sujet plutôt.

Un sentiment ridicule de loyauté vis-à-vis de ces enfoirés me pousse à la fermer.

– Nâân, ils s'améliorent.

Je répète les paroles de Callum, mais elles ne me paraissent pas plus crédibles que dans sa bouche. Pour changer de sujet, je montre la télévision.

– Prête à danser ?

– Ouais.

Valérie accepte sans problème mon changement de sujet. Elle sort deux « vine coolers[9] » d'un minifrigo et m'en tend un.

– Je bois à nous qui nous cachons et qui nous amusons quand même.

Ce jeu est très cool. C'est beaucoup trop facile pour nous. Valérie est une super-danseuse, mais j'ai grandi là-dedans et je suis parfaitement capable de réaliser n'importe quel déhanché ou mouvement du bras. Valérie décide que nous devons nous donner des handicaps. Nous faisons une pause en sirotant nos vine coolers. Plus elle boit, moins elle y arrive, tandis que chez moi l'alcool est magique et la musique me transporte.

9. Un « vine cooler » est un mélange de vin rouge et de jus de fruit.

– Mince, ma vieille, tu as la danse dans le sang ! me taquine-t-elle. Tu devrais tenter ta chance dans une de ces émissions de danse à la télé.

– Nâân. (J'avale une autre gorgée.) Ça ne m'intéresse pas de passer à la télé.

– Eh bien, tu as tort. Je veux dire, regarde-toi. Tu es sexy, même dans ce déguisement de sale petite richarde, et avec ta façon de bouger, tu serais une star.

– Ça ne m'intéresse pas, je te dis.

Elle se marre.

– Très bien, comme tu veux. Il faut juste que j'aille faire pipi.

Je rigole, moi aussi, quand elle délaisse le jeu au milieu d'une chanson pour aller aux toilettes.

Elle a une énergie folle, je l'aime bien. Je me dis qu'il faut que je pense à lui demander si elle va à Astor Park, elle aussi. Ce serait sympa d'avoir une copine lundi. Mais le morceau change et la musique m'entraîne de nouveau.

Pendant que Valérie est aux toilettes, commence « Touch Myself » des Divinyls et je me remets à danser. Pas pour jouer, mais avec mes propres mouvements. Une danse lascive, torride. Du genre de celles qui accélèrent mon pouls et couvrent mes paumes de sueur.

L'image inopportune du corps sexy et des yeux bleus de Reed apparaît devant moi. Merde, ce Royal trou du cul a envahi mes pensées, je suis incapable de l'oublier. Je ferme les paupières et j'imagine ses mains qui glissent le long de mes hanches et me serrent contre lui. Sa jambe passe entre les miennes…

La lumière s'allume et je m'arrête brusquement.

– Où est-il ? me demande le diable en personne.

– Qui ? je demande silencieusement.

Je n'arrive pas à croire que j'étais en train de fantasmer sur Reed Royal, le type qui croit que je baise avec son père.

– Le crétin pour qui tu danses.

Reed traverse la pièce et m'attrape le bras.

– Je t'avais prévenue de ne pas jouer tes sales tours à mes potes.

– Il n'y a personne ici.

Mon esprit embrumé par l'alcool est trop lent pour comprendre ce qu'il veut dire. La chasse d'eau des toilettes se met en marche.

– Ah ouais ?

Il me repousse et ouvre en grand la porte des toilettes. Un hurlement de panique se fait entendre et il bredouille une excuse en refermant la porte d'un coup sec.

Je ne peux m'empêcher d'arborer un sourire narquois.

– Est-ce que je t'ai dit que j'étais lesbienne ?

Il ne me trouve pas drôle du tout.

– Pourquoi tu ne m'as pas dit que tu étais avec Valérie ?

– Parce que c'était plus marrant de te voir tirer des conclusions hâtives. Et même si je t'avais dit avec qui j'étais, tu ne m'aurais pas crue. Tu as déjà décidé qui j'étais, et rien ne te fera changer d'avis.

Il fronce les sourcils, mais ne me contredit pas.

– Viens avec moi.

– Laisse-moi réfléchir.

Je tapote du doigt ma lèvre inférieure, comme si j'étudiais sérieusement son invitation foireuse. Il a les yeux rivés sur moi.

– Okay, j'ai décidé, c'est non.

– Tu n'aimes pas cet endroit, dit-il.

– C'est ça, Monsieur le Perspicace.

Il ignore mes sarcasmes.

– Ouais, eh bien moi non plus, je n'aime pas ça. Alors, voilà le marché. Si tu ne viens pas avec moi et que tu ne fais pas un putain d'effort, mon père va continuer à te forcer à aller à toutes ces soirées merdiques. Mais si tu bouges tes fesses d'ici et que tout le monde raconte à ses parents qu'il t'a vue, alors mon père te lâchera. Pigé ?

– Pas vraiment.

Reed se rapproche, et une fois encore je suis écrasée par sa taille. Il est tellement grand. Si grand qu'on pourrait le surnommer « la perche », ou un truc du genre, s'il était plus maigrichon. Mais il ne l'est pas. Il est grand et musclé, et l'alcool me fait perdre mes moyens et me rend toute chose en sa présence.

Il continue à parler sans imaginer mes pensées salaces.

– Si mon père pense que tu es un pauvre petit agneau solitaire, il continuera à essayer de nous rassembler. Ou peut-être qu'en fait, c'est ce que tu veux ? C'est ça ? Tu veux qu'on te voie avec nous. Tu veux aller dans ces fêtes.

Ses accusations réveillent mon esprit embrumé.

– Parce que, c'est bien connu, j'ai passé un temps fou avec toi ce soir.

Il ne réagit pas, même s'il sait que j'ai raison. Ça n'est pas grave. Parfait. Je m'écrie :

– Viens, Valérie, on va s'amuser.

– Je ne peux pas. J'ai la honte. Reed Royal m'a vue aux chiottes, gémit-elle à travers la porte.

– Ce trou du cul est parti. En plus, tu es sans doute la chose la plus attirante et la plus convenable qu'il ait vue ce soir.

Reed fait les gros yeux, mais il sort quand je mentionne son départ.

Valérie finit par sortir.

– Pourquoi devons-nous quitter notre petit coin de paradis ?

– Pour voir et êtres vues, je lui réponds honnêtement.

– Beurk. C'est juste épouvantable.

– Je n'ai jamais prétendu le contraire.

Chapitre 9

La première personne que nous rencontrons en entrant dans la pièce, Valérie et moi, c'est Savannah Montgomery. Elle porte des jeans moulants déchirés aux genoux et un haut qui lui arrive au nombril. Elle a les yeux collés sur Gideon qui lui tourne le dos et discute avec un autre type adossé au mur.

Comme si elle faisait la relation entre Gideon et moi, elle tourne la tête dans ma direction. Elle ne me fait aucun signe, ne me dit pas bonjour, mais nous nous dévisageons rapidement, puis elle se tourne vers sa copine pour lui dire un truc.

La musique hurle. Tout le monde boit, danse ou se donne en spectacle dans tous les coins. Derrière des portes coulissantes, j'aperçois une grande piscine en forme de haricot dont la lumière bleuâtre lance des ombres sur les visages des mômes installés autour. Il y a du monde partout. C'est assourdissant, il fait lourd, et je regrette déjà la tranquillité des quartiers du personnel.

– Il faut vraiment qu'on vienne ici ? murmure Valérie.

Je croise le regard de Reed qui nous observe depuis le bar en bois de chêne, à l'autre bout de la pièce. Easton est avec lui, et tous deux hochent la tête en signe d'avertissement lorsque je croise leur regard.

– Oui, il le faut.

Elle prend un air résigné.

– Très bien. Mais, du coup, autant en finir avec cette merde.

Valérie est une véritable aubaine. Elle passe son bras autour du mien et me présente à tout le monde en murmurant des commentaires à mon oreille.

– Cette nana, Claire ? Elle baise avec Easton Royal. Elle adore raconter partout qu'elle est sa petite amie, mais tout le monde sait qu'Easton n'a pas de petite amie.

– Thomas ? C'est un vrai connard, mais son père est sénateur, et ses mauvais coups sont toujours effacés.

– Ne t'approche surtout pas de Derek. C'est une usine à chlamydia.

Je m'étrangle de rire pendant qu'elle m'emmène vers un autre groupe, trois filles en minijupes pastel assorties.

– Lydia, Ginnie, Francine, voici Ella.

Valérie leur fait un signe de la main puis m'éloigne de la bande Pastel avant qu'elles puissent ouvrir la bouche.

– Tu t'es déjà demandé si certaines personnes naissaient sans cerveau ? Tu en as la preuve sous les yeux. Ces filles t'offrent une parfaite définition du mot « imbécile ».

Je ne vais pas vous mentir, ces présentations m'amusent beaucoup, surtout d'ailleurs les potins qui les accompagnent. Je remarque que personne ne me dit autre chose qu'un simple « Salut » à peine murmuré, avant de regarder les réactions des frères Royal d'un air inquiet.

– Bon, le plus simple est fait, dit Valérie en soupirant. Il est temps de terrasser le dragon.

– Le dragon ?

– Ma cousine. Autrement dit, la reine des abeilles d'Astor Park. Je te préviens, elle est super-possessive quand il s'agit des Royal. Je suis quasi certaine qu'elle est dingue des cinq, même des jumeaux.

En parlant des jumeaux, nous rencontrons Sawyer en nous dirigeant vers la piscine. Je sais que c'est lui parce qu'il porte un tee-shirt noir et que, plus tôt dans la soirée, j'ai entendu Gideon appeler Sébastien celui qui portait un tee-shirt blanc. Une petite rousse le serre de près. Elle le couvre de baisers dans le cou, ce qui ne l'empêche pas de me transpercer du regard lorsque nous nous croisons.

– La petite amie du plus jeune des Royal, me dit Valérie. Lauren ou Laura, quelque chose comme ça. Désolée, je ne connais pas bien les Troisième.

En revanche, elle est parfaitement informée pour tous les autres. Pour une fille qui aime se cacher, Valérie est un puits sans fond de potins. Finalement, observer les choses en douce est certainement la meilleure façon d'obtenir des informations. Elle m'avertit :

– Prépare-toi. Elle pourrait fort bien sortir ses griffes.

Les griffes en question appartiennent à une ravissante brune dans une robe de soie verte qui lui couvre tout juste les cuisses. Elle trône dans un fauteuil de velours comme si elle se prenait pour Cléopâtre, ou Dieu sait qui. Ses amies prennent la pose, elles aussi, dans des robes tout aussi riquiqui.

Les poils de ma nuque se hérissent. En tournant la tête, je vois Reed et Easton qui passent les portes-fenêtres. Reed me dévisage. Très vite, il humecte sa lèvre inférieure et mon cœur fait un bond, ce qui m'énerve. Il est beaucoup trop attirant.

Valérie complimente sa cousine.

– Jordan, ta soirée est géniale, comme toujours.

La brune sourit d'un air satisfait.

– Ça m'étonne de te voir te balader ici et là, Val. D'habitude, tu préfères te planquer au grenier, non ?

– Ce soir, j'ai décidé de vivre dangereusement.

Jordan examine les joues rougissantes de sa cousine.

– C'est ce que je vois. Tu as beaucoup bu ?

Valérie ouvre de grands yeux et se tourne vers moi.

– Voici Ella. Ella, je te présente Jordan.

Puis elle montre les autres filles du doigt.

– Shea, Rachel, Abby.

Seule l'une d'elles me jette un regard. Shea.

– Tu as déjà rencontré ma sœur Savannah, dit-elle froidement.

J'acquiesce.

– Ouais. Une chouette fille.

Elle plisse les paupières. Je pense qu'elle essaie de deviner si je me moque ou pas.

Jordan reprend la parole. Ses yeux noisette étincellent.

– Bon. Ella. Callum Royal est ton nouveau papa, hein ?

Je remarque que toute l'arrière-cour est maintenant silencieuse. Même la musique qui vient du salon semble s'être arrêtée. Je sens tous les regards braqués sur nous. Plus précisément sur Jordan. Ses copines ont l'air de jubiler. Je me prépare à l'attaque, parce que clairement, c'est ce qui se prépare.

Jordan se rassied et croise ses longues jambes de façon séduisante.

– Ça fait quoi de faire des pipes à un vieux ? demande-t-elle.

Quelqu'un renifle. Quelques gloussements me chatouillent le dos. Ma gorge se serre. Ces gens se foutent de moi. Je comprends que les Royal ont parlé à leurs copains, sans doute bien avant que j'arrive. Personne ici n'a jamais songé à me laisser la moindre chance.

Je suis horrifiée à l'idée de me mettre à pleurer. Non. Eh merde ! J'emmerde Jordan et tous les autres. Je ne viens peut-être pas d'une famille qui « fait des affaires dans l'hôtellerie », mais je vaux mieux que cette pute. J'ai survécu à bien pire que ce qu'elle pourrait supporter. Je cligne des yeux, en affichant une expression indifférente.

– Ton père n'est pas si mal, si c'est ce que tu veux savoir, mais je trouve ça super-flippant qu'il me tire les cheveux et me force à l'appeler papa. Est-ce que tout va bien chez toi ?

Valérie pouffe de rire.

Une des copines de Jordan, choquée, pousse un petit cri. Les yeux de Jordan s'embrasent un instant, avant qu'une lueur de raillerie n'y retrouve sa place. Elle a un petit rire étranglé.

– Tu avais raison, dit-elle à quelqu'un derrière moi. C'est une moins-que-rien.

Inutile de me retourner pour comprendre qu'elle s'adresse à Reed. À mes côtés, Valérie se raidit.

– Tu es une vraie salope, tu sais ? dit-elle à sa cousine.

– Mieux vaut être une salope qu'une occasionnelle, répond Jordan avec un petit sourire. (Puis, avec un signe de la main, elle poursuit.) Foutez-moi le camp. C'est ma soirée, j'essaie de m'amuser.

Nous sommes renvoyées. Valérie fait demi-tour et je la suis, mais quand nous atteignons la porte, je me détourne pour aller vers Reed.

Ses yeux bleus ne laissent rien filtrer, mais sa mâchoire se crispe un peu quand il me voit. Je murmure à son oreille :

– Voilà. J'ai fait mon devoir de Royal. Passe me chercher quand ce sera l'heure de rentrer.

Et je le laisse sur place sans me retourner.

Il est une heure du matin quand nous quittons la soirée. Easton monte me chercher dans la chambre de Valérie. Nous sommes vautrées sur son lit en train de regarder *So you think you can dance.* Valérie a téléchargé toute une saison et m'a forcée à regarder plusieurs épisodes, en insistant pour que je pose ma candidature à l'émission.

Easton m'annonce que nous partons, puis attend là pendant que j'embrasse Valérie et que je lui dis qu'elle a intérêt à me retrouver à l'école lundi.

Dehors, je m'aperçois que Gideon et les jumeaux sont déjà partis avec l'une des Range Rover, ce qui signifie que je suis obligée de rentrer avec Reed et Easton. Reed s'installe au volant, son frère à côté de lui et moi je me glisse à l'arrière pendant qu'ils poursuivent leur conversation comme si je n'étais pas là.

– On va écraser l'équipe de Wyatt. La moitié de leur ligne d'attaque a obtenu son diplôme l'an dernier, du coup la route jusqu'à Donovan sera complètement dégagée.

Reed grogne en signe d'approbation.

– Ensuite, on va affronter Devlin High, ce sera un putain de jeu d'enfant. Leur quaterback a la gueule de bois la moitié du temps et leur ligne de receveurs à la main tellement molle que ce sera une véritable plaisanterie.

Easton pérore d'une voix animée, sans sa tension habituelle dans les épaules. Ou bien il est bourré, ou bien il commence enfin à accepter ma présence.

J'essaie de me joindre à leur conversation.

– Vous jouez à quelle place, les gars ?

Et hop ! Ça suffit pour que ses épaules se raidissent de nouveau.

– Défenseur de deuxième ligne, dit Reed sans même se retourner.

– Ailier défensif, marmonne Easton.

Et ils recommencent à m'ignorer. Easton raconte à son frère la turlute qu'il s'est offerte ce soir.

– C'est comme si elle ne s'appliquait plus qu'à quarante pour cent à présent. Avant, c'était vraiment du cent pour cent, tu sais ? Elle me bouffait la bite comme si elle était en chocolat, et maintenant, c'est juste quelques coups de langue et puis *si on se faisait des câlins* ? J'ai horreur de ça.

Reed pouffe de rire.

– Elle se prend pour ta petite copine. Les petites copines n'ont plus besoin de faire des efforts.

– Ouais. Il est peut-être temps de la laisser tomber.

– Vous êtes des porcs, dis-je depuis la banquette arrière.

Easton tourne vers moi son regard bleu moqueur.

– Mais ne sommes-nous pas les Seigneurs tout-puissants, Madame la travailleuse du sexe ?

Je serre les dents.

– Je ne suis pas une travailleuse du sexe.

– Hmmm.

Il se retourne sur son siège.

– Je ne le suis pas.

Un sentiment d'impuissance me submerge soudain.

– Vous savez quoi ? Je vous emmerde, tous les deux. Vous ne me connaissez pas.

– Nous savons tout ce que nous avons besoin de savoir, dit Reed.

– Vous ne savez rien du tout.

Je me mords les lèvres et je tourne la tête vers ma vitre.

Nous sommes environ à mi-chemin du manoir des Royal lorsque Reed s'arrête brutalement au bord de la route. Je croise son regard dans le rétroviseur, mais ses yeux sont totalement inexpressifs. Il aboie :

– Terminus. Descends !

Il me prend par surprise.

– Quoi ?

– East et moi devons aller ailleurs. Nous allons par ici (il montre la gauche) et la maison est par là. (Il désigne la route en face de nous.) C'est le moment de te mettre à marcher.

– Mais…

– Trois kilomètres, ce n'est pas la mort.

Il a l'air de prendre son pied.

Easton est déjà hors de la voiture, il m'ouvre la portière arrière.

– Bouge-toi, frangine. On n'a pas envie d'être en retard.

Je suis stupéfaite. Il me tire de la voiture et me pousse sur le bas-côté de la route. Sérieusement, est-ce qu'ils vont m'abandonner ici ? Il est une heure du matin et il fait nuit noire.

Ils s'en fichent royalement. Easton saute sur le siège passager, claque la portière et me fait un petit signe de la main. Le SUV démarre en trombe, et Reed tourne à gauche en me recouvrant de poussière.

J'entends leurs éclats de rire à travers la fenêtre grande ouverte.

Je ne verse pas une larme. Je me mets à marcher.

Chapitre 10

Le lendemain matin, je prends seule mon petit déjeuner à la cuisine. J'ai mal aux jambes, et mes pieds sont tout meurtris d'avoir marché trois kilomètres dans des chaussures neuves qui n'étaient pas encore faites. J'ai rêvé que Reed me poursuivait dans un tunnel noir comme du charbon, sa voix grave se moquait de moi dans l'obscurité, son haleine chaude dans mon cou me faisait frissonner. Je me suis réveillée avant qu'il puisse m'attraper, mais j'aime à penser que lorsqu'il y est parvenu, je l'ai étranglé.

Je ne suis pas impatiente d'aller à l'école lundi, et ces dix mille dollars dans mon sac à dos me crient : *Pars. Cours. Recommence.* Mais il y a tellement plus d'argent en vue…

Peut-être que les Royal ont raison. Peut-être que je suis une pute. Même si je ne couche pas pour de l'argent, j'accepte celui de Callum contre d'hypothétiques faveurs futures. Brooke m'a dit qu'il l'avait sauvée, mais j'ai compris à la façon dont ils sont l'un avec l'autre qu'ils couchent ensemble.

Des bruits de pas se font entendre dans le couloir. Easton entre dans la cuisine. Il est torse nu et porte un pantalon de jogging gris qui lui descend sur les hanches. Je m'efforce de ne pas fixer ses tablettes de chocolat. Mais je laisse mon regard s'arrêter sur la longue coupure qu'il a à la tempe droite. Il a dû pas mal saigner, mais à présent c'est une fine ligne rouge longue de deux centimètres et demi qui dépare avec sa peau parfaitement lisse.

Sans me faire le moindre signe, il sort du jus d'orange du frigo et le boit à même la bouteille.

Note perso : ne pas en boire, sauf si je veux choper un herpès.

Je me concentre sur mon yaourt, je fais comme s'il n'était pas là. Je n'ai aucune idée de l'endroit où Reed et lui sont allés la nuit dernière et de l'heure à laquelle ils sont rentrés, et je ne suis pas sûre de vouloir le savoir.

Je sens qu'il m'observe. Quand je tourne la tête, il se penche sur le comptoir. Ses yeux bleus suivent le mouvement de ma cuillère vers mes lèvres, puis redescendent sur l'ourlet de ma petite chemise de nuit.

– Tu aimes ce que tu vois ? je lui lance en prenant une autre cuillerée.

– Pas vraiment.

J'écarquille les yeux et je fais un geste en direction de sa coupure avec ma cuillère.

– Qu'est-ce qui s'est passé ? Tu t'es cogné dans le tableau de bord en faisant une pipe à ton frère la nuit dernière ?

Il se marre et tourne les yeux vers la porte derrière moi.

– Tu entends ça, Reed ? Notre nouvelle sœur pense que je t'ai sucé la nuit dernière.

Reed entre dans la cuisine, lui aussi est torse nu, en bas de jogging. Il ne regarde même pas dans ma direction.

– Faut voir si elle peut te donner quelques tuyaux. Elle a l'air de s'y connaître en bites.

Je lui fais un doigt d'honneur, mais il me tourne le dos. Easton le voit, lui, et un sourire se dessine lentement sur ses lèvres.

– Chouette. J'aime bien les nanas qui résistent un peu, lance-t-il.

Il se lève et s'approche de moi, les pouces glissés dans la ceinture de son jogging.

– Tu en dis quoi, Ella ? (Il prononce mon nom comme si c'était une insulte.) Tu veux nous montrer ce que tu sais faire ?

Mon cœur s'arrête. Je n'aime pas du tout son regard bestial. Il est debout, juste en face de moi. Son sourire s'élargit, il glisse une main dans son pantalon pour attraper sa queue.

– Tu es notre sœur à présent, pas vrai ? Alors, vas-y.

Il se caresse.

– File un coup de main à ton frère.

Je n'arrive pas à respirer. J'ai… les jetons.

Je jette un coup d'œil à Reed, assis sur le comptoir, bras croisés. Il a l'air de s'amuser.

Les yeux bleus d'Easton se voilent.

– Qu'est-ce qui se passe, sœurette ? Tu as perdu ta langue ?

Impossible de lui répondre. Mes yeux cherchent désespérément la porte qui mène aux escaliers. L'autre porte se trouve derrière moi, mais je ne veux pas tourner le dos à Easton si j'ai besoin de courir chercher de l'aide.

Il lit la peur dans mon regard et se met à rire. Et juste comme ça, sa main sort de son pantalon.

– Aïe, regarde ça, Reed. Elle a peur de nous. Elle pense qu'on va lui faire du mal.

Reed rigole lui aussi. Depuis son perchoir, sur le comptoir, il me sourit.

– Ce n'est pas notre truc. On n'a pas de problèmes pour nous envoyer en l'air.

Le harcèlement sexuel n'a rien à voir avec s'envoyer en l'air, ça a à voir avec le pouvoir, ai-je envie de répondre, mais je me rends compte que j'ai eu peur pour rien. Ils n'ont pas besoin de me faire du mal. Ils ont déjà le pouvoir. C'est... c'était de l'intimidation. Un jeu. Ils voulaient me mettre mal à l'aise, et ils ont réussi.

Nous nous dévisageons tous les trois sans bouger, et voilà que Callum entre dans la pièce. Il fronce les sourcils quand il s'aperçoit qu'Easton me frôle et que son autre fils se planque sur le comptoir.

– Est-ce que tout va bien ?

Les frères Royal me fixent, ils s'attendent à ce que je les dénonce.

Je ne le fais pas.

– Tout va super-bien.

Je reprends une bouchée de yaourt, mais mon appétit s'est envolé.

– Vos fils et moi faisons mieux connaissance. Vous saviez qu'ils ont un humour hallucinant ?

Easton grimace un sourire. Quand son père détourne le regard, sa main frôle à nouveau sa bite.

– Tu t'es bien amusée à la fête, hier soir ? demande Callum.

Reed me regarde en haussant les sourcils, il s'attend cette fois à ce que je raconte à son père qu'ils m'ont abandonnée sur le bord de la route. Ça aussi, je le garde pour moi. Je mens :

– C'était super. Super-fun.

Callum me rejoint à table. Il tente de faire le lien entre les garçons et moi, mais son attention est uniquement attirée par Reed et Easton qui ne cherchent pas le moins du monde à cacher leurs sentiments.

– Qu'est-ce que tu aimerais faire ce week-end ?

– Je suis bien, ne vous préoccupez pas de moi.

Il pivote sur sa chaise. En levant le menton, il demande :

– Et vous deux ?

Ce qui signifie *qu'allons-nous faire avec Ella*. Ça me fait grimacer et je sens immédiatement cette tension apparaître entre mes omoplates, que j'ai décidé de baptiser « la douleur des Royal ».

– On a des trucs prévus, murmure Reed, et il quitte la pièce avant que Callum puisse ouvrir la bouche.

Celui-ci se tourne vers Easton, qui lève les mains au ciel et cligne des yeux innocemment.

– Ne me demande pas. Je suis celui du milieu. Je fais ce que les autres me disent de faire.

Callum fronce les sourcils et, malgré la tension, je renifle doucement, le nez dans mon bol.

Easton ne fait que ce qu'il veut bien faire. Personne ne l'a forcé à se palucher et à me faire des propositions. Il aime bien jouer à ce jeu-là, il y joue sans que personne ne l'y incite. C'est pratique pour lui de faire comme si Reed était le meneur, ça lui ôte toute responsabilité.

– Eh bien, peut-être peux-tu me dire quels sont les plans que Reed a conçus pour toi, lui lance Callum.

Easton se tait. Pour lui, ce n'est pas la même chose de désigner Reed comme leader et de se faire traiter de marionnette par son père.

– Jusqu'à présent, tu ne t'es jamais soucié de ce que je faisais le week-end.

Il remet la bouteille de jus d'orange au frigo. Puis, avec un regard à son père assez haineux pour lui faire attraper des cheveux blancs sur-le-champ, il sort à son tour.

Callum soupire.

– Ce n'est pas encore cette année que je vais gagner le premier prix du meilleur papa, n'est-ce pas ?

Je tapote la table avec ma cuillère à plusieurs reprises, parce que j'ai mieux à faire qu'à fourrer mon nez dans ce qui ne me regarde pas. Mais Callum me plonge au beau milieu d'un vrai bordel, et les dommages collatéraux pourraient être très violents s'il ne parvient pas à maîtriser la suite des événements.

– Écoutez, ne le prenez pas mal, Callum, et bien entendu, vous connaissez mieux vos mômes que moi, mais pourquoi me jetez-vous en travers de leur chemin ? Honnêtement, je préfère qu'ils m'ignorent. Ça ne me fait pas de peine qu'ils n'apprécient pas ma présence, et la maison est assez grande pour éviter de nous croiser pendant des jours entiers.

Il m'observe un moment, comme s'il tentait de deviner si je suis sincère. Il finit par sourire timidement.

– Tu as raison. Ça n'a pas toujours été comme ça. On s'entendait bien avant, mais depuis la mort de leur mère, plus rien ne va. C'est triste à dire, mais ces garçons sont pourris gâtés. Ils auraient bien besoin d'une bonne dose de vraie vie.

Et c'est moi, la dose dont il parle ?

Je fronce les sourcils.

– Je ne suis pas un cours de rattrapage. Et vous savez quoi ? J'ai eu l'expérience de la vraie vie, et c'est très moche. Je n'imposerai jamais *la vraie vie* aux gens que j'aime. J'essaierai plutôt de les protéger.

Je me lève de table et je le laisse tout seul.

À l'extérieur de la cuisine, je trouve Reed, caché dans le hall.

– Tu m'attendais ?

J'assume complètement le ton légèrement narquois de ma voix.

Reed m'examine attentivement. Ses yeux bleus magnifiques s'attardent sur mes jambes nues.

– Je me demande juste à quel jeu tu joues.

– J'essaie de survivre, lui dis-je honnêtement. Tout ce que je veux, c'est réussir à aller la fac.

– Et empocher un bon paquet de fric des Royal ?

Je me hérisse. Ce type n'abandonnera donc jamais.

– Peut-être avec quelques-uns de vos cœurs en prime, dis-je doucement.

Et ensuite, avec une certaine hardiesse, je lève un doigt et j'effleure ses pectoraux nus en griffant doucement sa peau avec mon ongle. Ça lui coupe le souffle, c'est presque imperceptible, mais quand même.

Mon cœur s'emballe et mon sang se met à pulser dans des endroits de mon corps que je ne veux absolument pas associer à Reed Royal.

– Tu joues un jeu dangereux, grince-t-il.

Je le sais très bien. Mais je ne veux pas laisser Reed se rendre compte qu'il m'a touchée. Je baisse la main et serre le poing.

– Je ne connais pas d'autre façon de jouer.

Cet instant de vérité le laisse sans voix. J'en profite pour m'esquiver. J'aimerais me persuader que j'ai gagné ce round, mais j'ai le sentiment que chaque rencontre avec Reed altère quelque chose d'essentiel en moi.

Je passe la journée à explorer la maison et les jardins. À côté de la piscine se dresse une poolhouse entièrement construite en verre dans laquelle il y a un canapé, quelques chaises et une kitchenette.

Un escalier descend à la mer, mais c'est plein de rochers, on ne peut pas appeler ça une plage, à moins d'aller plus loin le long du rivage. Cependant, c'est splendide, et je m'imagine très bien installée là avec un livre et une tasse de chocolat chaud.

J'ai du mal à me dire que c'est ça ma vie, à présent. Si la seule chose que j'ai à faire, c'est de supporter les insultes des frères Royal pendant deux ans, ce sera du gâteau comparé à tout ce que j'ai vécu avant.

Je n'ai plus à m'inquiéter d'avoir assez à manger ou de savoir où je vais dormir le soir. Plus besoin d'aller d'une ville à l'autre ni de chercher à marquer des points le plus rapidement possible. Plus besoin d'être au chevet de maman et de la regarder hurler et se tordre de douleur parce que nous sommes trop pauvres pour pouvoir acheter le médicament qui la soulagerait.

Ces souvenirs déclenchent en moi un chagrin immense. Tout comme Callum, maman n'était pas la meilleure mère du monde, mais elle a fait du mieux qu'elle pouvait, et je l'aimais. Quand elle était encore vivante, je n'étais pas totalement seule.

Ici, devant l'immensité de l'océan, sans âme qui vive dans les environs à part un martin-pêcheur et quelques mouettes au loin, la solitude me saisit violemment. Peu m'importe ce que dit ou tente de faire Callum, je ne serai jamais une Royal.

Peut-être que je vais rentrer lire à l'intérieur.

La grande maison est silencieuse. Les garçons sont sortis. Callum m'a laissé un mot pour dire qu'il était parti travailler, avec le mot de passe du Wi-Fi, son numéro de portable et celui de Durand. Sous le morceau de papier, il y a une petite boîte blanche. J'ai la respiration qui s'emballe. Je soulève avec précaution le smartphone qu'elle contient comme s'il était en cristal de roche. Avec mon vieux téléphone portable, je pouvais passer et recevoir des appels. Mais avec celui-là… j'ai l'impression que je pourrais hacker toute une base de données.

Je passe tout le reste de l'après-midi à jouer avec mon téléphone, à chercher des grosses conneries et à regarder des vidéos atroces sur YouTube. C'est génial.

Vers dix-neuf heures, Callum m'appelle pour me dire que le dîner est prêt. Je le retrouve dans le patio, en compagnie de Brooke.

– Ça te va si nous dînons à la maison ? me demande-t-il.

J'examine les plats tous plus appétissants les uns que les autres et le patio si joliment éclairé, et j'essaie de ne pas écarquiller les yeux devant ce spectacle. Qui pourrait ne pas aimer ça ?

– C'est parfait.

Pendant le dîner, je découvre une autre facette de Brooke. Une facette étrange et vulnérable, qui la fait baisser les yeux et jouer des cils devant Callum. Et Callum ? Ce type qui dirige un groupe d'aéronautique militaire ? Il gobe tout ça avec une parfaite candeur.

– Tu veux un peu plus de vin, mon chéri ? lui demande Brooke.

Le verre de Callum est encore pratiquement plein.

– Non, ça va très bien. (Il lui fait un grand sourire.) Je suis en train de dîner en compagnie des deux plus jolies femmes qui soient. Le steak est parfaitement cuit, et je viens tout juste de conclure un accord avec Singapore Airlines.

Brooke applaudit des deux mains.

– Tu es vraiment incroyable. Je t'ai déjà dit à quel point tu étais incroyable ?

Elle se penche vers lui, ses seins s'écrasent contre son bras, et elle dépose un baiser mouillé sur sa joue. Il me jette un rapide coup d'œil avant de se reculer. Brooke fait un petit bruit désappointé, mais se rassied sur sa chaise.

Je me plonge dans la contemplation de mon steak. Je ne sais pas si j'ai déjà mangé un morceau de viande aussi tendre.

– Le steak, c'est très grossissant. Comme toutes les viandes rouges, d'ailleurs, m'explique Brooke.

– Ella n'a pas à s'en faire pour ça, répond Callum avec une certaine brusquerie.

– Tu le regretteras plus tard, me prévient Brooke.

Je baisse les yeux sur le succulent morceau de viande, puis sur la silhouette filiforme de Brooke. Je crois que je comprends d'où elle vient. Comme moi, elle est pauvre. Elle dépend de la générosité de Callum et elle craint sans doute que si elle perdait sa beauté, il se débarrasse d'elle. Je ne sais pas si elle a raison ou tort, mais cela n'invalide pas ses conseils. Cela dit, j'ai faim, et je veux manger ce steak.

– Merci du tuyau.

Callum étouffe un gloussement et Brooke fait la moue. Une expression que je n'arrive pas bien à décoder traverse son visage. Quelque chose entre le désappointement et la désapprobation. Ses lèvres pulpeuses se crispent un peu, elle se tourne vers Callum et engage avec lui une conversation à propos d'une fête à laquelle ils sont allés avant que j'arrive.

La culpabilité rend ma bouchée de viande suivante un peu moins savoureuse que la première. Je l'ai vexée et, maintenant, elle me rejette. À part Valérie, c'était le seul visage ami que j'avais dans ce nouvel endroit, et voilà que je l'ai perdu.

– Nous devrions peut-être organiser une fête de bienvenue dans la famille pour Ella ? suggère Callum en tentant de m'inclure dans la conversation.

Et Callum. Il a été absolument parfait depuis qu'il m'a traînée hors du *Daddy G*, mais une fête avec les connards du lycée ? Je préférerais qu'on m'arrache les ongles un par un.

Je repose ma fourchette à côté de mon assiette.

– Je n'ai pas besoin d'une fête. Vous m'avez déjà donné tout ce dont j'avais besoin.

Brooke pose sa tête sur la large épaule de Callum.

– Callum, ne t'en fais pas pour ça. Ella va se faire des amis à son rythme, n'est-ce pas ma chérie ?

J'acquiesce.

– C'est vrai.

Je lui adresse mon plus beau sourire et ça a l'air de marcher parce qu'elle se détend.

– Très bien alors. Pas de fête.

– Callum est le meilleur, n'est-ce pas ? dit Brooke en tripotant le bouton du haut de son chemisier.

Elle agit de façon possessive, comme si elle essayait de défendre son territoire. J'aimerais lui faire comprendre que je ne suis pas une menace pour elle, mais je ne sais pas si elle me croira.

– Nous sommes ces colombes blessées. Heureusement, une fois que nous allons mieux, il ne nous renvoie pas.

– Personne ne renverra Ella, c'est une Royal.

Je regarde Brooke fixement et, vu son visage fermé, elle s'est fort bien rendu compte qu'il n'a pas mentionné son nom à elle.

– Vraiment ? Je croyais que c'était la fille de Steve. Il y a certaines choses que tu nous caches ?

Il se tend comme si elle venait de le frapper.

– Quoi ? Non. Bien sûr que c'est la fille de Steve.

Callum a du mal à déglutir.

– Il a disparu, alors Ella fait maintenant partie de ma famille, tout comme les garçons auraient fait partie de la sienne s'il m'était arrivé quelque chose.

– Bien entendu. Je voulais juste dire que tu es généreux.

Sa voix baisse de plusieurs tons. Tellement généreux.

À chaque mot, elle se rapproche un peu plus de lui, jusqu'à être pratiquement sur ses genoux. Il prend sa fourchette dans sa main gauche et passe son bras autour de la chaise de Brooke. Il me lance un coup d'œil qui signifie, *je me sers d'elle autant qu'elle se sert de moi*.

J'ai pigé, ça y est. Cet homme a perdu sa femme et son meilleur ami en très peu de temps. Je sais ce que ça fait de perdre quelqu'un, et si Brooke remplit ce vide pour Callum, tant mieux pour lui.

Mais je n'ai nulle envie d'assister à la suite.

– Je rentre pour prendre un…

Je n'ai pas le temps de finir ma phrase, Brooke est déjà sur Callum. J'ouvre de grands yeux lorsqu'elle l'enjambe en lui tirant les oreilles comme à un cheval.

– Non, pas ici, Brooke.

Son regard se tourne dans ma direction. Je me dirige rapidement vers la cuisine. Par-derrière, je l'entends qui rassure Callum.

– Elle a dix-sept ans, chéri. Elle en connaît sûrement plus long sur le sexe que nous deux réunis. Et si ce n'était pas le cas, les garçons vont la déniaiser très rapidement.

Ça me fait frémir. Je ne sais pas quel truc bandant Brooke a concocté, mais j'entends Callum gémir :

– Attends. Attends, Brooke.

Elle lui répond avec un rire de gorge, puis la chaise de Callum se met à grincer. Merde, c'est un grand patio.

Easton sort de la cuisine lorsque j'y entre enfin. Il regarde derrière moi ce qui se passe dans le patio d'un air complètement imperturbable.

– Bienvenue au Royal Palace, dit-il.

Puis un sourire espiègle lui fend la bouche et il se met à hurler :

– N'oublie pas de te couvrir quand tu vas le sortir. On n'a aucune envie d'avoir d'autres enfants illégitimes qui nous piquent tout notre fric dans la famille.

Mon sourire s'évanouit tout net.

– Tu as pris des cours avec un enfoiré ou c'est inné chez toi ?

Easton hésite un instant, mais ensuite c'est comme si Reed était assis sur son épaule, il pose une main sur son sexe.

– Pourquoi est-ce que tu ne montes pas avec moi, que je te montre à quel point c'est naturel chez moi ?

– Laisse-moi passer.

Ce que je fais le plus calmement possible. Je ne me mets pas à courir avant d'avoir atteint l'escalier.

Quand je suis en sécurité dans ma chambre, je fais la liste de toutes les raisons que j'ai de rester. Je me rappelle que je n'ai pas faim. J'ai dix mille balles dans mon sac, je ne fais pas de strip-tease pour des vieux salaces qui me tendent des billets d'un dollar. Je peux tout à fait supporter deux ans de propositions sexuelles et d'agressions verbales des frères Royal.

Mais je reste dans ma chambre pendant tout le reste de la soirée. Je passe mon temps à chercher des boulots à temps partiel en utilisant le tout nouveau MacBook qui est apparu comme par miracle sur mon bureau. Il n'y a aucun transport public qui passe devant la maison, mais j'ai repéré un arrêt de bus la nuit dernière qui n'est pas trop loin, à quatre cents mètres environ.

Le lendemain, j'y vais à pied et je me rends compte en regardant ma montre que ça me prend dix minutes en marchant vite, et que c'est plutôt à huit cents mètres. Les horaires du dimanche ne sont pas pratiques, il ne passe qu'un bus toutes les heures et ils s'arrêtent à dix-huit heures. Il va falloir que je trouve un boulot où je peux terminer tôt le dimanche.

Pendant que je rentre, Gideon arrive au volant d'un SUV flambant neuf. Il est tout décoiffé et il a des marques rouges sur le visage. Si c'était quelqu'un d'autre, je penserais qu'il vient de faire l'amour, mais il a l'air trop en colère pour ça. Peut-être qu'il s'est battu ?

– Qu'est-ce que tu fais ? aboie-t-il.

– Je marche.

– Monte.

Il s'arrête et m'ouvre la portière.

– Tu ne devrais pas te balader comme ça toute seule.

– Ça a l'air tranquille comme endroit.

Les maisons sont grandes. Les jardins sont grands. En outre, ça n'a posé aucun problème à ses frangins de m'abandonner au milieu de nulle part l'autre nuit.

– Le plus grand danger que j'ai rencontré ce matin, c'était un grand mec mal intentionné qui a essayé de me faire grimper dans son camion. Heureusement que je ne suis pas née de la dernière pluie.

Un petit sourire forcé tord un coin de sa bouche.

– Comme je n'ai ni bonbons ni glaces, je suis donc quelqu'un que tu peux considérer comme sûr.

– Nan, juste kidnappeur foireux.

– Tu montes, ou bien on continue de bloquer la circulation ?

Je jette un coup d'œil derrière lui. Une autre voiture approche.

Et pourquoi pas, après tout ? Ce n'est pas un long trajet. Gideon n'ouvre pas la bouche pendant qu'il conduit, il se contente de se frotter le bras deux ou trois fois. Quelques minutes plus tard, il ralentit devant l'entrée et gare sa voiture au parking.

– Merci pour la conduite, Gideon.

Comme il ne me suit pas à l'intérieur, je jette un coup d'œil en direction du SUV.

– Tu ne viens pas ?

Il lève la tête vers la maison.

– Non. J'ai besoin de nager. Longtemps.

Puis il frotte à nouveau ses bras comme s'ils étaient poussiéreux et qu'il n'arrivait pas à enlever cette poussière. Il surprend mon regard et fait la moue.

J'ai envie de lui demander si tout va bien, mais le signe de ne pas aller plus loin que je lis sur son visage m'en dissuade. Je me contente de le regarder d'un air inquiet, comme pour l'inviter à m'en dire plus. J'ai vu que ça n'allait pas, j'essaie la télépathie. Tout ce que je récolte, c'est un mouvement de mâchoire crispé.

Callum a laissé un autre mot sur mon lit. Je grimpe sur ce nuage tout de blanc et rose et je me pelotonne contre la tête de lit pour le lire.

Désolé pour le dîner d'hier soir. Ça ne se reproduira plus. Durand va te conduire en classe demain matin. Dis-lui à quelle heure il doit venir.

P.S. Ta voiture va bientôt arriver. Je voulais qu'elle soit parfaite, et la seule de la bonne couleur se trouvait en Californie.

Oh Seigneur, pourvu qu'elle ne soit pas rose. Je vais mourir si je dois conduire une voiture de Barbie.

Je me reprends d'un seul coup.

Je n'arrive pas à croire que j'ai pu penser cela. Une voiture, c'est une voiture. Je devrais être reconnaissante de pouvoir en conduite une. Qu'est-ce qu'on en a à foutre de sa couleur ? Si elle est rose, j'irai déposer un baiser sur son aile couleur bubble-gum. Bon Dieu ! Il me suffit d'un week-end pour me métamorphoser en sale gosse trop gâtée.

Chapitre 11

Le lendemain matin, je me lève aux aurores. Je ne vais pas refaire les mêmes erreurs que pour la fête. Je laisse de côté les jolies chaussures que Brooke m'a achetées et j'enfile des tennis en toile blanche. Je les associe à un jean skinny et un tee-shirt.

J'hésite.

Est-ce que j'emporte mon sac à dos ou est-ce que je le laisse ? Si je le prends, n'importe quel petit punk pourrait me le piquer. Si je le laisse, c'est un des membres de la famille Royal qui pourrait s'en charger. Je décide de l'emporter, même si l'idée de trimballer avec moi dix mille dollars me rend légèrement parano.

Je croise Callum dans la cuisine. Il part bosser et a l'air surpris de me voir debout de si bonne heure. Je lui raconte un bobard en prétendant que je vais rejoindre Valérie pour le petit déjeuner. Il a l'air fou de joie que je me sois fait une amie.

Après avoir vidé une tasse de café, je rejoins Durand à l'extérieur. Nous sommes deux heures avant le début des cours.

– Merci de bien vouloir me conduire.

Il me répond avec un simple hochement de tête.

Je lui demande de me déposer devant une boulangerie, à quelques minutes à peine de l'école, et dès que j'entre, je suis saisie par la plus délicieuse des odeurs. Derrière le comptoir se tient une femme du même âge que ma mère avec des cheveux blonds comme les blés, serrés dans un petit chignon bas de danseuse.

– Bonjour ma belle, que puis-je pour toi ? me demande-t-elle, les mains sur la caisse enregistreuse.

– Je m'appelle Ella Harper et j'aimerais postuler au poste d'aide-vendeuse. L'annonce disait que les horaires étaient compatibles avec les heures de cours. Je suis à Astor Park.

– Hmmm, tu es une élève boursière, alors.

Je ne la reprends pas, parce que c'est presque vrai. Je bénéficie d'une bourse de Callum Royal. Je retiens mon souffle, le temps qu'elle m'examine.

– Tu as de l'expérience en boulangerie ?

– Aucune, je reconnais, mais j'apprends vite et je travaillerai plus dur que toutes celles que vous avez déjà embauchées. Les longues journées ne me font pas peur, je peux commencer le matin très tôt et rester tard le soir.

Elle pince les lèvres.

– Je ne suis pas fan à l'idée d'embaucher des lycéennes. Mais… tu pourrais peut-être faire un essai. Disons une semaine. Il faudra que tu serves tes camarades. Ça ne te pose pas de problèmes ?

– Absolument pas.

– Certains de ces mômes d'Astor Park peuvent être assez difficiles.

Traduction : l'école est pleine de trous du cul.

– Je vous assure, la clientèle n'est pas un problème pour moi.

Elle pousse un soupir.

– Très bien. J'ai vraiment besoin de quelqu'un pour m'aider. Si tu viens sans faute pendant six jours et que tu arrives à l'heure, le boulot est à toi.

Je lui fais un grand sourire, elle met sa main sur son cœur.

– Tu aurais dû sourire plus tôt, ma belle. Ça transforme complètement ton visage. Tu sais, plus tu souris et plus tu toucheras de pourboires. Rappelle-t'en.

Je ne souris pas si facilement que ça. En fait, ça me fait mal. Mon visage n'en a pas du tout l'habitude, mais je continue tout de même, parce que j'aimerais bien plaire à cette gentille dame.

– Je commence à pétrir à quatre heures, mais tu peux arriver à cinq heures et demie. J'ai besoin de toi tous les jours de la semaine, jusqu'au début de tes cours. Et les jeudis et vendredis, il faudra que tu reviennes après et que tu travailles jusqu'à la fermeture, à vingt heures. Est-ce que cela risque d'interférer avec certaines de tes activités périscolaires ?

– Non.

– Même le vendredi ?

– Je suis bien plus intéressée par ce boulot que par n'importe quelle activité à l'école.

Elle recommence à me sourire.

– Très bien. Prends-toi un scone, je vais te faire un café. Au fait, je m'appelle Lucy. Le rush va commencer dans une heure environ. Tu vas peut-être changer d'avis quand tu te rendras compte que tu es tombée dans une maison de fous.

Lucy avait raison, la boulangerie est bondée, mais ça m'est égal. M'activer derrière un comptoir et servir des pâtisseries pendant deux heures, ça m'empêche d'être inquiète en me demandant ce qui va se passer lorsque je vais entrer au lycée.

Ça me fait bizarre de porter un uniforme, mais je suis sûre que je vais m'y habituer très vite. Je remarque que les autres filles ont imaginé des trucs pour avoir l'air plus sexy. Comme me l'a dit Savannah, elles changent la longueur de leurs jupes, et la plupart d'entre elles ont leur chemise à moitié boutonnée pour laisser voir la dentelle de leur soutien-gorge. Moi, je n'ai pas envie d'attirer l'attention. Mon ourlet descend sur mes genoux et ma chemise est boutonnée presque jusqu'au col.

J'ai initiation au calcul intégral, économie et anglais ce matin. Valérie n'est dans aucun de ces cours, mais Savannah est dans les trois et Easton dans le cours d'anglais. Il est assis au fond de la classe avec ses copains et il ne m'adresse pas la parole. Je m'en fiche. J'espère même qu'il va continuer de m'ignorer tout le semestre.

Être transparente semble être le thème de la journée. Personne ne m'adresse la parole à part mes professeurs, et après avoir tenté plusieurs fois de sourire à certains élèves dans le couloir sans obtenir de réponse, je finis par laisser tomber et, moi aussi, je fais comme s'ils n'existaient pas.

C'est seulement à l'heure du déjeuner que je croise un visage amical.

– Harper ! Ramène tes fesses par ici.

Valérie me fait signe, depuis le bar à salades de la cafétéria.

En fait, le terme de cafétéria n'est sans doute pas le bon pour décrire cet endroit. Les murs sont recouverts de lambris, les chaises sont tapissées de cuir et la zone self-service ressemble au buffet d'un grand hôtel. À l'autre extrémité de la pièce, un mur entier de baies vitrées coulissantes ouvertes sur l'extérieur, où un endroit a été aménagé pour que les élèves puissent manger quand le temps le permet. Nous ne sommes pas encore fin septembre, le soleil brille. Je me dis que je mangerais bien dehors, avant de me rendre compte que Jordan et ses copines y sont déjà, tout comme Reed et Easton. Du coup, je décide de rester à l'intérieur.

Valérie et moi posons nos plateaux sur une table vide dans un coin de la pièce. Je regarde autour de moi et je réalise que tous les élèves ont l'air plus âgés.

– Il n'y a pas de premières années ?

Elle secoue la tête.

– Ils déjeunent une heure plus tôt.

– D'ac.

Je plonge ma fourchette dans mes pâtes et je continue à observer les lieux.

Personne ne croise mon regard. C'est comme si Valérie et moi n'existions pas.

– Tu t'habitues à ton manteau d'invisibilité ? me demande Valérie qui en connaît un bout sur la question. En fait, tu devrais l'arborer comme un signe de fierté. Cela signifie que ces salopes de richardes ne s'intéressent pas assez à toi pour te torturer.

– Comment font-elles ?

– Comme d'habitude. Elles bomberont des saloperies sur ton casier, elles te feront trébucher dans les couloirs, elles mettront des horreurs sur toi en ligne. Jordan et ses minions sont très inventives.

– Donc, elle est l'équivalent féminin de Reed ?

– Ouaip, exactement. Et si ça ne tenait qu'à elle, elle serait dans ses bras en permanence et elle baiserait avec lui toutes les nuits. Mais, hélas, ma pauvre cousine ne semble pas capable de garder son homme pour elle toute seule.

Je pouffe de rire.

– Comment est-ce que tu fais pour tout savoir sur tout le monde ?

Valérie hausse les épaules.

– J'observe. J'écoute. Je me souviens.

– Très bien. Alors, dis-m'en plus sur la famille Royal.

Ça me fait bizarre de lui demander ça, mais après toutes mes mésaventures avec les frères Royal, j'en suis venue à la conclusion que je devais fourbir mes armes pour mieux me défendre contre eux.

Ma nouvelle amie se met à gémir.

– Oh non, ne me dis pas que tu en pinces déjà pour l'un d'entre eux.

– Euh… Jamais de la vie.

Je m'efforce d'oublier la façon dont mon cœur se met à battre dès que Reed Royal pénètre dans une pièce. Hors de question de craquer pour ce mec, merde alors. C'est un trou du cul et je ne veux rien avoir à faire avec lui.

– Je veux simplement savoir contre qui je me bats.

Elle se détend.

– Bon. Ok. Je t'ai déjà dit pour Easton et Claire. L'un des jumeaux à une petite copine, l'autre est un salaud, comme ses frères aînés. Reed, je ne suis pas sûre. La moitié des filles du lycée crient sur tous les toits qu'elles ont fait l'amour avec lui, mais qui sait si c'est vrai ? La seule dont je suis sûre, c'est Abby, la copine de Jordan. Tu peux me croire, ma cousine n'était pas franchement ravie.

– Quoi d'autre. Des scandales ? Des rumeurs ?

J'ai l'impression d'être un flic qui questionne un suspect.

– Leur père a une petite copine assez nulle. Je crois que ça dure depuis deux ou trois ans.

Me reviennent en mémoires les simagrées de Callum et de Brooke pendant le dîner.

– Je sais tout ce qu'il faut savoir sur la petite copine, je réponds en soupirant.

– Bien… quoi d'autre… Leur mère est morte il y a quelque temps.

Valérie baisse d'un ton.

– D'une overdose.

– Vraiment ?

– Oh oui. C'était partout aux nouvelles et dans tous les journaux. Je crois qu'ils ont parlé de somnifères qu'on lui avait prescrits, ou un truc du genre, mais ça a interféré avec les autres médicaments qu'elle prenait. Je ne connais pas tous les détails, mais je crois que son médecin a été mis en examen.

Malgré moi, j'éprouve de la peine pour les Royal. Il y a des photos de leur mère sur le manteau de la cheminée, dans le salon. C'était une jolie brune au regard doux. Chaque fois que Callum mentionne son nom en passant, la douleur irradie son regard. Il devait vraiment l'aimer.

Je me demande si elle était proche de ses fils, et je me sens subitement très triste pour Reed et ses frères. Personne ne devrait jamais perdre sa mère trop tôt.

J'ai appris tout ce que Valérie savait sur les Royal. Nous changeons de sujet et je lui parle de mon nouveau boulot. Elle me promet de venir m'embêter deux fois par semaine après les cours, et nous passons le reste de l'heure de déjeuner à rire et à apprendre à mieux nous connaître. Lorsque nous rangeons nos plateaux, j'ai décidé, je la garde définitivement comme amie.

– Je n'arrive pas à croire qu'on ait zéro cours en commun, se plaint-elle quand nous quittons la cafétéria. C'est quoi ce merdier ? Qui t'a forcée à t'inscrire à tous ces cours de maths, de sciences et de droit des affaires ? Tu aurais mieux fait de prendre enseignement pratique comme moi. Ils nous apprennent à nous servir d'une carte de crédit.

– C'est moi qui les ai choisis. Je suis ici pour apprendre, pas pour perdre mon temps.

– Intello !

– Morveuse !

Nous nous quittons devant ma classe de chimie, après nous être échangé nos numéros de téléphone pendant le déjeuner. Elle me promet de m'envoyer un message plus tard et elle s'en va.

Quand j'entre dans le labo de chimie, le professeur se lève comme s'il m'attendait. Il a la taille d'un Hobbit et une barbe touffue qui semble lui dévorer le visage. Il se présente, monsieur Neville.

J'essaie de ne pas regarder les autres élèves, mais j'ai déjà repéré Easton à l'une des tables. Il est le seul à n'avoir personne avec lui. Merde. Ça craint.

– C'est un plaisir de vous rencontrer, Ella, dit monsieur Neville. J'ai jeté un coup d'œil à votre dossier et j'ai été impressionné par vos notes en sciences.

Je hausse les épaules. Les maths et les sciences sont faciles pour moi. Je sais que je tiens mon don pour la danse de ma mère. Mais elle avait un mal de chien à calculer un pourboire de tête quand on allait dîner. Je me suis toujours demandé si je tenais mon aptitude pour le calcul de mon père. Steve, le SEAL de la Navy/le pilote/le multimillionnaire.

– Quoi qu'il en soit, monsieur Royal a appelé le directeur cette semaine pour lui demander de vous mettre en binôme avec Easton ce semestre.

Neville baisse la voix.

– Easton pourrait apprendre à être plus discipliné, et cela fait sens de vous mettre ensemble au laboratoire. Vous pourrez réviser ensemble à la maison.

Oh joie ! Je pousse un soupir et je me dirige vers la table d'Easton. Je glisse mon sac à dos sous la chaise à côté de la sienne. Il n'a pas l'air heureux de me voir.

– Bordel de merde, murmure-t-il.

Je lui réponds entre mes dents,

– Et ce n'est pas de ma faute, c'est une idée de ton père.

Il regarde droit devant lui, mâchoire serrée.

– Bien entendu.

Contrairement à mes cours de la matinée, le cours de chimie me semble interminable, sans doute parce que Easton est assis à côté de moi et qu'il fait la tronche quatre-vingt-dix pour cent du temps. Les dix pour cent restants, il me lance un sourire narquois en se balançant sur sa chaise et m'intime l'ordre de mélanger la solution dans laquelle nous devons cultiver des cristaux.

À l'instant où la cloche sonne, je bondis de ma chaise pour échapper à mon sympathique « frère ».

Je sors de la classe à toute allure. Je me prépare à me rendre à mon prochain cours quand je me rappelle que je dois aller chercher mon manuel dans mon casier. Tous les cours que j'ai choisis sont des cours avancés et nécessitent des manuels de plus de mille pages. Je n'ai pas pu tous les prendre dans mon sac à dos.

Malheureusement, Jordan Carrington et ses copines sont déjà dans le coin. Toutes les quatre s'arrêtent et se marrent quand elles me voient. Aucune d'elles ne me dit bonjour. Je m'en fiche. Je ne leur dis pas non plus et j'essaie de ne pas faire attention quand je passe devant elles. Ce sont peut-être des salopes, mais ce sont de ravissantes salopes. Dans le couloir, tous les garçons les matent. Easton aussi. Il sort tranquillement du cours de chimie et se dirige vers elles.

Leur groupe s'arrête devant la rangée de casiers et Jordan murmure quelque chose à l'oreille d'Easton en posant sa main manucurée sur son bras.

Il hausse les épaules, et ce geste tend son blazer bleu sur ses larges épaules. C'est indéniablement le mec le plus bandant à dix kilomètres à la ronde, même si les deux types qui le rejoignent ne sont pas dégueus non plus.

Je les ignore, je trouve mon casier et j'entre la combinaison. Encore deux cours avant la fin de la journée et on arrêtera enfin de me dévisager. Je rentrerai au manoir et je ferai mes devoirs, puis j'irai me coucher. M'occuper l'esprit et oublier ces conneries. Voilà ma nouvelle devise, et je vais m'y tenir.

Je suis soulagée quand le verrou s'ouvre à mon premier essai. Je n'étais pas sûre du code, mais la porte du casier s'ouvre facilement et…

Une montagne d'ordures tombe par terre.

Je suis tellement surprise que je crie, et aussitôt je me maudis. Des rires éclatent derrière moi. Je ferme les yeux en tentant de faire refluer le rouge qui a envahi mes joues.

Je ne veux pas qu'ils me voient rougir.

Je ne veux pas qu'ils s'imaginent que cette montagne d'ordures puantes à mes pieds me dérange tant soit peu.

Je shoote dans une peau de banane et je respire par la bouche pour ne pas sentir cette puanteur des aliments pourrissants qui me donne envie de pleurer. La porte est pleine de trucs encore plus dégoûtants, des serviettes en papier usagées, des mouchoirs, un tampon plein de sang…

Je ne pleurerai pas.

Les rires continuent. Je les ignore. Je ramasse mon manuel d'histoire mondiale au fond de l'étagère de mon casier de luxe. Ensuite, je fais tomber d'une chiquenaude les bouts de papier journal accrochés à la serrure et je referme violemment la porte.

Lorsque je me retourne, tous les yeux sont braqués sur moi. J'en remarque surtout une paire, noisette, qui brille de méchanceté. Celle de Jordan. Elle me fait un petit signe majestueux de la main. Je fais le dos rond et je glisse mon manuel sous mon bras. Un grand type aux boucles brunes pouffe lorsque je passe devant lui. Oh mon Dieu ! J'ai un morceau de PQ collé à ma semelle. Je ravale ma honte, je secoue le pied pour m'en débarrasser et je continue mon chemin.

Easton prend un air ennuyé lorsque je m'approche. Je m'arrête devant Jordan en haussant les sourcils et je lui souris d'un air narquois, moi aussi.

– C’est tout ce que tu peux faire, Carrington ? Je suis une ordure ? Tsss Tsss. Je suis déçue par ton manque d’imagination.

Son regard frémit, mais je suis déjà passée, comme si je n’en avais absolument rien à foutre.

Un nouveau point marqué par l’équipe visiteurs. Plus ou moins. Parce que je suis la seule à savoir que je suis à deux doigts d’éclater en sanglots.

Chapitre 12

Je réussis à ne pas pleurer de toute la journée, mais une partie de moi crève d'envie de me venger, pour qu'ils se souviennent du jour où ils ont mis des ordures dans mon casier comme étant le jour le plus facile de leur vie.

Valérie m'envoie un texto pendant le cours.

– **Ça va ? J'ai appris pour le casier. Jordan est une salope.**

– **Ça va,** je réponds. **C'était débile, et comme tu le disais, elle n'a aucune d'imagination. Des ordures ? Elle a piqué l'idée dans une émission de Disney ?**

– **Ah, ne dis pas ça. Elle va devoir trouver un truc pire encore.**

– **Trop tard.**

– **Je viendrai fleurir ta tombe !**

Merci bien. Je repose mon téléphone, le prof regarde dans ma direction. Lorsque le joli carillon retentit pour nous prévenir que le cours est terminé, je range mes affaires dans mon sac et je sors. J'espère que Durand m'attend et que je vais pouvoir me réfugier dans ma chambre de princesse. Le mélange de rose et blanc commence à me plaire.

Le parking est plein de bruit, de gens et de voitures de luxe, mais pas de Durand en vue.

– Harper.

Valérie apparaît à ma droite. Ton chauffeur n'est pas là ?

– Non, je ne le vois pas.

Elle claque de la langue avec bienveillance.

– Je te proposerais volontiers de te ramener, mais je suppose que tu n'as aucune envie de monter dans la même voiture que Jordan.

– Tu as raison.

– Tu devrais venir pourtant. Après la fin des cours, ça peut devenir dangereux ici.

– Ici, en plein jour ?

Ça craint.

Valérie fronce les sourcils, elle semble préoccupée.

– Jordan peut être super-rusée. Ne la mésestime pas.

Je serre mon sac à dos et je me maudis de trimbaler autant de fric sur moi. Il doit bien y avoir un endroit, dans tout ce monceau de briques qui appartient aux Royal, où je pourrais le planquer.

– Comment fait-elle pour ne pas se faire choper ? Savannah Montgomery m'a dit qu'ici, tout le monde était spécial. Alors pourquoi est-ce que c'est Jordan qui mène la danse si chacun a quelque chose d'unique à offrir ?

– Les relations, répond carrément Valérie. Les Carrington ne font pas partie du club des dix comme les Royal, mais ils connaissent tout le monde. Ils ont fait des affaires avec des célébrités, avec des familles royales. La tante de Jordan, du côté de son père, est mariée à un comte italien. Si elle vient à Noël, nous devrons lui donner du « Lady Perino ».

– C'est surréaliste.

– Alors Jordan, par extension... (Elle s'interrompt.) Fais gaffe. Elle arrive.

Je me prépare pendant que Jordan s'approche. Comme tous les Alphas, elle a une meute qui la suit. On dirait une pub pour du dentifrice, des kilomètres de dents blanches et de longues chevelures raides qui cinglent l'air derrière elles.

– Si ça peut t'être utile, les cheveux de Jordan sont frisés. Chaque matin, elle doit passer une heure avec son fer à défriser, me murmure Valérie.

Elle n'a pas mieux à balancer sur Jordan ? Parce que savoir qu'elle passe un temps fou sur ses cheveux ne m'aide pas beaucoup. Je lui réponds sèchement :

– Ça, ça m'est vraiment utile !

Valérie me fait un petit sourire et passe son bras sous le mien pour me réconforter. Jordan s'arrête à deux pas de moi et renifle plusieurs fois, ostensiblement.

– Tu pues, me dit-elle. Et ça ne vient pas des ordures de ton casier. Ça vient de toi.

– Merci pour l'info. Je crois que je vais me doucher deux fois par jour au lieu d'une à présent, je réponds tranquillement.

Mais intérieurement, je m'inquiète, est-ce que je pue vraiment ?

Elle soupire et repousse sa chevelure derrière son épaule.

– C'est le genre d'odeur qu'aucune douche ne pourra jamais enlever.

Je questionne Valérie du regard. En réponse, elle écarquille les yeux. Je réponds gaiement :

– Bon d'accord, c'est bon à savoir.

Jordan veut me faire passer pour une idiote. Le mieux que je puisse faire, c'est de ne pas entrer dans son jeu. Mais mon absence de réaction ne la désarme pas. Elle continue, sans doute parce qu'elle adore s'écouter parler.

– En fait, les filles comme toi suintent toujours le désespoir.

Là, elle m'a bien eue. C'est tout à fait ça, l'odeur d'un club de strip-tease.

Je m'efforce de hausser les épaules.

– Je ne sais pas ce que veut dire « fille comme moi » en langue de pute, mais je suppose que c'est moche. Ce que je n'arrive pas à piger, c'est la raison pour laquelle tu imagines que j'en ai quelque chose à foutre de ce que tu penses de moi. Le monde est vraiment immense, Jordan. Le fait que tu remplisses mon casier de merde ou que tu m'insultes n'aura plus aucune importance, dans deux ans. Putain, ça compte déjà tellement peu aujourd'hui.

Elle reste bouche bée, Valérie se planque pour étouffer un éclat de rire.

Je ne sais pas ce que le grand retour de Jordan peut signifier, mais il y a comme un mouvement de surprise derrière moi. Je comprends qui est là avant même que les lèvres impeccablement rouges de Jordan prononcent son nom.

– Reed, je ne t'avais pas vu, dit-elle dans un souffle.

Il y a comme une incertitude dans sa voix qui me surprend un peu. Je me demande en quoi consiste exactement le décret anti-Ella de Reed. Il faudra que je pose la question à Valérie.

– Tu es prête ? demande-t-il, et je ne sais pas s'il s'adresse à moi ou à Jordan.

Et à la façon dont son regard passe de moi à un point situé à 30 centimètres derrière ma tête, je comprends qu'elle non plus n'en est pas certaine.

– Je me demandais si tu voulais venir réviser ton contrôle d'anglais ? finit-elle par demander.

– J'ai déjà terminé, répond-il laconiquement.

Jordan pince ses lèvres. C'est une vraie claque, et nous le savons toutes. J'ai presque de la peine pour elle… presque.

– Salut Reed.

Une voix différente, plus douce, s'élève. C'est celle d'une fille délicate, aux cheveux d'or nattés qui entourent son visage comme une couronne. Autour de ses grands yeux bleus, ses cils désespérément longs tremblent comme des plumes dans l'attente de sa réponse.

– Abby, dit-il, et tout son visage s'adoucit. C'est chouette de te voir.

La moitié des filles du lycée clament sur tous les toits qu'elles ont fait l'amour avec lui, mais qui sait si c'est vrai. La seule dont je suis sûre, c'est Abby, la copine de Jordan.

Voilà donc la fille qui a réussi à attraper Reed, du moins une fois. Je comprends pourquoi. Elle est sublime. Jordan aussi, mais Abby est douce, contrairement à Jordan et à moi. C'est ça qui plaît à Reed ? Des filles douces qui parlent tout bas ? Pas étonnant qu'il ne s'intéresse pas à…

Attendez, à quoi est-ce que pense ? Je me fiche de savoir si j'intéresse Reed. Il est le bienvenu chez toutes les filles falotes et idéalistes qu'il veut.

– Tu m'as manqué, dit-elle, et son ton de regret nous met toutes mal à l'aise.

– Ça a été très charrette cet été, lui répond Reed en plongeant ses mains dans ses poches.

Il ne regarde pas Abby dans les yeux et son ton a quelque chose de définitif.

Elle s'en rend compte, elle aussi. Ses yeux deviennent humides. C'est peut-être terminé pour Reed, mais pas pour elle. C'est douloureusement évident. Elle me fait de la peine.

Lorsque Reed pose une main lourde sur mon épaule, je manque sursauter. Et je ne rate ni les regards malveillants des filles au dentifrice ni l'expression de colombe blessée d'Abby. Si Reed touche quelqu'un, ce n'est pas censé être moi.

– Tu es prête, Ella ? murmure-t-il.

– Ahhh, je suppose que oui ?

Cet échange me déclenche des démangeaisons dans les épaules. Du coup, je ne discute pas quand

Reed m'entraîne vers le camion d'Easton. Quand nous l'atteignons, je me dégage.

– Où est Easton ?

– Il ramène les jumeaux.

– Alors comme ça, tu te sers de moi pour échapper à ton ex ? je lui demande, pendant qu'il ouvre la porte et me pousse à l'intérieur.

– Ce n'est pas mon ex.

Il claque la portière.

Reed fait le tour de la camionnette, et je vois Valérie qui me fait un signe de la main. Derrière elle, Jordan me lance des regards assassins. Abby, elle, ressemble à un chiot à qui on aurait flanqué un coup de pied.

– Mets ta ceinture, m'ordonne Reed en démarrant.

Je lui obéis, parce que c'est une question de sécurité.

– Où est passé Durand ?

Je fais un signe à Valérie qui lève le pouce en l'air. J'espère que Jordan ne l'a pas vue, sinon elle risque fort de devoir quitter sa chambre pour emménager dans un placard à la cave.

– Et pourquoi c'est toi qui me conduis ?

– Je voulais te parler. (Il se tait un moment.) Est-ce que tu essaies d'embarrasser la famille ?

Choquée, je me tourne vers lui et je ne peux m'empêcher de remarquer combien ses avant-bras musclés sont sexy quand il empoigne le volant.

– Tu penses que j'ai rempli mon casier d'ordures moi-même ? je lui demande, incrédule.

– Je ne te parle pas de la connerie puérile de Jordan. Je te parle de ton boulot à la boulangerie.

– D'abord, comment es-tu au courant, Monsieur le harceleur ? Et deuxièmement, en quoi est-ce embarrassant ?

– Primo, j'ai entraînement de foot tous les matins, aboie-t-il. J'ai vu Durand te déposer là-bas. Et secundo, cela sous-entend que nous ne prenons pas soin de toi. Au déjeuner, quelqu'un a demandé si Callum avait acheté la boulangerie et si c'était pour ça que la petite dernière des Royal y travaillait.

Je m'enfonce dans mon siège et je croise les bras.

– Bon, doux Jésus, je suis navrée que tu aies eu à répondre à une question gênante pendant ton déjeuner. Ça a dû être tellement désagréable. Tellement plus que de se retrouver nez à nez avec un tampon usagé dans ton casier.

Lorsqu'il se met à sourire, je perds complètement la boule. Toute ma frustration et tout mon chagrin remontent d'un seul coup. J'en ai assez de jouer les filles calmes et gentilles. Je me soulève, je me penche et je lui balance un grand coup sur le sommet du crâne.

– Merde. Pourquoi tu fais ça, bordel ?

– Parce que tu es un connard !

Je le frappe à nouveau, en cachant mon pouce dans mon poing, comme me l'a appris l'ancien petit copain de ma mère.

Reed me repousse violemment contre la portière passager.

– Assieds-toi, bordel ! Tu vas nous faire avoir un accident.

– Je ne veux pas m'asseoir ! (Je me jette sur lui.) J'en ai marre de toi, de tes insultes et de tes amis horribles.

– Peut-être que si tu joues franc jeu avec moi, je rappellerai mes chiens. À quoi tu joues ?

Il me lance des regards noirs en me repoussant du bout de son bras. J'essaie de l'atteindre, mais je n'attrape que du vent.

– Tu veux savoir à quel jeu je joue ? Je veux obtenir mon diplôme et aller à l'université ! C'est ça mon jeu !

– Pourquoi est-ce que tu es venue ici ? Je sais que tu as pris du fric à mon père.

– Je n'ai jamais de la vie demandé à ton père de m'amener ici !

– Tu ne t'es pas beaucoup défendue, lance-t-il. Tu n'as pas résisté du tout.

L'accusation fait mouche, en partie parce que c'est vrai, mais aussi parce que c'est injuste.

– Ouais, c'est vrai, je n'ai pas résisté, parce que je ne suis pas idiote. Ton père m'a offert un avenir, et j'aurais été vraiment débile de refuser. Si cela fait de moi une voleuse ou une aventurière, alors je suppose que c'est ce que je suis. Mais moi, je ne suis pas le genre de personne qui force quelqu'un à marcher seule dans la nuit, pendant plus de trois kilomètres, dans un endroit inconnu.

J'observe avec satisfaction une lueur de regret dans ses yeux.

– Alors, tu admets que tu n'as pas honte, crache-t-il.

– Oui, et ça ne me pose pas de problème, je lui balance en retour. La honte et les principes sont faits pour les gens qui n'ont pas besoin de faire attention aux petits détails, du genre qu'est-ce que je vais pouvoir acheter avec un dollar pour manger aujourd'hui, ou bien, est-ce que je paie les factures des médicaments de ma mère ou un peu d'herbe pour atténuer sa douleur une heure ou deux ? La honte, c'est un luxe.

Je me rassieds, je suis vidée. J'arrête d'essayer de me battre contre lui. De toute façon, c'est impossible. Il est trop fort. Eh merde !

– Tu n'as pas le monopole du chagrin. Tu n'es pas le seul à avoir perdu ta mère. Oh, pauvre Reed Royal. Il est devenu un vrai connard parce qu'il a perdu sa maman.

– Tais-toi.

– Non, toi, tais-toi.

Avant même que je prononce ces mots, je me rends compte du ridicule de la situation et j'éclate de rire. Il y a une minute, nous nous hurlions dessus comme si nous avions cinq ans. Je ris tellement fort que je me mets à pleurer. Ou alors, je pleurais depuis le début et ça sonnait comme des rires. Je me penche et je cache ma tête entre mes genoux, je ne veux pas que Reed voie qu'il m'a cassée.

– Arrête de pleurer, murmure-t-il.

– Arrête de me dire ce que je dois faire, je hoquette.

Il finit par se taire et je suis parvenue à retrouver mon calme quand nous arrivons au portail et que nous pénétrons dans le parc.

Est-ce que j'ai vraiment dit que je n'avais pas honte ? Ce n'est pas vrai du tout. Et je suis mortifiée d'avoir pleuré pendant cinq bonnes minutes devant Reed Royal.

– Tu as fini ? me demande-t-il lorsqu'il se gare et coupe le moteur.

– Va te faire foutre, je réponds d'un air las.

– Je veux que tu arrêtes de travailler dans cette putain de boulangerie.

– Je veux que Jordan découvre subitement qu'elle a du cœur. Mais on n'obtient pas toujours ce qu'on veut, pas vrai ?

Il fait un petit bruit en signe de frustration.

– Callum ne va pas aimer.

– Oh mon Dieu ! Tu changes les règles en permanence. Ne m'approche pas, Ella. Monte dans la voiture, Ella. Ne saigne pas mon père à blanc, Ella. Ne trouve pas de boulot, Ella. Je ne sais pas ce que tu veux de moi.

– Nous sommes tous les deux dans le même cas, dit-il sombrement.

Je ne veux même pas répondre à ça. Alors, j'ouvre la portière et je descends. Ça me titille, je me dis que je peux peut-être encore sauver la face et je me retourne brusquement vers lui.

– Oh, et au fait Reed, ne te sers plus de moi pour éviter une de tes ex.

– Elle n'est pas une de mes ex, hurle-t-il.

Je ne devrais pas trouver ça tellement jouissif, mais pourtant, c'est le cas.

Chapitre 13

Une fois à l'intérieur, je me rue dans les escaliers pour m'enfermer dans ma chambre. Je jette mes livres scolaires sur mon lit et je choisis le premier exercice sur lequel je tombe, mais j'ai du mal à me concentrer sur mes devoirs. Je suis encore tellement en colère à cause de ce qui s'est passé entre Reed et moi.

La partie rationnelle de mon cerveau comprend pourquoi j'ai craqué. Il y a moins d'une semaine, toute ma vie a été bouleversée. Callum m'a arrachée de Kirkwood et m'a amenée dans cette ville étrange et dans sa maison luxueuse, où je me suis retrouvée face à ses connards de fils. Les frères Royal ont passé leur temps à me brusquer depuis mon arrivée. Leurs amis m'ont foutu la honte à cette fête et ils m'ont humiliée au lycée aujourd'hui. Et en plus, Reed Royal édicte ses règles d'or puis les change en permanence. Quelle fille normale de dix-sept ans ne perdrait pas la boule ?

Mais l'autre partie de moi-même, celle qui essaie à tout prix de me protéger en dissimulant mes émotions… cette partie-là m'engueule pour m'être laissée aller à pleurer devant Reed. Pour lui avoir permis de se rendre compte que je n'étais pas sûre de moi, que j'étais vulnérable dans ce nouveau monde dans lequel on m'a jetée.

Je me déteste d'être si faible.

Je parviens tout de même à terminer mes exercices, mais maintenant il est six heures et mon estomac crie famine.

Seigneur, je n'ai pas envie de descendre. Si seulement je pouvais commander au room service. Ça ressemble tellement à un hôtel, ici.

Arrête de te cacher. Ne lui donne pas cette satisfaction.

Si je saute le dîner, Reed saura qu'il a gagné, et je ne peux pas le laisser gagner. Je ne vais pas le laisser me casser. Pourtant, même après avoir décidé d'affronter cet enfoiré, je cale toujours. Je prends une longue douche et je me lave les cheveux, je me change et j'enfile une paire de boxers noirs minuscules et un débardeur rouge. Puis je brosse mes cheveux humides. Et je regarde sur mon téléphone si Valérie ne m'aurait pas envoyé un SMS. Et…

Ok, assez procrastiné. Mon ventre vide confirme, il gargouille pendant que je descends la volée d'escaliers.

Dans la cuisine, je tombe sur un des jumeaux devant la cuisinière, qui plonge une spatule dans ce qui ressemble à un plat de nouilles. L'autre jumeau examine l'intérieur du réfrigérateur en ronchonnant.

– Mince, Je croyais que Sandra était rentrée de vacances.

– C'est demain, lui répond son frère.

– Bordel de merde ! Depuis quand les cuisinières prennent-elles des vacances ? J'en ai marre de faire la cuisine. On aurait dû aller au resto avec papa et Reed.

Mon front se plisse pendant que j'enregistre l'info. Un, ces mômes sont vraiment gâtés. Ils ne peuvent même pas se préparer à manger eux-mêmes ? Et deux, Reed est allé dîner dehors avec Callum ? Est-ce que Callum l'a menacé avec un flingue ?

Le jumeau au fourneau me remarque, cachée dans l'embrasure de la porte, et il fronce les sourcils.

– Tu veux quoi ?

Je hausse les épaules.

– Je regarde juste ton dîner qui brûle.

Il fait demi-tour et se met à gémir quand il voit la fumée qui s'échappe de sa casserole.

– Bon sang ! Seb, passe-moi une manique !

Mon Dieu, ces garçons ne sont vraiment pas aidés ! Qu'est-ce qu'il va bien pouvoir faire d'une manique ? La réponse arrive lorsque Sawyer attrape la manique que lui tend son frère et saisit la poignée de la casserole qui, à moins d'être défectueuse, n'a pas de poignée brûlante. Je m'amuse en regardant les garçons qui tentent de sauver leur dîner et je ne peux m'empêcher de pouffer de rire quand l'huile bouillante saute de la casserole et brûle Sawyer au poignet, là où il n'est pas protégé par la manique.

Il hurle de douleur et son frère ferme le gaz. Puis tous deux regardent désespérément le poulet et les nouilles tout cramés.

– Tu veux des céréales ? demande Sébastien.

Sawyer soupire.

Malgré l'horrible odeur de brûlé qui se dégage de la casserole, mon ventre continue à crier famine. J'ouvre donc les placards pour en sortir différents ingrédients, sous le regard inquiet des jumeaux.

– Je fais des spaghettis. Vous en voudrez ?

Il y a un long silence, puis l'un d'eux marmonne un « oui ». L'autre fait de même.

Je cuisine en silence pendant qu'ils s'asseyent à table en dignes et paresseux héritiers Royal qu'ils sont. Aucun ne me propose son aide.

Vingt minutes plus tard, nous sommes tous les trois en train de dîner. Pas une parole n'est échangée.

Easton entre à la fin du repas, il plisse les yeux lorsqu'il me voit mettre mon assiette dans le lave-vaisselle. Puis il regarde la table où ses frères en sont à leur deuxième assiettée de spaghettis.

– Sandra est rentrée ?

Sébastian secoue la tête, la bouche pleine.

Son jumeau me désigne de la tête.

– Elle a fait la cuisine.

– Elle a un nom, je dis avec brusquerie. (Puis je murmure entre mes dents en quittant la cuisine.) Et ne me remerciez surtout pas, espèces de sales ingrats !

Au lieu de retourner dans ma chambre, je pousse jusqu'à la bibliothèque. Callum me l'a montrée l'autre jour. Je suis impressionnée par le nombre incroyable de livres qu'elle contient. Il y a des étagères construites sur-mesure qui courent du sol au plafond et une vieille échelle pour atteindre les rangées du haut. Dans un des coins de la pièce, il y a un espace lecture très cosy avec deux fauteuils capitonnés en face d'une cheminée moderne.

Je n'ai pas envie de lire, mais je m'écroule dans l'un des fauteuils. Je hume l'odeur de vieux cuir et de livres. Alors que mon regard glisse sur le manteau de la cheminée, mon cœur se met à battre plus vite. Des photos sont exposées sur le rebord en pierre et sur l'une d'elles, un détail attire mon attention. On y voit Callum en uniforme de la Navy, un bras passé autour de l'épaule d'un grand type blond, lui aussi en uniforme. Je suis sûre que c'est Steve O'Halloran, mon père. Je fixe le visage fin de cet homme. Ses yeux bleus semblent regarder l'objectif avec espièglerie. J'ai ses yeux. Et mes cheveux sont du même blond que les siens.

Lorsque j'entends des bruits de pas derrière moi, je me retourne pour voir Easton pénétrer dans la bibliothèque.

– J'ai appris que tu as essayé de tuer mon frère aujourd'hui, lance-t-il d'une voix laconique.

– Ça lui pendait au nez.

Je lui tourne le dos mais quand il avance, je me rends compte en le regardant du coin de l'œil que son regard est froid comme la pierre.

– Soyons clairs, est-ce que tu pensais vraiment que tu pourrais débarquer ici et te jeter dans les bras de mon père sans que ça nous pose problème ?

– Je ne me suis pas jetée dans les bras de ton père, je suis sa pupille.

– Ouais ? Regarde-moi en face et dis-moi que tu ne baises pas avec mon père.

Pour l'amour de Dieu. Je serre les dents, je fixe son regard borné et je prononce lentement :

– Je ne baise pas avec ton père. Comment peux-tu insinuer un truc pareil ?

Il hausse les épaules.

– Ce n'est pas une insinuation. Il les aime jeunes.

Il fait visiblement référence à Brooke, mais je ne fais aucun commentaire. Mon regard glisse à nouveau sur la photo posée sur le manteau de la cheminée.

– Oncle Steve était une bombe. Il suffisait qu'il entre dans une pièce pour que les nanas baissent leur culotte.

Double oups. Je n'ai pas du tout envie de savoir ça à propos de mon père.

– À quoi ressemblait-il ? je demande à contrecœur.

– Il était chouette, je suppose. On ne le voyait pas souvent. Il passait tout son temps dans le bureau de mon père. Tous les deux restaient des heures là-dedans à discuter.

Easton a l'air amer.

– Aïe, alors comme ça, ton père aimait mieux mon père que vous ? C'est pour ça que tu me détestes autant ?

Il roule de gros yeux.

– Fais-toi une faveur, arrête de provoquer mon frère. Si tu continues à l'emmerder, tu vas prendre des coups.

– Pourquoi est-ce que tu me mets en garde, frangin ? Ce n'est pas ce que vous voulez, me voir souffrir ?

Il ne répond pas. Il se contente de s'éloigner, et me voilà à nouveau seule dans la bibliothèque. Je continue à examiner la photo de mon père.

Je me réveille à minuit, au son de voix étouffées dans le couloir de ma chambre. Je suis complètement endormie, mais je reconnais tout de même la voix de Reed, et bien que je sois couchée, je me mets immédiatement à frissonner.

Je ne l'ai pas revu depuis notre bagarre dans la voiture. Quand il est rentré après son dîner avec Callum, j'étais déjà enfermée dans ma chambre. En entendant le bruit sourd de ses pas et les portes claquer, je m'étais doutée que le dîner ne s'était pas très bien passé.

Je ne sais pas pourquoi je me glisse hors de mon lit ni pourquoi j'avance sur la pointe des pieds jusqu'à ma porte. Espionner, ce n'est pas mon style, mais je veux savoir ce qu'il dit et à qui il le dit. Je veux savoir si c'est de moi qu'il parle. Peut-être que c'est vraiment vaniteux, mais je veux quand même le savoir.

– … Entraînement du matin.

C'est Easton qui parle à présent et j'appuie mon oreille contre la porte pour essayer de mieux entendre.

– … D'accord pour arrêter pendant la saison.

Reed marmonne quelque chose entre ses dents, que je ne comprends pas.

– J'ai pigé, ok? Moi non plus, je ne suis pas ravi qu'elle soit là, mais ce n'est pas une raison pour…

La phrase d'Easton est tronquée.

– Il ne s'agit pas d'elle.

J'entends ça très clairement. Et je ne sais pas si je suis soulagée ou déçue de savoir qu'ils ne parlent pas de moi.

– … Alors, je viens avec toi.

– Non, répond Reed sèchement… J'y vais tout seul ce soir.

Il va quelque part ? Bon sang, où va-t-il si tard, un jour d'école ? L'inquiétude me saisit, ce qui me fait presque marrer parce que, tout d'un coup, je me fais du souci pour Reed Royal, le gars que j'ai attaqué dans la voiture un peu plus tôt ?

– Et voilà, tu parles comme Gid à présent, accuse Reed.

– Ouais eh bien, peut-être que tu…

Ce qu'ils disent redevient incompréhensible. C'est franchement frustrant, je sais que je rate quelque chose d'important.

Je suis tentée d'ouvrir ma porte pour retenir Reed, mais c'est trop tard. Deux séries de pas résonnent dans l'entrée, une porte claque. Ensuite, il n'y a plus qu'une série de pas, à peine audible, qui descend les escaliers. Et quelques minutes plus tard, le bruit d'un moteur se met à vrombir dans la cour.

Je sais que Reed est parti.

Chapitre 14

Le lendemain matin, je tombe sur Reed adossé à la camionnette d'Easton, dans l'allée. Il porte des chaussures de tennis, de longs shorts de gym et un tee-shirt fendu sur les côtés. Il est sexy comme ce n'est pas permis. Il a enfoncé une casquette de base-ball bas sur son front.

Je regarde autour de moi, mais la limousine noire reste invisible.

– Où est Durand ?

– Tu as prévu d'aller à la boulangerie ?

– Tu as prévu d'y foutre le feu pour que je ne ternisse pas le nom des Royal en y travaillant ?

Il bougonne quelque chose.

Je lui réponds de même.

– Alors ? murmure-t-il.

Je fronce les sourcils.

– Oui, je vais travailler.

– J'ai un entraînement de football, alors si tu veux que je te dépose, je te suggère de grimper tout de suite dans la voiture, parce que sans ça, tu vas devoir y aller à pied.

Et il ouvre la portière côté passager avant de faire le tour, côté conducteur.

Je cherche Durand, à nouveau. Merde, où peut-il bien être ?

Quand Reed met le contact, je me décide. Quel mal peut-il me faire pendant vingt minutes de conduite ?

– Ceinture, aboie-t-il.

– J'arrive, une minute.

Je lève les yeux au ciel et je m'exhorte à la patience. Reed ne démarre pas avant que j'aie bouclé ma ceinture.

– Tu as un syndrome prémenstruel masculin ou bien tu es d'une humeur de chien vingt-quatre heures sur vingt-quatre, sept jours sur sept ?

Il ne répond pas.

Je m'en veux, mais je ne peux détacher les yeux de lui. Je ne peux pas empêcher mon regard de dériver sur le côté, vers sa gueule de star de cinéma, son oreille parfaitement ciselée, encadrée par ses cheveux sombres. Tous les Royal ont les cheveux bruns. Ceux de Reed virent au noisette.

De profil, son nez a une bosse minuscule et je me demande quel frère le lui a cassé. Ce n'est pas possible d'être aussi bandant. Et il a ce côté mauvais garçon qui d'habitude ne me branche pas vraiment, mais qui le rend encore plus excitant. Je me dis qu'en fait, j'aime les voyous.

Attendez, qu'est-ce que je suis en train d'imaginer, bordel ? Je n'aime pas les voyous, et je n'aime pas *Reed*. C'est le plus gros connard que j'ai jamais…

– Pourquoi est-ce que tu me mates ? demande-t-il, l'air contrarié.

Je repousse mes pensées démentes et lui réponds :

– Et pourquoi pas ?

– Tu apprécies le spectacle, hein ? raille-t-il.

Je réponds, l'air de ne pas y toucher :

– Nan, j'essaie juste de mémoriser à quoi ressemble le profil d'un âne. Tu sais, comme ça, si on me demande d'en dessiner un en cours d'art, je pourrai m'en inspirer.

Il grogne, et cela ressemble vaguement à un rire.

Pour la première fois en sa présence, je commence à me détendre.

Le reste du trajet passe vite, presque trop vite. Je ressens une légère déception lorsque la boulangerie apparaît, ce qui est quand même nul puisque que je n'aime pas ce type.

– Tu vas me déposer tous les jours, ou juste ce matin ? je lui demande lorsqu'il freine devant *La Baguette Française*.

– Ça dépend. Pendant combien de temps as-tu prévu de poursuivre cette farce ?

– Ce n'est pas une farce. On appelle ça gagner sa vie.

Je descends du camion avant qu'il ait le temps de me balancer une autre réplique débile.

– Hé, il m'appelle.

– Quoi ?

Je me retourne et je le regarde en face pour la première fois de la journée. Je porte ma main à la bouche.

Le côté de son visage, celui que je ne pouvais pas voir pendant le trajet, est tout contusionné. Sa lèvre est gonflée. Sa paupière est entaillée et il a un hématome sur la pommette.

– Oh mon Dieu, qu'est-ce qui t'est arrivé ?

Je lève les doigts sur son visage, sans réaliser que mes pieds m'ont portée de la boulangerie jusqu'au camion.

Il recule pour éviter le contact.

– Rien.

Ma main, inutile, retombe le long de mon corps.

– Ça n'a pas l'air d'être rien.

– Puisque tu le dis.

Il démarre en grimaçant et me laisse sur place, à me demander ce qu'il a bien pu faire la nuit dernière et pourquoi il m'a rappelée s'il n'avait rien d'important à me dire. Mais je sais une chose. Si j'avais été frappée au visage aussi violemment, moi aussi j'aurais été en rogne le lendemain matin.

Malgré moi, je pense à Reed pendant tout mon service du matin à la boulangerie. Lucy me jette des regards inquiets, mais comme je travaille dur, elle ne dit rien.

Après mon service, je cours à l'école, mais je ne vois pas Reed. Ni sur le chemin qui mène en cours de gym ni dans les couloirs, pas même pendant le déjeuner. C'est comme s'il n'était même pas à Astor Park.

À la fin des cours, c'est la grosse limousine qui m'attend. Durand m'ouvre la porte sans attendre, du coup je ne peux même pas flâner un peu sur le parking. *C'est mieux comme ça,* me dis-je. *Penser à Reed Royal ne peut rien m'apporter de bien.*

Je passe tout le trajet de retour à me sermonner, mais lorsque nous passons les hautes portes en fer forgé, Durand attire mon attention.

– Monsieur Royal voudrait vous voir, me lance-t-il de sa voix de basse quand la voiture s'arrête devant les escaliers de l'entrée principale.

Je reste assise comme une idiote, le temps de comprendre que « Monsieur Royal » signifie Callum.

– Hum, d'accord.

– Il est dans la poolhouse.

– La poolhouse, je répète. Est-ce que je suis convoquée au bureau du directeur, Durand ?

Son regard croise le mien dans le rétroviseur.

– Je ne crois pas, Ella.

– Ça n'est pas très encourageant.

– Vous voulez que je vous fasse faire un petit tour avant d'y aller ?

– Est-ce qu'il voudra toujours me voir ?

Durand hoche la tête de bas en haut.

– Alors, autant y aller maintenant.

Je soupire d'un air dramatique.

Le coin de ses yeux se plisse un peu, ce qui correspond chez lui à un grand sourire.

Je jette mon sac à dos en bas des escaliers et je fais le tour de la maison. Je traverse le long patio jusqu'au bout de la cour.

La poolhouse est entièrement vitrée sur trois côtés. Il doit y avoir un truc particulier dans le verre, parce que, par moments, le côté le plus proche de la piscine est réfléchissant. On ne peut plus voir au travers.

Je réalise en m'approchant que les murs sont en fait composés d'une série de portes coulissantes et qu'elles sont grandes ouvertes afin de permettre à la brise océanique de traverser jusqu'à la maison.

Callum est assis dans le canapé, face à l'océan. Il se retourne au bruit de mes pas sur le sol carrelé. Il m'accueille en hochant la tête.

– Ella. Tu as passé une bonne journée à l'école ?

Pas d'ordures dans mon casier ? Pas de coup fourré dans le vestiaire des filles ?

– Ça aurait pu être pire.

Il me fait signe de m'asseoir à côté de lui.

– C'était l'endroit favori de Maria, me dit-il. Quand toutes les portes sont ouvertes, on entend l'océan. Elle aimait se lever de bonne heure pour venir contempler le lever du soleil. Un jour, elle m'a dit, chaque matin est un spectacle magique. Le soleil repousse le rideau noir d'encre pour révéler une palette de couleurs incroyable, que seuls les plus grands peintres pourraient égaler.

– Vous êtes certain qu'elle n'était pas poète ?

Il sourit.

– Elle était assez poétique. Elle disait aussi que le mouvement rythmé des vagues contre le rivage composait un morceau de musique aussi pur que la plus belle des orchestrations.

Nous l'écoutons. Le roulement des vagues sur le sable, puis leur recul, comme si elles étaient tirées en arrière par une main invisible.

– C'est très beau, je reconnais.

Callum pousse un gémissement. D'une main, il attrape son sempiternel verre de whisky, mais dans l'autre, tellement crispée que ses articulations sont toutes blanches, il serre la photo d'une femme aux cheveux noirs et aux yeux si brillants qu'on dirait qu'un soleil irradie du cadre.

– C'est Maria ? je demande en montrant le cadre.

– Elle est belle, n'est-ce pas ?

J'acquiesce.

Callum se penche et vide son verre d'un trait. Il le pose, juste le temps de se resservir.

– Maria était le lien qui unissait notre famille. Il y a dix ans environ, Atlantic Aviation a traversé une mauvaise passe. Une série de décisions hasardeuses, plus la récession, ont compromis l'héritage de mes fils. Je me suis jeté à corps perdu dans une tentative de sauvetage, ce qui m'a éloigné de ma famille. Maria me manquait. Depuis toujours, elle désirait avoir une fille, tu sais ?

Je ne peux que hocher la tête à nouveau. Ce n'est pas évident de suivre un discours si étrangement décousu. Je n'ai pas la moindre idée de là où il veut en venir.

– Elle t'aurait adorée. Elle t'aurait prise à Steve et élevée comme sa propre fille. Elle voulait tellement avoir une fille.

Je reste assise sans bouger. Cette histoire triste ne me dit rien qui vaille.

– Mes fils me rendent coupable de sa mort, dit-il soudain. (Cette confession inattendue me stupéfie.)

Ils en ont le droit. Voilà la raison pour laquelle je les laisse faire n'importe quoi. Oh, je suis au courant de leurs petites rébellions, mais je n'arrive pas à leur imposer quoi que ce soit. J'essaie de les rassembler et je suis le premier à reconnaître que je suis une merde. Et que j'ai merdé avec ma famille.

Il passe une main tremblante dans ses cheveux en réussissant malgré tout à garder son verre, comme si l'objet en cristal était la dernière chose qui le reliait à notre monde.

– Je suis désolée.

C'est tout ce que je trouve à dire.

– Tu te demandes sans doute pourquoi je te raconte tout ça.

– Un peu.

Il me lance un pauvre sourire crispé qui me rappelle tellement celui de Reed que mes intestins se retournent.

– Dinah veut te rencontrer.

– Qui est Dinah ?

– La veuve de Steve.

Mon pouls s'accélère.

– Oh.

– Je l'ai tenue à l'écart parce que tu venais juste d'arriver, et bon, je voulais que tu me poses des questions au sujet de Steve. Elle et Steve, vers la fin…

Il hésite.

– Ça n'allait pas.

Je remonte ma garde.

– J'ai l'impression que je ne vais pas apprécier ce que vous êtes sur le point de me dire.

– Tu es très perspicace.

Sur ce, il vide son deuxième verre.

– Elle exige que tu viennes seule.

Je suis donc supposée rencontrer la femme de feu mon père, que Callum déteste tellement qu'il se torche au whisky, et sans personne pour me soutenir ? Je soupire :

– Quand j'ai dit que ma journée aurait pu être pire, je ne pensais pas à ce genre de défi.

Il renifle.

– Dinah m'a fait remarquer que mes liens avec toi étaient plus ténus que les siens. Elle est la veuve de ton père. Je n'étais que son ami et son associé.

Un frisson me parcourt la peau.

– Est-ce que vous êtes en train de me dire que votre tutelle n'est pas légale ?

– Elle n'est que temporaire, jusqu'à ce qu'elle soit homologuée. Dinah pourrait très bien la contester.

Je ne peux pas rester assise. Je me lève et marche de long en large. Je me sens soudain si stupide. Je me suis laissée aller à croire que je pourrais me sentir chez moi ici, même si Reed me déteste, même si les stupides élèves d'Astor Park prennent leur pied à me tourmenter. Toutes ces choses étaient supposées n'être que des nuisances temporaires. Callum m'avait promis un avenir, bordel. Et maintenant, il m'annonce que cette femme, Dinah, peut me l'enlever ?

– Si je n'y vais pas, elle va commencer à faire des problèmes, c'est ça ?

– C'est à peu près ça.

J'ai pris ma décision. Je me tourne vers Callum.

– Alors, qu'est-ce qu'on attend ?

Durand nous conduit en ville et s'arrête devant un gratte-ciel. Callum me dit qu'il m'attendra dans la voiture, ce qui me rend encore plus nerveuse.

– Ça craint, dis-je faiblement.

Il se penche et me prend par le bras.

– Tu n'es pas obligée d'y aller.

– Quel autre choix est-ce que j'ai ?

– Ella, me lance-t-il lorsque je pose le pied à l'extérieur.

– Quoi ?

– Steve aurait voulu que tu viennes. Quand il a appris qu'il avait une fille, il a été déchiré. Je te jure, il t'aurait aimée. Rappelle-t'en. Quoi que prétende Dinah.

Avec ces paroles pas si encourageantes que ça dans les oreilles, je laisse Durand m'accompagner à l'intérieur. L'entrée de l'immeuble de Dinah est splendide, mais les beaux murs de pierre, les luminaires en cristal et les boiseries aux tons chauds ne m'impressionnent pas autant qu'ils l'auraient fait avant mon arrivée chez les Royal.

– Elle vient voir Dinah O'Halloran, explique Durand au portier.

– Vous pouvez monter.

Durand me pousse légèrement.

– Dernier ascenseur. Appuyez sur P comme « Penthouse ».

L'ascenseur moquetté et recouvert de boiserie est presque totalement silencieux. Il n'y a pas de musique, pas le moindre bruit mécanique pour accompagner sa montée. Il s'arrête beaucoup trop vite. Les portes s'ouvrent et j'entre dans un couloir large et court. Au bout, il y a une porte à double battant.

Putain de merde. Elle occupe tout l'étage ?

Une femme habillée comme une employée de maison ouvre une des portes lorsque je m'approche.

– Madame O'Halloran vous attend dans le salon. Puis-je vous apporter quelque chose à boire ?

– De l'eau, je croasse. Je veux bien de l'eau, s'il vous plaît.

Mes tennis s'enfoncent dans la moquette épaisse. Je suis la jeune femme à travers le hall jusqu'au salon. J'ai l'impression d'être un agneau qu'on mène à l'abattoir. Dinah O'Halloran est assise sous un grand tableau représentant un nu féminin. Les cheveux d'or du modèle sont détachés et elle regarde par-dessus son épaule, ses yeux verts, séducteurs, fixent le spectateur. C'est… oh mon Dieu, le visage de cette femme, c'est celui de Dinah.

– Tu aimes ? me demande Dinah, un sourcil haussé. J'en ai beaucoup d'autres, mais celui-ci est le plus convenable.

Convenable ? Mais, Madame, je peux voir votre raie du cul sur ce tableau. Je mens :

– C'est chouette.

Qui aurait l'idée d'exposer ses propres tableaux de nu chez lui ?

Je fais mine de m'asseoir sur un des sièges, mais la voix aiguë de Dinah m'arrête net.

– T'ai-je autorisée à t'asseoir ?

Je me fige en rougissant.

– Non, je suis désolée.

Je reste debout. Elle me déshabille du regard.

– Alors, comme ça, c'est toi la fille qui, selon Callum, est celle de Steve. Tu as déjà fait un test de paternité ?

Un test de paternité ?

– Hum, non.

Elle se met à rire. C'est un son voilé, atroce.

– Alors, comment sais-tu que tu n'es pas la bâtarde de Callum qu'il tente de faire passer pour celle de Steve ? Ça l'arrangerait bien, lui qui a toujours clamé sur tous les toits qu'il était fidèle à sa petite femme. Or, tu serais la preuve vivante qu'il ne l'était pas.

La fille de Callum ? Brooke l'avait suggéré, mais Callum avait pris l'air offensé. Et ma mère m'avait dit que mon père s'appelait Steve. J'ai sa montre. Pourtant, j'ai la nausée, même si je redresse les épaules pour paraître sûre de moi.

– Je ne suis pas la fille de Callum.

– Oh, et comment le sais-tu ?

– Parce que Callum n'est pas le genre de type à ignorer qu'il a un enfant.

– Tu es chez les Royal depuis seulement une semaine et tu crois les connaître.

Elle se moque de moi, puis se penche en avant, la main crispée sur le bras de son fauteuil.

– Steve et Callum étaient des vieux compagnons des SEAL. Ils ont partagé plus de femmes que les enfants ne partagent de jouets à la maternelle.

Je suis bouche bée.

– Je ne doute pas que ta pute de mère les ait baisés tous les deux.

Cette injure vis-à-vis de ma mère me tire brusquement de ma torpeur.

– Ne parlez pas de ma mère. Vous ne la connaissez pas.

– J'en sais bien assez.

Dinah recule dans son fauteuil.

– Elle était pauvre comme Job et elle a tenté de faire chanter Steve pour lui extorquer de l'argent. Comme ça n'a pas marché, elle a prétendu qu'elle avait un enfant de lui. Sauf qu'elle ne savait pas que Steve était stérile.

Les accusations de Dinah me font penser à des spaghettis qu'elle jetterait contre le mur dans l'espoir qu'ils s'y collent, un peu comme Jordan avec ses tampons. Je commence à en avoir assez de ces conneries.

– Alors, faisons un test de paternité. Je n'ai rien à perdre. Si je suis une Royal, je pourrai exiger un sixième de leur fortune. Ça me paraît un meilleur deal que d'être simplement la pupille de Callum Royal.

Ma bravade ne passe pas bien auprès de Dinah, elle redouble ses attaques.

– Tu crois que Callum Royal en a quelque chose à faire de toi ? Cet homme n'a pas réussi à garder sa femme en vie. Elle s'est tuée plutôt que de rester avec lui. Voilà le genre de personne avec qui tu frayes. Et ses fils ? Ils sont pourris par le fric et les privilèges, et il les laisse faire n'importe quoi. J'espère que tu t'enfermes à double tour la nuit.

Inconsciemment, mon esprit retourne à cette première matinée, lorsque Easton avait glissé sa main dans son pantalon et m'avait tout bonnement menacée. Je serre les dents.

– Pourquoi m'avez-vous demandé de venir ? Je ne comprends pas l'intérêt de cette visite. Il me semble que c'est surtout l'occasion de vous moquer de moi et de me mettre mal à l'aise.

Dinah me lance un sourire glacial.

– Je voulais simplement voir à qui j'avais affaire.

Elle hausse un sourcil.

– Et je dois dire que je ne suis pas vraiment impressionnée.

Nous sommes deux, dans ce cas.

– Voilà mon conseil, poursuit-elle. Prends tout ce que Callum a pu te donner et fiche le camp. Cette maison est un véritable cancer pour les femmes, et un jour viendra où elle tombera en poussière. Je te suggère de partir quand il en est encore temps.

Elle tend la main et attrape une clochette. Au premier tintement, la bonne apparaît comme un brave toutou obéissant. Elle porte un plateau avec un verre d'eau.

– Mademoiselle Harper nous quitte, lui annonce Dinah. Elle n'a pas besoin de verre d'eau.

Je n'arrive pas à quitter les lieux aussi vite que je le voudrais.

Callum attend dans le hall d'entrée lorsque je jaillis de l'ascenseur.

– Tu vas bien ? me demande-t-il immédiatement.

Je me frotte les bras. Je ne me rappelle pas avoir déjà eu aussi froid.

– Steve est vraiment mon père ? je lui demande à brûle-pourpoint. Dites-le moi.

Il ne semble pas choqué le moins du monde par ma question.

– Oui, bien sûr, répond-il calmement.

Callum se penche comme s'il voulait m'embrasser, mais je recule, toujours bouleversée par les révélations de Dinah. Je n'ai pas besoin qu'il me réconforte. J'ai besoin de la vérité.

– Pourquoi devrais-je vous croire ? (Je repense aux paroles cyniques de Dinah.) Vous ne m'avez jamais apporté de preuves de cette paternité.

– Tu veux des preuves ? Très bien, je vais t'en donner. Les résultats ADN sont dans mon coffre, à la maison. Et Dinah les a déjà vus. Son avocat en a une copie.

Je suis choquée. Elle m'a donc menti ? Ou bien est-ce lui le menteur de la bande ?

– Vous avez fait un test ADN ?

– Je ne t'aurais pas ramenée ici sans certitudes. J'ai récupéré quelques cheveux de Steve dans sa salle de bains au bureau, et mon détective privé a pris un échantillon des tiens pour comparer.

Comment a-t-il…

Oublions ça, je ne veux même pas savoir comment il s'y est pris pour mettre la main sur mon ADN.

– Je veux voir les résultats du test.

– Comme tu voudras, mais tu peux me croire quand je te dis que tu es la fille de Steve. Je l'ai su dès l'instant où je t'ai vue. Tu as sa mâchoire volontaire. Ses yeux. Je t'aurais reconnue dans n'importe quel groupe comme étant la fille de Steve. Dinah est en colère et elle a peur. Ne te laisse pas atteindre.

Que je ne me laisse pas atteindre ?

Cette femme vient tout juste de lancer assez de bombesà retardement et d'insinuations pour me faire perdre la tête.

Je suis incapable d'affronter ça pour le moment. Absolument pas.

Je veux juste…

– Allons-y, dis-je d'un air hébété.

Dans la voiture, je n'arrive pas à regarder Callum dans les yeux. Les paroles de Dinah tournent encore et encore dans ma tête.

– Ella, quand j'ai perdu ma femme, j'ai traversé une période sombre.

C'est une façon pour lui de reconnaître ce qu'il pense que Dinah m'a dit.

Je lui réponds sans le regarder.

– Cette période sombre ? Je crois que vous y êtes encore.

Il se sert un autre verre.

– Peut-être bien.

Le reste du trajet se passe dans le plus grand silence.

Chapitre 15

Ma rencontre avec Dinah m'obsède trois jours durant. Elle tourne en boucle dans mon cerveau malade. Lucy doit penser qu'elle a embauché un robot, vu le peu d'émotion que je montre. J'ai peur de me mettre à pleurer à chaque instant. Mais elle me garde parce que j'arrive à l'heure tous les matins et que je bosse sans me plaindre.

Travailler est un soulagement. Quand c'est animé, j'arrive à oublier à quel point ma vie part en sucette. Et ce n'est pas peu dire si l'on sait que j'ai quitté Seattle pour fuir les services sociaux à l'enfance qui essayaient de me placer dans une famille d'accueil, que j'ai passé une semaine sur les routes avant d'atterrir à Kirkwood. J'avais cru qu'imiter la signature de ma mère décédée était une folie, mais ce n'était rien, comparé à la famille Royal et à son entourage.

C'est plus difficile d'éviter le sujet en classe, parce que Val n'arrête pas de me demander ce qui ne va pas. Même si j'adore Val, je ne pense pas qu'elle soit prête à entendre toute cette merde, et quand bien même elle le serait… je n'ai pas envie de partager tout ça.

Callum m'a montré les tests ADN lorsque nous sommes rentrés à la maison, mais ça n'a rien changé. Le doute a continué à me ronger pendant trois jours entiers, jusqu'à ce matin, quand je me suis traînée hors de mon lit après une autre nuit blanche et que je me suis forcée à me rappeler une évidence : ma mère n'était pas une menteuse.

Je peux compter sur les doigts d'une main ce que ma mère m'a dit sur mon père. Il s'appelait Steve. Il était blond. C'était un marin. Il lui avait donné sa montre. Tout cela, plus tout ce que Callum m'a dit, et ajouté au fait qu'il existe une réelle ressemblance avec l'homme de la photo dans la bibliothèque, me pousse à penser que Dinah O'Halloran, pour parler crûment, est une vraie grosse merde.

– Tu vois quelqu'un ?

La question abrupte de Reed me sort de mes pensées. Je suis assise sur le siège passager de son Range-Rover, à essayer d'arrêter de bâiller.

– Quoi ? Pourquoi tu me demandes ça ?

– Tu as des cernes sous les yeux. Tu as erré comme un zombie dans la maison depuis mardi et, apparemment, tu ne dors plus depuis plusieurs jours. Voilà. Tu vois quelqu'un ? Tu sors en douce pour le retrouver ?

Il a la mâchoire crispée.

– Non.

– Non, répète-t-il.

– Oui, Reed. Non. Je ne sors avec personne, ok ? Et même si c'était le cas, ça ne te regarde pas.

– Tout ce que tu fais me regarde. Le moindre de tes mouvements m'affecte, moi et ma famille.

– Ouah ! Ça doit être chouette de vivre dans un monde où tout tourne autour de soi.

– Qu'est-ce que tu as, alors ? demande-t-il. Tu n'es plus la même.

– Je ne suis plus moi-même ? Comme si tu me connaissais assez pour deviner ça.

Je fais la moue.

Je vais te dire, je te raconterai tous mes secrets si tu me dis ce que tu fous dehors toutes les nuits et pourquoi tu reviens couvert de coupures et de bleus.

Son regard frémit.

– Ouais. C'est bien ce que je croyais.

Je croise les bras en essayant de contenir un bâillement.

Reed fixe le tableau de bord d'un air irrité. Ses grandes mains se crispent sur le volant.

Il me conduit tous les jours au boulot à cinq heures et demie, puis il continue jusqu'à l'école pour son entraînement de football qui débute à six heures. Easton fait partie de l'équipe, lui aussi, mais il y va de son côté. Je pense que c'est parce que Reed veut passer du temps seul avec moi. Comme ça, il peut m'interroger, comme il le fait sans arrêt depuis que ces conduites ennuyeuses ont débuté.

– Tu ne vas pas partir, n'est-ce pas ?

Il y a comme une note de défaite dans sa voix, en plus de la dose habituelle de colère.

– Nan. Je ne pars nulle part.

Il met son clignotant pour se garer et s'arrête devant la boulangerie.

– Quoi ? Je murmure, lorsque ses yeux bleus perçants se tournent vers moi.

Ses lèvres se crispent.

– Le match, ce soir.

– Eh bien quoi ?

L'horloge sur le tableau de bord indique cinq heures vingt-huit. Le soleil n'est pas encore levé, mais le volet de la devanture de *La Baguette Française* est relevé. Lucy est déjà là, qui m'attend.

– Mon paternel veut que tu viennes.

La « douleur Royal » se réveille entre mes épaules.

– Tant mieux pour lui.

Reed me regarde comme s'il avait un mal de chien de ne pas m'étrangler.

– Tu viens au match.

– Oublie. Je n'aime pas le football. En plus, j'ai du travail.

Je me penche vers la poignée de la portière, mais il bondit à travers le siège et m'attrape la main. Une vague de chaleur envahit mes doigts, descend le long de mes bras jusqu'à mon entrejambe. J'ordonne à mon corps, ce traître, de se lever et je m'efforce de respirer dans ce parfum masculin, épicé, qui chatouille mes narines. Pourquoi est-ce qu'il sent si bon ?

– Je me fiche de ce que tu aimes ou pas. Je sais que tu sors à dix-neuf heures. Amène-toi à la demie. Tu viens.

Sa voix est sourde, imprégnée de… ce n'est plus de la colère, elle est lourde de… je ne sais pas quoi.

Tout ce que je sais, c'est qu'il est trop près de moi pour que je me sente à l'aise, et que mon cœur bat dangereusement vite.

– Je ne vais pas aller à un de ces stupides matchs de football pour vous encourager, toi et tes amis débiles !

Je hurle, en repoussant sa main, ce qui me fait frissonner un instant. À Callum de se démerder avec ça.

Je me glisse hors du SUV, je claque la portière et je me dépêche de traverser le trottoir sombre devant la boulangerie.

J'arrive en classe juste avant la première sonnerie. J'ai juste le temps de faire un arrêt rapide aux toilettes pour enfiler mon uniforme d'Astor Park avant d'assister à mes cours du matin tout en luttant pour ne pas m'endormir. Au déjeuner, j'avale tellement de café que Val doit m'arrêter, mais au moins je me sens mieux.

Je m'assieds à côté d'Easton en cours de chimie. Je le salue avec une certaine réticence.

– Tu as ronflé en cours d'anglais, ce matin, dit-il avec un sourire.

– Pas du tout. J'étais parfaitement réveillée.

Vraiment ? À présent, je n'en suis plus si sûre.

Easton ouvre de grands yeux.

– Aïe, frangine. Tu travailles trop dur. Je me fais du souci pour toi.

Moi aussi, j'ouvre de grands yeux. Je sais que les frères Royal ne sont pas contents que je travaille. Callum non plus n'a pas apprécié quand je le lui ai dit. Il a insisté pour que je me concentre sur mes résultats scolaires, sans me disperser, mais je n'ai pas changé d'avis. Lorsque je lui ai expliqué qu'avoir un boulot était important pour moi, et que j'avais besoin d'autre chose que de l'école pour occuper mon temps, il a lâché l'affaire.

Ou du moins c'est ce que je croyais. Ce n'est que quand la cloche de mon dernier cours de la journée retentit que je réalise que Callum s'est servi de son pouvoir pour me jouer un de ses tours.

Une grande femme gracieuse m'aborde quand je sors de la classe de mathématiques. Elle bouge comme une danseuse, et je ne suis donc pas surprise quand elle se présente comme l'entraîneur de l'équipe de danse.

– Bonjour Ella, dit madame Kelley, en m'observant intensément. Ton tuteur m'a dit que tu danses depuis ton enfance. Quel genre de cours as-tu suivi ?

Je suis très gênée. Je mens.

– Je n'ai pas vraiment eu de formation. Je ne sais pas pourquoi monsieur Royal vous a dit ça.

Je crois qu'elle lit parfaitement en moi, parce qu'elle hausse un sourcil.

– Pourquoi ne me laisses-tu pas juger par moi-même ? Tu vas venir faire un essai après tes cours ce soir.

Une alarme retentit dans ma tête. Quoi ? Pas question. Je ne veux pas rejoindre l'équipe de danse. Danser, c'est juste un passe-temps à la con. Et… oh merde, est-ce que Savannah ne m'a pas dit que Jordan était capitaine de l'équipe ? Du coup, je ne veux vraiment plus essayer.

– Je travaille après l'école, dis-je sèchement.

– Tu travailles ?

Madame Kelley prononce ce mot comme si ce concept lui était inconnu. Mais je suppose qu'avec mon boulot à mi-temps, je fais partie de la minorité à Astor Park.

– À quelle heure ?

– Trois heures et demie.

Elle fronce les sourcils.

– Bon, mon cours ne se termine pas avant quatre heures. Humm.

Elle réfléchit.

– Tu sais quoi, ma capitaine va prendre le relais. Carrington sait parfaitement ce que nous recherchons. Tu peux lui montrer ce que tu sais faire à trois heures, ce qui te laisse largement le temps d'aller à ton travail.

Ma panique est multipliée par trois. Je vais passer une audition devant Jordan ? Plutôt crever.

Madame Kelley remarque mon embarras.

– Monsieur Royal et moi comptons sur ta présence, Ella. Chaque élève d'Astor Park est sollicité pour apporter sa contribution à l'école. Une activité extrascolaire sera une façon saine et productive d'occuper ton temps.

Fichu Callum. Le fait qu'elle utilise exactement la tournure de phrase que j'avais employée avec lui – occuper mon temps – me confirme que c'est bien lui qui se cache derrière tout ça.

– Passe au gymnase après ton dernier cours. Tu peux mettre tes vêtements d'éducation physique.

Elle me tapote le bras et disparaît avant que j'aie le temps de protester.

Un gémissement monte de ma gorge, mais je parviens à le réfréner. Les membres de la famille Royal sont vraiment capables de tout. Je n'ai aucune envie de faire partie de l'équipe de danse, mais je sais pertinemment que si je ne me pointe pas à cet essai, madame Kelley va en référer à Callum. Et que s'il est suffisamment en colère, il pourrait très bien me forcer à quitter mon boulot. Ou pire, l'école pourrait décider que je n'ai rien de « spécial » à offrir, et monsieur Beringer me jettera dehors, ce qui ne plaira vraiment pas à Callum.

Et honnêtement, ça ne me plairait pas non plus. Cette école est à des années-lumière des lycées publics que j'ai fréquentés, du point de vue académique.

Je n'arrive absolument pas à me concentrer pendant mon dernier cours. L'idée d'avoir à faire cet essai me remplit d'effroi, et quand je traverse la pelouse Sud après la sonnerie, j'ai l'impression de participer à un marathon. J'aurais bien aimé demander à Val comment faire pour m'en sortir, vu qu'elle est une excellente danseuse et que personne ne l'a forcée à faire un essai.

Lorsque je pénètre dans le vestiaire des filles, il est vide, mais il y a une boîte rectangulaire posée sur le long banc verni, entre les rangées de casiers.

ELLA est inscrit sur le couvercle et une feuille de papier est pliée en deux à côté de mon nom.

Mon ventre se noue. Les mains tremblantes, j'arrache le papier et je l'ouvre.

Désolée ma chère,

Mais nous n'acceptons pas les sales strip-teaseuses dans l'équipe. Toutefois, je suis sûre que le club Excalibur, en ville, serait ravi de te faire faire un essai. En fait, je crois tellement en toi que je t'ai même acheté une tenue pour ton audition. Le club est situé au croisement de l'avenue Ordure et de l'avenue Caniveau.

Bonne chance !

Jordan

Elle a griffonné son nom de façon toute féminine, et la jubilation transparaît derrière chaque lettre. Mes mains tremblent encore plus lorsque j'ouvre la boîte et que je soulève le papier de soie. Quand je vois ce qui se cache à l'intérieur, la honte me noue l'estomac.

La boîte contient une minuscule culotte rouge, des stilettos de 12,5 centimètres de haut et un soutien-gorge en dentelle rouge avec des glands noirs. Cette lingerie est moche et de mauvais goût, elle ne ressemble pas du tout à ce que je portais chez *Miss Candy*, à Kirkwood.

Je me demande quel frère Royal leur a parlé de mon boulot de strip-teaseuse. Callum a dû se confier à ses fils, alors lequel a parlé ? Reed ? Easton ? Je parie que c'est Reed.

Un nouveau sentiment éclipse ma honte. C'est de la rage. Une rage froide, qui déferle en moi et descend jusqu'au bout de mes doigts en produisant des picotements. J'en ai marre de tout ça. J'en ai marre des jugements, des insultes et des moqueries. Je chiffonne le mot de Jordan et le lance à travers la pièce. Puis je fais demi-tour et je me dirige vers la sortie. À mi-chemin, je me fige. Mon regard s'arrête sur les sous-vêtements miteux sur le banc.

Vous savez quoi ?

Elles pensent que je suis une moins-que-rien ? Je vais leur montrer ce que c'est.

Peut-être est-ce la colère, ou la frustration, ou ce sentiment d'impuissance dans ma poitrine, mais je ne contrôle plus mon propre corps. Je retire mes vêtements comme si j'étais en pilote automatique. Je suis tellement furieuse que je peux sentir ma colère. J'en bave littéralement. Seigneur, j'écume. J'enfile les oripeaux de dentelle, je les remonte sur mes hanches, je mets le soutien-gorge en place et je me dirige vers la porte. Pas celle qui mène à l'extérieur, mais celle qui ouvre sur le gymnase.

Je laisse les stilettos sur le banc, je vais avoir besoin de tout mon équilibre.

Mes pieds nus frappent le sol. La colère guide chacun de mes pas, ainsi qu'un sentiment d'injustice. Ces gens ne me connaissent pas. Ils n'ont pas le droit de me juger. J'ouvre la porte en grand et je pénètre dans le gymnase. La tête haute et les mains sur les hanches.

Quelqu'un me remarque et pousse un cri.

– Bordel de merde !

Une voix masculine lui répond depuis l'autre bout du gymnase, là où la cloison qui sépare les poids et le matériel d'exercices au sol du reste du terrain a été enlevée.

Un bruit métallique résonne dans le gymnase, comme si quelqu'un avait laissé tomber des haltères.

Je ralentis. Toute l'équipe de foot est là, qui soulève des poids. Je jette un coup d'œil rapide dans leur direction et je sens mes joues qui prennent feu. Chaque paire d'yeux masculins me déshabille. Toutes les mâchoires sont grandes ouvertes. Sauf une. Une seule reste parfaitement close, et les yeux bleus de feu de Reed me transpercent.

Je détourne le regard et je me dirige vers le groupe de filles qui font des étirements sur une pile de tapis bleus. Je me mets à rouler un peu des hanches. Elles s'arrêtent toutes au beau milieu de leur étirement, les yeux écarquillés.

La surprise, sur le visage de Jordan, disparaît rapidement et se mue en inquiétude. Quand elle croise mon regard, je jure qu'elle se met à trembler. La seconde suivante, elle se relève et croise les bras sur sa poitrine.

Elle porte un short et un débardeur moulants. Elle a relevé ses cheveux noirs en queue-de-cheval. Son corps est long et tonique. Et musclé. Mais le mien aussi.

– Tu n'as aucune dignité, n'est-ce pas ?

Elle sourit d'un air satisfait.

Je m'arrête devant elle. Je ne dis pas un mot. Toutes les personnes présentes nous regardent. Non, elles me regardent. Je suis à moitié nue, et je sais que je suis belle, même dans ce costume minable. Je n'ai peut-être pas des parents milliardaires comme tous ces mômes, mais j'ai hérité du corps de ma mère.

Ces filles le savent. Un certain nombre de coups d'œil envieux croisent mon chemin avant de se renfrogner.

– Qu'est-ce que tu veux ? me demande Jordan. Je me fiche de ce qu'a dit madame Kelley. Tu ne feras pas d'essai.

– Non ? (Je simule un regard innocent.) Oh, j'en avais tellement envie.

– Eh bien, ça n'arrivera pas.

Je lui lance un sourire.

– C'est trop dommage. Je mourais d'envie de te montrer comment on fait dans les bas-fonds. Mais je suppose que je peux encore.

Avant qu'elle puisse répondre, je replie mon bras et je lui balance un coup de poing dans la figure.

Immédiatement, c'est la panique. La tête de Jordan recule sous le choc, et son cri de douleur se perd dans les huées masculines. L'un des garçons s'écrie « un combat singulier ! », mais je n'ai pas le temps de voir qui c'est parce que Jordan se jette sur moi.

La chienne, elle est costaude. Nous roulons sur les tapis, et soudain elle est sur moi, elle lève le poing. J'esquive et je nous fais rouler sur le côté en lui donnant un coup de coude dans le ventre avant d'attraper sa queue-de-cheval et de tirer dessus de toutes mes forces. Ma vision est troublée. Je lui balance un autre coup sur la joue, et elle répond en me lacérant le bras gauche avec ses ongles.

– Lâche-moi, espèce de sale pute, hurle-t-elle.

J'ignore la douleur qui monte de mon bras et je lève le poing.

– Essaie de m'en empêcher.

Je lâche le coup, mais avant de pouvoir atteindre sa petite gueule suffisante, je suis soulevée dans les airs.

Des bras musclés m'enserrent la poitrine et m'entraînent loin de Jordan.

Je me débats entre les bras de mon ravisseur.

– Lâche-moi !

Il gronde à mon oreille. Je n'ai pas besoin de me retourner pour comprendre que c'est Reed.

– Calme-toi, putain.

À un mètre de là, les amies de Jordan l'aident à se relever.

Elle touche sa joue tuméfiée et me regarde fixement. Elle semble prête à recommencer, mais Sheah et Rachel la retiennent.

Et l'adrénaline qui coule dans mes veines me fait sautiller sur place. Mais je sais que je suis sur le point de m'écrouler. Je commence déjà à me sentir faible et ramollo, tout le haut de mon corps tremble dans les bras de Reed.

– Laisse-la-moi, Reed, hurle Jordan.

Ses cheveux ont glissé de sa queue-de-cheval et tombent sur ses yeux fous. Un hématome est en train d'apparaître sur sa pommette.

– Cette pute mérite un…

– Ça suffit !

Il lui coupe violemment la parole. Son expression menaçante se fait plus hésitante lorsque Reed me relâche. Il enlève son tee-shirt plein de sueur, et la moitié des filles se mettent à reluquer ses abdos pendant que l'autre moitié continue à me jeter des regards méprisants.

Reed me tend son tee-shirt.

– Enfile ça.

Je ne réfléchis pas à deux fois. Je glisse ma tête dans son tee-shirt. Quand elle ressort de l'encolure, Jordan me lance des regards assassins.

– Maintenant, fous le camp ! aboie Reed. Habille-toi et rentre à la maison.

Voilà qu'un homme d'une trentaine d'années à la calvitie naissante s'avance dans la salle. Il porte un uniforme d'entraîneur et un sifflet autour du cou, mais je ne sais pas si c'est l'entraîneur en chef, parce que j'ai déjà aperçu Easton avec le coach Lewis. Ce doit être l'entraîneur adjoint, ou un truc du genre. Il a l'air livide.

– Ces filles ne vont nulle part, sauf dans le bureau du directeur, annonce-t-il.

L'air ennuyé, Reed se tourne vers le type.

– Non, ma sœur rentre à la maison. Jordan, elle, peut aller là où vous voulez.

– Reed, ce n'est pas toi qui décides.

Reed semble impatient.

– C'est fini. Terminé. Elles se sont calmées. (Il nous jette un regard acéré.) N'est-ce pas ?

Je hoche la tête. Jordan fait pareil.

– Donc, ne faisons pas perdre son temps à Beringer.

Reed a un ton de voix sans appel, puissant, avec un soupçon d'amusement, comme s'il prenait son pied à donner des ordres à cet homme plus âgé.

– Parce que nous savons pertinemment tous les deux qu'il ne fera rien. Mon père le paiera et Ella ne récoltera rien d'autre qu'une tape sur la main. Le père de Jordan fera la même chose.

L'entraîneur serre les dents, mais il sait que Reed a raison, parce qu'il ne discute pas. Après un long moment, il se retourne et souffle dans son sifflet. Le son strident nous fait tous sursauter.

– Je ne vous vois pas vous lever, Mesdemoiselles, lance-t-il ensuite.

Les joueurs qui nous encourageaient à nous battre se dépêchent de retourner à leurs barres d'exercice, comme s'ils avaient le feu au cul.

Reed reste avec moi.

– Va-t'en, ordonne-t-il. Nous avons un match ce soir, et maintenant, mes gars sont distraits parce que tu es fringuée comme une moins-que-rien. Fous le camp !

Il s'éloigne, torse nu. Son dos musclé luit dans le soleil couchant qui inonde la pièce. Quelqu'un lui passe un autre tee-shirt, il l'enfile en allant voir son frère. Easton croise mon regard un instant. Son expression est impossible à décrypter, puis il se tourne vers Reed, et les deux membres de la famille Royal se mettent à discuter à voix basse.

– Salope, siffle une voix.

J'ignore Jordan et je m'éclipse.

Chapitre 16

Je n'assiste pas au match de football. Rien ne pourrait me forcer à aller au lycée ce soir[10], pas après tout ce qui s'est passé aujourd'hui. Je suis tout de même arrivée entière à la boulangerie. Encore écumante après mon combat, je me suis démenée comme une furie dans la petite boutique. En sortant, Lucy m'a fait une réflexion sur la jeunesse, sur sa vitalité, et m'a expliqué à quel point ça lui manquait. J'ai failli lui hurler dessus qu'à moins d'apprécier les trous du cul et les garces, elle n'avait franchement rien à regretter, avant de me rappeler qu'il ne fallait pas que je hausse la voix devant ma patronne.

Je n'arrive toujours pas à réaliser que j'ai agressé physiquement Jordan Carrington. Pourtant, je serais prête à recommencer. Sans la moindre hésitation. La salope l'avait bien cherché.

Ce soir, la seule chose dont j'ai envie, c'est de me planquer dans ma chambre en faisant comme si le reste du monde n'existait pas. Comme si les Royal

---

10. Littéralement, « Même les chevaux sauvages ne pourraient me traîner… » en référence au morceau des Rolling Stones, « Wild Horses ».

et leurs amis snobinards n'existaient pas. Pourtant, malgré ma solitude volontaire, je ne peux m'empêcher d'allumer la radio et de chercher une station locale qui diffuse le match.

Bien entendu, on ne parle que des frères Royal. Reed défonce un quaterback de l'équipe adverse. Easton prend un coup qui fait gémir le commentateur :

– Alors ça, c'est un choc !

– Ils vont sentir leur douleur un peu plus tard dans la soirée, ces deux-là.

L'autre commentateur approuve.

C'est Astor Park qui gagne. Je murmure ironiquement *Allez l'équipe*, en éteignant la radio.

Je fais mes devoirs pour me distraire, mais je suis interrompue par l'arrivée d'un texto de Valérie. Elle m'annonce qu'il y a une fête ce soir, chez un certain Wade. Et elle propose de venir chez elle pour danser toute la nuit, à la place. Je décline l'invitation. Je ne suis pas d'humeur à faire comme si tout allait bien dans ma vie. Je déteste cette école. Je déteste ces gens, excepté Valérie, mais je ne suis même pas sûre que mon amie singulière, si pleine d'énergie, suffise à me faire supporter cette torture. Je finis par descendre à la cuisine où je retrouve Brooke en train de siroter un verre de vin. Elle porte une robe rouge soyeuse, des sandales à talons hauts, et elle a l'air impatiente.

Je tente un salut.

Elle hoche la tête.

– Tout va bien ? je lui demande en attrapant un sachet de chips de maïs dans un placard.

Et je reste plantée là, mal à l'aise d'être contrainte d'engager la conversation avec elle.

– Callum est en retard, m'explique-t-elle d'une voix tendue. On doit prendre l'avion pour aller dîner à Manhattan ce soir et il n'est toujours pas rentré.

– Oh ! Ah ! Je suis désolée.

Ils prennent l'avion pour Manhattan juste pour aller dîner ? Qui donc fait ça ?

– Je suis certaine qu'il ne va pas tarder. Il a probablement été retenu au bureau.

Elle renifle.

– Bien sûr qu'il a été retenu au bureau. Il vit pratiquement tout le temps là-bas, bordel, au cas où tu n'aurais pas remarqué.

Son juron me fait sursauter. L'expression sur son visage se fait plus douce quand Brooke s'aperçoit de ma gêne.

– Je suis désolée, mon chou. Oublie. Je suis super-irritable aujourd'hui.

Elle sourit, mais ses yeux restent de marbre.

– Pourquoi est-ce que tu ne me tiendrais pas compagnie pendant que je l'attends ? Comment ça s'est passé à l'école aujourd'hui ?

– Question suivante !

En réponse, j'obtiens un véritable éclat de rire. Les yeux brillants, Brooke tape sur la chaise vide à côté d'elle.

– Assieds-toi et raconte tout ça à Brooke.

Je m'assieds, sans vraiment savoir pourquoi.

Je déglutis.

– Rien de spécial. J'ai simplement filé une raclée à quelqu'un.

Elle a un petit rire choqué.

– Oh, Seigneur !

Et je ne sais pas pourquoi, mais je lui déballe toute l'histoire. La façon dont Jordan m'a humiliée. Comment j'ai retourné la farce à mon avantage. Comment j'ai foutu mon poing sur la figure de cette garce. Lorsque j'ai terminé, je suis toute surprise de voir Brooke me tapoter le bras.

– Tu avais parfaitement le droit de te mettre en rogne, dit-elle fermement. Et tu as bien fait de remettre cette salope à sa place.

Je me demande si Callum aurait la même réaction de fierté étrange s'il savait ce que j'ai fait à Jordan. Ça m'étonnerait.

– Je me sens mal, j'avoue. Habituellement je ne suis pas quelqu'un de violent.

Brooke hausse les épaules.

– Parfois, c'est nécessaire de faire une démonstration de force, surtout dans ce milieu. Dans le monde des Royal. Tu penses que la fille Carrington sera la seule à te reprocher là d'où tu viens ? Sûrement pas. Résigne-toi à avoir des ennemis, Ella. Beaucoup d'ennemis. La famille Royal est très puissante, et tu en fais partie désormais.

– Tu vas forcément inspirer de la haine et de la jalousie chez ceux qui t'entourent.

Je me mords les lèvres.

– Je ne suis pas une vraie Royal. Pas par le sang.

– Non, mais tu es une O'Halloran par le sang.

Elle sourit.

– Crois-moi, c'est plutôt séduisant. Ton père était un homme très riche. Callum aussi est un homme très riche. Par conséquent, tu es une fille très, très riche.

Brooke prend délicatement une autre gorgée de vin.

– Il va falloir t'habituer aux commérages, mon chou. Prépare-toi à ce que, lorsque tu entres dans une pièce, des murmures s'élèvent autour de toi, qui te disent que tu n'as rien à faire là. Habitue-toi, et ne les laisse pas t'atteindre. Rends coup pour coup. Ne sois pas faible.

On dirait un chef de guerre qui prononce un discours pour galvaniser ses troupes avant la bataille. Je ne sais pas si je dois suivre son conseil ou pas. Je ne peux nier que je me sens mal d'avoir rectifié le portrait de Jordan.

Nous entendons s'ouvrir la porte d'entrée, et peu après, Callum entre dans la cuisine. Il porte un costume chic et il a l'air crevé.

– Ne dis rien, ordonne-t-il avant même que Brooke ait eu le temps d'ouvrir la bouche. (Puis il semble se radoucir un peu.) Je suis désolé pour le retard. Le conseil d'administration a décidé de se réunir au moment où je partais. Mais laisse-moi le temps de me changer, et Durand nous déposera au terrain d'aviation. Salut Ella. Comment ça s'est passé à l'école ?

– Super. (Je mens en sautant du tabouret. J'évite le regard amusé de Brooke.) Amusez-vous bien. Je vais finir mes devoirs.

Je sors précipitamment de la cuisine avant que Callum comprenne que je ne suis pas allée au match auquel il voulait que j'assiste. Je cours vers ma chambre de princesse et je passe les deux heures suivantes à m'arracher les cheveux sur d'horribles équations mathématiques. Il est un peu plus de onze heures du soir quand ma porte s'ouvre violemment. Easton entre sans frapper.

– Mais pourquoi est-ce que tu ne frappes pas, bordel ?

– Nous sommes en famille. On ne frappe pas en famille.

Ses cheveux noirs sont humides comme s'il sortait de la douche, et il porte un bas de jogging et un tee-shirt moulant. Il a l'air en pétard. Il a une bouteille de Jack Daniels à la main.

– Qu'est-ce que tu veux ?

– Tu n'es pas venue au match.

– Et alors ?

– Reed t'avait dit de venir.

– Et alors ? je répète.

Easton fronce les sourcils. Il fait un pas dans ma direction.

– Alors, il faut que tu préserves les apparences. Papa veut que tu t'impliques dans cette merde. Il te protégera aussi longtemps que tu joueras le jeu.

– Je n'aime pas les matchs. Tes frères et toi ne voulez pas de ma présence auprès de vous. Moi non plus. À quoi bon faire semblant ?

– Naan, tu as envie de nous coller.

Il se rapproche encore et colle sa bouche contre mon oreille. Je sens son souffle dans mon cou, mais je ne sens pas l'odeur de l'alcool. Il n'a donc pas encore tapé dans sa bouteille.

– Et peut-être que moi, j'ai envie de te coller.

Je plisse les paupières.

– Qu'est-ce que tu fais dans ma chambre, Easton ?

– Je m'emmerde et tu es la seule présente dans cette maison.

Il s'écroule sur mon lit, se rejette en arrière en s'appuyant sur ses coudes et pose la bouteille de whisky à côté de lui.

– Valérie m'a dit qu'il y avait une fête après le match. Tu aurais pu y aller.

En grimaçant, il soulève son tee-shirt et me montre un vilain hématome sur ses côtes.

– J'ai passé un sale quart d'heure sur le terrain. Je n'ai pas envie de sortir.

Je suis pleine de suspicion.

– Où est Reed ?

– À la fête. Comme les jumeaux.

Il hausse les épaules.

– Comme je te l'ai dit, on n'est que tous les deux.

– J'étais sur le point de me coucher.

Son regard s'attarde sur mes jambes nues et je sais qu'il remarque la façon dont mon tee-shirt moule ma poitrine. Sans aucun commentaire, il remonte à la tête de mon lit et pose sa tête sur mes oreillers. Je serre les dents lorsqu'il attrape la télécommande sur ma table de nuit, qu'il allume la télé et se met à zapper.

– Sors, je veux dormir.

– Il est trop tôt pour se coucher. Arrête de jouer les garces et viens t'asseoir.

Bizarrement, il n'y a pas trace de malice dans sa voix. Juste de l'humour. Mais je suis encore méfiante. Je m'assieds aussi loin de lui que possible, sur mon matelas.

En souriant, Easton détaille ma chambre à coucher toute rose et lance :

– Mon père est vraiment un naze, hein ?

Je ne peux m'empêcher de lui rendre son sourire.

– Je suppose qu'il ne sait pas comment on élève les filles.

– Non, mais les garçons non plus, murmure-t-il dans un souffle.

– Aïe, et c'est là que tu te mets à tout me déballer sur ton père ? Papa n'était jamais là, papa m'ignorait, papa ne m'a jamais aimé ?

Il écarquille les yeux et ignore mes sarcasmes.

– Mon frère est furieux contre toi.

– Ton frère est tout le temps en pétard.

Easton ne répond pas. Il porte la bouteille à ses lèvres. Ma curiosité prend le dessus.

–Très bien, je me rends. Pourquoi est-il en rogne ?

– Parce que tu t'es battue avec Jordan.

– Elle l'a bien cherché.

Il reprend une gorgée.

– Ouais, c'est vrai.

Mes sourcils montent en flèche.

– Comment, pas de remontrances ? Pas de « tu salis le beau nom de Royal, Ella. Tu es une honte pour nous tous » ?

Il esquisse un sourire.

– Naan.

Il sourit à nouveau, avec espièglerie, cette fois.

– C'était le spectacle le plus torride auquel j'ai assisté depuis longtemps. Vous voir vous rouler par terre comme ça… Tu m'as offert de quoi alimenter mes fantasmes pendant des années.

– Ça craint. Je ne veux rien savoir de tes fantasmes.

– Bien sûr que si.

Il avale encore une gorgée et me tend la bouteille.

– Tu en veux ?

– Non merci.

– Bordel de merde, arrête de faire la difficile. Laisse-toi vivre un peu. (Et il pousse la bouteille dans ma main.) Bois !

Je bois. Je ne sais pas vraiment pourquoi je fais ça. Peut-être parce que je veux en ressentir les effets. Peut-être parce que, depuis mon arrivée, c'est la première fois qu'un autre membre de la famille Royal, à part Callum, est sympa avec moi.

Les yeux d'Easton brillent de contentement quand j'avale une bonne lampée. Il passe une main dans ses cheveux et sursaute. Je le plains. C'est un sacré hématome. Nous restons assis en silence pendant un certain temps en nous repassant la bouteille. J'arrête de boire quand je sens que je suis un peu pompette. Il me lance un coup de coude dans les côtes, tout en gardant les yeux rivés sur l'écran de télé.

– Tu ne bois pas assez.

– Je n'en veux plus.

Je me penche en arrière et je ferme les yeux.

– Je n'aime pas être bourrée. Je m'arrête quand je suis gaie.

– Tu n'as jamais été ivre ?

– Si. Et toi ?

– Non, répond-il innocemment.

Je renifle.

– Hum, hum. Tu étais sans doute déjà alcoolique à dix ans.

À l'instant même où je prononce ces mots, je me mets à soupirer.

– Quoi ?

Il me regarde curieusement. Il est beaucoup plus séduisant quand il ne fait pas la moue ou qu'il ne sourit pas avec ce petit air sûr de lui.

– Rien, juste un souvenir débile.

Je ferais bien de changer de sujet. En général, j'évite de parler de mon passé. Mais ce souvenir m'obsède à présent, et je ne peux pas m'empêcher de rigoler. C'est un peu compliqué, en fait.

– Tu m'intrigues, à présent.

– J'avais dix ans la première fois que je me suis tapé une cuite, j'avoue.

– Vraiment ?

– Ouais. Ma mère sortait avec ce type, Léo.

Qui avait des antécédents criminels, mais ça, je ne le dis pas à Easton.

– Nous vivions à Chicago à l'époque, et un week-end, il nous a emmenées jouer au *Cubs*. Il buvait de la bière, et je n'ai pas arrêté de lui en demander. Mais ma mère répondait qu'il n'en était pas question, et lui qu'une petite gorgée ne pouvait pas me faire de mal.

Je ferme les yeux et je me replonge dans cette chaude journée de juin.

– Donc, j'ai essayé et j'ai trouvé ça immonde. Léo a trouvé très marrante la tête que j'ai faite. Du coup, chaque fois que maman nous tournait le dos, il me passait sa bouteille et pissait dans son froc de rire en me regardant faire la grimace. Je n'ai pas dû boire plus qu'un quart de cette bouteille, mais j'étais complètement saoule.

Easton éclate de rire. Je me rends compte que c'est la première fois que j'entends un véritable rire dans le palais Royal.

– Ta mère a flippé ?

– Oh mon Dieu, oui, tu aurais dû voir ça. Je n'arrêtais pas de trébucher dans l'allée. Une petite fille de dix ans qui bégayait comme une poivrote : « Tu tu n'veux paaas m'ach'ter de hotdooog ? »

Tous les deux, nous rions tellement que le matelas se met à trembler sous nous. C'est agréable. Mais hélas, ça ne dure pas longtemps.

Easton se tait soudain un moment, avant de se tourner vers moi.

– Tu étais vraiment strip-teaseuse ?

Je me fige. J'ai le mot « non » sur le bout de la langue. Mais qu'est-ce que ça peut bien faire, à présent ? En classe, tous les mômes vont raconter que j'ai fait du strip-tease, sans se demander si c'est vrai ou pas.

Alors je hoche la tête. Il a l'air impressionné.

– C'est un vrai truc de dure à cuire.

– Non, pas du tout.

Il se tourne, et son épaule frôle la mienne. Je ne sais pas si c'est intentionnel, mais quand son visage se retrouve en face du mien, je sais qu'il est parfaitement conscient du contact entre nos deux corps.

– Tu sais, tu es vraiment bandante quand tu ne râles pas.

Il a les yeux fixés sur ma bouche.

Je suis tétanisée, mais ce n'est pas la peur qui fait battre mon cœur. Les yeux d'Easton brillent de désir. Ils ont la même nuance que ceux de Reed.

– Tu devrais y aller à présent, j'ai envie de me coucher.

– Non, tu n'en as pas envie.

Il a raison. Je n'en ai pas envie. Mes pensées sont confuses. Je pense à Reed, à sa mâchoire puissante et à son visage parfait. Easton a la même mâchoire. Avant de pouvoir me retenir, je la touche du bout des doigts. Un bruit étouffé s'échappe de sa bouche. Sa barbe gratte. Je suis stupéfaite lorsque je sens monter une vague de chaleur entre mes jambes.

– Il a fallu que tu viennes pour tout foutre en l'air, murmure-t-il.

Et ses lèvres se pressent contre les miennes.

Mon pouls s'accélère sous l'impulsion de l'alcool que j'ai ingéré. En retenant ma respiration, je détache mes lèvres des siennes avant que notre baiser n'aille plus loin.

Je souffle un bon coup, prête à faire comme s'il ne s'était rien passé, mais j'ai sous-estimé le sex-appeal d'Easton Royal. Il est splendide. Il a le regard lourd, la mâchoire bien dessinée, comme son frère. Son imbécile de frère. Pourquoi est-ce que je ne peux pas m'ôter Reed de la tête ?

Easton passe ses doigts dans mes cheveux et m'attire à lui, de nouveau. Ses lèvres caressent les miennes, brièvement, avant de reculer. Son regard fixe est une véritable invitation.

J'effleure sa joue et je ferme les yeux. C'est un signal clair. Je ne me rendais pas compte à quel point j'avais envie d'un contact humain. Les lèvres tièdes d'un garçon sur les miennes, ses mains qui caressent mes cheveux. Je suis peut-être vierge, mais j'ai déjà flirté à droite à gauche, et mon corps se rappelle combien c'est bon. Je prends appui sur la poitrine d'Easton, nos bouches se rencontrent à nouveau.

La chose dont je me souviens ensuite, c'est qu'il est sur moi, et que le poids de son corps m'écrase contre le matelas. Il remue les hanches et le plaisir m'envahit, me fait frissonner de désir.

Easton m'embrasse à nouveau. Profondément et fiévreusement. Sa langue pénètre dans ma bouche au moment précis où une voix incrédule aboie :

– Tu te fous de ma gueule ?

Easton et moi nous nous séparons et nos têtes se tournent en même temps vers la porte d'entrée où se tient Reed, qui nous fixe d'un air incrédule.

– Reed, commence Easton.

Mais c'est inutile. Son frère fait demi-tour et disparaît.

Le bruit des pas de Reed est aussi fort que les battements de mon cœur.

À côté de moi, Easton, roule sur le dos. Il fixe le plafond et murmure :

– Merde !

Chapitre 17

Une seconde passe. Deux. Trois. Puis Easton se jette du lit et court après Reed. Je l'entends crier dans le couloir,

– J'étais bourré.

Et la brûlure de l'humiliation, une honte comme je n'en ai jamais ressenti, me dévore. Il m'a embrassée uniquement parce qu'il était saoul.

– Peu importe, Easton, tu n'en fais qu'à ta tête, comme toujours.

Reed semble fatigué, et mon cœur stupide, affamé et solitaire, celui qui a permis à Easton de m'embrasser, souffre pour Reed.

– Va te faire foutre, Reed. Tu voulais que j'arrête les antalgiques et je l'ai fait, mais je me suis fait rentrer dedans par une montagne de 140 kilos, mes côtes me font un mal de chien. C'était ou bien la bière ou bien l'oxy[11]. Tu choisis.

La voix d'Easton diminue peu à peu, et je n'entends pas la réponse de Reed. Malgré moi, je me lève,

11. Abréviation d'Oxycontin. Ce médicament opiacé plus puissant que la codéine, est utilisé comme drogue aux USA.

je cours à ma porte et je sors dans le couloir, juste à temps pour les voir disparaître dans la chambre de Reed. Mes pieds nus ne font aucun bruit quand je me dirige sur la pointe des pieds jusqu'à la porte, à présent close.

– Pourquoi est-ce que tu n'es pas resté à la fête ? Abby te cherchait partout après le match, lui demande Easton. C'était un coup facile, mon pote.

Reed renifle.

– C'est pour ça que je suis ici. Je ne peux pas y retourner.

– Pourquoi es-tu sorti avec elle, alors ?

Je retiens mon souffle, parce que j'ai très envie de savoir, moi aussi. C'est qui exactement, le type de Reed ?

Il y a un grand bruit, puis un autre coup, comme si on jetait quelque chose sur le mur.

– Elle… elle me rappelait maman. Douce. Calme. Pas collante.

– Comme Ella, dit Easton avec un rire sarcastique.

Un autre coup, cette fois plus étouffé.

– Hé, tu as failli me toucher avec ce ballon, enfoiré !

Et ils se mettent à rire, tous les deux. Est-ce qu'ils rient de moi ?

– Ne l'approche pas, East. Tu ne sais pas avec qui elle a traîné, l'avertit Reed.

À présent, j'ai l'impression qu'ils jouent au catch, en discutant négligemment de ma vie sexuelle.

– Elle est réellement strip-teaseuse ? demande Easton au bout d'un moment. Elle me l'a dit, mais elle a pu me mentir.

– C'est ce qu'a dit Brooke, et c'était dans le dossier de papa.

Brooke leur a dit que je faisais du strip-tease ? J'ai bien fait de lui faire confiance ! Et que veut-il dire en affirmant que Callum a un dossier sur moi ?

– Je ne l'ai jamais lu. Il y avait des photos ?

L'excitation dans la voix d'Easton me fait lever les yeux au ciel.

– Ouais.

– De ses strips ?

Il a l'air toujours plus excité.

– Nan. C'était juste des photos de trucs normaux. Elle a eu trois boulots l'été dernier. Elle bossait dans un routier le matin, elle était vendeuse dans une épicerie l'après-midi et dansait dans une boîte pour mômes le soir.

– Bordel. C'est coton.

Easton a presque l'air impressionné. Mais pas Reed. Lui a l'air dégoûté.

– Comment est-ce que Jordan l'a appris ?

– Un des jumeaux a craché le morceau, probablement pendant que quelqu'un lui faisait une pipe.

– C'est Sawyer, alors. Il est incapable de la fermer quand il a une bouche autour de sa queue.

– C'est vrai.

Un tiroir claque.

– Tu sais, tu pourrais l'utiliser. Je veux dire, si elle tient à toi, sers-toi d'elle. Ne la lâche pas. Essaie de savoir ce qu'elle veut réellement. Je ne suis toujours pas convaincu qu'il n'y a rien entre papa et elle.

– Elle a dit qu'elle ne baisait pas avec lui.

– Et tu l'as crue ?

– Peut-être bien.

L'incrédulité de Reed gagne Easton.

– Avec combien de mecs tu crois qu'elle est allée ?

– Qui sait ? Les croqueuses de diamants de son genre écartent les jambes pour quelques poignées de dollars.

J'ai envie de crier, *je ne suis pas une croqueuse de diamants !* J'ai envie de hurler. Et ces enfoirés se trompent totalement sur mes « activités sexuelles ». Jusqu'à présent, je n'ai jamais taillé une pipe. Sur l'échelle graduée du sexe, je suis plus proche de prude que de pro.

– Tu crois qu'elle pourrait m'apprendre quelque chose ? demande Easton.

– Ce que ça fait de choper une MST. Mais si tu veux la baiser, vas-y, je m'en fiche.

– Vraiment ? Parce que tu balances ce ballon tellement fort qu'on dirait que ça te fait quelque chose.

Le bruit s'arrête.

– Tu as raison. Ça me fait quelque chose.

Ma main glisse jusqu'à ma gorge. Pom. Pom. Pom. Ils se renvoient le ballon. Ou bien c'est l'espoir qui gonfle mon cœur.

– Je m'inquiète pour toi. J'ai peur que tu souffres, que tu chopes une maladie, je ne sais pas. Mais, cela dit, je me contrefous d'elle.

Je baisse les yeux sur ma main. Je m'attends à y voir couler le sang de la blessure qu'il vient de m'infliger. Mais il n'y a rien.

Mon réveil sonne à cinq heures.

J'ai les yeux gonflés et j'ai mal partout. J'ai un peu pleuré avant de m'endormir, mais ce matin, je suis pleine d'une nouvelle détermination. Inutile de chercher à me faire aimer des Royal, surtout de Reed. La veuve de Steve est une salope, mais c'est flagrant, alors au moins je sais à quoi m'en tenir avec elle. Et plus encore avec Easton. S'il tente de se servir de moi, je me servirai de lui.

Après tout, je n'ai plus aucun secret. Ils sont tous écrits noir sur blanc dans le rapport que détient Callum.

Je lace mes tennis et je jette mon sac à dos sur mon épaule. Il est plus léger de dix mille dollars. J'ai décidé que c'était trop stressant de me balader avec une telle somme sur moi, alors je les ai planqués sous le lavabo de ma salle de bains. J'espère qu'ils sont en lieu sûr.

C'est assez déroutant de me lever si tôt un samedi matin, mais Lucy m'a demandé de venir l'aider avec une commande de gâteau, et je n'ai pas pu refuser. En plus, j'ai besoin de tout le liquide supplémentaire que je peux obtenir.

Dans le couloir, j'essaie d'être aussi silencieuse que possible, afin de ne pas réveiller les Royal. Je suis tellement concentrée en descendant l'escalier sur la pointe des pieds que je manque tomber à la renverse lorsque la voix grave de Reed s'élève derrière moi.

– Où vas-tu ?

Hmmm, ça ne te regarde pas. Je me dis que si je ne réponds pas, il va rentrer dans sa chambre, tout simplement.

– De toute façon, je m'en tamponne, finit-il par murmurer face à mon silence.

Après que la porte de sa chambre s'est refermée, je me file une baffe pour m'être encore aliéné quelqu'un d'autre, et je m'enfuis par la porte d'entrée. Il fait encore sombre quand j'arrive à l'arrêt du bus. Je grimpe à l'abri du petit car et je tente d'oublier tout ce qui ne tourne pas rond dans ma vie.

Mon talent, si tant est que j'en aie un, ce n'est pas la danse. C'est ma capacité à croire que demain sera meilleur qu'aujourd'hui. Je ne sais pas vraiment d'où je tiens cet optimisme. Peut-être de maman. Quelque part, en chemin, j'ai commencé à croire que si j'arrivais à dépasser cette mauvaise expérience, cette journée pourrie, le lendemain m'apporterait quelque chose de meilleur, de plus lumineux, de nouveau.

J'y crois encore. Je continue à croire que quelque chose de bon m'attend quelque part. Il faut juste que je continue à avancer jusqu'à ce que mon tour arrive, parce que c'est sûr, c'est sûr, rien de tout cela ne pourrait arriver s'il n'y avait pas quelque part une récompense au bout du chemin.

Je prends une profonde inspiration. Le sel de la mer donne un goût frais et acidulé à l'air. Aussi horribles que soient les Royal, aussi épouvantable que soit Dinah O'Halloran, ça va mieux aujourd'hui qu'il y a une semaine. J'ai un lit bien au chaud, de beaux vêtements, plein de nourriture. Je suis inscrite dans une école géniale. J'ai une copine.

Ça va aller mieux.

Vraiment.

En arrivant à la boulangerie, je me sens mieux que tous ces derniers jours. Ça doit se voir parce que Lucy me complimente.

– Tu es superbe ce matin. Ah, être jeune, de nouveau ! Le rêve !

Elle glousse, avec une perplexité feinte.

– Toi aussi, tu es splendide, Luce, je lui réponds en attachant mon tablier. Et ça sent délicieusement bon. C'est quoi ? je lui demande en désignant des petits gâteaux en forme de dômes.

– Ce sont des mini-pains de singe. C'est de la pâte à pain parfumée avec des petits bouts de cannelle et mélangée à du caramel et du beurre. Tu en veux un ?

Je hoche la tête avec tant d'enthousiasme que je manque me décrocher la mâchoire.

– Je crois bien que j'ai eu un orgasme, rien qu'en les sentant.

Lucy éclate de rire, ses boucles courtes gigotent autour de sa tête.

– Eh bien, prends-en un, et ensuite je vais te montrer comment en faire quatre douzaines en plus.

– Je n'attends que ça.

Les mini-pains de singe rencontrent un véritable succès. Nous les vendons tous avant huit heures du matin, et Lucy m'expédie dans l'arrière-boutique pour en préparer d'autres. À midi moins le quart, Valérie montre le bout de son nez et je suis de tellement bonne humeur que je la prends carrément dans mes bras.

– Qu'est-ce que tu fais ici ? je lui demande joyeusement en la serrant bien fort avant de la relâcher.

– Je passais dans le coin. Quoi de neuf? rit Valérie. Tu as baisé la nuit dernière ou quoi ?

– Non, mais ce matin, j'ai eu un orgasme grâce à des pâtisseries.

Sur ce, j'attrape un gâteau, tout juste sorti du four, sur l'étagère et je lui tends.

Valérie en prend un petit morceau et se met à gémir quand le sucre touche sa langue.

– Oh mon Dieu !

– N'est-ce pas ? je rigole.

– Est-ce que Durand vient te chercher, ou bien tu veux que je te dépose chez toi ? Aujourd'hui, j'ai une voiture ! dit Valérie la bouche pleine.

– Avec plaisir.

J'ôte mon tablier et je me dépêche de récupérer mes affaires.

– Je peux y aller, Luce ?

Elle me fait signe que oui, occupée qu'elle est avec un client.

La voiture de Valérie est un vieux modèle Honda qui semble déplacé au milieu des Mercedes, des Land Rover et des Audi qui sont garées dans le parking extérieur.

– C'est la voiture de la mère de Tam, m'explique-t-elle. J'ai proposé de lui faire quelques courses.

– C'est cool.

Timidement je poursuis :

– Callum m'a dit que j'allais avoir une voiture, alors quand elle va arriver, tu pourras l'emprunter autant que tu voudras.

– Wouah, merci. Tu es vraiment la meilleure copine qui soit. (Elle rit et me regarde dans les yeux). En fait, je suis passée voir si tu voulais sortir quelque part ce soir.

Ma bonne humeur s'atténue légèrement. J'espère qu'elle ne va pas me demander d'aller dans une fête, parce que l'idée de passer des heures avec les mômes d'Astor Park en dehors des cours ne m'emballe pas.

– Ben, j'ai des devoirs…

Valérie tend une main et me pince.

– Ouille, pourquoi tu fais ça ?

Je me frotte le bras en grimaçant.

– Fais-moi un peu confiance. Je ne vais pas t'emmener à une fête d'Astor. Enfin, il pourra y avoir quelques mômes que tu connais, mais c'est un club en ville qui autorise parfois l'entrée des moins de vingt et un ans, comme ce soir. Il y aura des mômes de partout, pas seulement d'Astor Park.

– Je n'ai pas encore dix-huit ans. (Je retombe sur mon siège.) Et la seule carte d'identité que j'ai me donne trente-quarante ans.

– Ça ne fait rien. Tu es canon. Ils te laisseront entrer, dit Valérie, l'air sûre d'elle.

Elle avait raison. Ils ne nous demandent pas nos papiers à l'entrée quand nous arrivons au club, plus tard cette nuit-là.

Le videur braque sa lampe torche sur Valérie, puis sur moi, détaille nos cheveux crêpés, nos minirobes moulantes et nos talons hauts, et nous laisse passer avec un clin d'œil.

L'endroit ressemble à un ancien entrepôt. Les basses font trembler les murs et des lumières stroboscopiques illuminent la piste de danse. Droit devant, il y a une scène sur laquelle des filles dansent lascivement.

– Nous allons danser là, ce soir, me crie Valérie à l'oreille.

Du regard, je suis la direction de son bras. Au-dessus de la scène, quatre cages, assez grandes pour contenir quelqu'un, sont suspendues à différentes hauteurs. Dans chacune d'elles, il y a des danseurs. Dans l'une, un garçon et une fille se trémoussent l'un contre l'autre, et dans les trois autres, il y a une fille seule.

– Pourquoi ? je demande d'un air soupçonneux.

– Pour passer du bon temps. Tam me manque, j'ai envie de danser et de m'amuser.

– On ne peut pas danser simplement sur scène ?

Val secoue la tête.

– Non. La moitié du plaisir de la danse, c'est l'appréciation de la foule.

Je la dévisage, stupéfaite.

– Ça ne te ressemble vraiment pas.

Elle rit en secouant son nuage de cheveux.

– Je ne suis pas une petite souris. J'aime danser et me donner en spectacle et ici, je peux le faire. Quand Tam m'a emmenée ici, nous avons mis le feu à la baraque.

Elle se mord la lèvre et son regard devient un peu vague lorsqu'elle se remémore la suite de la soirée passée avec son petit ami. Alors, comme ça, Val est un peu exhibitionniste. Qui l'aurait cru ? Je suppose que ce sont les plus discrètes qui le sont. Ça ne m'a jamais posé de problème de danser devant des gens, mais je ne suis pas accro à ça comme semble l'être Val. Une fois que je me mets à danser, je me perds dans la musique et j'oublie complètement qu'on me regarde. Peut-être que c'est un réflexe de protection que j'ai appris très tôt, quand je me suis mise à faire du strip-tease à quinze ans. Mais quelle qu'en soit la raison, quand le rythme m'entre dans la peau, qu'il n'y ait personne ou des centaines de spectateurs autour de moi, c'est la musique qui me fait bouger, pas le public.

– D'accord. Je suis partante.

Elle a l'air ravie.

– Génial. Une cage ou deux ? Si on dansait ensemble ? On va leur en mettre plein la vue.

Les mecs, chez *Miss Candy*, adoraient quand deux filles dansaient ensemble. Exactement comme l'autre jour, les joueurs de football ont pris leur pied en nous regardant nous battre, Jordan et moi.

Valérie applaudit.

– Attends-moi ici. Je reviens.

Je l'observe qui trotte vers un type dans une cabine. Je pensais que c'était un DJ, mais en fait, je crois qu'il contrôle l'entrée des cages. Ils discutent, et le type lève un doigt. Valérie se penche par-dessus la barrière et l'embrasse sur la joue. Une fois qu'elle a réussi à le convaincre qu'on allait faire le show, elle revient vers moi en courant.

– Encore une chanson, et c'est à nous.

Elle attrape deux sodas sur le plateau d'une serveuse qui passait par là et m'en tend un. Val n'est pas vraiment patiente. Elle saute nerveusement d'un pied sur l'autre. Tape sa main contre sa cuisse. Finalement, elle se tourne vers moi.

– Pourquoi est-ce que Jordan dit que tu es une strip-teaseuse ?

– Parce que j'en étais une. J'ai fait des strip-teases pour payer les médicaments de ma mère, et quand elle est morte, j'ai continué pour pouvoir me payer un toit.

Elle est bouche bée.

– Putain de merde ! Mais pourquoi tu n'es pas allée chez quelqu'un de ta famille ?

– Je ne savais pas que j'en avais une. Du plus loin que je me souvienne, il n'y a jamais eu que maman et moi. Et après sa mort, je n'ai pas voulu aller en famille d'accueil. J'ai entendu des horreurs sur le système, et je me suis dit que j'avais pris soin d'elle et de moi depuis si longtemps, continuer à m'occuper de moi pendant encore deux ans, ça ne me poserait pas de problème.

– Ouah. Tu es vraiment bien trop impressionnante pour moi, déclare Val.

Je renifle.

– Pourquoi ça ? S'effeuiller contre du fric, ce n'est pas un truc que les gens admirent habituellement.

Mon esprit repart vers Reed sans le vouloir. Lui ne pense vraiment pas que c'est une compétence dont je devrais me vanter.

– Tu as vraiment du cran, dit Val. Et c'est ça qui est admirable.

– Cran ? Qui parle de cran ?

– Moi. (Elle sourit et me prend par la main.) Cran. Cran. Cran.

Je me mets à rire, parce que Val est adorable et que son sourire est contagieux. Elle m'embarque.

– Allons-y. C'est à nous.

Je la laisse m'entraîner jusqu'en bas de l'escalier. Le couple précédent est déjà parti, la porte de la cage est grande ouverte. Nous grimpons les marches et nous entrons à l'intérieur. Val ferme la porte derrière nous.

– On va bien se marrer ! hurle-t-elle pour couvrir la musique.

Et c'est ce que nous faisons. On commence par danser côte à côte, en faisant nos propres trucs. C'est comme le jeu vidéo, mais en live. Les types en dessous s'arrêtent de danser. Ils se mettent à nous regarder, et leurs regards admiratifs commencent à me faire de l'effet, ce que je n'aurais pas cru possible. J'ai déjà eu des dizaines de mecs qui me mataient, mais c'est la première fois que j'apprécie d'être admirée. Je caresse mes flancs et je glisse sur le sol de la cage. Val se presse contre les barreaux, elle les enlace en se tordant sur la musique.

Et lorsque je commence à me relever, je le vois. Reed. Il est appuyé au bar, une bouteille de bière à la main. Il est bouche bée. De surprise ? De désir ? Je n'en suis pas sûre, mais même à cette distance, je ressens la fièvre de son regard posé sur moi.

J'avoue, c'est lui le type le plus bandant de la boîte. Il est plus grand que presque tout le monde, plus musclé, plus tout. Je ne peux m'empêcher d'admirer la façon dont son tee-shirt noir moule son torse parfait, et je me mets à sentir des picotements le long de la colonne vertébrale.

J'humecte mes lèvres, je pousse sur mes pieds. Les mains de Val atterrissent autour de ma taille. Sur nos talons, nous faisons presque la même taille. Je sens ses seins qui s'enfoncent dans mon dos, alors qu'elle utilise mon corps comme une barre pour réaliser ses propres mouvements.

Les acclamations de la foule au-dessous de nous redoublent, mais pour moi, le seul qui compte, c'est Reed Royal. Je le regarde.

Il me regarde.

Je suce mon doigt, puis lentement, je le sors de ma bouche. Il ne baisse pas les yeux.

Je glisse mon doigt le long de mon cou, jusqu'au creux entre mes seins, puis sur mon ventre. Le bruit monte de plus en plus. Ma main descend encore. Les yeux de Reed sont fixés sur moi. Il remue les lèvres. Ella… Ella… Ella…

Valérie m'attrape par la taille et pose sa tête sur mon épaule.

– Le morceau est terminé. Tu es prête ?

Je regarde en direction du bar, mais Reed est parti. Je secoue la tête. Est-ce que j'ai imaginé tout ce truc ? Est-ce qu'il était vraiment là ?

– Ouais, je marmonne, je suis prête.

Tout mon corps palpite. Je ne suis pas inexpérimentée au point de ne pas comprendre ce qui se passe entre mes cuisses. C'est juste que… je ne sais pas si je vais réussir à me soulager en me caressant.

– Super les filles, vraiment bien, nous crie le videur quand nous sortons. Vous avez la cage pour vous ce soir.

– Merci, Jorge, dit Val.

Il lui tend deux bouteilles d'eau.

– Quand tu veux, bébé. Quand tu veux.

– Il te veut vraiment, je lui dis lorsque nous nous éloignons.

– Ouais, mais moi, je ne veux personne d'autre que Tam.

Elle engloutit son eau et passe la bouteille froide sur son front.

– Mais je le sens, en ce moment. Tu vois ce que je veux dire ?

À mon humble surprise, oui, je vois très bien.

– Bon, il faut que j'aille faire pipi. Tu viens ?

Je secoue la tête.

– Je t'attends ici.

Pendant qu'elle disparaît dans la foule, je termine ma bouteille et j'examine le club. Il est beaucoup plus plein à présent et je remarque quelques regards insistants rivés sur moi. J'entre en contact visuel avec un gars mignon, coiffé à la punk. Il porte un jean, un tee-shirt moulant et des Converse. La lumière stroboscopique accroche son piercing de sourcil et celui de sa lèvre supérieure.

Il a l'air… confortable. Comme si je le connaissais. Comme si nous étions faits de la même étoffe. Je lui adresse un sourire hésitant, qu'il me retourne. Je le vois murmurer quelque chose à un de ses amis, puis avancer vers moi sur la piste de danse. Je me redresse…

– Hé, salut petite frangine. Viens, on danse.

Easton a surgi de nulle part, son grand corps me domine. Le garçon qui venait vers moi s'arrête. Merde.

– Lâche-moi un peu.

Est-ce que je dois lui faire signe que tout va bien ? Qu'Easton ne va pas le mordre ?

Easton surprend mon regard et dévisage le gars aux piercings jusqu'à ce que celui-ci lève les mains en signe de reddition et retourne à sa table.

– Où en étions-nous déjà ? demande Easton innocemment. Ah oui, on danse.

Je soupire et je me rends. Easton m'a clairement fait comprendre qu'il virerait tous les autres mecs ce soir. Il m'attrape par la taille et m'emporte littéralement jusqu'à la piste de danse.

– Tu es bandante ce soir. Si tu n'étais pas ma sœur, je te sauterais dessus.

– Tu m'as déjà sauté dessus. (Je hausse un sourcil devant son air ahuri.) Hier soir ?

Il se marre.

– Ah ouais, ça. Ramène-toi, on danse.

Quelques types lui jettent des regards au passage et lui crient un truc du genre « tu as gagné le gros lot ». Je les ignore, parce que si Easton est là, c'est bien Reed que j'ai dû voir plus tôt. Reed pour qui j'ai dansé. Reed qui m'a dévorée des yeux et m'a tellement allumée que j'ai eu l'impression que tout mon corps s'embrasait.

– Je suis quasi certaine que tu sauterais sur n'importe qui dans ton état, je remarque.

Les mains d'Easton glissent sur ma taille.

– Je sais me retenir. Pas beaucoup, mais quand même un peu.

– Heureusement que j'ai marqué la limite, dis-je sèchement.

Il m'attire plus près mais, étrangement, il n'a pas la main baladeuse. Je passe mes bras autour de son cou en me demandant à quoi nous jouons.

– Tu nous as offert un beau spectacle. J'aurais bien aimé te voir te désaper.

– Commence d'abord, et si tu es bon, je te suivrai peut-être.

Il jubile. Il aime cette idée.

– Petite frangine, je ne peux pas te montrer mes bijoux de famille. Ils sont si chouettes que leur simple spectacle te dégoûterait des autres mecs pour toujours.

J'éclate de rire malgré moi.

– Tu es vraiment *too much*, Easton.

– C'est vrai. (Il acquiesce d'un air solennel.) C'est pour ça que je couche avec n'importe qui. Parce qu'aucune fille ne parvient à s'occuper de moi en entier.

Cette affirmation me fait écarquiller les yeux.

– Si ça te rassure de te raconter ce genre de bobard, vas-y, n'hésite pas.

– Oh, c'est ce que je fais, ne t'inquiète pas.

Il penche sa tête en avant, vers la mienne, et l'odeur d'alcool me soulève le cœur.

– Mon Dieu, tu pues la bière.

Je le repousse un peu pour mettre une légère distance entre nous.

Il sourit, mais ce n'est pas joli joli.

– Je suis alcoolique, tu ne le savais pas ? J'ai des problèmes d'addiction. J'ai hérité ça de ma mère, comme ta mère, elle, t'a refilé sa putasserie. Ce sont des super-cadeaux, non ?

Si je n'avais pas discerné la douleur dans ses yeux, je lui aurais répondu que je préférais m'habiller comme une pute que de me noyer dans l'alcool, mais je connais cette douleur, alors, au lieu de lui balancer une réponse vacharde, j'attire sa tête contre mon épaule.

– Oh Easton, ma mère me manque, à moi aussi, je murmure dans ses cheveux moites de sueur.

Il frissonne et me serre un peu plus fort. Il tourne son visage contre mon cou et pose ses lèvres sur ma veine jugulaire. Ce n'est pas vraiment érotique. C'est plus… comme s'il cherchait un réconfort auprès de quelqu'un qui ne le juge pas.

Derrière lui, je remarque une paire d'yeux flamboyants. Reed.

Et j'en ai tellement assez. Easton peut vouloir se servir de moi, mais moi aussi, je peux me servir de lui.

Nous voulons tous les deux quelque chose… du réconfort, de l'affection, une façon d'oublier le reste du monde. Je relève la tête d'Easton.

– Qu'est-ce qu'il y a ? murmure-t-il.

– Embrasse-moi, comme si tu en avais envie, lui dis-je.

Ses yeux s'assombrissent et sa langue pointe et passe sur sa lèvre inférieure. C'est sexy en diable.

Mon regard glisse sur Reed qui me jette toujours des regards noirs. Je répète :

– Embrasse-moi.

Il baisse la tête et murmure :

– Ça n'a pas d'importance que tu prétendes que je suis Reed. Je fais comme si tu étais quelqu'un d'autre, moi aussi.

Ses mots se perdent quand sa bouche touche la mienne. Ses lèvres sont chaudes. Et son corps, fort et ferme, qui ressemble tellement à celui de son frère, se presse contre le mien. Je m'offre à lui. Nous nous embrassons encore et encore, et nous nous laissons emporter par la musique, jusqu'à ce que quelqu'un nous sépare et nous entraîne hors de la piste de danse.

Un videur mécontent croise les bras.

– Pas de sexe sur la piste de danse. Il est temps de rentrer.

Easton rejette la tête en arrière et éclate d'un rire hystérique. Le videur ne cède pas et nous montre du doigt la sortie. Je cherche autour de nous, mais Reed a encore une fois disparu.

– Où est Reed ? je demande bêtement.

– Il doit être en train de baiser Abby sur le parking, répond Easton.

Heureusement, il est distrait par la recherche de quelque chose dans sa poche. Il ne voit pas à quel point ses paroles me blessent. Il finit par trouver ce qu'il cherchait. Il me tend son trousseau de clés.

– Je suis trop bourré pour conduire, frangine.

Je cherche Valérie, qui me dit qu'elle se débrouillera pour rentrer de son côté. Elle attend son tour dans l'escalier pour une autre danse dans une cage. Résignée, je sors avec Easton. L'alcool a dû faire son effet, parce qu'il s'appuie sur moi de tout son poids.

– Où es-tu garé ?

Il me désigne la gauche.

– Là. Non, attends.

Il se tourne sur la droite. Là.

J'aperçois sa camionnette et nous nous dirigeons lentement vers elle. Trois places plus loin, il y a le SUV de Reed. Il… bouge.

Easton regarde la Rover, lui aussi, et donne un coup sur le capot. Il part d'un grand éclat de rire.

– Quand le camion gigote, évite d'y poser tes menottes.

Savoir ce qui se passe dans ce SUV me turlupine pendant tout le trajet du retour. Au moins, je n'ai pas besoin de refiler des barbituriques à Easton, il s'écroule cinq minutes après que j'ai démarré.

Arrivés au manoir, je l'aide à sortir de la camionnette et à grimper les escaliers. Il entre dans ma chambre et trébuche sur mon lit, tête la première. Après plusieurs essais infructueux, j'abandonne l'idée de le faire sortir et je vais faire un tour à la salle de bains. Quand j'en sors, il ronfle déjà comme un sonneur. J'hésite à aller me coucher dans sa chambre, puis je décide de le couvrir et de dormir sous les couvertures. J'attrape un plaid et le jette sur lui. Un bâillement secoue mon corps lorsque j'enlève ces bouts de tissu que Val appelle une robe et que je les laisse tomber sur le sol. Je garde ma culotte et je me glisse sous les couvertures pour attendre le sommeil.

Je me réveille face au visage en colère de Reed. Je jette un coup d'œil du côté où dormait Easton, mais celui-ci a disparu.

– Je t'ai dit de ne pas t'approcher de mes frères !

– Je ne suis pas obéissante.

Je commence à m'asseoir et je serre les draps contre ma poitrine. J'avais oublié que j'avais enlevé ma robe et que je ne portais que ma culotte.

– Le sexe, c'est le sexe, répond-il mystérieusement. Si je dois te baiser pour que tu ne foutes pas ma famille en l'air, je le ferai.

Puis il sort en claquant ma porte violemment.

Je reste assise, je suis sous le choc.

Qu'est-ce qu'il a bien pu vouloir dire ?

Chapitre 18

Après ce réveil aussi brutal, je n'ai aucune chance de me rendormir. Je ne me donne pas la peine de courir après Reed pour lui demander ce qu'il voulait dire, je sais qu'il ne me répondra pas. Mais maintenant il est – je vérifie sur le réveil – sept heures du matin et je suis complètement réveillée.

Super.

Je ne travaille pas le week-end et je redoute déjà cette journée. Connaissant Callum, il va nous proposer toute une série d'activités et obliger ses fils à y participer. Plutôt mourir tout de suite.

Je me traîne hors du lit. Je prends une douche rapide avant d'enfiler une robe bain-de-soleil jaune que j'ai achetée lorsque nous sommes allées faire des courses avec Brooke. D'après la lumière qui diffuse à travers les rideaux, je sais que la journée va être splendide. Et quand j'ouvre la fenêtre, un courant d'air chaud surprenant pénètre dans la pièce. Nous sommes pratiquement fin septembre. Il ne devrait pas faire aussi beau.

Est-ce que Gideon rentre à la maison aujourd'hui ? La semaine dernière, il était rentré le vendredi soir.

Il ne va sans doute pas arriver à la fin du week-end, mais j'aurais bien aimé le voir. Peut-être qu'il réussirait à distraire son père et ses frères, et qu'ainsi ils oublieraient ma présence.

Je sors de ma chambre au moment précis où s'ouvre la porte de Sawyer. Une petite rousse avec qui il flirtait à la fête de Jordan sort. Il la suit en l'attrapant par la taille quand il se penche pour l'embrasser.

Elle rit doucement.

– Il faut que j'y aille. Il faut que je rentre avant que mes parents s'aperçoivent que j'ai découché.

Il lui murmure quelque chose à l'oreille et elle se met à rire à nouveau.

– Je t'aime.

– Moi aussi, bébé, je t'aime.

Ce môme n'a que seize ans, et sa voix est aussi chaude et rauque que celle de ses frères.

– Tu m'appelles.

– Bien sûr.

En lui souriant, Sawyer tend la main et replace une mèche de ses cheveux roux derrière son oreille, et…

Oh mon Dieu, ce n'est pas Sawyer.

Ma mâchoire s'en décroche. Cette vilaine brûlure sur sa main, celle qu'il a chopée cette semaine quand il a raté le dîner, a disparu. Mais elle était là hier, je me souviens très bien de l'avoir vue.

Ce qui signifie que ce type, avec la petite amie de Sawyer, n'est pas Sawyer. C'est Sébastian. Je me demande si la fille le sait. Elle glousse de plaisir quand il l'embrasse dans le cou.

– Arrête. Il faut que j'y aille !

Peut-être qu'elle le sait.

Lorsqu'ils se séparent, ils remarquent tous les deux ma présence, et pendant un instant, la fille a l'air d'hésiter. Elle murmure un rapide « salut » avant de descendre les escaliers.

Sawyer, non, Sébastian, me dévisage puis disparaît dans sa… non, dans la chambre de son frère.

Très bien. Ça ne me regarde pas.

Dans la cuisine, je tombe sur l'autre jumeau attablé, en train de manger des céréales. Je regarde sa main. Ouaip, la brûlure est bien là. Juste pour faire le test, je lance un « bonjour Sebastian ».

– Sawyer, sourit-il avant d'enfourner une autre cuillerée de céréales.

Je retiens ma respiration. Eh ben ! Ces garçons se tapent tous les deux la petite copine de Sawyer ? C'est gonflé. Et tordu.

Je me remplis un bol de céréales et je m'installe au comptoir pour le manger. Quelques minutes plus tard, Sébastian entre dans la cuisine. Lorsqu'il passe devant la table, Sawyer murmure un « merci frangin ».

C'est plus fort que moi, j'éclate de rire.

– Quoi ? murmure Sawyer.

– Est-ce que ta petite copine sait qu'elle a passé la nuit avec ton frère ?

Son visage se crispe, mais il ne le nie pas. À la place, il me menace :

– Dis un seul mot à ce propos et…

Je le coupe d'un autre éclat de rire.

– Relax, les petits Royal. Vous pouvez jouer à tous les jeux sexuels les plus glauques. Mes lèvres resteront scellées.

Callum entre dans la cuisine. Il porte un polo blanc et des kakis. Ses cheveux noirs sont gominés, et pour une fois, on n'a pas l'impression qu'il sort directement du placard à alcools.

– Bon, vous êtes debout les garçons, lance-t-il aux jumeaux. Où sont les autres ? Je leur ai dit de descendre à sept heures et quart.

Il se tourne vers moi.

– Tu es ravissante, mais tu devrais peut-être enfiler des vêtements plus appropriés pour naviguer.

Je le regarde d'un air éberlué.

– Naviguer ?

– Je ne te l'ai pas dit hier soir ? Nous allons tous faire du bateau ce matin.

Quoi ? Non, il ne me l'a pas dit. Et si j'avais su, je me serai éclipsée avec la petite amie de Sawyer et je me serais planquée dans le coffre d'une voiture.

– Tu vas adorer le *Maria*, me dit Callum, tout excité. Il n'y a pas beaucoup de vent, donc je ne pense pas qu'on va sortir les voiles, mais ça sera quand même amusant.

Moi sur un bateau, en compagnie des Royal ? En pleine mer ? Je ne suis pas sûre que Callum comprenne la signification du mot « amusant ».

Easton entre en titubant. Il a enfilé un short cargo et un tee-shirt sans manches, avec en prime une casquette de base-ball bien enfoncée sur le crâne. Ça ne fait aucun doute, il a la gueule de bois, et j'ai soudain la vision du bateau qui tangue et d'Easton qui rend son petit déjeuner par-dessus bord.

– Reed, crie Callum en direction de la porte d'entrée. Il faut y aller. Ella, va te changer. Et mets les chaussures bateau que Brooke t'a achetées. Elle t'en a acheté, n'est-ce pas ?

Je n'en ai pas la moindre idée, parce que le mot « chaussures bateau » ne fait pas partie de mon vocabulaire. Je réfléchis à comment échapper à cette vision cauchemardesque qu'il vient juste de dépeindre devant moi,

– Callum, j'ai beaucoup de devoirs…

– Apporte-les. (Il lève une main et se remet à hurler.) Reed !

Merde. Je crois bien que je vais aller faire du bateau.

Le Maria est exactement ce que vous pouvez imaginer d'un bateau de milliardaire. Un bateau. Ah ! C'est un yacht, bien entendu, et j'ai l'impression de tourner dans un clip de rap lorsque, debout contre le bastingage, je sirote une flûte de Cristal[12] que Brooke m'a glissée pendant que Callum regardait ailleurs. Elle m'a lancé un clin d'œil en me disant de prétendre que c'était du sirop de gingembre si Callum me posait la question, ce qu'il ne fait jamais.

12. *Cristal* est la cuvée emblématique de la marque française de champagne Louis Roederer, créée pour le tsar Alexandre II en 1876.

Callum avait raison. C'est magnifique d'être sur l'eau. L'Atlantique s'étend autour de nous à l'infini, calme et majestueux.

Je suis allée à la marina en voiture avec Callum et Brooke. Les garçons ont pris le SUV de Callum. Ce qui a été un vrai soulagement, parce que l'idée d'être assise dans la voiture de Reed après l'avoir vu tressauter sur le parking la nuit dernière me rendait malade.

Je me demande avec qui il était. Sa douce et tendre Abby, je suppose. Je ne suis pas certaine qu'il soit satisfait pour autant. J'ai entendu dire que le sexe était censé vous calmer et vous détendre, or tout le corps de Reed est tendu depuis que nous sommes montés à bord.

Il est de l'autre côté du bastingage, aussi loin de moi et de Callum qu'il est humainement possible sans tomber par-dessus bord. Sur le pont supérieur, qui abrite un coin repas et un jacuzzi, Brooke prend un bain de soleil à poil. Ses cheveux dorés brillent dans la lumière. Il ne fait pas assez chaud pour se mettre en maillot de bain, sans parler de faire du naturisme, mais ça semble lui être complètement égal.

– Alors, qu'en penses-tu ? (Callum me montre la mer.) C'est paisible, non ?

Pas vraiment. Il n'y a pas de paix possible quand Reed Royal vous observe. Non, plutôt qu'il vous dévisage, et c'est ce qu'il fait depuis une heure.

Easton est encore en bas à bricoler Dieu sait quoi, et les jumeaux dorment à poings fermés dans des chaises longues, du coup Callum est la seule compagnie que j'ai, et visiblement ça ne plaît pas à Reed.

– Chéri ! appelle Brooke, viens me passer de la crème solaire dans le dos !

Callum évite mon regard, sans doute parce qu'il ne veut pas que je voie le désir dans ses yeux.

– Je peux te laisser un moment toute seule ?

– Bien sûr. Allez-y.

Je suis soulagée d'être un peu seule, mais ça ne dure pas. La tension remonte lorsque Reed s'approche de moi avec des airs de prédateur. Il pose ses avant-bras sur la rambarde et regarde droit devant lui.

– Ella.

Je ne sais si c'est une salutation ou une question. Je lève les yeux au ciel.

– Reed.

Mais il ne poursuit pas. Il se contente de regarder l'eau.

Je lui jette un coup d'œil, et mon cœur se met à faire de soubresauts pénibles, comme chaque fois que Reed est dans les parages.

Il est le mâle personnifié. Grand et large, sa silhouette splendide est parfaitement dessinée. J'ai la bouche sèche lorsque je porte le regard sur ses bras aux muscles lisses, éclatants de puissance.

Il fait bien trente centimètres de plus que moi, et quand il se tourne enfin, je dois lever la tête pour pouvoir le regarder dans les yeux.

Ces yeux bleus me détaillent et s'arrêtent brièvement sur mon minuscule short en jean et mon haut à emmanchures américaines qui me serre un peu au cou. Il fixe ensuite mes chaussures bateau bleu marine et blanc, et le coin de sa bouche frise légèrement.

Je me demande s'il va encore se moquer, mais son semblant de sourire disparaît quand un gémissement, suivi d'un halètement, se fait entendre au-dessus de nous.

– Oui.

La voix de gorge de Brooke nous scotche sur place. Un grognement mâle lui répond. Apparemment, ça ne pose aucun problème à Callum de s'envoyer en l'air en présence de ses fils. Je trouve ça dégoûtant, mais en même temps, je ne parviens pas à le détester, pas après qu'il m'a avoué que sa femme lui manque toujours. La douleur vous fait faire des trucs dingues, parfois.

Reed pousse un juron.

– Allons-y.

Il m'attrape la main avec une poigne de fer, ce qui m'oblige à le suivre dans les escaliers qui descendent au pont inférieur.

– Où allons-nous ?

Il ne répond pas. Il pousse une porte et entre dans la pièce principale, luxueusement meublée avec des canapés en cuir et des tables en verre. Reed traverse la cuisine et le coin repas en un éclair. Il se dirige vers les cabines à l'arrière du bateau.

Il frappe à une porte en chêne.

– East. Réveille-toi, bordel.

On entend un gémissement.

– Fous-moi la paix. J'ai mal au crâne.

Reed entre dans la cabine sans frapper. Derrière ses larges épaules, j'aperçois Easton étendu sur un grand lit avec un oreiller sur la tête.

– Lève-toi, ordonne Reed.

– Pourquoi ?

– J'ai besoin que tu occupes papa, dit Reed d'un air sardonique. Enfin, il est déjà assez occupé pour le moment, mais je veux que tu sois sur place, au cas où.

Easton repousse l'oreiller et s'assied en gémissant.

– Tu sais que je protège toujours tes arrières, mais écouter cette nana, c'est pour moi un véritable cauchemar. Ces petits bruits qu'elle fait quand papa…

Il s'arrête au milieu de sa phrase en s'apercevant de ma présence.

Je ne peux pas voir le regard de Reed, mais il doit être assez convaincant, car Easton se lève.

– Pigé.

– Éloigne aussi les jumeaux, dit Reed.

Son frère disparaît sans dire un mot. Au lieu de rester dans la cabine d'Easton, Reed entre dans celle d'à côté et me fait signe de le suivre à l'intérieur.

Je ne bouge bas, les bras croisés.

– Qu'est-ce que tu veux ?

– Parler.

– Alors, fais-le ici.

– Entre là-dedans, Ella.

– Non.

– Si.

Je baisse les bras et j'entre dans cette cabine. Il y a quelque chose chez ce type… il lance un ordre et j'obéis. D'abord, je me défends, bien sûr. Je me bats chaque fois et, chaque fois, c'est lui qui gagne.

Reed ferme la porte derrière moi et passe une main dans sa chevelure indomptée.

– J'ai réfléchi à notre conversation de l'autre fois.

– Nous n'avons pas eu de conversation. C'est toi qui as parlé tout seul.

Et mon pouls s'accélère parce qu'à présent, je me rappelle ce qu'il a dit.

Si je dois te baiser pour que tu ne foutes pas ma famille en l'air, je le ferai.

– Je veux que tu te tiennes à distance de mes frères.

– Hé, tu es jaloux ou quoi ?

Comme dirait Callum, je joue avec le feu, mais je m'en fiche un peu. J'en ai marre que ce type me dise ce que je dois faire.

– J'ai pigé, tu es habituée à un certain style de vie, dit Reed en ignorant ma vanne. Je parie que tous les mecs faisaient la queue pour te sauter dans ton ancienne école.

Mon cœur s'arrête de battre quand il saisit le bas de sa chemise. Il hausse les épaules.

– Tu as des besoins. Je ne peux pas te le reprocher, et ouais c'est vrai, je ne t'ai pas facilité la tâche à Astor Park. Il n'y a pas grand monde qui ait assez de couilles pour me contredire et te demander de sortir avec lui. Mais tu les fais bander pourtant, tous autant qu'ils sont.

Où diable veut-il aller comme ça ? Et pourquoi… oh mon Dieu, pourquoi enlève-t-il sa chemise ?

Je reste sans voix devant son torse nu. Il a des tablettes de chocolat qui me font baver, et ses obliques semblent délicieusement fermes. Mon corps se met à bouillir. Je serre l'intérieur de mes cuisses pour retenir mes palpitations, mais ça ne fait qu'empirer. Oh ouais, il est parfaitement conscient de l'effet qu'il produit sur moi. Ses yeux luisent.

– Mon frère est un bon coup, mais pas aussi bon que moi.

Reed déboutonne son short et ouvre sa fermeture Éclair. Je ne peux plus respirer. Je suis figée sur place pendant qu'il baisse son short et le jette au loin.

Mes jambes se mettent à trembler. Où que je regarde, je ne vois qu'une peau lisse et dorée, et des muscles bandés.

– Voilà le deal, dit-il. Mon frère et mon père te sont interdits. Si ça te démange, tu viens me voir. Je m'en occuperai.

Il pose sa grande paume de main sur ses pectoraux et la fait glisser ensuite plus bas.

C'est comme si je manquais d'oxygène. Je ne peux rien faire d'autre que de suivre la trajectoire de cette main. Elle glisse sur ses abdos puis sur son ventre, s'arrête juste au-dessus de son aine, puis glisse plus bas pour fouiller dans l'élastique de son boxer.

Reed entoure avec ses doigts son sexe en érection et quelqu'un se met à gémir. Je pense que c'est moi. Ça doit être moi, parce qu'il sourit. Il se branle doucement.

– Tu la veux ? Tu peux l'avoir. Tu peux la lécher, la sucer, la baiser, tout ce que tu veux, bébé. Du moment que c'est avec moi, rien qu'avec moi.

Mon cœur bat encore plus vite.

Reed penche la tête.

– On est d'accord ?

C'est son ton calculateur qui me sort de ma transe. L'horreur et l'indignation remontent à la surface, et je fais un pas en arrière en me cognant contre le sommier.

– Va te faire mettre, je balbutie.

Mon explosion de colère ne l'impressionne pas.

J'humecte mes lèvres. Ma bouche est plus sèche que le Sahara et, pourtant, je ne me suis jamais sentie aussi vivante. Ni mes strip-teases ni mes efforts pour repousser les petits copains de maman aux mains baladeuses ne m'ont préparée à ça. Peut-être qu'il y avait des types qui faisaient la queue pour sortir avec moi, mais moi, je me concentrais sur mon travail, sur les traitements de ma mère, sur le fait de simplement survivre. Je n'arrive même pas à me rappeler la tête d'un seul de mes camarades de classe de l'an dernier.

L'image de Reed debout devant moi, sexy, bronzé et nu, avec sa queue dans la main, restera gravée, elle, pour toujours dans ma mémoire.

Il a tout ce que peut désirer une fille : un corps puissant, un beau visage qui restera beau pendant encore des années, de l'argent et ce petit truc en plus. Du charisme, je suppose. La capacité à vous faire fondre d'un seul regard.

Le fruit défendu se balance devant moi, juteux, rouge et délicieux, mais comme dans les contes de fées, Reed est le Vilain déguisé en Prince charmant. Y goûter serait une énorme erreur. Et même s'il m'attire, je refuse de faire l'amour pour la première fois avec quelqu'un qui me méprise. Quelqu'un qui tente de protéger son frère, pourtant tout à fait capable de me détruire en toute innocence.

Mais je ne veux pas non plus partir sans y goûter, parce que je ne suis pas forte à ce point… ni assez stupide.

Il me déteste, mais il me désire. Il ne relâche pas ses mouvements de va-et-vient sur son sexe. Il se contente de bander encore plus ses muscles en anticipant mon contact. C'est ça dont parlait Valérie pendant que nous dansions, l'autre soir. Je n'ai pas répondu à la foule, mais les regards brûlants que posait Reed sur chacun de mes gestes me faisaient me sentir vivante. Je savais que si j'étais dans la tête de Reed en ce moment, tout ce que je verrais, ce serait moi, un point c'est tout.

Je musarde jusqu'à un fauteuil dans un coin, avec un peignoir de bain posé dessus. Je tire sur la ceinture et j'enroule la bande de tissu-éponge autour de mes doigts.

– Tout ce que je veux ? je lui demande.

Il ferme les yeux un instant et les rouvre avec tant de désir au fond que mes genoux s'entrechoquent presque.

– Oui, Tout. Mais juste avec moi.

On dirait que sa réponse lui a été arrachée. Je me moque de lui.

– Pourquoi es-tu tellement en manque ? Tu as baisé la nuit dernière.

Un hoquet de dégoût monte de sa gorge.

– Je n'ai pas tiré mon coup la nuit dernière. C'est toi qui l'as fait avec East.

– Et tu n'étais pas en train de secouer la Range Rover, peut-être, si violemment que les pneus sont presque tombés ? dis-je sur un ton sarcastique.

– C'était Wade.

Il doit percevoir ma confusion, parce qu'il poursuit :

– C'est l'arrière d'Astor Park, un pote à moi. Les chiottes étaient pleines. Et il ne pouvait plus attendre.

Une sorte de soulagement m'envahit. C'est peut-être la seule façon pour sa fierté de nous laisser une chance d'être ensemble. Peut-être que je pourrais l'avoir. C'est peut-être une bonne chose. Ma récompense. Je décide de le tester.

– Je veux t'attacher.

Sa mâchoire se crispe. Il pense sans doute que c'est mon truc, quelque chose que j'ai déjà fait des dizaines de fois.

– D'accord, bébé, tout ce que tu veux.

Il ne se rend pas. Il me provoque. Je m'en veux d'avoir pu penser un seul instant que je représentais autre chose pour lui que l'aubaine d'un corps agréable.

Je m'approche de lui, de plus en plus résolue.

– C’est chouette, n’est-ce pas ?

Il m’observe prudemment lorsque je lui fais signe de me tendre ses poignets. Et tout en feignant la nonchalance, j’arrive à peine à retenir un halètement quand sa main effleure mon ventre nu.

Je me fais la remarque : il faudra être plus couverte que ça en présence de Reed pour ma propre protection.

Je ne suis ni un boy-scout ni un marin. Je ne sais faire qu’une sorte de nœud, un nœud de lacet de chaussure. Je fais deux tours autour de ses poignets, et nous retenons tous les deux notre respiration quand la ceinture frappe le devant de son boxer une fois, puis deux.

– Tu me tues, grince-t-il entre ses dents.

– Tant mieux, je murmure, mais mes mains tremblent tellement que j’arrive à peine à faire un simple nœud.

– Tu aimes ça, que je sois à ta merci ?

– Nous savons tous les deux que tu n’es jamais à ma merci.

Il murmure quelque chose dans un souffle à propos de moi qui n’y connais rien, mais je l’ignore. Je cherche un endroit où l’attacher. Le grand truc sur les bateaux, c’est que tout est fixé au sol. Il y a une boucle brillante en cuivre à côté du fauteuil et j’y emmène Reed.

En le faisant s’asseoir, je m’agenouille entre ses genoux avec la ceinture entre les mains. Il est assis là comme un dieu, un dieu Thot moderne, surveillant son esclave à ses pieds.

Entre mes cuisses, les palpitations deviennent presque douloureuses. Tout ce que j'entends, c'est une petite voix diabolique qui me dit qu'il n'y aurait aucun mal à ça.

Ce type me désire tant qu'il n'a pas débandé une seconde. Sous le coton, son sexe attend juste que je le touche comme il me l'a ordonné. Je n'ai jamais eu de sexe entre les lèvres. Je me demande ce que ça fait.

Je ne peux pas m'en empêcher, je m'avance et je baisse son boxer, assez pour libérer son sexe. Il se dresse quand je le touche. Oh wouah. Sa douceur me surprend. On dirait du velours.

« Tu es… parfait », ai-je envie de lui dire, mais j'ai peur qu'il se moque de moi.

Je laisse courir mes doigts le long de son membre et je respire à fond. Le désir accélère mes pulsations sanguines.

– C'est ça que tu veux ? demande Reed.

C'est censé être une raillerie, mais ça ressemble plutôt à une supplication. Je regarde son érection, elle m'intimide. Il y a une perle de liquide séminal au bout et… je la lèche. Mais ça ne me suffit pas. J'y retourne, je lèche son gland comme si on était au mois de juin, en plein cagnard, et que c'était un cône de glace qui allait fondre entre mes doigts. Ses mains liées viennent se poser sur le sommet de mon crâne.

– Bordel. Suce-moi. Bordel. Suce-la comme je sais que tu sais si bien le faire.

Ses paroles cruelles déchirent le brouillard de mon désir. Je me cabre.

– Comme tu sais que je sais si bien le faire ?

J'ai tellement baissé la garde que ma vulnérabilité que j'ai tenté de dissimuler rejaillit.

– Comme tu… (Il hésite un instant, troublé par la douleur dans ma voix, mais quelque chose le décide.) Comme tu l'as déjà fait des milliers de fois.

– D'accord, je réponds avec un petit rire fêlé. Alors, il faut que tu sois bien attaché, parce que je connais des trucs dont tu n'as même pas idée.

Je tire violemment sur la ceinture et je la passe dans l'anneau sur le sol. Je l'attache très serrée. Il m'observe, le regard luisant. J'ai envie de le cogner, de vraiment lui faire mal. Mais il sait endurer la douleur physique, alors la seule chose que je puisse faire, c'est de lui faire croire que je vais foutre en l'air sa précieuse famille, d'une telle façon qu'il sera incapable de la reconstruire. Exactement de la façon qu'il a de me foutre en l'air.

Je grimpe sur la chaise. Mes genoux sont appuyés de part et d'autre de ses cuisses épaisses. En passant mes doigts dans ses cheveux, je tire sa tête en arrière pour qu'il me regarde dans les yeux.

– Je sais que tu me veux. Je sais que tu meurs d'envie que je me remette à genoux. Mais tu ne me reverras pas à genoux devant toi, pas avant la fin des temps. Même si tu me payais, je ne te toucherais pas. Je ne te toucherais pas, même si tu me suppliais de le faire. Même si tu me donnais ton âme, que tu m'aimais plus que le soleil aime le jour, ou que la lune aime la nuit. Je baiserais plutôt ton père.

Je le repousse et je descends.

– Tu sais quoi ? Peut-être que je vais y aller tout de suite. Je me souviens qu'Easton m'a dit qu'il aimait les jeunes.

Je me dirige vers la porte avec une assurance que je ne possède pas véritablement. Reed se débat contre ses liens, mais mon nœud tout simple le retient prisonnier.

– Reviens ici et détache-moi, gronde-t-il.

– Naan. Il va falloir que tu t'en sortes tout seul cette fois.

J'arrive à la porte et je pose la main sur la poignée. En me retournant, la main sur la hanche, je me moque :

– Si tu vaux mieux qu'Easton, alors étant donné son expérience, ton père doit être incroyable.

– Ella, reviens ici tout de suite !

– Non.

Je lui fais un grand sourire et je sors. Derrière moi, je l'entends qui crie mon nom. Le son s'amenuise peu à peu, jusqu'à ce que sa voix ne soit plus qu'un mauvais souvenir.

Sur le pont, Callum sirote un verre pendant qu'Easton dort à côté de lui dans une chaise longue.

– Ella, ça va ?

Callum se lève d'un bond.

Je lisse mes cheveux, l'air imperturbable.

– Très bien. En fait… je pensais à Steve et… eh bien, j'aimerais en savoir plus sur lui, si tu veux bien m'en parler.

Le visage de Callum s'illumine.

– Oui, bien sûr. Viens t'asseoir.

Je me mords la lèvre en fixant mes pieds.

– On ne pourrait pas aller quelque part de plus tranquille ?

– Bien sûr. Que dirais-tu de ma cabine ?

– Ça serait parfait, je minaude.

Sa bouche s'entrouvre légèrement.

– Mince, ce sourire. C'est celui de Steve. Viens.

Il passe un bras autour de mon épaule.

– Steve et moi avons grandi ensemble. Son grand-père, qui a fondé Atlantic Aviation avec le mien, était un marin. Steve et moi passions des heures à écouter ses histoires de paw-paw. Je suppose que c'est pour ça qu'on a tellement voulu s'enrôler.

Easton relève la tête quand Callum m'emmène dans sa cabine. Il me regarde, puis regarde le bras de Callum. Je m'attends à une réflexion vacharde que je mérite probablement cette fois. À la place, il se contente de me dévisager comme si je venais de le frapper à l'estomac, ou comme si je lui avais menti, ce qui est encore pire.

Je laisse Callum jacasser au sujet de ce bon vieux Steve pendant dix minutes, avant de l'interrompre.

– Callum, tout cela est très intéressant et je vous remercie de le partager avec moi, mais… (J'hésite.) Il faut que je vous pose une question qui me turlupine depuis l'instant où j'ai posé un pied dans votre maison.

– Bien sûr, Ella. Tu sais que tu peux me demander n'importe quoi.

– Pourquoi vos fils sont-ils si malheureux ?

Je pense au visage perpétuellement maussade de Reed et je déglutis avec peine.

– Pourquoi sont-ils si en colère ? Nous savons tous deux qu'ils ne m'aiment pas, et je voudrais bien savoir pourquoi.

Callum se passe la main sur le visage.

– Il faut juste que tu sois patiente. Ils changeront d'avis.

Je replie mes jambes sous moi sur le matelas. Il n'y a qu'une chaise dans la cabine, Callum s'y est installé, et moi j'ai pris le lit.

C'est bizarre d'être là, assise sur un matelas, et de parler avec mon nouveau père, de mon père, récemment découvert mais décédé.

– Vous me l'avez déjà dit, mais je n'y crois pas, dis-je calmement. Et je ne comprends pas. Je veux dire, est-ce que c'est à cause de l'argent ? Est-ce qu'ils vous en veulent vraiment de m'avoir donné de l'argent ?

– Ce n'est pas l'argent. C'est… merde… je veux dire zut.

Callum bégaie.

– Seigneur, j'ai vraiment besoin de boire un coup. (Il rit un peu.) Mais je suppose que tu ne vas pas m'y autoriser.

– Pas maintenant.

Je croise les bras. Callum veut que je sois dure avec lui ? Je peux le faire.

– Franchement, sans baratin. C'est bien ce que tu veux, n'est-ce pas ?

Je souris.

– C'est exact.

Il penche la tête en arrière, vers le plafond.

– J'en suis arrivé à un point où mes relations avec les garçons sont tellement altérées que si j'amenais mère Teresa à la maison, ils l'accuseraient de vouloir me sauter dessus. Ils pensent que j'ai trompé leur mère et que j'ai causé sa mort.

Je dois faire un effort pour garder ma bouche fermée. Ok. Wouah. Eh bien, ça explique un peu les choses. Je prends une inspiration.

– Et c'est vrai ?

– Non, je n'ai jamais trompé leur mère. Je n'en ai même pas eu la tentation, pas une seule fois pendant notre mariage. Quand j'étais jeune, Steve et moi avons fait des bêtises, mais après avoir épousé Maria, je n'ai jamais regardé une autre femme.

Il a l'air sincère, mais je ne suis pas prête à gober toute cette histoire.

– Alors pourquoi vos mômes sont-ils toujours d'une humeur massacrante ?

– Steve était… (Callum détourne le regard.) Oh Ella, je voulais avoir le temps de t'apprendre à aimer ton père, pas te raconter tous les trucs merdiques qu'il a faits parce qu'il se sentait seul.

Je dois tirer sur toutes les ficelles pour forcer Callum à me raconter ce qu'il tente tellement de me cacher.

– Écoutez, je ne cherche pas à être désagréable. Mais je ne connais pas Steve, et maintenant qu'il est mort, je ne le connaîtrai jamais. Ce n'est pas une personne réelle pour moi, pas comme Reed ou Easton, ou vous. Vous voulez faire de moi une Royal, mais je n'y parviendrai jamais si tous les membres de cette famille me rejettent. Pourquoi est-ce que je reviendrais après mon diplôme dans un lieu où je sens que je ne suis pas désirée ?

Mes tentatives de chantage affectif sont un succès. Callum se remet immédiatement à parler, et je suis réellement touchée de voir à quel point il veut que je fasse partie de sa famille.

– Steve est resté longtemps célibataire. Il aimait bien se vanter, et je crois que quand les garçons étaient plus jeunes, ils pensaient que leur oncle Steve était l'exemple même de la virilité. Il leur racontait des histoires sur notre folle jeunesse, et je ne l'ai jamais empêché. Nous avions beaucoup voyagé pour nos affaires, et Steve en a profité. Je te promets que je n'ai jamais rien fait, moi, mais certains ne l'ont pas cru.

Comme ses enfants. Comme sa femme.

Il remue sur sa chaise, visiblement cette histoire le met mal à l'aise.

– Maria est tombée en dépression et je n'ai pas reconnu les symptômes. En y repensant, j'ai réalisé que sa froideur et son humeur changeante étaient les symptômes d'une maladie grave, mais j'étais trop occupé à sortir la société du rouge, pendant la récession. Elle prenait de plus en plus de comprimés, elle n'avait que les garçons comme compagnie. Quand elle a fait son overdose, j'étais à l'autre bout du monde, à Tokyo, en train de faire sortir Steve d'un bordel. Ils ont pensé que c'était de ma faute.

Peut-être avaient-ils raison de vous accuser, ai-je pensé.

– Steve n'était pas un mauvais garçon, mais tu… tu en es… la preuve vivante, je suppose. La preuve qu'il me menait par le bout du nez dans des trucs qui ont fini par tuer leur mère.

Ses yeux me supplient de le comprendre, voire de lui pardonner, mais ce n'est pas moi qui peux lui offrir cela.

– Quand il a reçu la lettre de ta mère, il a changé. Il est subitement devenu un autre homme. Je te jure, il aurait été un père attentif, passionné. Il voulait des enfants et il était fou de joie quand il a appris ton existence. Il aurait voulu s'occuper immédiatement de toi, mais il y avait ce voyage prévu de longue date avec Dinah. Ils allaient faire du deltaplane dans un endroit apparemment interdit, mais Steve avait réussi à soudoyer un officiel du coin pour qu'il les laisse faire une sortie. Il devait aller te chercher dès son retour. Ne le déteste pas.

– Je ne le déteste pas. Je ne le connais même pas. Je…

Je me lève, mes pensées sont tout embrouillées. D'une certaine façon, dans l'esprit des fils Royal, la mort de leur mère et la responsabilité de Steve sont liées, et je suis une cible vivante bien commode. Je ne peux rien faire qui les fasse changer d'opinion. Je le comprends à présent. Mais c'est moi qui ai demandé à Callum de me dire la vérité, je ne vais pas le lui reprocher.

– Merci, dis-je d'une voix éteinte. J'apprécie votre franchise.

Même si j'étais un modèle de vertu, ils me détesteraient quand même. Je pourrais être comme Abby et…

Une pensée surgit dans mon esprit et j'ouvre la bouche avant de réfléchir.

– À quoi ressemblait Maria ?

– Charmante. Elle était douce, gentille. Elle faisait à peine plus d'un mètre cinquante et elle avait l'âme d'un ange.

Il sourit, et à cet instant, je comprends qu'il aimait Maria. Je n'ai vu qu'une seule fois cette lueur de véritable amour, c'était dans les yeux de ma mère. Elle était un peu larguée, mais elle m'aimait.

Maria a inspiré le même amour à ses fils. Cette Abby, c'est sa copie et le contraire de tout ce que je suis. Ça ne devrait pas me déranger, pourtant c'est le cas, parce que même si je déteste devoir l'admettre, la vérité c'est que je voudrais que Reed ressente la même chose pour moi. Ce qui est le sentiment le plus stupide que j'ai jamais suscité.

Chapitre 19

Reed ne me jette pas un seul regard pendant tout le trajet du retour jusqu'au rivage, ni quand nous reprenons la route pour la maison. Son silence est suffisamment éloquent. Il est furieux et il va le rester un bon moment. Je prétends avoir chopé une insolation pour éviter le dîner, parce que je suis incapable de supporter tout un repas en compagnie de Reed qui, ou bien ignore mon existence, ou bien m'envoie des piques à chaque occasion. Je sais que je l'ai cherché, mais même Easton me fait la tête lorsque je monte dans ma chambre, je me demande si je n'ai pas commis d'erreur.

– Je croyais que tu n'allais pas baiser avec mon père, siffle-t-il sur mon passage.

– Je ne l'ai pas fait. J'ai juste voulu le faire croire à Reed.

Comme Easton semble encore douter, je soupire :

– Tout ce que nous avons fait, Callum et moi, c'est de parler de Steve.

Et de ta mère, mais je suppose qu'Easton n'apprécierait pas cela vu son humeur actuelle. Il n'est pas calmé le moins du monde par ma confession.

– Ne joue pas de tours à mon frère. Tu l'as allumé, et maintenant il va falloir qu'il se sorte ça du crâne.

Je blêmis.

– Qu'est-ce que tu veux dire ?

Je redoute sa réponse. Il va courir rejoindre Abby après ? Ça me donne envie de vomir sur les chaussures bateau d'Easton. Il me fait un signe de la main.

– Rien. Vous feriez bien ou de baiser ensemble, ou de vous tenir à distance l'un de l'autre. Je vote pour la distance.

– C'est noté.

Je commence à ouvrir la porte de ma chambre, mais Easton m'attrape le bras.

– Je suis sérieux. Si tu as besoin de quelqu'un, viens me voir. Ça m'est un peu égal.

Ough. J'en ai vraiment soupé de ces Royal.

– Purée, Easton, c'est tellement généreux de ta part. Est-ce que ton offre sexuelle à deux balles a une date de péremption ? Ou bien est-ce un ticket utilisable quand je le veux ?

Je rentre dans ma chambre et je lui claque la porte au nez. Il est encore tôt, mais je décide de me mettre au lit parce qu'il faut que je sois à la boulangerie avant l'aube, puis que j'aille en cours, et ce soir, je ne veux plus parler à personne dans cette maison.

Je me glisse sous les couvertures et j'essaie de m'endormir, sans y parvenir vraiment. Je me réveille à chaque claquement de porte, à chaque bruit de pas devant ma chambre.

Au beau milieu de la nuit, j'entends des murmures furieux dans le couloir. Les mêmes que ceux que j'ai entendus l'autre nuit. Easton et Reed se disputent. Je regarde l'heure. C'est à peu près la même heure également, juste après minuit.

– J'y vais, dit Reed froidement. La dernière fois, tu étais en pétard quand je ne t'ai pas laissé venir avec moi, et maintenant tu râles quand je t'invite ?

Oh, ça, c'est la bagarre garantie.

– Hé, excuse-moi de me faire du souci pour ta gueule, elle est tellement au-dessus de ton cul, tu ne verras pas le poing arriver, lui balance Easton.

Ouaip. La bagarre est bien partie.

– Au moins, moi, je ne bave pas devant la fille de Steve.

– Ouais, c'est vrai, répond Easton ironiquement. C'est pour ça que je t'ai trouvé à moitié nu, ficelé à une chaise. Parce que tu n'as vraiment pas envie d'elle.

Ils avancent dans le couloir et je ne peux plus entendre la réponse de Reed en entier, mais ça ressemble à un truc du genre « je préférerais pécho Jordan que tremper ma queue dans ce trou ».

Folle de rage, je repousse mes couvertures et me jette hors du lit. Ces deux-là ont des secrets qu'ils ne veulent pas que je découvre ? Eh bien, si c'est la guerre dans la maison Royal, je vais avoir besoin de toutes les munitions dont je peux disposer.

Je cours à mon placard et j'attrape le premier vêtement sur lequel je tombe, c'est-à-dire une minijupe.

Ce n'est pas le vêtement le plus discret qui soit, mais je n'ai pas de temps à perdre. Je saute dans la jupe, j'enfile un tee-shirt, je glisse mes pieds dans mes sneakers et je me faufile hors de ma chambre le plus discrètement possible.

Je descends les escaliers sur la pointe des pieds. Il n'y a personne dans la cuisine, mais j'entends des bruits sourds à l'extérieur. Une portière de voiture claque. Merde. Il faut que je me dépêche. Heureusement, les jumeaux laissent toutes leurs affaires, leurs clés, leurs sacs, bref toutes leurs merdes dans les chiottes.

Je traverse la cuisine en courant jusqu'aux w.-c. et j'attrape le premier sweat-shirt que je trouve. Il y a des clés et du cash dans la poche avant. Parfait. En me baissant quand je passe devant la fenêtre de la porte vitrée, je jette un coup d'œil dehors et j'aperçois la Range Rover de Reed qui descend l'allée.

J'ouvre brusquement la porte et je me rue dans le garage. Le bouton de la clé allume le SUV des jumeaux. Je pousse un soupir de soulagement et je grimpe dedans.

Ce n'est pas facile de suivre quelqu'un en voiture dans une rue calme, en pleine nuit, sans se faire repérer, mais j'y parviens car Reed ne s'arrête pas et ne fait pas de brusque demi-tour pour se retrouver en face de moi. Il me conduit au centre-ville, puis par plusieurs chemins de traverse, jusqu'à ce que nous nous arrêtions devant une porte.

Reed gare son 4x4. Je coupe le moteur et j'éteins les phares. Au clair de lune, je distingue à peine les deux frères qui descendent de la Rover et escaladent ensuite une barrière.

Dans quel pétrin je suis en train de me fourrer ? Est-ce qu'ils dealent de la drogue ? Ce serait débile. La famille est pleine aux as. Dans le tee-shirt que je porte, il y a cinq cents dollars en coupures de vingt et de cinquante, roulées en cigare. Et je mettrais ma tête à couper que si j'avais fouillé tous les vêtements qui traînaient dans les chiottes, j'aurais trouvé de l'argent dans chacun d'eux.

Alors, qu'est-ce qu'ils peuvent bien faire ?

Je cours à la barrière pour voir si je peux distinguer quelque chose, mais je discerne juste une rangée de longues structures rectangulaires qui ont toutes à peu près la même taille. Pas de Reed ni d'Easton. Ignorant la voix intérieure qui me crie que c'est complètement débile de grimper sur une clôture et de me jeter dans le noir, je le fais.

Quand je m'approche des bâtiments, je réalise que ce ne sont pas des bâtiments mais des containers, ce qui signifie que je dois être dans un chantier naval. Mes sneakers ont des semelles de caoutchouc, je ne fais aucun bruit. Quand je m'approche d'Easton qui tend un paquet de billet à un inconnu en sweat-shirt, personne ne m'entend.

Je recule et je me cache derrière un container. J'en fais le tour comme une espionne dans un film d'action pourri. Entre Easton et l'inconnu, il y a un cercle improvisé, installé dans un espace dégagé, au bout de quatre containers. Et à l'intérieur du cercle, il y a Reed, en jean, pieds et torse nus.

Il replie un de ses bras devant lui, avant de tendre l'autre. Puis il sautille sur ses pieds comme s'il essayait de se détendre. Lorsque je découvre l'autre type, torse nu, tout devient clair. Les sorties nocturnes secrètes, les marques de coups inexpliquées sur son visage. Easton doit être en train de parier sur son frère. Merde, Easton lui aussi doit participer à des combats, si je me rappelle bien l'engueulade entre eux, l'autre nuit.

– Je pensais bien qu'on était suivis, mais Reed n'a pas voulu m'écouter.

Je me retourne et je découvre Easton juste derrière moi. Je réponds avant qu'il ait le temps de m'engueuler pour les avoir suivis.

– Qu'est-ce que tu vas faire, tu vas cafter ? je me moque.

Il lève les yeux au ciel puis me tire en avant.

– Allez, avance, espèce de faux jeton ! Tout ça est de ta faute. Autant que tu y assistes.

Je le laisse me traîner jusqu'au cercle, mais je proteste,

– Je suis la cause de ce truc ? Comment peux-tu dire ça ?

Easton, pousse les gens et se fraye un passage jusqu'au premier rang.

– Tu as bien attaché Reed sur une chaise, cul nu ?

– Il avait gardé son slip, je marmonne.

Easton m'ignore et continue :

– Tu le largues en train de bander plus dur qu'un sous-marinier après une mission de neuf mois au fond des océans ? S'il te plaît, frangine, il a tellement d'adrénaline dans le corps que c'est, ou le combat ou… et il me regarde en hésitant… la baise, et comme tu ne l'as pas baisé, voilà, c'est ça. Hé, grand frère, ta petite frangine est venue te regarder !

Reed se retourne.

– Mais qu'est-ce que tu fais ici, bordel ?

Je résiste à l'envie de me cacher derrière le grand corps d'Easton.

– Je suis juste venue encourager la famille. Allez, les Royal, je commence, mais je me dis que tous ces types doivent sans doute utiliser des pseudos. Je lève le poing : Allez la famille !

– East, si c'est toi qui l'as amenée ici, je te jure que je vais te botter le cul dimanche prochain.

Easton lève les mains.

– Mon pote, je t'avais dit que quelqu'un nous suivait, mais tu n'as rien voulu entendre avec tout ton délire sur la façon dont tu allais donner à quelqu'un… (il penche sa tête vers moi) une leçon.

Reed fronce les sourcils. Il a clairement envie de me jeter dehors dans le noir. Avant qu'il puisse faire quoi que ce soit, l'autre type, torse nu avec des cuisses comme des troncs d'arbre, lui tape sur l'épaule.

– Vous avez terminé votre petite réunion de famille ? J'aimerais bien terminer ce combat avant le lever du soleil.

La colère dans les yeux bleus de Reed se transforme en amusement.

– Cunningham, tu ne vas pas durer plus de cinq minutes. Où est ton frangin ?

Cunningham hausse ses épaules massives.

– Il se fait sucer par une fille de passage. Mais n'aie pas peur, Royal. Je ne vais pas trop t'amocher. Je sais que tu dois montrer ta jolie petite gueule à Astor Park demain.

– Tu ne bouges pas, me dit Reed en pointant le sol du doigt. Bouge, et ça va aller mal pour toi.

– Parce que ça allait bien jusqu'à présent peut-être ? je craque.

– Arrête de parler et commence à te battre, lance quelqu'un dans la foule. Si je voulais assister à un soap opéra, je serais resté à la maison !

Easton balance un grand coup dans l'épaule de Reed, et Reed lui rend le coup.

Cunningham s'avance jusqu'au centre du cercle et fait signe à Reed de le rejoindre. Reed n'hésite pas une seconde. Il n'y a pas de petits pas de danse, pour se mesurer l'un à l'autre. Reed se jette sur Cunningham et pendant cinq bonnes minutes, ils échangent des coups.

Je tressaille à chaque coup porté par Cunningham, mais Easton se contente de rire et d'encourager Reed.

– Parier sur Reed, c'est gagner à tous les coups, braille-t-il.

Je croise les bras autour de ma taille. Callum disait qu'il était au fond du trou, mais est-ce qu'il se rend compte que ses fils y sont eux aussi ? Qu'ils débarquent ici et qu'ils prennent coup après coup pour se débarrasser des souvenirs qui les hantent ?

Et qu'est-ce que ça dit de moi, que mes paumes soient moites, tout comme d'autres parties de mon anatomie ? Que ma respiration s'accélère et que mon cœur batte la chamade ?

Je ne peux pas quitter Reed des yeux. Ses muscles luisent au clair de lune, et il est si incroyablement beau dans cet échange animal que quelque chose de primal se déclenche en moi, sans que je sache comment y remédier.

– Ça t'excite, pas vrai ? me chuchote sciemment Easton à l'oreille.

Je fais non de la tête, mais tout mon corps hurle oui, et alors que Reed porte son coup final, un coup qui envoie valdinguer Cunningham et le fait tomber face contre terre, je sais que s'il me faisait signe avec son petit doigt, je serais incapable de résister.

Pas cette fois-ci.

Chapitre 20

C'est moi qui conduis pour rentrer au manoir, avec Easton à mes côtés, parce que Reed déclare qu'il ne me fait pas confiance pour faire la route toute seule. J'ai envie de lui rétorquer que je suis arrivée sans encombre au chantier naval, mais je reste muette. Il est clair que ce soir, il ne faut pas faire chier Reed.

Il s'est battu contre deux autres types après Cunningham, et il leur a fichu une raclée, à eux aussi. Easton a compté ses gains sur le chemin du retour, ils ont gagné huit mille dollars. C'est une goutte d'eau, comparé à tout ce qu'ils possèdent, mais Easton m'explique que l'argent est toujours plus agréable quand vous avez saigné pour l'obtenir.

Cela dit, Reed n'a pas saigné. Je ne pense même pas qu'il aura des bleus demain. C'est dire à quel point il a été sauvage et puissant quand il a balancé ses poings, encore et encore, sur ces types.

Dans l'allée, je coupe le moteur, mais je reste dans la voiture parce que Reed n'est pas encore sorti de la sienne. Easton ne reste pas dans les parages, il enfourne son fric dans sa poche, descend du SUV et se dirige vers la porte latérale sans se retourner une seule fois.

Ce n'est que quand je vois Reed se glisser hors du siège conducteur que je fais pareil. Nous restons plantés à trois mètres l'un de l'autre, et nous nous regardons. Son regard dur et sa mâchoire serrée déclenchent en moi une sorte d'épuisement. Je suis tellement fatiguée, et pas parce qu'il est presque deux heures du matin et que je suis debout depuis sept heures du matin.

Je suis fatiguée de la haine que dégage tout le corps de Reed chaque fois qu'il me regarde. Je suis fatiguée de me battre contre lui. Je suis fatiguée de ces jeux, de cette tension et de cette hostilité sans fin.

Je fais un pas vers lui.

Il me tourne le dos et disparaît sur le côté de la maison.

Non. Pas cette fois. Il ne peut pas me fuir comme ça. Je vais l'en empêcher.

Je lui cours après, en remerciant intérieurement les lampes à allumage automatique qui entourent la maison. Elles me guident le long de l'allée et ensuite plus loin, sur le chemin qui mène à la grève.

Reed a une longueur d'avance sur moi, et l'avantage de vivre ici depuis sa naissance. Avec une parfaite aisance, il escalade les rochers qui bordent la plage pour finalement atteindre le rivage.

Je me fraye un passage entre les rochers et le sable, quand je l'aperçois qui jette ses chaussures et ses chaussettes au loin et entre dans l'eau. Il ne semble pas dérangé par le fait que le bas de son jean soit tout trempé.

Il est tard, mais il ne fait pas nuit noire. La lune est sortie, elle éclaire son beau visage. Il a les épaules baissées, il passe ses deux mains dans ses cheveux lorsque je finis par le rejoindre.

– On ne s'est pas suffisamment torturés comme ça aujourd'hui ? me demande-t-il d'une voix lasse.

Je pousse un gros soupir.

– Ça a été une journée plutôt bien remplie, hein ?

– Tu m'as ligoté à une chaise, chuchote-t-il.

– Tu l'avais bien mérité.

Nous restons silencieux un moment. J'enlève mes chaussures et je fais un pas en avant. Je me mets à hurler quand l'eau glacée me mouille les pieds. Reed se marre.

– C'est toujours aussi froid, l'Atlantique ?

– Ouais.

Je regarde l'eau et j'écoute le bruit des vagues qui viennent s'écraser sur le rivage. Puis je soupire, encore une fois.

– On ne peut pas continuer comme ça, Reed.

Il ne répond pas.

– Je suis sérieuse.

Je l'attrape par le bras et je le fais se retourner face à moi. Ses yeux bleus sont totalement inexpressifs, ce qui vaut mieux, je suppose, que ses habituels regards méprisants.

– Je ne veux plus me battre. Je suis fatiguée de lutter.

– Alors, va-t'en.

– Je l'ai déjà dit, je veux rester ici. Je veux aller à l'école et passer mon diplôme, et ensuite aller à la fac.

– Si tu le dis.

Je pousse un profond gémissement.

– Tu veux que je te dise autre chose ? Très bien, j'ai plein de trucs à te raconter. Je ne baise pas avec ton père, Reed. Et je ne le ferai jamais. Parce que primo, ça craint, et deuzio, ça craint. Il est mon tuteur, et j'apprécie tout ce qu'il a fait pour moi. Un point c'est tout. Ce sera toujours tout.

Reed enfonce ses mains dans ses poches et ne dit rien.

– Tout ce que nous avons fait aujourd'hui, Callum et moi sur le bateau, c'est de discuter. Il m'a parlé de mon père, et honnêtement, je ne sais toujours pas quoi penser de tout ça. Je n'ai jamais rencontré Steve, et d'après ce que j'ai appris sur lui, je ne sais pas si je l'aurais aimé. Mais je ne peux pas changer le fait que c'est mon père, ok ? Et tu ne peux pas me le reprocher en permanence. Je n'ai pas demandé à Steve de mettre ma mère enceinte, comme je n'ai pas demandé à ton père de faire irruption dans ma vie et de me ramener ici.

Il raille.

– Tu veux dire que tu préférerais continuer à te foutre à poil pour gagner du fric ?

– En ce moment précis ? Ouais, je lui réponds franchement. Au moins, je savais à quoi m'attendre. Je savais à qui je pouvais faire confiance et qui je devais fuir. Et tu peux dire ce que tu veux à propos du strip-tease, mais personne, jamais, ne m'a traitée de salope ou de pute pendant tout le temps où j'ai travaillé dans les clubs.

Reed lève les yeux au ciel.

– Parce que c'est une profession tellement respectable !

– C'est une façon de gagner sa vie, je rétorque. Et quand tu as quinze ans et que tu essaies de payer les médicaments de ta mère mourante, c'est un moyen de survivre. Tu ne me connais pas. Tu ne sais rien de moi, alors tu n'as pas le droit de me juger. Tu n'as pas le droit de raconter des horreurs sur quelque chose dont tu n'as pas la moindre idée.

Ses épaules se tendent à nouveau. Il avance encore d'un pas et éclabousse mes chevilles.

– Tu ne me connais pas, je répète.

Il me jette un regard noir.

– J'en sais bien assez.

– Je suis vierge, tu le savais, ça ?

Les mots sortent de ma bouche sans que je puisse les retenir, et la surprise le fait sursauter. Il se reprend très vite, et son visage prend une expression cynique.

– Bien sûr, Ella, tu es vierge !

– C'est la vérité.

La gêne me fait rougir, bien que je ne sache pas vraiment ce qui me gêne.

– Tu peux continuer à penser que je suis une putain, mais tu as tout faux. Ma mère est tombée malade lorsque j'avais quinze ans, bon sang, quand est-ce que j'aurais trouvé le temps de baiser à droite à gauche ?

Il rit méchamment.

– Le prochain truc que tu vas me dire, c'est que tu n'as jamais embrassé un mec, n'est-ce pas ?

– Non. J'ai fait… certains trucs. (Mes joues sont écarlates, à présent.) Mais pas le grand truc. Pas le truc dont tu m'accuses en permanence.

– C'est là que tu vas me demander de faire une femme de toi ?

Je tressaille devant l'insulte.

– Tu es une véritable ordure parfois, tu sais ça ?

Il se contente de faire la moue. Je chuchote :

– Je te raconte tout ça uniquement parce que je veux que tu réalises que tu es vraiment injuste. J'ai pigé, tu as des problèmes. Tu détestes ton père, et ta mère te manque, et tu aimes te battre juste pour le fun. Ça déconne sec dans ta tête, c'est évident. Je ne m'attends pas à ce que nous soyons amis, hein ? Je n'attends rien de toi, en réalité. Mais je veux que tu saches que j'en ai ma claque de ça… de cette querelle entre nous. Je suis désolée pour ce que j'ai fait tout à l'heure. Je suis désolée de t'avoir ligoté à cette chaise et de t'avoir fait croire qu'il y avait quelque chose entre Callum et moi. Mais, à partir de maintenant, j'arrête de me battre. Parle-moi comme tu veux, dis tout ce que tu veux à mon propos, continue à agir comme un salaud, je m'en fiche. J'arrête de jouer. C'est terminé.

Comme il reste silencieux, je sors de l'eau et je rentre à la maison. J'ai dit tout ce que j'avais à dire, et je pensais tout ce que j'ai dit. Avoir vu Reed démolir quelqu'un cette nuit a vraiment tout remis en perspective pour moi.

Les frères Royal sont encore plus largués que moi. Ils souffrent et ils tirent sur tout ce qui bouge, et la cible la plus évidente, c'est moi. Mais leur répondre ne fait qu'envenimer les choses. Ça ne fait qu'alimenter leur colère contre moi. Je refuse désormais de m'engager.

– Ella.

La voix de Reed m'arrête alors que j'atteins le deck supérieur.

Je m'arrête à côté de la piscine et je déglutis en lisant un semblant de remords dans ses yeux. Il me rejoint. D'une voix fêlée, il dit :

– Je…

Derrière nous, une autre voix nous fait sursauter.

– Qu'est-ce que vous faites dehors à cette heure-ci, les enfants ?

Je cache mon irritation quand Brooke apparaît aux portes du patio. Elle est en peignoir de soie blanche, ses cheveux blonds tombent sur une de ses épaules. Elle tient une bouteille de vin rouge dans la main droite.

Je remarque que Reed grimace au son de sa voix, mais quand il prend la parole, c'est sur un ton froid et indifférent.

– On est occupés. Va te coucher.

– Tu sais que je ne peux pas dormir si ton père n'est pas collé contre moi.

Brooke réussit à descendre les escaliers sans trébucher. Elle vient vers nous, et je soupire en découvrant son regard aviné. Callum est un pro de la cuite, mais c'est la première fois que je vois Brooke ivre.

– Où est Callum ?

Je tends une main vers elle pour la retenir.

– Il est allé au bureau, gémit-elle. Un dimanche soir. Il a dit qu'il avait une urgence.

Je ne peux m'empêcher de ressentir de la sympathie pour elle. Il est tellement évident que Callum n'est pas investi dans sa relation avec Brooke, et tout aussi évident qu'elle veut tellement qu'il l'aime. Je suis désolée pour elle.

– Je ne savais pas que baiser sa secrétaire était considéré comme une urgence, lance Reed sur un ton moqueur.

Les yeux de Brooke transpercent Reed. Je fais un pas vers lui pour le protéger.

– Laisse-moi te ramener à l'intérieur, je dis à Brooke. Dans le salon. Je vais aller te chercher une couverture et…

Elle se débat.

– C'est toi, maintenant, la maîtresse de maison ?

Sa voix monte dangereusement dans les aigus.

– Parce que tu es dingue si tu penses que tu représentes quoi que ce soit pour les Royal. Et toi (elle se tourne vers Reed avec une lueur mauvaise dans les yeux), tu as intérêt à arrêter de me parler sur ce ton.

La réplique que j'étais sûre d'entendre jaillir de la bouche de Reed ne sort pas. Je lui lance un regard interrogatif, mais c'est terminé. Son expression est fermée, presque absente.

– Un jour, je vais devenir ta mère. Tu devrais apprendre à être plus gentil avec moi.

Brooke s'avance en titubant vers lui et passe une main manucurée sur sa joue. Il repousse la main de Brooke.

– Je serai mort avant.

Il passe devant elle et part en direction des baies vitrées. Je lui cours après en abandonnant la petite amie de Callum dans le patio.

Cette fois, c'est moi qui l'appelle.

– Reed.

Il s'arrête devant les escaliers, dans la cuisine.

– Quoi ?

– Qu'est-ce… qu'est-ce que tu allais dire avant que Brooke nous interrompe ?

Il se retourne. Ses yeux bleus me dévisagent méchamment.

– Rien, murmure-t-il. Absolument rien.

Derrière moi, j'entends un gros bruit. Je n'ai envie que d'une chose, c'est de courir après Reed, mais je ne peux pas laisser Brooke toute seule, complètement saoule au bord de la piscine.

Je cours vers elle et je la trouve en train de tituber dangereusement tout près du bord.

– Viens, Brooke.

Je l'attrape par le bras. Cette fois, elle me suit docilement et appuie son corps frêle contre le mien.

– Ils sont tous horribles, gémit-elle. Ne t'approche pas d'eux, il faut que tu te protèges.

– Ça va aller. Tu veux monter ou tu préfères rester dans le salon ?

Brooke frissonne.

– Avec le fantôme de Maria qui m'observe ? Elle est là. Elle est tout le temps là. Lorsque je serai la patronne, on déménagera. On rasera cette maison et on éradiquera définitivement Maria.

Ça me paraît assez peu probable. Je l'entraîne, moitié en la portant, moitié en la tirant dans le salon où, ouais, il y a un portrait de Maria au-dessus de la cheminée. Brooke fait un signe de croix avec ses doigts lorsque nous passons devant.

Je me retiens de rire devant le ridicule de la chose. Le salon est en fait une pièce longue qui court le long de l'avant de la maison. Il y a deux coins salon distincts. Je pousse Brooke jusqu'au second, le plus proche de la fenêtre et le plus loin du portrait de Maria.

Elle se jette avec reconnaissance dans le canapé, replie ses genoux et glisse ses mains sous sa joue. Ses larmes ont fait couler son maquillage. Elle ressemble à une poupée tragique, on dirait une de ces strip-teaseuses, tellement sûre que le type friqué qui lui a donné un pourboire de cent dollars va revenir et va l'enlever. Bien entendu, il ne le fait jamais. Il se sert d'elle, c'est tout.

– Brooke, si ça te fait tellement souffrir d'être avec Callum, pourquoi restes-tu ?

– Tu crois vraiment qu'il existe quelque part des hommes qui ne te feront pas souffrir ? C'est ça que font les hommes, Ella. Ils te font souffrir.

Elle sort sa main et m'agrippe le poignet.

– Tu devrais partir d'ici. Ces Royal vont te détruire.

– Peut-être que je veux être détruite, dis-je légèrement.

Elle me laisse partir en ôtant sa main, puis se pelotonne sur elle-même.

– Personne ne veut être détruit. Nous voulons tous être sauvés.

– Il doit quand même y avoir un type bien quelque part.

Ça la fait rire. Hystériquement. Elle n'arrive plus à s'arrêter. Je la laisse, je monte les marches avec le son de son rire qui me titille le dos. Le rire de cette femme qui ne croit pas possible de trouver un homme qui ne la fasse pas souffrir.

Pourquoi est-ce que sa conviction me fait l'effet d'un poignard planté dans mon dos, je l'ignore.

Chapitre 21

Le lendemain matin, Reed ne me dépose pas au boulot. Quand je quitte la maison, il est déjà parti à son entraînement de football, ce qui n'étonne pas.

Je suis pratiquement sûre que la nuit dernière, il ne s'attendait pas à une offre de trêve. Il doit probablement être en route pour l'école à présent et il doit se creuser la tête pour savoir si ma proposition était sincère ou si c'était juste une nouvelle ruse.

Ça n'en était pas une. Je m'en tiens à la décision que j'ai prise hier. J'arrête de faire chier les Royal.

Je prends le bus et je travaille aux côtés de Lucy pendant trois heures. Ensuite, je vais à pied à l'école, je cours enfiler mon uniforme aux toilettes.

Quand je sors des toilettes, je tombe sur la fille avec laquelle Easton était censé sortir avant. Claire, je crois. En me voyant, elle pince les lèvres. Et elle me passe devant en sifflant une insulte entre ses dents.

Salope !

Ces trois syllabes me font l'effet d'un coup de poing dans le ventre. J'hésite, je me demande si j'ai bien entendu, mais lorsque je traverse le hall, toutes les premières années me jettent des regards noirs. Des garçons, je reçois des sourires et des petits rictus narquois. Il est tout à fait évident, que pour une raison ou une autre, je suis le sujet brûlant du moment.

Ce n'est que quand Valérie me retrouve devant mon casier que je suis mise au courant.

– Pourquoi est-ce que tu es sortie avec Easton Royal ? me demande-t-elle d'une voix étouffée.

Mon livre de calcul manque me tomber des mains. Attendez, c'est à propos d'Easton ? Mais nous étions dans ma chambre quand nous nous sommes embrassés, et Reed n'a sûrement pas bavé. Alors, pourquoi est-ce que tout le monde est au courant ? Le club. Merde. Le souvenir jaillit de ma mémoire lorsque Valérie se met à rire.

– Tu sais, j'aurais dû te surveiller de plus près cette nuit, me taquine-t-elle. Mais on n'a même pas bu ! Ce qui signifie que tu as fait ça avec lui en étant sobre ! Dois-je programmer une intervention ?

Je soupire.

– Peut-être.

Les filles que Val m'avait présentées à la soirée, celles qu'elle appelle les Pastels passent devant nous. Toutes les trois me dévisagent en chuchotant entre elles.

– C'était stupide de ma part. Je n'ai pas vraiment réfléchi.

Non, je ne pensais qu'à une seule chose, à Reed, et à la façon dont il me dévisageait quand j'étais dans la cage.

– Alors, tout le monde est au courant ?

Elle sourit.

– Oh, ils le savent. Tout le monde ne parle que de ça ce matin, et la première cloche n'a même pas encore sonné. Claire est furax.

J'imagine. Et si Claire est en colère, je me doute de ce que Jordan va dire de tout ça. Une pauvre fille comme moi, qui pose ses sales mains sur un membre de sa précieuse famille Royal ? Ça doit la rendre dingue.

– Et toi ? Tu es furax ? je demande à la seule personne dont l'opinion compte pour moi.

Valérie pouffe de rire.

– Parce que tu as fourré ta langue dans la bouche d'Easton ? Qu'est-ce que j'en ai à faire !

C'est la réponse que j'espérais, et je m'y accroche lorsque nous nous séparons dans le couloir pour nous rendre à nos cours du matin. Aucune importance que tout le monde murmure sur mon passage, ou que les nanas me jettent des regards assassins quand je rentre dans la salle de classe. L'avis de Valérie est le seul qui compte pour moi.

Cela dit, à l'heure du déjeuner, je ne suis pas loin de m'arracher les cheveux. Chaque fille qui me croise semble prête à me trucider. Easton aggrave encore les choses en faisant un détour pour venir me dire bonjour devant mon casier en me serrant longuement dans ses bras. Il feint de ne pas remarquer que tout le monde nous dévisage, mais moi j'en suis parfaitement consciente, et c'est insoutenable.

– Tu es Ella, n'est-ce pas ?

Je viens de ranger mes manuels dans mon casier quand un type aux cheveux blonds hérissés s'approche, en polo de rugby rayé.

La question est ridicule, il sait parfaitement bien qui je suis. J'imagine que tous ces mômes sont ensemble en classe depuis le jardin d'enfants, et tout le monde sait parfaitement qui est la « nouvelle » Royal à la prépa d'Astor Park.

– Ouais, je réponds d'un air indifférent. Et tu es ?

– Daniel Delacorte.

Il me tend la main, puis la baisse maladroitement quand je ne la serre pas.

– Je voulais me présenter depuis un moment, mais…

Il hausse les épaules.

– C'était interdit par Reed ?

Il acquiesce timidement.

Seigneur, tous ces gens le craignent vraiment.

– Alors, pourquoi est-ce que tu te présentes maintenant ?

Je récolte un nouveau haussement d'épaules.

– Deux de mes copains étaient au club samedi soir. Ils disent qu'ils t'ont vue avec Easton.

– Et ?

J'attends une insulte quelconque, mais ça ne vient pas.

Je le toise.

– Comment ? Tu ne vas pas me traiter de pute parce que je suis sortie avec Easton au club ?

Il sourit avec humour.

– Si je devais traiter de putes toutes les filles qui sont sorties avec Easton, il ne resterait plus personne dans cette école.

Je ne peux m'empêcher d'éclater de rire.

– Je suis sérieux, insiste Daniel. Les flirts alcoolisés avec Easton sont un véritable rite de passage à Astor Park.

– Tu parles d'expérience ? je lui demande poliment.

Il esquisse un sourire. Ce garçon est mignon, je lui reconnais ça.

– Heureusement, non. En fait, je voulais te demander si tu voulais dîner avec moi un de ces jours.

Une vague de soupçon me traverse, et Daniel doit s'en rendre compte, parce qu'il ajoute :

– Je ne te demande pas de sortir avec moi. On pourrait faire ça entre copains, si tu préfères. Je veux simplement connaître la fille qui a réussi à faire tourner la tête à toute la famille Royal.

J'hésite encore, alors il pousse un grand soupir.

– Je peux voir ton téléphone ?

Sans savoir pourquoi, je sors mon téléphone de ma poche arrière et je lui passe.

Ses doigts effleurent rapidement l'écran tactile.

– Voilà. Tu as mon numéro maintenant. Alors, qu'en dis-tu ? Réfléchis et si tu décides de dîner avec moi, envoie-moi un texto.

– Hum. Ok. Bien sûr.

Daniel sourit à nouveau et me fait un petit signe avant de mettre les bouts.

Je le regarde partir, les yeux rivés sur son joli cul. Il a le corps d'un athlète, et je me demande subitement s'il fait partie de l'équipe de football. J'espère que non, parce que sans ça, Reed apprendra sûrement que Daniel m'a proposé de sortir avec lui pendant l'entraînement de l'après-midi.

Mais j'ai sous-estimé le bouche-à-oreille de cette école. Seulement cinq minutes plus tard, tout le monde est courant de la proposition de Daniel.

Je suis à deux pas de la cafétéria quand je reçois un message de Valérie.

– Daniel t'a invitée à sortir avec lui ?

Je réponds :

– Ouais.

– Tu as accepté ?

– J'ai dit que j'allais y réfléchir.

– Ne réfléchis pas trop. C'est un des plus sympas.

Un autre texto arrive peu après.

– C'est le capitaine de l'équipe de lacrosse[13].

Elle rajoute ça, comme si cela faisait une différence.

En haussant les yeux au ciel, je rentre dans la cafétéria et repère immédiatement Val à notre table habituelle, dans le coin. Elle sourit en me voyant, repose son téléphone et dit :

– Ok. Raconte-moi tout. Il a mis un genou à terre. Il t'a offert des fleurs ?

Pendant une heure, elle me bombarde de questions à propos d'un type à qui je n'ai parlé que deux minutes.

13. Sport collectif d'origine amérindienne.

Mais franchement, ça me change agréablement du festival de messes basses de la matinée, et ça me permet de ne plus être obsédée par ce que dira Reed quand il l'apprendra.

Chapitre 22

Je ne vois pas Reed avant la fin des cours, et quand je le rencontre, il n'est pas en train de courir pour me demander d'éviter Daniel. Au lieu de ça, il est penché à la portière côté conducteur, il bavarde avec Abby. Et la douce blonde s'appuie à la Rover de Reed, une main sur la hanche. Cette scène me donne envie de vomir.

– Ils ont l'air bien ensemble.

Je me retourne pour découvrir Savannah à côté de moi. Nous ne nous sommes pas reparlé depuis le jour où elle m'a fait visiter le campus, du coup je suis surprise de la voir.

– J'imagine.

– J'ai entendu dire que Daniel Delacorte t'avait invitée à sortir avec lui aujourd'hui.

Elle passe sa main dans ses cheveux raides.

– Apparemment, c'est le jour des ragots, j'ironise, mais oui.

– N'y va pas, lance-t-elle brusquement. Sans ça, tu vas le regretter.

Après avoir lancé cette bombe, elle grimpe sur le trottoir et court jusqu'à sa voiture, en me laissant bouche bée et bien embarrassée.

Avant que je puisse comprendre le sens de son avertissement, un cabriolet de sport décapotable passe dans mon champ de vision. Daniel me sourit depuis le siège du conducteur.

– Chouette voiture.

Je regarde l'intérieur. C'est noir et plein de cadrans lumineux.

– Quel engin !

– Merci. C'est un cadeau de mes parents pour mes seize ans. J'étais un peu inquiet quand j'ai appris qu'elle avait quatre cents chevaux. Je me suis demandé si mon père trouvait que j'avais besoin de compenser quelque chose.

Je souris. Le fait qu'il puisse se moquer de lui me le rend sympathique.

– Et c'est le cas ?

– Ella, il claque de la langue en plaisantant, tu es censée me rassurer sur le fait que je n'ai rien à craindre côté attributs masculins.

– Et comment je le saurais ? je le taquine.

Il se penche sur le tableau de bord et me fait signe de m'approcher.

– Je vais te dire un secret. Nous, les hommes, avons des ego très fragiles. Il vaut toujours mieux nous faire des compliments pour que nous ne nous transformions pas en psychopathes.

– Tu n'as rien à craindre côté attributs masculins, je réponds docilement.

– Voilà, ça, c'est une gentille fille. (Il hoche la tête en signe d'approbation.) Je te dépose chez toi ?

Je me relève et je cherche des yeux Easton, les jumeaux ou même Durand, mais les Royal ne sont pas là, à l'exception de Reed qui ne me voit pas. Il reporte toute son attention sur son angélique copine, celle qui lui rappelle sa mère.

Daniel suit mon regard.

– Abby et Reed, s'amuse-t-il, voilà un couple fait l'un pour l'autre.

– Pourquoi tu dis ça ?

J'ai l'air embêtée, et je le suis, mais je regrette de ne pas l'avoir mieux dissimulé.

– Reed est difficile, pas comme Easton. Je ne l'ai vu qu'avec une seule fille ces deux dernières années. Je crois que c'est elle qu'il lui faut.

– Alors, pourquoi ils ne sont pas ensemble ?

Nous regardons tous les deux Reed approcher sa tête de celle d'Abby, comme s'il allait l'embrasser.

– Qui t'a dit qu'ils ne l'étaient pas ?

Les observations de Daniel ne sont pas réfléchies, il ne cherche pas à me blesser, mais la douleur diffuse en moi.

– Tu as eu le temps de réfléchir à ma proposition ?

Mes yeux quittent Reed pour se poser sur Daniel. Daniel est le stéréotype du garçon riche. Un peu comme j'imaginais les Royal : les cheveux blonds, les yeux bleus et un visage qui pourrait orner les murs des musées de Grande-Bretagne. Les Royal ont l'air de voyous en comparaison de son style élégant décontracté. N'importe quelle fille serait folle de joie que Daniel lui demande de sortir avec lui. Que je ne ressente pas la moindre excitation pour lui prouve que j'ai un vrai problème.

– Je suis un peu larguée en ce moment, je le préviens. Il y a sûrement de bien meilleurs poissons pour faire un court-bouillon.

Il m'étudie pendant un moment en souriant.

– Je n'arrive pas à savoir si tu essaies de me laisser tomber gentiment ou si tu n'as pas assez confiance en toi. Dans tous les cas, je n'abandonnerai pas.

Je suis sauvée quand un coup de klaxon retentit derrière nous. En nous retournant, nous nous rendons compte que Reed a manœuvré afin de rapprocher sa Rover tellement près que les ailes des deux voitures se touchent presque. La juxtaposition des deux véhicules est presque risible, avec la Rover qui domine la petite décapotable à deux places. On dirait qu'elle piaffe d'envie de rouler sur la voiture de Daniel.

Daniel se renfonce dans le siège du conducteur et met le moteur en marche. Avec un regard assez narquois, il salue Reed de la tête.

– Si quelqu'un surcompense, je crois que ce n'est pas moi.

Sur ce, il démarre et laisse la place que Reed occupe très vite. Daniel a tort. Reed n'a aucun besoin de surcompenser. Son SUV surdimensionné lui correspond parfaitement.

– Tu vas sortir avec lui ? me demande Reed au moment où je referme la portière passager.

– Daniel ?

– Un autre mec t'a fait une proposition ?

J'aurais bien aimé qu'il ne porte pas de lunettes de soleil. Je ne peux pas voir ses yeux. Est-il en colère. Frustré ? Content ?

– Non, juste Daniel. Et j'y réfléchis. (Je cherche son regard.) Il y a des raisons de ne pas le faire ?

Un muscle de sa mâchoire tressaute. S'il entrouvre la moindre porte, je saisirai l'occasion.

Allez, Reed. Allez.

Il me jette un coup d'œil rapide avant de se tourner vers la route.

– Je crois qu'on a parlé d'une trêve la nuit dernière, pas vrai ?

J'aimerais que ce soit plus qu'une trêve, et cette pensée me surprend. Un cessez-le-feu est une chose, mais admettre que je veux agir sur notre attraction mutuelle ? Ça me semble être une erreur dangereuse.

– Ouais, un truc dans le genre, je murmure.

– Alors, je serais un con si je te disais de ne pas sortir avec lui.

Non, je pense, *tu me dirais juste que tu tiens à moi.*

– Je ne crois pas que tenir compte du bien-être de l'autre viole notre trêve, dis-je.

Reed hausse les épaules.

– Si tu me demandes s'il va te faire du mal, je te répondrai que non. On ne l'a jamais entendu se vanter dans les vestiaires des filles d'avec lesquelles il sortait ? Je crois que tout le monde le considère comme un type bien. Il fait partie de l'équipe de lacrosse. Ces mecs ont tendance à rester entre eux, alors je ne le connais pas vraiment bien, mais suffisamment, je suppose. Si j'avais une sœur, ça ne me poserait pas de problème qu'elle sorte avec lui.

Ce n'était pas ça ma question ! je hurle mentalement. À voix haute, je l'aborde autrement.

– Est-ce que toi et Abby vous vous remettez ensemble ?

– Nous n'avons jamais été ensemble, répond-il abruptement.

– Vous aviez l'air de bien vous entendre, là. Daniel dit que vous êtes faits l'un pour l'autre.

– Ah bon ? répond Reed sur un ton amusé. Je ne savais pas que Daniel était concerné par ma vie amoureuse.

– Alors, Abby fait partie de ta vie amoureuse ?

Je lui donne le bâton pour me faire battre avec toutes mes questions.

– Qu'est-ce que tu me demandes, exactement ?

Il tourne à droite, et du coup je ne peux pas voir son visage. Trop embarrassée pour aborder le sujet, je me renfonce dans mon siège :

– Rien du tout.

L'instant d'après, Reed soupire.

– Écoute, je vais partir à la fac l'année prochaine. Et contrairement à Gideon, je ne vais pas revenir les week-ends. J'ai besoin de passer du temps loin de cette ville. De cette famille. Abby et moi on a eu du bon temps, c'est vrai, mais elle ne fait pas partie de mon avenir et je ne vais pas la baisouiller, ni personne d'autre d'ailleurs, juste pour me vider les couilles.

Et voilà, j'ai ma réponse. Même s'il est attiré par moi, bien que j'aie remarqué qu'il a pris soin de ne pas le dire, il ne va rien faire. Il va partir le plus vite possible. Je devrais admirer cette sorte d'honnêteté, mais je n'y arrive pas. Une partie idiote en moi aimerait qu'il me dise que s'il me désire suffisamment, aucun principe ne pourra l'empêcher de m'avoir. Mon Dieu, je ne suis qu'une pauvre petite chose.

Je me détourne pour regarder la ville qui défile devant mes yeux pendant que Reed nous ramène à la maison.

Finalement, fatiguée de me taire, je lui demande à brûle-pourpoint,

– Pourquoi est-ce que tu te bats ? Pour l'argent ?

Il laisse échapper un cinglant éclat de rire.

– Seigneur, non, je me bats parce que, comme ça, je me sens bien.

– Parce que tu t'interdis de faire l'amour avec Abby ? Du coup, tu dois sortir et dégommer quelques types pour te débarrasser de ce qui t'encombre intérieurement ?

Ces paroles m'ont échappé…

Reed s'arrête. Il semble surpris que nous soyons déjà arrivés à la maison. Il retire ses lunettes de soleil et me regarde droit dans les yeux.

Ma gorge devient toute sèche.

– Qu'est-ce qu'il y a ?

Il se penche et caresse mes cheveux. Ses pouces sont à des centimètres de ma poitrine et je prends sur moi pour ne pas me rapprocher encore plus de lui.

– Tu crois vraiment que c'est Abby qui me garde éveillé toute la nuit ?

– Je n'en sais rien. J'hésite. Je n'ai pas envie que ce soit ça.

Je retiens ma respiration. J'attends qu'il me réponde, mais il se contente de lâcher mes cheveux et d'attraper la poignée de la porte.

Sans se retourner, il lance :

– Daniel est un mec bien. Peut-être que tu devrais lui donner sa chance.

Je reste assise dans la voiture après son départ pour retrouver la maîtrise de moi. Aucun de nous n'a été vraiment explicite, mais je sais que c'est dans l'air à présent. Je lui ai montré mes sentiments, et il m'a dit de les garder pour moi. Il l'a fait délicatement, mais le couteau le plus propre peut tout de même provoquer une blessure douloureuse.

Lorsque j'entre dans la maison, Brooke est installée à la piscine. Elle semble s'être remise de sa beuverie de la nuit dernière. Elle parle avec Reed. Debout devant sa chaise longue, il est raide comme la justice. Elle caresse son mollet nu. Je l'ai déjà vue faire avec Gideon, et je me demande pourquoi les garçons acceptent ça. Je sais qu'ils ne peuvent pas l'encadrer. S'il est une chose que Callum pourrait faire pour améliorer sa relation avec ses fils, c'est de la foutre dehors.

Seule et irritée, je pars à la recherche d'Easton. Il est vautré sur son lit, en train de regarder une émission dans laquelle ils démontent une voiture, puis la remontent pour qu'elle ressemble à un véhicule de dessin animé. Il sourit quand il m'aperçoit.

– Alors comme ça, nous faisons une trêve, hein ?

– Est-ce que ce mot existe vraiment ? je lui demande en entrant dans la pièce.

– Ça sonne comme un mot, alors ça doit en être un.

– Conmerdeur, ça sonne aussi comme un vrai mot, mais je te parie que tu ne le trouveras pas dans le dictionnaire.

– Tu me traites de conmerdeur ?

– Naan, tu es juste un sale con.

– Wouah, merci petite sœur.

– Tu sais qu'on a le même âge, n'est-ce pas ?

Je hausse les yeux au ciel et je grimpe sur le lit à côté de lui. Easton se pousse pour me faire de la place.

– Depuis toujours, je suis plus vieux et plus sage que mon âge.

– Ah, ah. Bien sûr.

– Sérieusement. Reed dit qu'on est tous potes à présent. C'est pour de vrai, ou bien tu joues encore à un nouveau jeu ?

Je bougonne :

– D'abord, je n'ai jamais joué à aucun jeu. Et ouais, je pense que c'est pour de bon.

Il a l'air plus soulagé que ce que j'aurais imaginé.

– Cela dit, je voulais te poser une question. Qu'est-ce que tu penses de Daniel Delacorte ?

– Pourquoi tu veux le savoir ?

– Il m'a demandé de sortir avec lui après avoir entendu dire que tu m'avais embrassée. Apparemment, c'était une sorte de baiser d'adoubement.

Easton remue son sourcil d'une façon comique.

– Je suis un magicien, tu vois ?

– Tu es surtout impossible.

Je lui jette un oreiller à la tête, qu'il rattrape et glisse sous sa poitrine.

– Pourquoi tu m'as embrassée ?

– J'étais excité. Tu étais là. J'ai eu envie de t'embrasser.

Il hausse les épaules et se tourne à nouveau vers la télévision.

Je le sentais bien. J'en avais envie. Tout est si simple pour Easton. Il est dirigé par des pulsions primaires. Manger, boire, embrasser, recommencer.

– Et toi, pourquoi tu m'as embrassé ?

Mes raisons me semblent plus compliquées. Je voulais rendre Reed jaloux. Je voulais me prouver et prouver à tous les gens dans ce club que j'étais désirable. Je voulais un contact tendre et affectueux de la part de quelqu'un, n'importe qui. Finalement, mes raisons ne sont pas si différentes de celles d'Easton.

– J'en avais envie.

– Tu veux un deuxième tour de manège ? me propose-t-il en tapotant sa joue.

En riant, je secoue la tête.

– Pourquoi ça ?

Il reste imperturbable devant mon refus.

– Parce que, parce que, c'est tout.

Je détourne les yeux.

– Non, non, tu ne vas pas t'en sortir comme ça. Je veux que tu le dises. Que tu dises à ton grand frère que tu en pinces pour ton autre grand frère.

Je lui mens.

– Tu t'imagines des trucs. Je n'en pince pas pour Reed.

– Conneries.

– Non, j'insiste, mais Easton voit clair en moi.

– Merde, Ella, j'ai besoin d'un écran chaque fois que vous êtes à moins d'un mètre cinquante l'un de l'autre.

Il sourit, mais redevient sérieux presque immédiatement.

– Écoute, je t'aime bien. Je ne pensais pas que ça serait possible, mais c'est le cas, et comme je t'aime bien, j'éprouve le besoin de te prévenir que nous débloquons tous complètement, nous les Royal. On est des affaires au pieu, mais en dehors ? Nous sommes comme un ouragan force quatre.

– Et Daniel ?

– C'est un type bien. Ce n'est pas une ordure comme moi. Tous les gars de l'équipe de lacrosse l'apprécient. Son père est juge.

– Il y a des rumeurs le concernant ?

– Pas que je sache. Tu prévois de te le faire ?

– Savannah a dit…

– N'écoute pas un mot de ce qu'elle peut te dire, m'interrompt Easton.

Je lui jette un regard suspicieux.

– Pourquoi ?

– Elle et Gid sont sortis ensemble l'année dernière.

Je suis bouche bée. Sérieusement ? Savannah et Gideon ? Je me rappelle notre tour du campus, son explication très directe de la façon dont les Royal contrôlaient l'école, mais je ne me rappelle pas qu'elle ait montré la moindre émotion en en parlant. Sauf que… elle l'avait dévisagé pendant la soirée de Jordan. Elle l'avait regardé méchamment, comme si elle tentait de l'effacer mentalement.

– Savannah était une collégienne un peu gauche, poursuit Easton. Appareil dentaire. Coiffure assez bizarre. Je ne sais pas ce qu'elle faisait à ses cheveux. Peut-être une coupe différente, je ne sais pas. Quoi qu'il en soit, quand elle est arrivée en seconde, elle avait complètement changé. Gid lui a jeté un regard et se l'est mise dans la poche. Mais à peu près, au moment de la mort d'oncle Steve, les choses ont changé. Il l'a laissée tomber d'un seul coup, et depuis elle est complètement aigrie.

– Dingue, je siffle. Savannah et Gideon ! Je n'arrive vraiment pas les imaginer en couple.

– Je te l'ai dit. Ouragan force quatre.

Il fait le geste d'écraser quelque chose avec son poing, puis soupire et se retourne vers la télé.

Chapitre 23

Le lendemain matin, Daniel m'attend devant mon casier. Bien que Reed et Easton m'aient tous les deux donné leur approbation, je suis toujours partagée au sujet de Daniel. Mais il faut que je me sorte Reed de la tête. Ça au moins, c'est clair.

Daniel a à peine le temps de me dire bonjour que j'énonce la loi.

– Il faut que je te dise franchement que je suis tout sauf sûre de moi, je lui explique maladroitement. En ce moment, je vis des changements énormes dans ma vie, et je ne peux rien entreprendre de sérieux.

– Je comprends, promet-il. (Il se penche et dépose un baiser très tendre sur ma joue.) Tu es adorable. Je peux attendre.

– Je suis adorable ? Personne d'autre que ma mère ne m'a jamais dit ça.

Je pense que je l'aime bien, en fait.

Chaque jour, Daniel me retrouve devant mon casier, me raconte un truc marrant puis me quitte en m'embrassant sur la joue. Easton se moque de moi le soir, mais chaque fois que je regarde Reed en espérant une réponse, il reste impénétrable. Je n'ai pas la moindre idée de ce qu'il ressent à propos de toute l'attention que me porte Daniel, mais au moins, notre trêve court toujours. Même Callum a remarqué la différence au manoir Royal. Quand il est passé devant ma chambre l'autre soir et qu'il nous a vus, Easton et moi, regarder la télé ensemble, je vous jure que sa mâchoire a failli se décrocher.

Le vendredi, j'apporte à Daniel un beignet aux pommes, parce qu'il m'a dit que c'était sa pâtisserie préférée. Et, cette fois, il m'embrasse sur les lèvres. C'est doux et sec mais, étrangement, pas désagréable du tout.

Un gros bruit au bout du hall m'effraie et je sursaute, manquant faire tomber son cadeau.

Daniel m'arrache la pâtisserie des mains.

– Hé, doucement ! il ne faut pas gâcher la nourriture. C'est une grave violation de la Convention de Genève. Je vais devoir te coffrer pour te châtier.

Ses yeux pétillent.

– Est-ce que tu essaies de sortir avec moi parce que j'ai accès à des pâtisseries ? je lui demande en faisant semblant d'être suspicieuse.

– Oh. (Il pose sa main sur sa poitrine.) Je suis découvert. Est-ce que je vais avoir des problèmes ?

Ses singeries me tirent un sourire.

– Ohh, je t'ai fait sourire, et c'est mauvais signe parce que, ma belle, ce sourire est un assassin. Je crois que mon cœur s'est arrêté net. (Il se frappe la poitrine.) Écoute.

Daniel est si ouvertement ringard et tellement joyeux que je décide de jouer le jeu. Je pose ma tête contre sa poitrine et j'écoute les battements réguliers de son cœur.

À côté de moi, j'entends quelqu'un qui bâille bruyamment. C'est Easton qui colle son doigt en bas de sa gorge. Il nous fait les gros yeux et poursuit son chemin. À côté de lui, Reed ne lève pas la tête. Il est tellement sexy avec sa chemise d'uniforme qui pend hors de son pantalon que je dois faire un effort pour regarder ailleurs.

Daniel se marre.

– Alors, tu viens au match ce soir ?

– Je pense.

Je m'interdis de me retourner pour regarder ce que fait Reed.

– Mais je n'arriverai sans doute pas avant la deuxième mi-temps. Je bosse jusqu'à dix-neuf heures le vendredi.

– Et pour la fête d'après-match ?

– J'y vais avec Easton.

Hier soir, nous sommes tombés d'accord, c'est lui qui m'emmène à la fête d'après-match. Val reste chez elle, elle a rendez-vous sur Skype avec Tam. Ce qui craint, parce que je m'amuse beaucoup plus quand elle est dans les parages.

Pendant toute notre discussion à Easton et moi, à propos du match et de quelle voiture nous allons prendre pour aller à la fête, Reed est resté planté là, sans bouger. Il était muet comme une tombe, et j'ai eu bien envie de de le secouer pour qu'il me dise quelque chose. Mais ça romprait sûrement la trêve.

Je n'arrive pas à me décider. Est-ce que je préfère la maison Royal calme avec un Reed sans voix, ou celle où il me hurle de foutre le camp en me menaçant avec sa queue ?

– Pigé. On peut se retrouver là-bas, non ?

– D'accord.

Il me lance un de ses sourires à un million de dollars, et je me demande pourquoi je ne lui dis pas oui, tout simplement.

La fête se déroule dans l'hôtel particulier d'un des joueurs de lacrosse. Je ne le connais pas. C'est un dernière année, comme Reed, et apparemment un véritable geek en sciences. Lui et un autre type de la section scientifique sont en train de préparer des cocktails qu'ils servent ensuite dans des béchers en verre. Ils se donnent à fond, ils ont même enfilé des blouses blanches de laboratoire qu'ils portent grandes ouvertes pour montrer leurs abdos, ce qui annihile définitivement le stéréotype du fort en thème binoclard.

Je choisis un daïquiri-fraise, bien que le barman tente de me refiler un truc vert à l'aspect bizarre.

Easton refuse le tout.

– Moi je carbure à la bière, déclare-t-il. Tout le houblon dans mon corps va réagir si j'ingère un truc sucré.

Une fois que j'ai pris mon bécher, Easton m'entraîne plus loin pour me mettre en garde.

– Ce truc peut être hyper-fort, vas-y mollo ce soir.

J'en prends une gorgée.

– Ça ressemble à un smoothie.

– Exactement. Ces types sont passés maîtres dans l'art de saouler à mort tout le monde, sans que personne ne s'en rende compte.

– Ok. Je m'en tiendrai à un verre, c'est tout.

Ça me touche qu'Easton s'inquiète pour moi. Personne ne l'a jamais fait. Je balaie la pièce du regard à la recherche de Reed, mais je ne le vois nulle part. C'est pathétique.

Je demande à Easton :

– Reed vient ce soir ?

– Je ne sais pas. Probablement que oui. Je l'ai vu avec Abby à la fin du match.

En réponse, je siffle la moitié du bécher d'un seul coup. Easton cherche mes yeux.

– Ça va aller ?

– Je mens : je suis au top.

– Si tu as besoin de quoi que ce soit, je ne suis qu'à un coup de fil de distance, dit-il en me montrant son mobile. Mais pour le moment, il faut que j'aille m'envoyer en l'air, petite sœur.

Il me claque une bise sur la joue et part en direction de la piscine.

Daniel apparaît à l'instant où Easton s'en va. Ses yeux brillent d'espièglerie.

– Mon Dieu, je pensais que ton chaperon n'allait jamais te lâcher. Viens, je vais te présenter aux autres.

Il passe un bras autour de mon épaule et m'entraîne de groupe en groupe. Des mômes qui, à l'école, ne m'auraient même pas donné l'heure me saluent subitement, me sourient, me font la conversation, et nous parlons du match que notre équipe a gagné ce soir. De l'équipe adverse de la semaine prochaine, que nous allons écraser. De l'espèce de Hobbit que nous avons en chimie et que tout le monde déteste et du prof d'art qu'on adore tous.

Cette expérience est quasi féerique. J'ignore si c'est parce que Daniel est là, ou que l'annonce de la trêve avec les Royal a peu à peu atteint le petit peuple, mais tout le monde est sympa. Leurs sourires sont francs et les éclats de rire contagieux.

– Tu t'amuses bien ? murmure Daniel à mon oreille.

Je me penche vers lui.

– Oui, vraiment, dis-je, surprise.

Reed est dehors, quelque part, et cette fois, c'est lui et Abby qui s'agitent dans son Range Rover, pas Wade que je viens de voir à l'intérieur avec une fille sur les genoux. Bon et alors ? C'est bien que Daniel soit là, avec son bras solide passé autour de mes épaules et son corps tiède contre le mien. Une étrange mollesse m'envahit. L'alcool détruit mes défenses, comme me l'avait dit Easton, et un signal d'alarme s'allume quelque part dans ma nuque.

– Laisse-moi t'offrir un deuxième verre, propose Daniel.

– Je pense…

Je lève les yeux vers lui, sans bien savoir ce que je pense.

– Elle a besoin d'aller aux toilettes.

Je fronce le nez devant cette intruse. C'est Savannah Montgomery. Qu'est-ce qu'elle fait ici ? Avant que je puisse protester, elle me traîne dans la salle de bains la plus proche et ferme la porte.

– Mais qu'est-ce qui se passe, bordel ?

Elle se tourne d'un air hésitant, avant de se lancer carrément :

– Je ne t'aime pas beaucoup…

– Sans blague. Merci.

– Mais je ne laisserais même pas ma pire ennemie se faire baiser par Daniel.

Je redouble de confusion.

– Qu'est-ce qui ne va pas avec Daniel ? Reed et Easton m'ont dit que c'était un type bien…

Elle me coupe.

– Tu veux un conseil ? Ne prends jamais pour argent comptant ce que te dit un membre de la famille Royal.

Cette aigreur dont m'a parlé Easton est à présent douloureusement évidente. Elle est visible dans sa mâchoire crispée, dans sa diction hachée.

– J'ai bien compris que tu ne les aimes pas, dis-je doucement. On m'a dit pour toi et Gideon…

Elle m'interrompt à nouveau, ses yeux verts sont remplis de dédain.

– Tu sais quoi ? J'ai changé d'avis. Toi et Daniel vous allez parfaitement bien ensemble. Passe un bon moment, Ella.

Sur ce, Savannah me jette une serviette humide qui m'atteint au visage et trempe le devant de mon tee-shirt. Déconcertée, je ramasse la serviette et je tire sur le tissu mouillé. Mais qu'est-ce qui vient de m'arriver, bordel ?

Daniel m'attend à l'extérieur de la salle de bains, une expression inquiète sur le visage.

– Qu'est-ce qui ne va pas ? Tu t'es fritée avec Savannah ?

– Pas vraiment. Je ne comprends pas ce qui s'est passé, si ce n'est qu'elle était en pétard et qu'elle m'a trempé mon tee-shirt.

Je lui montre le tee-shirt d'Astor Park que j'ai emprunté à un des jumeaux et dont j'avais resserré le dos pour qu'il m'aille.

– Tu veux un autre tee-shirt ? Je peux en prendre un dans la chambre de Farris, dit-il en m'indiquant l'étage.

– Non, ça va, il va sécher. (Je secoue le tissu.) Il est assez fin, il va vite sécher.

Il hoche la tête.

– Écoute, je ne veux pas dire du mal d'elle, mais Sav n'est pas quelqu'un de très heureux ces derniers temps. Ne la laisse pas déteindre sur toi.

– Oui, j'ai bien compris.

– Ils sont en train d'installer un jeu de fléchettes dans la pièce à côté. Ça te dit ?

– Bien sûr, pourquoi pas ?

Il me tend une bouteille d'eau.

– Je ne sais pas si tu la veux, vu que tu es déjà trempée, mais j'ai pensé que tu pourrais en avoir envie. Ces boissons que concocte Farris sont très fortes.

– Merci.

J'ouvre la bouteille, et je remarque que le bouchon est intact. Daniel entre très clairement dans la catégorie des braves types, et je serais vraiment stupide de ne pas lui laisser au moins une chance.

Son bras heurte mon épaule pendant que nous avançons dans le couloir.

– Tu sais, Daniel… (et je reprends ma respiration), je crois qu'on devrait sortir ensemble.

– Ouais ?

Il est rayonnant.

– Certainement.

– Très bien alors.

Il me tire vers lui et m'embrasse sur la tempe, dans un geste agréable, rassurant.

– Mais d'abord, allons filer la pâtée aux autres aux fléchettes.

La cible, un truc de bar, est installée dans la pool-house, à l'arrière de la propriété de Farris. Deux autres filles sont déjà vautrées sur un canapé en cuir, ce qui me rassure. Daniel n'a pas pris ma décision de sortir avec lui comme un accord pour passer tout de suite à la casserole.

– Je te présente Nadine et Zoé. Elles sont du coin.

Zoé me tend une main molle.

– On va à au lycée de South West.

– C'est contre votre équipe qu'on a joué ce soir, non ?

– Ouais, elle confirme. Et maintenant, on fête ça.

Je me marre.

– Mais vous avez perdu !

– Alors, il faut nous consoler.

Elle et Nadine continuent à rire bêtement.

– Heureusement, nous avons Hugh.

Hugh est un type nerveux, à peine plus grand que moi. Il tire une taffe de je ne sais quoi, ce qu'il est en train de fumer, et il se contente de hocher la tête.

Daniel fait un clin d'œil aux filles.

– Bon, Ella et moi avons un rencard avec la cible. Vous voulez vous joindre à nous, tous les trois ?

– Non, on se contentera de regarder. Hugh adore regarder, pas vrai, Hugh ?

Hugh leur envoie sa fumée à la figure, ce qui les faire rire encore plus fort. Ça n'est pas difficile de comprendre que ces filles sont totalement bourrées ou défoncées.

– Tu veux la rouge ou la jaune ?

Daniel me montre deux fléchettes.

– La rouge.

Il me passe les fléchettes rouges et m'entraîne jusqu'à la cible.

Avant que je puisse lancer ma fléchette, je sens une piqûre sur mon avant-bras.

– Ouille ! Je me frotte le bras. C'était quoi ce truc ?

Il lève la fléchette jaune d'un air gêné.

– Je t'ai piqué avec ma fléchette.

– Merde, Daniel, ça fait mal ! Ça n'est même pas drôle.

Il fixe la pointe de sa fléchette en fronçant les sourcils.

– Je suis désolé. J'ai dû te piquer trop fort.

Je m'efforce de me détendre.

– Bon mais… ne recommence pas, d'accord ?

Il me prend dans ses bras.

– Ça n'arrivera plus.

Je le laisse me serrer contre lui un moment, parce que ça me fait vraiment du bien. Quand il me lâche, il faut que je me retienne en m'appuyant à la table. Je n'ai plus d'équilibre. Ça doit être les effets de la boisson. On fait une partie, puis une autre.

Je joue comme un pied. J'atteins plus souvent le mur que la cible. Daniel me vanne en me disant qu'il espère que je n'aurai jamais à participer à *Hunger Games*.

À la troisième partie, ma bouche devient étonnamment sèche. J'essaie d'attraper ma petite bouteille d'eau, mais je la manque, elle s'écrase au loin.

– Oh mince. Désolée.

J'entends les filles ricaner derrière moi. Je tombe sur mes genoux et je cherche quelque chose pour essuyer le sol. Mon tee-shirt. Mon tee-shirt est absorbant et il est déjà mouillé. En plus, ce vêtement me gêne. En fait, tous mes vêtements me grattent. Mon soutien-gorge est trop serré, et l'élastique de ma culotte me rentre dans la peau. À chaque mouvement que je fais, les fils de lin de ma jupe m'irritent les hanches. Il faudrait que j'enlève mes vêtements.

– C'est une bonne idée, approuve Daniel.

J'ai dû parler à haute voix.

– Mes vêtements me gênent, j'avoue.

– Oui, mettons-nous tous à poil, gueule une des filles depuis le sofa.

J'entends des froissements d'étoffe et d'autres ricanements.

– Ma tête est coincée, se plaint l'une d'elles.

– Pourquoi est-ce que vous ne vous filez pas un coup de main, toutes les deux ? suggère Hugh.

Je me relève en m'appuyant sur l'épaule de Daniel. Zoé enlève le haut de Nadine et le tend à Hugh. Il le jette à terre et se renfonce dans le sofa.

– Je ferais mieux d'y aller, dis-je à Daniel.

Je me doute de ce qui va se passer entre eux trois, et je n'ai pas vraiment envie d'y assister.

Daniel me plaque contre lui et passe son bras autour de ma taille. Sa réaction physique à la scène qui se déroule devant moi est parfaitement claire.

– Où est Reed ? (Je me détourne violemment. Les picotements que je sens entre mes cuisses me font penser à lui.) J'ai besoin de lui.

– Mais non, tu m'as, moi.

Daniel se branle doucement contre moi.

– Non. (Je le repousse.) Je suis désolée, Daniel. Je ne crois pas… Je ne suis pas…

Je lève une main jusqu'à ma tête et je la passe, toute tremblante, dans mes cheveux. Le désir pulse dans mes veines. J'entends mon cœur qui bat, fort et vite, dans mes oreilles. J'essaie de me concentrer.

– Je veux Reed.

– Seigneur, espèce de pauvre idiote ! Contente-toi de fermer les yeux et prends ton pied.

Sa voix n'est plus sympa du tout. Elle est froide et mécontente. Il attrape le bas de mon tee-shirt. J'essaie de lui arracher les mains mais mes mouvements manquent de coordination et il m'ôte mon haut avant même que je puisse protester.

J'entends Hugh qui demande :

– Comment ça va par ici ?

Sa voix est forte, proche. Très proche.

– Elle est défoncée, c'est tout. Je lui ai refilé de la molly[14]. Elle croyait que je l'avais piquée avec une fléchette.

Daniel à l'air ravi de son mauvais coup. J'essaie de lui envoyer mon poing dans la figure, mais mon bras est trop lourd.

Hugh s'arrête.

– Mon pote… tu crois qu'on devrait faire ça avec Ella Royal ? Je croyais qu'on allait se cantonner à des filles qui ne sont pas du coin, après la cousine de Savannah. Ce n'est jamais malin de déconner si près de chez soi.

Daniel hausse les épaules.

– Les Royal ne peuvent pas la saquer. Elle ne dira rien. C'est une merde. C'est la première fois que ça me prend une semaine pour harponner quelqu'un.

Il prend mon visage entre ses mains, et c'est si bon. J'aimerais tellement que Reed soit là et que ce soit ses mains.

---

14 La molly est une drogue désinhibante très populaire au sein de la jeunesse des USA. Elle provoque une forme d'euphorie, une distorsion des sens et une multiplication des émotions.

Je balbutie son nom.

– Qu'est-ce qu'elle dit ?

Daniel se marre.

– Je crois que cette petite poulette en pince pour Easton et Reed.

Il malaxe violemment mes seins, et son contact me fait gémir à nouveau.

– Merde, elle est en chaleur, ricane Hugh. Génial. Je peux l'avoir quand tu auras terminé ?

– Bien sûr. Laisse-moi faire mon truc, après elle sera toute à toi.

– Tu crois qu'elle est relâchée jusqu'à quel point ? J'ai entendu dire qu'elle avait des kilomètres au compteur.

– Je ne sais pas encore. Je n'arrive pas à lui faire écarter ses putains de cuisses.

Il me pousse sur une chaise et glisse un genou entre mes jambes.

– Pourquoi tu ne lui donnes pas un peu de coke ? Ça la réveillerait un peu.

– Ouais, bonne idée.

La pression disparaît dès que Daniel se lève et se dirige vers le comptoir. Paniquée, je le regarde fouiller dans un tiroir.

– Où est-ce que Farris planque cette merde… je croyais que c'était là… ah, peut-être dans le frigo.

J'entends des bribes de voix à l'extérieur de la pool-house.

– Ella… l'a vue… Daniel… la piscine…

– Reed. (Je m'efforce de me lever.) Reed. (Je titube en passant devant les deux filles qui sont trop occupées à s'embrasser.)

– Hé, arrête-toi.

Daniel ferme violemment le tiroir et me court après. Il jette sa main sur la porte avant que j'aie pu l'ouvrir.

– Tu vas où ?

– Il faut que je parte.

J'insiste en attrapant la poignée.

– Non, tu ne vas nulle part. Tu restes ici.

Nous nous battons pour ouvrir la porte. Daniel a quelque chose de brillant et acéré dans la main.

– Hugh, viens me filer un coup de main, s'il te plaît.

Je tape contre la porte.

– Reed ! Reed !

Daniel m'injurie et Hugh me tire en arrière de toutes ses forces, mais c'est trop tard. La porte s'ouvre et Reed apparaît. Ses yeux bleus se remplissent de rage quand il nous voit tous les trois.

Je plonge vers lui. Daniel, tout à sa surprise, me lâche et je tombe par terre.

– C'est quoi ce bordel ?

– Merde, mon pote, elle est défoncée, répond Daniel avec un rire nerveux. Il a fallu que je l'amène ici pour ne pas qu'elle s'offre en spectacle.

– Non, non.

Je proteste, en essayant de m'asseoir, mais tout est embrouillé dans ma tête. Je n'arrive pas à trouver mes mots. Je ne peux que regarder Reed désespérément. Il va me détester à présent. Il va vraiment croire que je suis une pute. Mes dernières forces m'abandonnent. Je suis foutue.

D'autres gens arrivent et cinq paires de grands pieds se mettent en ligne devant mes yeux. Le nombre de ceux qui viennent assister à mon humiliation augmente.

Je baisse la tête sur le sol carrelé dans l'espoir qu'il s'ouvre et qu'il m'avale tout entière.

– Tu as deux possibilités, commence Reed. (Sa voix est forte et calme, comme s'il saluait un pote de classe le matin.) Ou bien tu t'excuses, tu dis la vérité, et un seul d'entre nous te cassera la gueule. Ou tu mens, et on va se relayer pour transformer ta tronche en purée de wasabi. Fais bien attention à ce que tu dis.

Est-ce que c'est à moi qu'il parle ? Peut-être bien. Je lève la tête pour protester que je n'ai rien fait de mal, mais quand je regarde en l'air, je vois un mur de Royal. Tous les frères sont là. Chacun d'entre eux, même Gideon. Ils ont les bras croisés et des têtes de tueurs. Aucun d'eux ne me regarde.

Je jette un coup d'œil derrière mon épaule à Daniel qui a les bras ballants. Une seringue pendouille entre ses doigts.

Il s'éclaircit la voix.

– Reed, je n'ai rien fait du tout…

– Je crois que tu as fait le mauvais choix.

J'entends Easton marmonner :

– Un choix franchement stupide, en plus.

Quittant Daniel des yeux, Reed se penche vers moi et me prend dans ses bras. Il me serre contre sa poitrine. Un de ses bras est glissé sous mes fesses, l'autre est solidement passé autour de mes épaules. Ce type a été mon ennemi, la source de tant de douleurs émotionnelles. Mais, en ce moment, je me colle à lui comme s'il était le seul réconfort que je puisse jamais trouver en ce monde.

Une fois dans la Range Rover, je me mets à pleurer.

– Reed, il y a un truc qui ne va pas chez moi.

– Je sais, bébé. Mais ça va aller.

Il pose une main fraîche sur ma jambe et la sensation est dingue.

– J'ai envie que tu me touches, dis-je en tentant de faire remonter sa main plus haut.

Il grogne. Sa main resserre son emprise sur ma jambe, juste une seconde, puis il l'enlève.

– Non, je proteste. C'est bon.

– Daniel t'a shootée à l'ecstasy, Ella. Tu es dans un état d'excitation sexuelle due à la drogue, je ne veux pas profiter de toi.

– Mais… j'argumente en me jetant sur lui.

– Non, aboie-t-il. Maintenant, s'il te plaît, pour l'amour de Dieu, est-ce que tu peux rester tranquille et me laisser conduire ?

Je me recule, mais cette sensation de picotements sur ma peau ne s'arrête pas pour autant. Je frotte mes jambes l'une contre l'autre pour calmer la douleur, et ça m'aide un peu. Je préférerais que ce soit Reed qui me touche, mais mes propres mains me font du bien. Je ne crache pas dessus. J'ai l'impression que ma peau est vivante. Je glisse mes mains sous le tee-shirt que j'ai emprunté à Reed pour me caresser.

– Ella, s'il te plaît. Tu me tues.

Embarrassée, j'essaie de m'arrêter. Je m'excuse d'une petite voix :

– Je suis désolée. Je ne sais pas ce qui m'arrive.

– Rentrons à la maison.

Il a l'air épuisé.

Le reste du chemin en voiture est atroce. Je dois mobiliser toute mon énergie pour parvenir à ne pas me toucher.

Reed stoppe la voiture. Il ouvre ma portière en grand et je tombe dans ses bras. Nous gémissons tous les deux, moi de soulagement, lui de frustration.

D'autres portières de voitures claquent et les autres frères Royal nous rejoignent, avec Sawyer qui court devant pour nous ouvrir la porte.

Gideon prend la parole.

– La nuit va être longue pour elle. Il faut que l'un de vous lui vienne en aide.

– De quelle façon ? grince Reed.

– Tu sais bien.

Gideon baisse la voix.

– Merde.

– Vous voulez que je m'en occupe ? demande Easton.

Je glisse. Reed me rattrape, sa poigne se fait plus ferme.

– Non. Personne d'autre que moi.

C'est le cerveau embrumé qu'il me porte en haut des escaliers et qu'il me dépose sur mon lit. Quand il recule, consterné, je tente de le rattraper.

– Ne me quitte pas.

– Je ne te quitterai pas, promet-il. Je vais juste chercher un gant de toilette.

Je me remets à pleurer dès qu'il disparaît dans la salle de bains.

– Je ne sais pas pourquoi je suis tellement émotive.

– Tu es camée à mort. À la molly. À la coke. Et Dieu sait ce qu'il t'a donné d'autre.

Reed a l'air écœuré. Je chuchote :

– Je suis désolée.

– Je ne suis pas en colère contre toi.

Il pose le gant de toilette mouillé sur mon front.

– Je suis en colère contre moi. C'est moi qui ai fait ça. Easton et moi. Je t'ai fourrée là-dedans. Je suis Reed le Destructeur.

Il a l'air triste. Tu ne le savais pas ?

– Je n'aime pas ce nom.

Il s'assied à côté de moi en passant et repassant le gant sur mon visage, sur mon cou et mes épaules. C'est divin.

– Ouais, et comment voudrais-tu m'appeler à la place ?

J'ouvre la bouche et je lance :

– Mon Reed.

Chapitre 24

Tous les deux, nous avons la respiration coupée.

– Ella, commence-t-il, mais il ne termine pas sa phrase. Il se contente de me regarder m'asseoir.

Je lui prends des mains le gant humide et je le jette par terre.

Son tee-shirt ne tarde pas à suivre le gant.

– Ella, essaie-t-il à nouveau.

Mais j'en ai ma claque de ses tentatives pour rester noble. J'ai envie de lui, là, tout de suite. Je grimpe sur ses genoux et j'enserre sa taille entre mes jambes.

– Demande-moi pourquoi Daniel était tellement en colère contre moi, tout à l'heure.

Reed essaie de desserrer mes jambes.

– Ella…

– Demande-moi.

Une seconde passe, il arrête de vouloir me repousser. Ses mains se posent sur mes hanches. Un frisson me parcourt tout le corps.

– Pourquoi était-il si en colère contre toi ? me demande Reed d'une voix rauque.

– Parce que je n'arrêtais pas de dire ton nom.

Ses yeux étincellent.

– Parce que c'est toi. Ça a toujours été toi, et je suis fatiguée de lutter contre ça.

Un nuage passe dans ses yeux.

– Mon frère…

Je répète.

– C'est toi, toujours toi.

Je croise les mains derrière sa nuque et il se met à gémir.

– Tu n'as pas l'esprit clair.

– Ce n'est pas à cause des drogues, je murmure. Je n'ai plus l'esprit clair depuis que je t'ai rencontré.

Il laisse échapper un autre gémissement.

– J'ai l'impression de profiter de toi.

J'attire sa tête contre la mienne.

– J'ai envie de toi, Reed. Ne me force pas à te supplier.

Et voilà qu'il cède. D'une main, il se met à fourrager dans mes cheveux, de l'autre il me serre violemment contre lui.

– Tu n'auras plus jamais à demander. Je vais te donner tout ce que tu veux.

Sa bouche effleure la mienne, d'abord doucement. Légère comme une plume, comme s'il tentait de mémoriser la forme de mes lèvres avec les siennes. Et ensuite, au moment où je vais en redemander, il glisse sa langue entre mes lèvres entrouvertes et m'embrasse si intensément que ma tête se met à tourner.

Nous tombons à la renverse sur le matelas. Ses mains trouvent mes hanches et me tirent contre lui. Sa bouche est collée à la mienne, elle est vorace, exigeante. Je mets toute mon âme dans ce baiser. Tout mon amour, toute ma solitude, tous mes espoirs, toute ma tristesse. Reed prend le tout et me donne tout en retour.

Nous nous lovons dans les bras l'un de l'autre et sa bouche trouve les points de pulsation derrière mon oreille et à la base de mon cou. Il m'embrasse comme s'il ne pouvait plus s'arrêter. Il pousse une de ses cuisses entre mes jambes, et même à travers mon slip et son jean, je trouve le soulagement dont j'avais besoin. Enfin presque. Ce n'est pas tout à fait suffisant, et je montre mon mécontentement en poussant un gémissement torturé.

Il se dresse sur ses coudes et me regarde, les yeux mi-clos, les lèvres gonflées par nos baisers. C'est le mec le plus sexy de la terre, et il est à moi. Au moins pour ce soir.

– Encore, je supplie.

Il sourit, se retourne sur le côté et glisse une main entre mes jambes. Une onde de choc secoue mon corps.

– C'est mieux ? murmure-t-il.

Et de loin.

Je me tortille, et un autre sourire étire les coins de sa bouche avant que son regard s'enflamme de nouveau. Sa paume fait des petits cercles, sa main insiste à l'endroit de mon désir.

Mon corps ressemble à un fil tendu, quelques secondes avant l'explosion. Littéralement quelques secondes, parce qu'il suffit d'un autre frottement de sa main pour que le plaisir explose en moi. Je halète, je tremble, sidérée par la violence de ce que je ressens. Peut-être est-ce à cause des drogues, mais je préfère penser que c'est Reed. Son murmure d'encouragement à voix basse pendant que je remue contre sa main. La preuve de son excitation qui appuie contre ma hanche.

Nos lèvres se rejoignent à nouveau et je l'embrasse avec une ardeur renouvelée parce que le désir revient, plus vite que nous le pensions l'un et l'autre. Je l'attrape en le tirant par les épaules jusqu'à ce qu'il soit au-dessus de moi.

Nos bouches se trouvent à nouveau, et il gémit quand je me cambre pour me frotter contre lui. La rigidité de son sexe est la seule chose qui me procure du soulagement. Il est énorme, il est prêt, mais quand j'essaie de l'atteindre, il repousse ma main.

– Non, dit-il d'une voix torturée. Ce n'est pas moi, ça. Pas cette nuit. Pas quand tu es…

Droguée, je pense qu'il veut dire ça, mais je ne suis plus défoncée à présent. Ou du moins pas par autre chose que lui.

Sa bouche se referme sur mon cou, il l'embrasse et le suce en remuant son corps contre le mien. Le plaisir monte, mais son jean nous gêne. Je ne veux pas être la seule à prendre mon pied. Je veux…

Il repousse ma main encore une fois, tout en reculant. Il ne va pas bien loin. La chaleur irradie ma peau lorsque ses baisers descendent vers mes seins. Ses lèvres caressent mon téton. Quand sa langue sort pour y goûter, je vois des étoiles. Quand sa bouche se referme dessus, je ne peux plus respirer. Chacune de ses taquineries me fait grimper aux rideaux. À son contact, mon corps se tend tout entier vers l'insaisissable. Il bouge de nouveau, il attrape mon autre téton avec sa bouche. Ensuite, il descend plus bas, vers mon bas-ventre. Je chuchote :

– Oh mon Dieu !

Mes terminaisons nerveuses grésillent. Je supplie :

– Reed !

– Tout va bien, bébé, je te tiens. Je sais ce dont tu as envie.

Mon cœur s'arrête de battre quand il atteint mon entrejambe. Je sens sa main qui tremble quand il baisse ma culotte. Une respiration hachée, c'est tout ce qu'il laisse passer avant de poser sa bouche sur moi. Cette sensation inconnue me fait pousser un cri. C'est bon. C'est si bon. Sa langue trouve un point sensible, ce qui fait tressaillir mes hanches. Un profond gémissement s'élève. Je me mords la lèvre inférieure pour essayer de rester silencieuse, mais Reed est en train de me rendre folle. Je manque m'évanouir, j'attrape sa tête pour lui tirer les cheveux. Il lève vers moi ses yeux charbonneux :

– Tu veux que j'arrête ?

– Non.

Il continue. Sa langue est magique, elle me lèche à un rythme implacable. Il grommelle un son comme si ma réponse était aussi merveilleuse que toutes les choses qu'il me fait.

Ses doigts glissent jusqu'en haut de mon entrejambe. Il lève la tête pour me demander la permission. Je la lui donne avec un hochement de tête inquiet. J'en ai tellement envie. Il ferme les yeux en enfilant doucement un doigt en moi. Il serre les dents.

– Tu es super-étroite.

– Je te l'avais dit, je réussis à dire d'une voix étranglée.

Il rit.

– Oui, c'est vrai. (Il retire son doigt et glisse une main sur ma cuisse.) Je vais te faire prendre ton pied.

– Je prends déjà mon pied, je proteste en ramenant mes jambes.

Un sourire insolent et familier me répond.

– Tu n'as encore rien vu.

Il se réinstalle entre mes jambes en les écartant tellement avec ses épaules que je devrais me mettre à rougir, mais tout ce que je ressens, c'est de l'excitation. Avec un de ses bras enroulé autour de ma cuisse, il plonge son doigt à l'intérieur de mon corps.

Les muscles de mes jambes se raidissent.

Mes doigts agrippent ses cheveux, mais il n'arrête pas de m'embrasser, même quand ma jouissance explose en vagues, dans lesquelles je me noie.

Lorsque je commence à redescendre, il se relève et s'allonge à mes côtés en me prenant dans ses bras. Ses lèvres trouvent mon cou et il respire profondément.

– Pourquoi est-ce que tu es venue ici ?

Je ne comprends pas sa question.

– Je… tu sais pourquoi, ton père…

– Je veux dire pourquoi, maintenant ?

Ses paroles pleines de frustration me frappent de plein fouet.

– Peut-être qu'à un autre moment, loin d'ici, toi et moi, ça aurait été une autre histoire.

– Je ne comprends pas ce que tu dis.

– Je dis que ça ne peut pas se reproduire. (Il lève la tête et je vois son chagrin.) Il faut que je quitte cet endroit de merde et que je me reconstruise, que je devienne quelqu'un de mieux. Quelqu'un… de digne.

Sa voix se casse sur ce dernier mot.

– Digne, je murmure en écho. Pourquoi penses-tu que tu n'es pas quelqu'un de digne ?

Il reste silencieux un moment. Sa main caresse machinalement mon épaule.

– Ça n'a pas d'importance. Oublie ça, finit-il par dire.

– Reed.

Il s'assied et ôte le tee-shirt de rechange qu'il avait enfilé dans la voiture. L'autre, celui qu'il avait enlevé pour me le passer quand nous avons quitté la fête, est abandonné sur le sol à côté du reste le reste de mes vêtements.

– Ferme les yeux, Ella, bougonne-t-il en s'installant contre moi de nouveau. (Il est torse nu à présent mais il a gardé son jean. Le denim me gratte la jambe quand je la pose sur lui.) Ferme les yeux, c'est tout, et endors-toi.

Ma voix est étouffée contre sa poitrine.

– Tu me promets que tu ne partiras pas ?

– Je te le promets.

Je me blottis encore plus, en me perdant dans la chaleur de son corps et les battements réguliers de son cœur contre mon oreille.

Quand je me réveille le lendemain matin, Reed n'est plus là.

Chapitre 25

– Ça va, petite sœur ? me demande Easton depuis la table de la cuisine lorsque j'entre en chancelant comme si un dix-huit tonnes m'était passé dessus.

– Non. Je me sens mal.

Je me remplis un verre d'eau à l'évier, je l'avale et je m'en sers un autre.

La voix d'Easton est pleine de sympathie.

– Tu t'es bien explosé la tronche, hein ? Ça m'est arrivé à moi aussi, la première fois que j'ai rencontré Molly.

– Molly ? s'écrie Callum d'un air intéressé. Tu as une nouvelle copine, Easton ? Qu'est-ce qui est arrivé à Claire ?

Je vois Easton qui lutte pour ne pas éclater de rire.

– Claire et moi, c'est terminé. Mais cette môme, Molly, est vraiment cool.

Il me lance un regard espiègle.

J'ai trop mal au crâne pour esquisser le moindre sourire. Callum me regarde, il a l'air visiblement effrayé.

– Ella, tu as très mauvaise mine.

L'air soudain soupçonneux, il se retourne vers son fils.

– Dans quel genre de problèmes l'avez-vous entraînée hier soir ?

– Juste les problèmes habituels de boisson. Apparemment, Ella ne tient pas l'alcool.

Je lui lance un regard reconnaissant dans le dos de Callum. Je suppose que la trêve des Royal comprend aussi le fait de se couvrir mutuellement. Non que je me sois droguée volontairement la nuit dernière. Je serre les poings en me remémorant le regard vicieux de Daniel et la façon dont il m'a tripotée.

– Tu as bu hier soir ?

Callum se tourne vers moi, lèvres pincées.

– Un petit peu, j'admets.

– Oh, allez papa, ne joue pas les pères sévères avec nous, lui balance Easton. C'est toi qui m'as filé ma première bière quand j'avais douze ans.

– Et moi onze, reprend Gideon en entrant dans la cuisine.

Il est torse nu et il a une grosse estafilade sur les pectoraux. Il me jette un coup d'œil plein de sympathie.

– Comment tu te sens ?

– Elle a la gueule de bois, répond Easton à ma place, avant de lancer un regard acéré à son frère pendant que son père regarde ailleurs.

Mais Callum est encore en colère contre moi.

– Je ne veux pas que tu boives excessivement.

– Tu es jaloux à l'idée qu'elle te détrône en tant que Champion d'Ivresse Excessive de la Famille Royal ? ironise Easton.

– Ça suffit, Easton.

– Eh, je ne faisais que pointer du doigt l'hypocrisie de la chose, papa. Et apparemment la double échelle de valeur. Tu te fiches royalement que nous nous bourrions la gueule, alors pourquoi Ella ?

Callum regarde alternativement son fils et moi, puis secoue la tête.

– Je suppose que je devrais être content que vous vous serriez tous les coudes, à présent.

Des bruits de pas résonnent dans le couloir, et j'ai la respiration coupée quand Reed entre dans la cuisine. Un pantalon de survêtement noir lui pend sur les hanches et son torse musclé est légèrement humide, comme s'il venait de sortir de la douche. Il ne me jette pas un regard en se dirigeant vers le réfrigérateur.

Mon humeur chute, même si je ne savais pas vraiment à quoi m'attendre. Me retrouver seule au réveil était un message très clair. Et ce qu'il m'a dit hier, que ça ne peut pas se reproduire, rend les choses encore plus claires.

– Oh Ella, s'écrie soudain Callum, j'avais oublié de te dire. Ta voiture arrive demain, comme ça, tu pourras te rendre par toi-même à ton travail, lundi.

Bien que je sois soulagée que Callum parvienne enfin à prononcer le mot « travail » sans froncer les sourcils, je suis également assez désappointée. Devant le frigo, le dos de Reed se crispe. Lui aussi sait ce que cela signifie. Plus de covoiturage pour nous.

– C'est super, dis-je doucement.

– Bon, quels sont les plans des uns et des autres pour aujourd'hui ? demande Callum en jetant un coup d'œil autour de lui. Ella, je pensais que toi et moi nous pourrions aller…

– J'ai rendez-vous sur la jetée avec Valérie. Nous allons déjeuner dans un restaurant de poissons qui donne sur la mer, dont elle me parle en permanence.

Il paraît déçu.

– Bon d'accord. Ça a l'air sympa. Quelqu'un veut faire quelques balles de golf avec moi ? Ça fait des siècles que nous n'y sommes pas allés ensemble.

Aucun des frères Royal ne répond à son offre, et lorsque Callum sort de la cuisine avec un air de chien battu, je ne peux m'empêcher de froncer les sourcils.

– Vous ne pouvez pas faire un petit effort, les gars ?

– Crois-moi, on fait des efforts.

C'est Gideon qui me répond, et son ricanement mauvais me prend au dépourvu.

Quand il s'éclipse, je demande à Easton :

– Qu'est-ce qu'il a ?

– Aucune idée.

Pour une fois, Easton n'en sait pas plus que moi. Reed doit savoir quelque chose que nous ignorons parce qu'il fait la moue et lance :

– Fichez la paix à Gid.

Et il sort, lui aussi. Il ne m'a pas regardée, pas une seule fois, et le chagrin qui m'étreint est bien pire que n'importe quelle gueule de bois.

Le déjeuner avec Valérie est très sympa, mais je l'abandonne assez vite parce que ma tête me fait un mal de chien, comme si on y enfonçait des poignards rouillés. Elle rit et me dit que plus la gueule de bois est forte, meilleure a dû être la fête. Je la laisse croire la même chose que Callum, c'est-à-dire que j'ai un peu trop bu et que maintenant je le paie.

Je ne sais pas pourquoi je ne lui parle pas de Daniel. Val est mon amie, et elle serait la première personne à défoncer Daniel pour ce qu'il m'a fait. Mais quelque chose me retient. C'est peut-être de la honte.

Je ne devrais pas me sentir honteuse. Non je ne devrais pas. Je n'ai rien fait de mal, et si j'avais eu ne serait-ce que le plus petit soupçon que Daniel était un tel psychopathe, je ne serais jamais allée dans la poolhouse avec lui. Jamais.

Mais chaque fois que je pense à la nuit dernière, je me revois en train d'enlever mes vêtements et murmurer le nom de Reed pendant que les mains collantes de Daniel tripotaient mon corps. Je pense à ça et je suis remplie de honte.

Et je n'arrive même pas à me distraire en pensant à ce qui est arrivé après, au bon moment, quand je murmurais le nom de Reed pour d'autres raisons. Je ne peux pas y penser, parce que ça me rend triste. La nuit dernière, Reed me désirait, il s'est offert à moi comme s'il en avait vraiment envie, et à présent il me le reprend.

Valérie me dépose au manoir et démarre en trombe dans la voiture de sa gouvernante. Elle m'a dit au déjeuner que son petit ami venait le week-end prochain, j'ai hâte de le rencontrer. Vu le temps qu'elle passe à me parler de lui, j'ai l'impression de le connaître déjà.

C'est encore un bel après-midi, alors je décide d'enfiler mon maillot de bain et de m'allonger un moment au bord de la piscine. J'espère que le soleil va me remettre un peu d'aplomb. J'attrape un livre et je m'installe dans une chaise longue, mais je n'ai que vingt minutes de tranquillité avant que Gideon se ramène en Speedo. De tous les Royal, Gideon est probablement celui qui a le moins de graisse. Il a un corps de nageur, et Easton m'a raconté qu'il avait obtenu une bourse complète de la fac grâce à la natation. Les jumeaux sont persuadés qu'il va remporter une médaille d'or aux prochains jeux Olympiques, mais c'est une bonne chose qu'il n'y ait pas d'officiels qui traînent dans le coin aujourd'hui, parce qu'ils le rejetteraient immédiatement. Ses attaques sont inégales et son allure est lente, d'une façon presque alarmante.

Mais peut-être que je m'inquiète pour rien. Je veux dire, je ne l'ai vu nager qu'une seule fois. Peut-être qu'aujourd'hui, il se ménage tout simplement.

– Ella, m'appelle-t-il en sortant de la piscine, environ une heure plus tard.

– Ouais ?

Il s'avance vers moi en faisant goutter de l'eau partout sur le deck.

– Il y a une fête sur la plage ce soir. À la propriété Worthington.

Il se passe sa serviette sur la poitrine.

– Je veux que tu restes à la maison.

Je hausse un sourcil.

– C'est toi le responsable de mon agenda, maintenant ?

– Ce soir, oui, je le suis.

Et son ton ne tolère aucune discussion.

– Je suis sérieux. Ne t'approche pas de cette fête.

Après hier, je n'avais aucune intention de me rendre à une autre fête, mais je n'apprécie pas son interdiction.

– On verra.

– On ne verra rien du tout. Tu restes à la maison.

Il disparaît à l'intérieur, et quelque cinq minutes plus tard, Easton sort et se dirige vers ma chaise.

– Brent Worthington fait une…

– Une fête, je termine. Oui je suis parfaitement au courant.

Il passe sa main sur mon menton.

– Tu n'y vas pas.

– Je vois que tu as parlé avec Gideon.

Son expression me révèle qu'en effet il l'a fait, et il tente une autre approche en me balançant son sourire super-craquant.

– Écoute, tu n'as aucune raison d'y aller, petite sœur. Prends une nuit de repos, détends-toi, regarde des soap opéras…

– Des soap opéras ? Tu crois que je suis une ménagère de plus de cinquante ans ?

Il pouffe de rire.

– Très bien, alors regarde des films porno. Mais tu ne viens pas avec nous ce soir.

– Nous ? Reed y va aussi ?

Easton soupire, et rien que la façon dont il évite mon regard me hérisse. Qu'est-ce qu'ils ont bien pu planifier pour ce soir ? La panique me saisit. Est-ce que Daniel y sera ? Est-ce que c'est pour ça qu'ils veulent me tenir à l'écart ?

Impossible de poser la question parce que Easton est déjà en train de se carapater. En soupirant, je reprends mon livre et j'essaie de me concentrer sur le chapitre que je suis en train de lire. Je suis inquiète.

– Hé !

Je lève les yeux pour découvrir Reed qui s'approche. Pour la première fois aujourd'hui, il croise mon regard.

Il laisse tomber son grand corps dans une chaise longue à côté de la mienne.

– Comment tu te sens ?

Je mets mon livre de côté.

– Mieux. Je n'ai plus de martèlements dans la tête, mais je me sens encore faible.

Il hoche la tête.

– Tu devrais manger quelque chose.

– C'est fait.

– Mange un peu plus.

– Crois-moi, je suis gavée.

Ses lèvres esquissent un sourire.

– Valérie m'a fait engloutir une quantité indécente de crevettes et de pattes de crabe à midi.

Ses lèvres s'étirent un peu plus.

Souris, je le supplie en silence. *Souris-moi. Touche-moi. N'importe quoi.*

Mais le sourire ne vient pas.

– Écoute, à propos de ce qui s'est passé cette nuit… (Il s'éclaircit la gorge.) J'ai besoin de savoir quelque chose.

Je plisse le front.

– D'accord.

– Est-ce que tu… est-ce que je… (Il souffle un grand coup.) Est-ce que tu as eu l'impression que j'ai profité de toi ?

– Quoi ? Bien sûr que non.

Mais l'intensité dans son regard ne s'atténue pas.

– Il faut que tu sois franche avec moi. Si tu as l'impression que j'ai profité de toi ou que j'ai fait quelque chose que tu ne voulais pas, il faut que tu me le dises.

Je me redresse et je me penche vers lui pour attraper son visage entre mes deux mains.

– Tu n'as rien fait que je ne voulais pas que tu fasses.

Son soulagement est flagrant. Quand je caresse sa mâchoire avec mon pouce, sa respiration s'accélère.

– Ne me regarde pas comme ça.

– Comment ? je murmure.

– Tu le sais bien.

En grognant, il ôte mes mains de son visage et se lève d'un bond.

– Ça ne peut pas recommencer. Je l'empêcherai.

La frustration m'envahit.

– Pourquoi ça ?

– Parce que ce n'est pas bien. Je ne suis pas… je ne veux pas de toi, okay.

Et avec un rictus, il poursuit.

– J'ai voulu être sympa avec toi cette nuit, parce que tu étais défoncée à l'ecstasy et que tu avais besoin d'être soulagée. Je t'ai rendu service, mais c'est tout. Je n'ai pas envie de toi.

Il s'éloigne avant que je puisse lui répondre. Ou plutôt, avant que je puisse le traiter d'énorme menteur.

Il ne veut pas de moi ? Conneries. S'il n'avait pas voulu de moi, il ne m'aurait pas embrassée comme s'il était un homme affamé pour qui j'étais la seule source de nourriture. Il n'aurait pas adoré mon corps comme si c'était le plus beau cadeau qu'on lui ait jamais offert, il ne m'aurait pas serrée dans ses bras pendant que je m'endormais.

Il me ment et, maintenant, mon degré d'inquiétude atteint des sommets. Pas seulement de l'inquiétude, mais aussi de la détermination, parce qu'il est clair que Reed Royal a des secrets que je n'arrive pas à décoder.

Mais je vais le faire.

Je vais tout découvrir.

Pourquoi il garde les autres à distance, pourquoi il a l'impression d'être indigne, pourquoi il prétend qu'il n'y a rien entre nous alors que nous savons tous les deux le contraire. Je vais découvrir tous ses secrets, bordel.

Ce qui veut dire…

Je pense que je vais aller à une autre fête, ce soir.

Chapitre 26

J'ai besoin de renforts, ou au moins d'infos. D'après ce qu'a dit Gideon, les Worthington vivent sur la côte, et ils sont assez proches pour que je sois capable d'entendre du bruit chez eux, depuis le manoir Royal. Ils doivent également avoir des enfants du même âge environ que les frères Royal. Mais c'est à peu près tout ce que je sais sur eux.

Heureusement pour moi, je connais la reine des potins. Valérie répond à ma première sonnerie.

– Tu veux encore des fruits de mer ? Je te l'ai dit, la meilleure façon de faire passer une gueule de bois, c'est de manger.

L'idée d'avaler ne serait-ce qu'un coquillage supplémentaire me donne la nausée.

– Non merci. Je me demandais si tu avais terminé de skyper avec Tam et si tu voulais rappliquer ici pour espionner les Royal avec moi.

Valérie retient sa respiration.

– J'arrive.

– Hé, je lui lance avant qu'elle raccroche, tu as une voiture ?

– Non. Et tu ne peux pas demander à un de tes frangins de venir me prendre, n'est-ce pas ? me demande-t-elle d'un air triste.

– Ne t'en fais pas. Durand va passer te chercher. Et c'est sûr, quand je vais dire à Callum que je veux inviter une copine, il va se porter volontaire.

– Oh, Callum. Super. Il est sexy pour un vieux.

– Arrête, Valérie. Il a au moins quarante ans.

– Et alors ? C'est ce qu'on appelle un renard argenté. Tu sais qui adore ça ?

– Je n'en ai pas la moindre idée. Une des Pastel ?

– Oh Seigneur, non. Ces filles ne sauraient pas quoi faire face à un mâle adulte, alors un homme qui a quelques dizaines années au compteur... C'est la grande sœur de Jordan ! Elle a vingt-deux ans et ramène en permanence des vieux chez elle. Le dernier en date avait les cheveux gris et je te jure qu'il était plus âgé qu'oncle Brian. Je n'arrive pas à savoir si elle est super-perverse et que ces types sont les seuls à savoir la contenter ou bien si elle a un problème avec l'image paternelle.

– La façon dont j'ai insulté Jordan pendant la fête a peut-être un peu trop fait mouche, alors ?

– Ça n'a sûrement pas dû aider, répond gaiement Valérie.

– Je vais raccrocher, je suis vraiment sur le point de rendre mon déjeuner.

Je pose le téléphone et j'essaie d'effacer de mon esprit des visions de Callum en train de faire des trucs pervers.

Heureusement, Durand est libre et Valérie arrive bientôt au domaine Royal.

– Ouah, cet endroit est tellement…

Elle cherche le mot juste, tout en détaillant ma chambre à coucher. Je lui en propose plusieurs.

– Juvénile ? Girly ? Un hommage raté à la Saint-Valentin ?

Elle se jette sur le couvre-lit désespérément rose.

– Intéressant.

– C'est une façon comme une autre de voir les choses.

Je m'assieds sur la chaise de ma coiffeuse recouverte de fourrure blanche et j'observe Valérie écarquiller les yeux devant les voilages transparents qui pendent du lit à baldaquin.

– Tu veux boire quelque chose ? J'ai même un minifrigo par ici.

J'ouvre la porte en verre qui se trouve sous la coiffeuse.

– Sûr. Je veux bien un truc sans sucre. Si on fait abstraction du rose, c'est une chambre géniale. Un poste de télé, un chouette lit.

Elle tâte le dessus-de-lit.

– Il est en soie ?

J'ai la main dans le frigo quand elle lâche cette bombe.

– Je dors sur une couverture en soie ?

– Techniquement parlant, tu dors en dessous. Enfin, je veux dire, tu n'es pas obligée, mais tu es censée dormir sur le drap et sous la couverture.

Valérie a l'air préoccupée, comme si mon éducation avait été tellement bizarre que j'ignorais tout des draps. Hélas, elle n'est pas très loin de la réalité.

– Je sais, grosse maligne.

Je sors un Coca Light que je lui tends, puis je m'en ouvre un.

– C'est juste bizarre. Je suis passée des sacs de couchage aux couvertures en soie, ou plutôt, excuse, aux couvre-lits.

Je me reprends avant que Valérie le fasse. Mais assez de papotages sur la literie. J'ai besoin d'infos.

– Raconte-moi tout ce que tu sais à propos des Worthington.

– Les Worthington des Télécom ou les promoteurs ? demande-t-elle, la bouche posée sur l'ouverture de sa cannette.

– Je n'en sais rien. Ils habitent tout près d'ici et ils organisent une fête sur la plage ce soir.

– Oh, alors ce sont les Télécom. Ils habitent à cinq maisons d'ici, environ.

Elle lève sa cannette.

– Tu as un plateau ?

Je lui lance un cahier pour qu'elle puisse poser sa cannette dessus.

– Brent Worthington est en dernière année. Il est super-coincé, cela dit plus à propos de son nom qu'à propos d'argent. Les parents de sa petite amie Lindsay ont dû se déclarer en faillite il y a deux ou trois ans et ont retiré Lindsay d'Astor Park parce qu'ils ne pouvaient plus payer les frais de scolarité, mais Brent n'a jamais rompu avec elle parce que Lindsey est une DAR.

– Qui sont ces DAR ?

Valérie se marre et secoue la tête.

– Non, ce n'est pas un nom de famille. Ça veut dire *Daughters of the American Revolution*. Son arbre généalogique remonte aux immigrants qui ont fait la traversée sur les trois premiers vaisseaux qui sont venus d'Angleterre.

– C'est un truc important ?

– Ouaip. Alors, qu'est-ce qui se passe ?

– Les Royal vont là-bas ce soir et ils m'ont interdit d'y aller.

– Pourquoi ? Ces fêtes sont très pépères pour des trucs de lycée. Ils ferment à clé toutes les pièces de la maison, parce que Brent ne veut pas que quiconque baise dans les chambres. Les invités sont autorisés à utiliser un seul w.-c., et il est situé dans le patio, à l'extérieur. La poolhouse est fermée, elle aussi. Brent s'adresse à un traiteur et demande à tout le monde de s'habiller comme pour partir en croisière. Lui porte sa veste du club de yachting et les filles doivent impérativement être en robe. Sans exception.

Ça craint. Si les Royal m'avaient raconté ça, ils n'auraient pas eu besoin de m'interdire de venir. Pourtant ils l'ont fait, ce qui veut dire qu'il va se passer quelque chose à quoi ils ne veulent pas que j'assiste ou que je participe.

– Est-ce que Daniel Delacorte est invité ?

Elle réfléchit en hochant la tête.

– Ouais. Son père est juge d'instruction. Je crois qu'il a prévu de suivre son exemple, et c'est toujours utile d'avoir des juges dans son carnet d'adresses, non ?

Ça me semble tout à coup une évidence. Voilà pourquoi les riches s'enrichissent toujours plus. Ils tissent des liens au lycée, et quand ils vieillissent, ils continuent à se rendre des services.

– Il s'est passé un truc entre toi et Daniel l'autre soir ? Je sais que tu étais bourrée, mais Jordan a dit que tu étais tellement partie que Reed a dû te porter pour te faire sortir de chez Farris. Il n'a pas… fait quelque chose ?

Elle semble inquiète. Je n'ai aucune envie de raconter à Valérie l'horreur de cette nuit, mais comme je vais l'impliquer, il faut que je lui lâche quelque chose.

– Il a cru que j'étais une fille facile. Je ne le suis pas. Et les Royal n'ont pas apprécié qu'on emmerde leur sœur, enfin leur presque-sœur. C'est tout.

Elle se frotte le visage.

– Merde, quelle tâche ! Mais au fait, pourquoi suis-je ici si les Royal sont sur le point de se venger ?

– Je ne sais pas s'ils l'ont prévu, mais trois d'entre eux m'ont dit qu'il était hors de question que j'aille à la fête de Worthington, ce soir.

Le regard de Valérie s'éclaire.

– Ça me plaît bien que tu te fiches de ce que pensent les Royal.

Elle se lève et court ouvrir la porte de mon placard.

– Voyons voir quelles robes approuvées par Worthington tu possèdes.

Je termine tranquillement mon Coca pendant que Valérie fouille et rejette tous mes vêtements les uns après les autres.

– Il te faut plus de fringues. Même les Carrington remplissent mon placard de tout ce dont j'ai besoin. C'est pour les apparences, tu sais. Je ne pensais pas que Callum était aussi pingre avec toi.

Je réplique pour défendre Callum :

– Il ne l'est pas. J'ai dû aller faire du shopping avec Brooke, et les endroits où elle m'a emmenée étaient bien trop chers.

Valérie lève une main au ciel,

– Mais tout est cher par ici. Tu n'as qu'à te dire que c'est une extension de ton uniforme. En plus, si tu es mal fringuée, les gens vont penser la même chose que moi, que Callum est avare avec toi. Ah ha !

Elle sort une robe bain-de-soleil bleu marine avec des petites manches et une profonde encolure en V bordé de dentelle blanche. Je ne me rappelle pas l'avoir vue, ce qui signifie que Brooke a dû la choisir en douce.

– Ça, c'est bien. (Elle a une encolure profonde, qui annonce la couleur.) Je suis sexy sans pour autant me faire payer cinquante dollars, et en cash, s'il vous plaît.

– Je m'en remets à ton jugement.

Pour mon ancien travail, il aurait fallu une encolure sacrément plus profonde que ça pour que les billets pleuvent. Je traverse la pièce pour aller me changer. Il commence à être tard et je veux être sûre d'arriver à la fête avant le début des hostilités.

– Je peux t'emprunter celle-là ? demande Valérie en se drapant dans une robe en dentelle blanche.

– Sers-toi.

Elle a quelques centimètres de moins que moi, et vu la longueur de la robe, elle va lui arriver à mi-cuisses.

– Par simple curiosité, j'ai besoin de combien de robes ?

Deux, ça me paraît déjà beaucoup.

– Une vingtaine.

Je me retourne d'un seul coup. Elle a l'air tout à fait sérieuse.

– Tu plaisantes.

– Non.

Elle raccroche la robe dans le placard et commence à compter sur ses doigts.

– Il te faut des robes d'après-midi, des robes pour le bateau, des robes pour sortir en boîte, pour le country club et pour les night-clubs, (j'ai la tête qui tourne), des robes pour garden-parties, des robes pour après les cours, des robes pour les mariages, des robes pour les enterrements…

– Tu as dit des robes pour les enterrements ? je l'interromps.

Valérie me montre du doigt en clignant de l'œil.

– C'était pour vérifier si tu m'écoutais.

Elle se marre quand je lève les yeux au ciel et elle commence à se déshabiller.

– Tu as besoin de beaucoup plus de vêtements. Les apparences, ça compte, même pour les Royal.

Sa voix est étouffée, elle est en train d'enlever son tee-shirt.

– Par exemple, si tu dis la moindre chose négative sur Maria Royal, ses fils deviennent fous. Reed a failli être inculpé pour coups et blessures sur un môme de South East High qui l'avait traitée de suicidée aux médicaments.

– Il avait accusé Maria de s'être suicidée ? je m'exclame, choquée.

Valérie jette un rapide coup d'œil autour d'elle, comme si elle craignait de voir Reed lui sauter dessus. Elle baisse la voix et dit :

– C'est une rumeur, et les Royal n'aiment pas ça. Ils ont même poursuivi le médecin de Maria pour faute professionnelle.

– Et ils ont gagné ?

– Ça c'est arrangé, le type a arrêté de pratiquer la médecine et a quitté l'État, alors… oui ?

– Wouah.

– Quoi qu'il en soit, poursuit Valérie, ils protègent férocement leur mère et je pense que c'est important pour eux que les gens croient qu'ils te traitent bien.

Je suis frappée au cœur. C'est ça que fait Reed ? Il se contente de sauvegarder la réputation de sa famille ? Non, ce n'est pas possible. Toutes ces choses que nous avons faites ici, sur ce dessus-de-lit en soie, étaient intimes, ça n'avait rien à voir avec la réputation des Royal.

En regardant l'heure, je me rends compte que je dois me dépêcher. Je me change à toute vitesse, mais lorsque je me regarde dans la glace, il y a un problème.

– Val, cette encolure est trop profonde.

Je me retourne pour lui montrer mon soutien-gorge blanc qui sort un peu. Elle hausse les épaules.

– Tu n'as qu'à l'enlever. Mets une brassière si tu as peur qu'on voie tes tétons.

– Je suppose que tu as raison.

Même si l'idée d'être dans le même endroit que Daniel sans mettre de soutien-gorge ne m'emballe pas.

Ça nous prend encore une demi-heure pour nous coiffer et nous maquiller. C'est moi qui le fais pour Valérie. Elle est sidérée par la quantité de produits de maquillage que j'ai accumulée.

– Tu as peut-être besoin de robes, mais ton kit de maquillage est une vraie bombe.com.

– Merci, mais ferme-la à présent, si tu ne veux pas que je te mette du rouge à lèvres sur les dents.

Je la menace avec le tube de rouge et elle m'obéit, elle ferme la bouche.

Une fois prêtes, nous attendons le départ des Royal. Il y a des portes qui claquent et des bruits de pas dans l'escalier. Mais l'un d'eux s'arrête à ma porte.

Un coup assourdissant me fait sursauter, suivi par la voix d'Easton.

– Ça va là-dedans ? On va rentrer tôt.

Je fais semblant d'être en pétard.

– Je m'en fiche, et ne frappe plus à ma porte. Je suis en colère contre toi. Contre vous tous.

– Même Reed, plaisante Easton.

– Vous tous.

– Ah, allez, frangine, tout ça c'est pour ton bien.

Soudain, je n'ai plus besoin de faire semblant.

– Vous, les Royal, vous ne pourriez pas savoir ce qui est bon pour moi, même si un lapin de *Playboy* vous le mettait sous le nez.

Valérie lève ses deux pouces en signe d'encouragement. Easton pousse un énorme soupir.

– Bien entendu que je ne pourrais rien voir si j'avais un lapin de *Playboy* devant moi. Je serais bien trop occupé à mater ses nichons.

Valérie ne peut plus s'arrêter de rigoler.

– Ne ris pas, tu ne fais que l'encourager.

– J'ai entendu et, oui, ça m'encourage, lance Easton de derrière ma porte. On sera de retour dans une ou deux heures. Attends-nous, on regardera un film tous ensemble.

– Va-t'en, Easton.

Il prend ses cliques et ses claques.

– Easton est adorable. Si je n'étais pas aussi amoureuse de Tam, je lui courrais après, avoue Valérie.

– Je ne crois pas que le problème, ce soit de l'attraper.

– Non, alors c'est quoi ?

– De le garder.

Chapitre 27

Nos chaussures à la main, Valérie et moi, nous longeons le littoral en direction de la propriété des Worthington.

– Qu'est-ce qui empêche les étrangers de venir squatter la fête ? je demande avec curiosité. Il suffit de longer la plage et d'entrer ensuite dans la maison, non ?

– Ils se rendraient compte que tu n'as rien à faire là juste en regardant tes vêtements. En plus, les seules personnes qui ont accès à cette plage habitent au bord, et à moins que tu puisses t'offrir une baraque à dix millions de dollars, tu ne fouleras jamais ce sable.

– Est-ce qu'ils vont nous renvoyer ?

Cette pensée ne m'était pas venue à l'esprit, c'est la première fois que je vais dans ce genre de soirée.

– Nan, parce que tu t'appelles Ella Royal et que, même si je suis un mouton noir, mon nom de famille, c'est Carrington.

Nous n'allons toutefois pas assez loin pour pouvoir rencontrer Brent Worthington, parce que les cinq frères Royal sont plantés à la lisière de la propriété. Ils préparent un mauvais coup, je m'en doutais.

Et c'est clairement un plan pour choper Daniel. Contre qui d'autre pourraient-ils en avoir ?

Mais si quelqu'un mérite de se venger, c'est bien moi. Je m'approche de leur groupe et ils ne me remarquent même pas.

– Hé, frangin, qu'est-ce que vous mijotez ? je demande à Gideon en lui lançant une grande claque dans le dos.

Reed pivote sur lui-même en grondant :

– Qu'est-ce que tu fais là ? Je t'avais dit de rester à la maison.

Gideon baisse les yeux sur moi en fronçant les sourcils.

– Moi aussi.

Easton ajoute alors son grain de sel.

– Moi aussi.

– Et vous deux ? je demande aux jumeaux, tous deux vêtus d'un short kaki et d'un polo Lacoste.

Ils me regardent innocemment en clignant des yeux. Il n'y a aucune façon de les différencier ce soir, ce qui est précisément ce qu'apprécie sans doute leur petite copine. Il va falloir que j'en marque un des deux au rouge à lèvres avant la fin de la soirée.

– Première nouvelle, je ne suis pas un chien. Je ne reste pas bien tranquille juste parce que vous m'en donnez l'ordre. Pourquoi suis-je censée rester à part ce soir, de toute façon ? Est-ce que les boissons sont bourrées de drogue, ici aussi ?

Derrière moi, Valérie pousse un cri de surprise, ce qui me vaut cinq coups d'œil réprobateurs.

– Non, répond Gideon, mais si les choses devaient mal tourner, papa sera moins en colère s'il sait que tu dors sagement au fond de ton lit, à la maison.

– Ou que tu es en train de te peloter avec Valérie, intervient Easton. Mais au lit et à la maison, c'est ça qui compte pour lui, ajoute-t-il rapidement quand c'est à son tour de faire face à des regards de reproche.

– Ta présence pourrait mettre la puce à l'oreille de Daniel, poursuit Reed, les sourcils de plus en plus froncés.

Valérie s'avance à mes côtés.

– Si le plan, c'était de ne pas se faire remarquer, Easton devrait avoir sa langue fourrée dans la bouche de quelqu'un, Reed devrait être en train de dire des mots doux à Abby (retenez-moi), Gideon devrait faire ses trucs de fac, et vous deux (et elle pointe un doigt vers l'un puis l'autre des jumeaux) vous devriez être en train de monter un canular à quelqu'un parce que, bordel, c'est vraiment impossible de vous reconnaître.

Easton cache un fou rire en toussant pendant que les jumeaux font mine de regarder ailleurs. Reed et Gideon échangent un long regard. Ce sont eux qui décident pour les autres frères Royal. Du moins cette nuit.

– Puisque vous êtes ici, inutile de vous faire rentrer à la maison, mais il s'agit d'une affaire qui ne concerne que les Royal.

Gideon lance un regard appuyé à Valérie qui comprend l'allusion au quart de tour.

– Soudain, j'ai très, très soif. Je crois que je vais aller me faire offrir une coupe de champagne par nos hôtes.

Après le départ de Valérie, je me frotte les mains l'une contre l'autre.

– Alors, c'est quoi le plan ?

– Reed va lancer une bagarre et filer une branlée à Daniel.

– C'est un plan merdique.

À nouveau, ils se tournent tous vers moi. Je dois avouer qu'être le centre de l'attention de cinq membres de la famille Royal, c'est assez impressionnant.

Je me concentre sur Reed et Gideon, ce sont eux que je dois convaincre.

– Vous pensez que vous allez réussir à pousser Daniel à se battre, juste comme ça ?

Les deux frères haussent les épaules.

– Et je suis sûre que vous croyez que ça va marcher, parce que tous les deux vous êtes prêts à vous battre pour défendre l'honneur de votre famille. Mais ce type n'a aucun honneur. Il n'a rien d'un combattant fair-play. C'est le genre de type qui est capable de droguer une fille parce qu'il n'a pas assez confiance en lui ou qu'il n'a pas la patience d'attendre qu'elle lui cède. C'est un lâche.

Je désigne de la main le corps incroyablement musclé de Reed.

– Reed pèse dix kilos de plus que lui et il a l'habitude de se battre.

– Elle est au courant pour les combats ? m'interrompt Gideon.

Reed acquiesce, et Gideon lève ses deux mains vers nous comme s'il en avait soupé de nos conneries de lycéens.

– Il va quand même falloir qu'il se défende, argumente Reed.

– Je te parie à cent contre un qu'il va se marrer et dire qu'il sait pertinemment que tu vas gagner. Et ensuite, si tu tentes d'aller plus loin, c'est toi qui passeras pour le méchant.

– Je m'en fiche.

– Très bien. Si vous voulez juste le rouer de coups, eh bien, allez-y.

Je leur montre la pelouse qui commence à se remplir.

– Reed ne peut pas donner le premier coup, lance Easton.

Déconcertée, je regarde alternativement un frère après l'autre.

– Pourquoi, c'est une de vos règles du club de boxe, ou quoi ?

– Non. Papa a surpris Reed en train de se battre il y a quelques mois. Il a dit que s'il le reprenait encore une fois, il expédierait les jumeaux à l'école militaire.

Wouah, c'est diabolique. Je sais que Reed n'en aurait rien à faire d'aller à l'école militaire, ou en tout cas, pas tant que ça, mais qu'il détesterait que les jumeaux soient obligés d'y aller. Callum n'en finit pas de me surprendre.

– Alors, tu ne peux plus jamais frapper quelqu'un ?

– Non, sauf pour me défendre ou pour défendre un membre de la famille. C'étaient ses termes exacts, siffle Reed entre ses dents. Si tu as une meilleure idée, accouche.

Je n'en ai pas, et ils le savent bien. Gideon hoche la tête et même Easton a l'air déçu. Je fixe le ciel bleu nuit, puis l'océan, puis la maison, puis à nouveau les frères. Et une idée jaillit dans mon esprit.

– Est-ce que les Worthington ont une poolhouse ?

– Ouais, répond Reed l'air inquiet.

– Où est-elle ?

La poolhouse des Royal, elle, est pratiquement entièrement en verre, pour pouvoir regarder l'océan d'un bout à l'autre de la piscine. Je tire Reed par le bras.

– Montre-moi.

Reed m'aide à monter sur les rochers et me guide jusqu'à la pelouse. Il me montre une structure sombre, juste au bord du deck en ciment qui entoure une grande piscine rectangulaire.

– Worthington la ferme à clé.

– Pour que personne ne puisse faire l'amour dedans. Valérie me l'a dit.

Tout cela est parfait.

Je me tourne vers les jumeaux. Sawyer fait un geste de protestation. Enfin, je présume qu'il s'agit de Sawyer à cause de la trace de brûlure sur son poignet.

– S'il faut que je m'habille en femme, ne comptez pas sur moi.

– Il faut récupérer Valérie, parce que je vais avoir besoin d'elle. Et j'aurai besoin des jumeaux. Les autres feront comme s'ils passaient une soirée normale. Quand le moment sera venu, Sawyer viendra vous prévenir. Il faudra que vous rassembliez le plus de monde possible autour de la piscine. Et préparez-vous à filmer, peut-être.

Easton me glisse alors,

– Qu'est-ce que tu nous mijotes, p'tite frangine ?

– Il n'y a rien de pire que la vengeance d'une femme blessée ou d'une fille droguée contre son gré, je réponds mystérieusement, avant de partir à la recherche de Valérie.

Je la trouve en train de bavarder avec Savannah, à mi-chemin entre la plage et la piscine, ce qui tombe parfaitement bien.

– Hé, je peux vous parler une minute ?

Valérie doit traîner de force Savannah, mais je me débrouille pour les isoler toutes les deux dans un coin. Je m'adresse d'abord à Savannah.

– Voilà, je voulais m'excuser de ne pas t'avoir écoutée l'autre nuit. J'étais seule, je voulais être avec quelqu'un, mais c'était impossible, alors je me suis dit que j'allais me rabattre sur Daniel. C'était une erreur.

Elle pince les lèvres, mais mes regrets véritables ou notre haine commune pour Daniel finissent par rompre la glace.

– J'accepte tes excuses, dit-elle brusquement.

– Oh Sav', ne sois pas aussi cul coincé, gronde Valérie. On est ici pour faire payer Daniel. Pas vrai, Ella ?

Savannah hausse un sourcil et me dévisage, soudain intéressée. J'acquiesce avec enthousiasme.

– Voilà le plan.

Après que je leur ai expliqué tous les détails, Valérie pousse des cris de joie, mais Savannah reste sceptique.

– Tu crois vraiment qu'il va gober ça ?

– Savannah, ce mec drogue des filles pour baiser avec elles. Il ne va pas refuser cette offre. C'est un délire de pouvoir pour lui, et on va lui en servir.

Elle hausse joliment les épaules.

– D'accord. J'en suis. Allons rabattre son caquet à ce taré.

Daniel est assis dans un fauteuil au bord de la piscine, une Heineken dans une main, et l'autre posée sur la cuisse d'une toute jeune fille. Elle doit être en première année. Un violent désir de justice m'envahit à nouveau. Il faut absolument l'arrêter. Comme l'a dit Savannah, il est temps de lui rabattre son caquet. J'adopte le ton le plus docile possible :

– Salut, Daniel.

Il lève la tête et cherche les Royal dans la foule. Il ne les voit pas, du coup il se renfonce dans son fauteuil en serrant plus fort la fille contre lui, comme si c'était un bouclier.

– Qu'est-ce que tu veux ? Je suis occupé.

Je frotte le sol en béton du bout de ma ballerine.

– Je voulais m'excuser pour l'autre nuit. J'ai… j'ai réagi de façon excessive. Tu es Daniel Delacorte et moi… (je lutte contre l'envie de rire) je ne suis personne.

La fille se met à bouger, mal à l'aise.

– Hum, je crois que j'entends ma sœur qui m'appelle. Je dois y aller.

Elle s'échappe de la main de Daniel. Comme il proteste, je poursuis.

– Je n'en ai que pour une minute. Ensuite, il sera tout à toi.

Daniel ironise :

– Une minute, c'est tout ? En général, ça dure plus longtemps avec moi.

La fille glousse et part en courant. Je comprends. C'est franchement bizarre de voir quelqu'un se faire humilier. Dès qu'elle est hors de portée de voix, le sourire distrait de Daniel se transforme en regard noir.

– À quoi tu joues ?

– Je veux une seconde chance. (Je me penche de façon à lui mettre mes seins sous le nez.) J'ai commis une erreur. Si tu m'avais dit ce que tu voulais, simplement, je n'aurais pas surréagi comme ça.

Seigneur, je n'arrive pas à croire que je doive lui raconter des conneries pareilles.

Son regard plonge dans les profondeurs de mon décolleté et il se met à se lécher les lèvres comme un horrible porc.

– Les Royal n'avaient pas l'air ravis.

– Ils étaient furieux, parce que j'ai fait une scène. Ils veulent que je la ferme et que je reste dans mon coin.

– Pourtant, tu es venue ce soir.

– Leur père les a obligés à m'emmener.

Il fronce les sourcils.

– Alors comme ça, tu veux leur foutre la honte, c'est ça ?

– Honnêtement ? En quelque sorte, oui. (Je mens, parce que je me dis que faire chier les Royal, cela doit lui plaire.) J'en ai marre que ces cons me forcent à être ce que je ne suis pas. (Je hausse les épaules.) J'aime faire la fête, j'aime m'amuser. J'ai essayé d'être bien comme il faut pour leur faire plaisir, mais… ce n'est pas moi.

Daniel semble intrigué.

– Donc, arrêtons de faire semblant. Quoi que tu désires, je suis partante, et pas uniquement moi.

Je désigne vaguement un point derrière moi.

– Tu connais Valérie, n'est-ce pas ? (Il hoche la tête en regardant de nouveau ma poitrine.) Je lui ai parlé de tes amies, Zoé et Nadine. Et elle est intéressée. On pourrait…

Je traîne et je pose ma main contre le genou de Daniel. J'avance la bouche tout contre son oreille.

– On s'est dit qu'on pourrait te montrer ce que savent faire les filles d'Astor Park. On est des danseuses toutes les deux, tu sais

– Ouais ?

Il a les yeux qui brillent.

– Et tu pourras faire tout ce que tu veux avec nous, je susurre.

À présent, il a l'air vraiment très intéressé.

– N'importe quoi ?

– N'importe quoi… tout ce que tu veux. Tu peux filmer si tu veux. Tu pourrais avoir envie de garder des souvenirs.

– Où ?

Sa main glisse entre ses cuisses. Beurk, est-ce qu'il va se branler comme ça, en face de moi ? Je serre les dents pour ne pas vomir partout sur ses genoux.

– À la poolhouse. J'ai forcé la serrure. Retrouve-nous là-bas dans cinq minutes.

Et je m'éclipse sans me retourner. Si j'ai mal jugé Daniel, ça ne va pas marcher et je vais devoir avaler mon chapeau devant les frères Royal. Mais je ne crois pas me tromper. Daniel Delacorte a l'opportunité d'avilir deux « moins-que-rien » et de prendre des photos d'elles, qu'il pourra montrer à tous ses potes pervers. Il n'est pas question qu'il rate cette occasion en or.

Lorsque j'entre dans le petit bâtiment, Valérie bondit d'une des deux chaises qu'elle et Savannah ont installées devant les baies vitrées. Comme celle des Royal, cette poolhouse est presque entièrement construite en verre, afin de ne pas obstruer la vue sur la mer depuis la maison, mais elle possède des volets que les filles ont tous fermés.

– J'aime bien la façon dont vous avez décoré cet endroit, je plaisante.

Valérie me jette quelque chose que j'attrape au vol. Une ceinture de peignoir.

– Merci. On voulait un truc minimaliste. Savannah et moi avons pensé que ça mettrait mieux en valeur notre installation artistique. La ceinture, ça va ?

Tout en repensant au yacht et à Reed, je lui réponds :

– Ça fera l'affaire. (Je l'enroule autour de ma taille.) Où est Savannah ?

– Je suis dans les toilettes, souffle-t-elle.

Un coup violent sur la porte annonce l'arrivée de Daniel. Je murmure :

– Que le spectacle commence !

Et je vais ouvrir la porte.

Chapitre 28

– J'ai bien failli croire que tu te fichais de moi, mais je viens de voir les Royal en train de picoler. Reed semble prêt à se taper Abby ce soir.

Daniel me déshabille effrontément du regard avant de se tourner vers Valérie.

– Et toi, Val, je n'aurais jamais cru que tu étais une cochonne. Mais j'aurais peut-être dû m'en douter.

Parce que nous sommes toutes les deux des merdes de classe inférieure, je termine pour lui.

La bouche de Valérie se tord d'un air moqueur. Comme elle ne réussit pas vraiment à faire semblant d'être chaud braise pour Daniel, je me dépêche de détourner son attention.

– Qu'est-ce que tu veux faire en premier ?

Je lui passe une main sur l'épaule et je l'attire vers une table au milieu de la pièce. Ça a dû être trop difficile de la bouger pour Valérie et Savannah.

– Et si vous faisiez ça toutes les deux ensemble ? suggère-t-il.

– Pas de préludes ? On y va direct ? (D'une main plus forte que nécessaire, je le pousse contre la table.)

Je crois que tu as besoin d'apprendre à te retenir. On va d'abord danser un peu pour toi.

Il se penche en arrière en croisant les bras et nous fait un signe de tête dédaigneux.

– Très bien. Mais je veux vous voir vous caresser et me montrer de la chair.

Valérie retrouve ses esprits et s'avance.

– Qu'est-ce que tu dirais si on te faisait un massage ? On t'en a déjà fait ?

– Un massage ? Bien sûr, j'en ai autant que je veux au club de mon père.

– Mais avec deux filles et un happy end ? (Elle agite ses doigts.) Comme le dit Ella, ne précipitons pas les choses. Nous pouvons te faire un massage, et ensuite tu nous regarderas faire nos trucs ensemble. Après tout, c'est toi qui devrais jouir le premier.

Daniel réfléchit un instant à son offre et finit par accepter.

– Ouais, ça me paraît bien. Vous, mes salopes, vous pouvez bien attendre votre tour.

Puis il fait un clin d'œil pour nous faire comprendre que le mot « salopes » est censé être une vanne. Aucune de nous ne rit et ça me demande un effort surhumain pour ne pas lui foutre mon poing sur sa tronche de prétentieux.

– Laisse-nous t'aider à enlever tes vêtements, dis-je gentiment.

Fort heureusement, Daniel ne se doute de rien. Il ne serait pas franchement rassuré avec Reed ou Gideon, mais il l'est avec deux filles trash qui, si elles n'avaient pas des parents riches, seraient probablement en train de vendre leurs corps dans la rue. Voilà comment fonctionne son cerveau, ce qui rend crédible notre petite histoire. Parce qu'il est Daniel Delacorte, le fils d'un juge, le joueur de lacrosse, un type à la réputation en or, que personne ne suspecterait d'être un tel salaud. Je ne doute pas une seconde que la cousine de Savannah appartienne à une branche moins aisée de sa famille.

Valérie et moi nous armons de courage pour réussir à toucher son corps, mais heureusement, il n'a pas besoin d'aide. Il baisse son short, son boxer, et enlève son tee-shirt avant qu'on ait eu le temps de dire ouf.

– Il y a quelqu'un ici qui bande, murmure Valérie.

Daniel se lèche les lèvres.

– Où veux-tu que je me mette ?

Elle pose ses mains sur ses hanches et fait semblant de réfléchir.

– Qu'est-ce que tu dirais de là ?

Elle désigne un tas de coussins juste devant les fenêtres.

Daniel va s'agenouiller sur les coussins.

– N'oubliez pas de faire attention à vos dents. Couvrez-les avec vos lèvres.

Je pense alors que c'est le dernier ordre qu'il me donnera, avant d'attraper nonchalamment une coupe de fruits sur la table et de lui frapper la tête avec, à toute volée.

Il se cabre en hurlant :

– Merde alors !

Abasourdi, il passe une main sur l'arrière de son crâne.

– Je t'avais dit que le vase n'était pas assez solide, s'écrie Savannah en sortant de la salle de bains.

Avant que Daniel ait le temps de s'enfuir, elle dirige vers lui un flacon de laque et lui en envoie une bonne giclée dans la figure.

– Salopes ! Toutes les trois, vous êtes mortes ! hurle Daniel.

Il trébuche vers la gauche et se heurte aux baies vitrées.

Nous éclatons de rire toutes les trois, et je rappelle à Savannah :

– Je ne veux pas le tuer, je veux juste le mettre K.-O.

– Que dirais-tu du chandelier ?

Je balance la lourde arme en argent et j'atteins Daniel à l'épaule. Savannah le cogne à la tête avec celui qui fait la paire, et Daniel s'effondre.

Valérie attrape une ceinture et m'en passe une autre.

– Tu as raison, Ella, ce type est une vraie ordure.

Aussi vite que possible, nous le ficelons comme une dinde. Comme il est dans les vapes, c'est facile de lui attacher les mains derrière le dos, de lui lier les chevilles ensemble puis de relier chevilles et poignets avec une ceinture.

Je ramasse une banane par terre.

– Dommage qu'on n'ait pas de ruban adhésif, on aurait pu lui scotcher ça au cul.

– Ça aurait été génial, gazouille Valérie.

Savannah fronce les sourcils.

– J'ai un truc à lui mettre au cul.

Elle lève sa jambe, la lance en arrière et lui balance un coup de pied d'une violence comme je n'en ai jamais vu, même dans un film. Apparemment, lui avoir balancé un chandelier de plus de deux kilogrammes sur la tête n'a pas suffi à calmer sa colère.

L'impact de son pied délicat sur le cul de Daniel est étonnant. Ça le réveille, et il pousse un hurlement de douleur. Un sourire mauvais éclaire le visage de Savannah. Valérie et moi la voyons se pencher sur lui et lui murmurer quelque chose à l'oreille, quelque chose qui le fait frissonner.

Puis elle se redresse et passe une main dans ses cheveux pour bien les lisser autour de sa jolie petite tête.

– Je suis prête. Je ne veux pas passer une minute de plus avec cette espèce d'ordure.

– Attendez, dit Valérie.

Nous nous retournons pour la voir lancer une pomme en l'air. Un sourire s'épanouit lentement sur mon visage.

– Tu penses à la même chose que moi ? je demande.

Ce plan est diabolique. J'adore ça.

Savannah se met à rire, elle rit tellement fort qu'elle arrive à peine à nous aider à ouvrir la bouche de Daniel et à y glisser la pomme, mais un garçon à poil et dans les vapes, ça ne nous pose pas trop de problèmes

– Allons-y.

Je cours vers la porte et je retrouve Sawyer derrière.

– On est prêtes.

– Nous aussi, répond-il avec un petit sourire. Vous l'avez tué ? Parce que c'est ce qu'il m'a semblé en entendant ses glapissements.

– Je crois que Savannah en avait l'intention, mais nous l'avons retenue.

– J'ai toujours bien aimé cette nana, dit Sawyer.

Je me penche en arrière et je fais signe aux filles de sortir. Savannah et Valérie passent par les portes coulissantes qui mènent à la plage. Une fois qu'elles sont sur la grève, j'allume les lumières et j'ouvre les volets roulants. Les Worthington nous ont facilité la tâche. Pendant que les lumières s'allument et que les volets s'ouvrent, Sawyer et moi nous courons rejoindre les filles qui attendent aux côtés de Sébastian.

Lorsque nous arrivons, Seb pose une main sur l'épaule de Valérie et l'autre sur celle de Savannah.

– Je n'arrive pas à croire qu'on va rater le spectacle, dit-il d'un air triste.

Ça m'emmerde, moi aussi, mais nous avons convenu que ce n'était pas une bonne chose pour moi et les filles d'être au milieu de la foule lorsqu'on va dévoiler Daniel. Si n'importe lequel de ses copains suppose que c'est nous qui sommes derrière tout ça, il pourrait s'en prendre à nous. Les jumeaux nous serviront de gardes du corps en cas de besoin.

Nous attendons en tendant l'oreille aux sons qui nous révéleraient que Daniel, ficelé et exposé comme un porc pour un barbecue, est visible par tous. Les premiers sons qui nous parviennent sont des cris d'horreur. Puis un cri que nous n'arrivons pas à discerner, et ensuite le silence. Après ce qui me paraît être un long moment, mais doit sembler une éternité à Daniel, nu et attaché, il y a un fort « Oh mon Dieu ! » et « Putain de merde, c'est Daniel Delacorte ? ». D'autres voix s'y joignent, jusqu'à ce que chaque invité se mette à commenter la scène qui se déroule devant lui.

Il y a des applaudissements, des sifflements, des cris. Pour une raison inconnue, je me mets à trembler. Je tremble si fort qu'il faut que je m'appuie à Sawyer. Il passe un bras autour de moi et me frictionne de la main. Je bégaie :

– Je… je ne sais pas pourquoi je me sens si faible.

– Tu as une chute d'adrénaline.

Il plonge une main dans sa poche et me tend un paquet de bonbons à la menthe. J'en mets deux dans ma bouche. Je m'applique à bien mâcher, et peut-être est-ce l'apport de sucre qui m'aide ou bien le fait de me concentrer sur autre chose que sur le coup auquel j'ai participé, mais je m'arrête de trembler et je commence à me réchauffer.

– Où est le reste de l'équipe Royal ?

Sébastian me jette un regard amusé comme s'il savait pertinemment de quel Royal je parle.

– Il est témoin de l'humiliation de Daniel avec le reste d'Astor Park et il s'assure qu'on colporte la véritable histoire.

– La vérité. Qu'il a été tabassé par une fille.

– Trois filles, je corrige.

– C'est une meilleure histoire s'il n'y en a qu'une, s'amuse Sawyer.

– Mais vous ne voulez pas en avoir le crédit, vous aussi ?

– Officiellement ? Naan. (Sawyer sourit.) Ça finirait par revenir aux oreilles de papa et il ne nous lâcherait plus jusqu'à notre service militaire. Mais on saura que c'est nous qui l'avons fait, et c'est tout ce qui compte.

Un rassemblement au bout de l'embarcadère attire mon attention. Les trois autres Royal arrivent. Sawyer m'attrape par le bras et m'entraîne sur la plage. Valérie nous crie qu'elle rentre en voiture avec Savannah et je lui fais un rapide signe de la main tout en courant avec les jumeaux. Leurs frères ne sont pas loin derrière.

– Tu aurais dû voir sa tête, commence Gideon.

– Mec, sa queue était toute riquiqui, rigole Easton.

– Est-ce qu'elle avait rétréci ou bien il est vraiment comme ça ?

– L'hématome sur son front avait l'air sérieux. Est-ce que c'est toi qui lui as fait ?

Reed a l'air impressionné.

– Wouah, wouah, wouah. (Je lève les mains.) Je ne peux pas vous répondre à tous en même temps.

– Tu as fait du bon boulot.

Gideon me surprend en me passant vigoureusement la main dans les cheveux.

– C'était parfait, dit Reed d'une voix traînante, et son regard approbateur me fait chaud au cœur et me remue à l'intérieur.

Easton me prend dans ses bras et me fait tournoyer dans les airs.

– Tu es une cheffe, Ella. Rappelle-moi de ne plus jamais t'emmerder.

Un ensemble de cris et d'invectives nous fait nous retourner vers la maison des Worthington. Easton me fait glisser au sol et nous découvrons une foule massée sur le sommet de la dune. On entend un gros splash, est-ce que quelqu'un est tombé dans la piscine ?

– Il vient de pousser Penny Lockwood dans la piscine ! crie quelqu'un avant d'éclater de rire.

– Le voilà, dit Gideon en soupirant.

Lui, c'est Daniel, qui charge à travers la foule. Même dans la nuit noire, nous nous rendons bien compte qu'il est fou furieux.

– Ne le laisse pas te mordre, il pourrait bien avoir la rage, me murmure Easton à l'oreille.

Daniel s'arrête au bord de la pelouse et parcourt le littoral des yeux. Quand il nous voit, il hurle, nous montre du doigt et saute dans le sable dans un mouvement athlétique surprenant.

– Regardez-moi ça ! C'est impressionnant.

– N'oublie pas qu'il fait partie de l'équipe de lacrosse, me rappelle Sawyer.

– Je vais vous tuer. Vous tous ! En commençant par toi, espèce de raclure.

Reed esquisse un sourire en se tournant vers nous.

– Ça sonnait comme une menace, pas vrai ?

Easton hoche la tête.

– Je pense qu'Ella est en grand danger. Tu sais que papa n'aimerait pas ça.

Heureux comme je ne l'ai jamais vu, Reed me pousse derrière lui pendant que Daniel court sur le sable, uniquement vêtu de son short kaki. De petits éclats de lumière s'allument quand de nombreux participants à la fête décident d'immortaliser cette scène. Les Royal me repoussent en arrière et je dois jouer des coudes entre les jumeaux pour pouvoir voir ce qui se passe.

J'arrive juste à temps, parce qu'au moment où je parviens à glisser ma tête entre cette montagne de muscles que représentent les Royal, Daniel se jette sur Reed en grondant. Reed fait un pas en avant et lance son poing contre la mâchoire de Daniel.

Daniel s'écroule comme une pierre.

Chapitre 29

C'est pleins d'entrain que nous regagnons le manoir. J'envoie un rapide texto à Valérie pour m'assurer qu'elle est rentrée bien tranquillement avec Savannah. Elle me répond que tout baigne. En fait, les Carrington habitent à deux pas des Montgomery.

Easton marche devant moi. Les jumeaux, qui sont devant nous, rient encore de la scène que nous avons laissée chez les Worthington. Leurs voix parviennent jusqu'à nous.

– Il l'a mis K.-O. en deux temps trois mouvements, glousse Sawyer.

– C'est un nouveau record pour Reed, acquiesce Sebastian.

Reed et Gideon traînent derrière nous. Chaque fois que je me retourne, je les vois penchés l'un vers l'autre, en grande discussion. Il est évident que ces deux-là partagent des secrets que ni Easton ni les jumeaux ne connaissent, et ça me dérange, parce que je commençais vraiment à croire à la devise Royal du « tous unis ».

Nous atteignons la maison, mais je m'arrête devant les marches.

– Je vais aller faire un petit tour au bord de l'eau, dis-je à Easton.

– Je t'accompagne.

– J'ai envie d'être un peu seule. Ne m'en veux pas.

– Pas du tout.

Il se penche et dépose un baiser sur ma joue.

– Ce soir, c'était vraiment une vengeance de première classe, p'tite sœur. Tu es mon nouveau héros.

Une fois Easton parti, je laisse mes chaussures sur un rocher et je marche pieds nus sur le sable. La lumière de la lune m'éclaire et je n'ai pas fait vingt pas que j'entends quelqu'un derrière moi. Pas besoin de me retourner pour comprendre que c'est Reed.

– Tu ne devrais pas te balader toute seule ici.

– Quoi ? Tu crois que Daniel va surgir de derrière un rocher pour m'attaquer ?

Reed arrive à ma hauteur. Je m'arrête et je me tourne vers lui. Comme d'habitude, la beauté de son visage me saisit.

– C'est possible. Tu l'as sacrément humilié ce soir.

Autant en rire.

– Et toi, tu l'as mis K.-O. Il est probablement chez lui à cette heure, en train de se passer de la glace sur la figure.

Reed hausse les épaules.

– Il l'a bien cherché.

Je fixe l'eau, et lui me regarde. Je sens son regard qui me brûle la peau et je me retourne vers lui avec un sourire désabusé.

– Vas-y, dis-les.

– Quoi ?

– D'autres mensonges. Tu sais, du genre que la nuit dernière, c'était juste pour me rendre service, que tu ne voulais pas vraiment, bla-bla-bla.

À ma grande surprise, il éclate de rire.

– Oh mon Dieu ! Est-ce que j'ai bien entendu un rire ? Reed Royal rit, les amis. Quelqu'un devrait appeler le Vatican, un véritable miracle divin vient de se produire.

J'obtiens un autre gloussement.

– Tu es tellement chiante, grommelle-t-il.

– Ouais, mais tu m'aimes bien quand même.

Il se tait, puis il pousse un soupir avant de poursuivre :

– Ouais, peut-être bien.

Je fais semblant d'être stupéfaite.

– Deux miracles en une seule nuit ? C'est la fin du monde ?

Reed attrape une mèche de mes cheveux et tire dessus.

– Ça suffit comme ça.

Je m'approche de l'eau, mais elle est encore plus froide que d'habitude. Je pousse des cris stridents quand elle touche mes orteils et je recule.

– Je déteste l'Atlantique. Le Pacifique, c'est tellement mieux.

– Tu habitais sur la côte Ouest ?

Il a l'air curieux malgré lui.

– Ouest, Est, Nord, Sud, on a habité partout. On n'est jamais restées longtemps au même endroit. Je crois que le plus long, ça a été un an, à Chicago. Ou peut-être à Seattle, deux ans, mais ça ne compte pas parce que maman était malade et que nous n'avions pas le choix.

– Pourquoi est-ce que vous bougiez autant ?

– À cause de l'argent, en général. Si maman perdait son boulot, il fallait qu'on fasse nos valises pour aller là où il y avait de l'argent à gagner. Ou alors elle tombait amoureuse et on déménageait avec son nouveau petit ami.

– Elle a eu beaucoup de petits copains ?

Sa voix est dure. Je lui réponds honnêtement.

– Ouais, elle tombait souvent amoureuse. Et puis, très vite, elle ne l'était plus vraiment.

Je le regarde d'un air narquois.

– C'est du désir ça, pas de l'amour, dit Reed en haussant les épaules.

– Peut-être. Mais pour elle, c'était de l'amour.

Je marque une hésitation.

– Est-ce que tes parents s'aimaient ?

Je n'aurais pas dû poser cette question, parce qu'il se raidit comme un bout de bois.

– C'est ce que prétend mon père. Mais putain, il n'a jamais agi comme un homme amoureux.

Je crois que Reed a tort. Quand on entend Callum parler de Maria, il est évident qu'il l'aimait profondément. Je ne sais pas pourquoi ses fils refusent de le voir.

– Elle vous manque beaucoup à tous, hein ?

Je change de sujet, pour quelque chose de plus sûr, mais cela n'efface pas la tension sur son visage. Reed ne répond pas.

– C'est normal. Maman me manque chaque jour. C'était la personne qui comptait le plus dans ma vie.

– C'était une strip-teaseuse.

Sa réponse dédaigneuse me noue les épaules.

– Et alors ? Elle payait nos factures comme ça. Ça nous assurait un toit. Ça payait mes cours de danse.

Des yeux bleus perçants me fixent.

– Est-ce qu'elle t'a forcée à faire du strip-tease quand elle est tombée malade ?

– Non. Elle ne l'a jamais su. Je lui racontais que j'étais serveuse, ce qui était vrai. J'ai fait ça, et j'ai aussi travaillé dans un camion-pizza, mais ça ne suffisait pas à payer ses frais médicaux, alors j'ai piqué sa carte d'identité et j'ai trouvé un boulot dans un des clubs en ville.

Je soupire.

– Je ne m'attends pas à ce que tu comprennes. Tu n'as jamais eu à te soucier de gagner de l'argent.

– Non, c'est vrai.

Je ne sais pas qui de nous deux a bougé le premier, mais nous marchons à nouveau. D'abord à quelques pas de distance, mais plus nous avançons, plus nous nous rapprochons l'un de l'autre, au point que nos bras nus se touchent à chacun de nos pas. Sa peau est tiède et la mienne me chatouille à chaque frôlement.

– Ma mère était gentille, finit-il par me révéler.

C'est aussi ce que m'a dit Callum. Je pense à la femme que Steve a épousée, Dinah, cette horrible mégère qui a des tableaux d'elle à poil partout chez elle, et je me demande comment les deux amis ont pu épouser des femmes si différentes.

– Elle se souciait des autres. Trop, peut-être. Elle avait un faible pour les histoires tristes. Elle se donnait beaucoup de mal pour aider les autres.

– Elle était gentille avec toi ? Avec tes frères ?

Reed hoche la tête.

– Elle nous aimait. Elle était toujours là pour nous, elle nous donnait des conseils, elle nous aidait à faire nos devoirs. Et, chaque jour, elle passait un moment seule avec chacun d'entre nous. Je suppose qu'elle ne voulait pas que nous nous sentions négligés ou que nous pensions qu'elle avait son préféré. Et le week-end, on faisait toujours des trucs tous ensemble.

– Comme quoi ? je demande, curieuse.

Il hausse les épaules.

– Des musées, le zoo, du kiting.

– Du kiting ?

Il hausse les yeux au ciel.

– Du vol en cerf-volant, Ella. Ne me dis pas que tu n'en as jamais fait.

– Nan. Mais je suis allée au zoo une fois. Un des copains de maman nous avait emmenées dans ce zoo de merde, au milieu de nulle part. Ils avaient une oie et un lama et ce petit singe qui m'avait jeté du caca dessus quand nous sommes passés devant lui.

Reed éclate de rire. C'est le son le plus sexy que j'ai jamais entendu.

– Et ensuite, il s'est avéré que le zoo était une couverture pour un trafic de drogue. Le petit copain était venu acheter de l'herbe.

Aucun de nous ne fait de commentaire sur l'énorme différence de nos enfances respectives, mais je sais que nous y pensons, lui comme moi.

Nous continuons à marcher. Ses doigts frôlent les miens. Je retiens mon souffle, je me demande s'il va me prendre la main, mais il ne le fait pas et la déception est trop forte.

Je m'arrête et je le regarde droit dans les yeux. Ce n'est pas une bonne idée, parce que je sais qu'il peut lire le désir sur mon visage. Ce qui rend son regard impénétrable, du coup je ravale ma frustration.

– Tu m'aimes bien.

Sa mâchoire tressaille.

– Tu as envie de moi.

Encore un tressaillement.

– Merde, Reed, pourquoi ne veux-tu pas l'admettre ? À quoi ça sert de mentir ?

Comme il ne répond pas, je fais demi-tour et je m'éloigne en frappant le sable avec mes pieds nus. Soudain, je suis tirée en arrière et mes épaules heurtent violemment une large poitrine d'homme, ce qui me coupe le souffle.

Le menton de Reed vient se poser sur mon épaule, ses lèvres sont à un millimètre de mon oreille.

– Tu veux que je te le dise ? Parfait, je vais le dire. J'ai envie de toi. J'ai une envie dingue de toi.

Je sens son sexe qui se presse contre mes fesses, et je comprends qu'il ne ment pas. Alors qu'un frisson parcourt ma colonne vertébrale, Reed me fait faire volte-face et sa bouche s'écrase sur la mienne.

Son baiser est assez chaud pour transformer l'Atlantique en lave. Mes lèvres s'ouvrent, sa langue glisse entre elles, elle dévore ma bouche si avidement qu'elle me laisse pantelante. Je m'accroche à ses larges épaules et je fais ensuite glisser mes mains sur sa taille fine.

Il gémit et m'attrape les fesses en roulant des hanches afin que je puisse le sentir le plus possible. Ensuite, après un autre baiser complètement planant, il me relâche et recule en chancelant.

– Je pars en fac l'année prochaine, dit-il d'une voix rauque. Je pars, et il y a toutes les chances que je ne revienne jamais. Je ne suis pas assez égoïste pour débuter quelque chose que je ne peux pas terminer. Je ne vais pas te faire subir ça.

Je m'en fiche, j'ai envie de dire. Je me contenterais de lui n'importe comment, même si c'est pour un temps très court, mais je ne prononce pas les mots, parce que je sais qu'ils ne le feront pas changer d'avis.

– Rentrons à la maison, marmonne-t-il quand mon silence se prolonge.

Je le suis sans mot dire, mes lèvres picotent encore après son baiser, le cœur encore lourd de son rejet.

Je viens tout juste de m'assoupir quand la porte de ma chambre s'ouvre en grinçant. Je lève la tête, à moitié groggy. Quelques secondes plus tard, je suis parfaitement réveillée. Reed grimpe dans mon lit. Il ne dit pas un mot. La pièce est trop sombre pour que je puisse voir l'expression de son visage, mais je sens la chaleur de son corps lorsqu'il se glisse contre moi. Et la chaleur de sa main quand il caresse ma joue avant d'attraper mon menton et de tourner ma tête vers la sienne.

– Qu'est-ce que tu fais ? je murmure.

Sa voix semble douloureuse.

– J'ai décidé d'être égoïste.

Le bonheur éclate dans ma poitrine. Je glisse mes bras autour de son cou et je le serre plus fort. Ses lèvres planent sur les miennes, mais il ne m'embrasse pas.

– Juste ce soir, dit-il.

– Tu avais déjà dit ça la nuit dernière.

– Cette fois, c'est vrai.

Il m'embrasse, et la moindre protestation que j'aurais pu exprimer se perd dans le contact avide de nos lèvres.

Il gémit quand ma langue touche la sienne. Ses hanches puissantes roulent contre moi, sa queue dure frotte ma cuisse. Je bouge afin que nous nous nous retrouvions face à face, chacun sur le côté, nos bouches scellées l'une contre l'autre.

– Merde, s'étrangle-t-il, et ses mains plongent sous mon tee-shirt. Dans mon slip.

Ses doigts me taquinent, appuient sur les points sensibles qui me font gémir contre ses lèvres. Nous nous caressons, nos mains passent et repassent sur nos peaux nues. Aucun de nous ne prend la moindre pause pour respirer. Nous nous dévorons.

Je n'ai pas à attendre bien longtemps pour que la tension interne de mon corps explose en milliers de petites étincelles. Le plaisir m'envahit de plus en plus, je halète contre sa bouche. Reed tremble et, cette fois, c'est moi qui avale son gémissement de plaisir.

Ensuite, nous restons allongés, mêlés l'un à l'autre. Nous nous embrassons pendant ce qui me paraît durer des heures. Je ne veux plus jamais qu'il parte. Je veux qu'il reste dans ce lit pour toujours.

Mais exactement comme la veille, lorsque je me réveille le lendemain matin, il a disparu.

Je me demande si j'ai rêvé, mais quand je me retourne, je sens son odeur sur mes oreillers. Son shampoing, son savon, son after-shave épicé. Il était là. C'était réel.

Le manque me frappe de plein fouet, et même le soleil qui brille à travers les rideaux n'arrive pas à effacer ma déception.

Mais cette déception est remplacée d'un seul coup par un sentiment de panique lorsqu'un cri perçant traverse le manoir. Je crois que ça venait du salon de devant. Je saute du lit, j'ouvre ma porte en grand. C'est alors qu'un autre hurlement me déchire les tympans.

C'est Brooke qui hurle :

– Tu ne vas pas t'en sortir comme ça ! Pas cette fois, Callum Royal !

Chapitre 30

J'atteins la rampe au moment précis où Easton se rue hors de sa chambre. Ses cheveux noirs sont en bataille et ses yeux injectés de sang lorsqu'il me rejoint.

– C'est quoi cette merde ? marmonne-t-il.

Nous regardons tous deux vers le bas, en direction du salon, où Brooke et Callum se font face. C'est presque comique, parce qu'elle a au moins une tête de moins que lui et que, du coup, elle ne représente pas la moindre menace pour lui.

– J'ai le droit d'être ici ! hurle Brooke, en tapant sur la poitrine de Callum d'un doigt à l'ongle aiguisé.

– Non, pas du tout. Tu n'es pas une Royal et tu n'es pas une O'Halloran non plus. Tu n'es pas à ta place dans cette maison.

– Alors, dis-moi où est ma place ? Pourquoi est-ce que je dois supporter toutes tes conneries ? Tu me traites comme si j'étais ta maîtresse, pas ta compagne ! Où donc est ma bague, Callum ? Où est ma putain de bague ?

Je ne peux pas voir le visage de Callum, mais je discerne parfaitement la tension dans ses épaules.

– Le corps de ma femme est encore tiède ! hurle-t-il.

À côté de moi, Easton se crispe, lui aussi. Je tends la main vers la sienne. Il me serre tellement fort qu'il me fait mal.

– Tu t'attends à ce que je me remarie, comme si ça n'était pas grand-chose…

– Ça fait deux ans ! l'interrompt Brooke. Elle est morte depuis déjà deux ans. Réveille-toi !

Callum titube, comme si elle l'avait frappé.

– Je ne te laisserai plus te défiler. C'est terminé.

Brooke s'avance brusquement et l'attrape par le pan de sa chemise de soirée, qu'elle froisse entre ses doigts.

– J'en ai marre de toi, tu m'entends ? C'est fini !

Sur ce, elle le repousse et file vers la porte. Le bruit de ses hauts talons résonne sur le sol en marbre. Callum ne cherche pas à la rattraper, et quand elle s'en rend compte, elle se retourne en pointant un doigt vers lui.

– Si je passe cette porte, je ne reviendrai jamais !

Une voix plus froide lui répond :

– Fais attention de ne pas te prendre la porte en sortant.

Easton pouffe de rire.

– Tu… tu… tu es un monstre ! glapit Brooke.

Elle ouvre la porte si violemment qu'un courant d'air traverse le salon et que je le sens jusqu'au deuxième étage.

Sa tête blonde et sa minirobe disparaissent sur le seuil. Elle fait claquer la porte de toutes ses forces.

Le silence retombe sur le salon. Je décèle un mouvement sur le côté. Je me retourne pour découvrir les autres membres de la famille Royal, juste derrière nous. Les jumeaux ont l'air endormis. Gideon, lui, a l'air choqué. Le visage de Reed est impassible, mais je jurerais entrevoir un éclair de triomphe dans ses yeux. Easton ne cherche même pas à cacher sa joie.

– Est-ce que c'est vraiment arrivé ? nous demande-t-il en secouant la tête, l'air stupéfait.

Callum entend la voix de son fils et il lève la tête vers la rampe d'escalier. Il a l'air touché, mais pas effondré, que sa petite amie vienne tout juste de le larguer.

– Papa, l'appelle Easton, avec un immense sourire. Ça, c'est un homme, et un vrai. Viens ici me faire un « high five » !

Son père a soudain l'air las.

Au lieu de répondre à Easton, Callum me regarde fixement.

– Puisque tu es réveillée, Ella, pourquoi ne viens-tu pas un instant dans mon bureau ? Il faut que nous ayons une petite conversation.

Et il quitte le salon.

Je me mords la lèvre, j'hésite à le rejoindre. Je me souviens tout d'un coup qu'il a dit à Brooke qu'elle n'était ni une Royal ni une O'Halloran, et mon angoisse augmente. J'ai l'impression qu'ils se querellaient à propos de Steve. Ce qui veut dire, indirectement, à propos de moi.

– Vas-y, murmure Reed lorsqu'il voit que je ne bouge pas.

Comme d'habitude, j'obéis à ses ordres, sans même m'en rendre compte. On dirait bien qu'il me domine, et je ne suis pas sûre d'apprécier. Mais je suis incapable de l'empêcher.

Je descends l'escalier sur des jambes chancelantes et je rejoins Callum dans son bureau. Il a déjà ouvert l'armoire à liqueurs et se verse un verre de scotch bien tassé lorsque j'entre dans la pièce.

– Est-ce que vous allez bien ? je demande doucement.

Il me montre le verre dans sa main, le liquide éclabousse les parois.

– Ça va, ça va. Je suis désolé de t'avoir réveillée comme ça.

– Alors, c'est vraiment terminé entre vous ?

Je ne peux m'empêcher d'éprouver de la peine pour Brooke. J'ai pu découvrir son côté salope, bien sûr, mais elle a aussi été gentille avec moi. Enfin, c'est ce que je crois. Brooke Hudson est une fille difficile à comprendre.

– Probablement. (Il sirote son verre à petites gorgées.) Elle n'avait pas complètement tort. Attendre deux ans, c'est long pour une femme.

Callum pose son verre sur son bureau et passe une main dans ses cheveux.

– La lecture du testament est prévue pour dans deux semaines.

Je le regarde sans comprendre.

– Le testament ?

– Oui, celui de Steve.

Je ne comprends toujours pas.

– Mais ça n'a pas déjà eu lieu ? Je croyais que vous m'aviez dit que les obsèques avaient déjà eu lieu.

– C'est vrai, mais tout n'a pas encore été réglé. Dinah et moi avons commencé les démarches après la mort de Steve, mais la lecture du testament a été ajournée jusqu'à ce qu'on puisse te retrouver.

Je parie que Dinah a apprécié.

– Faut-il vraiment que j'y aille ? Est-ce que Dinah n'hérite pas de tout, puisque c'est sa femme ?

– C'est bien plus compliqué que ça.

Il n'entre pas dans les détails.

– Mais oui, il faut que tu y ailles. Je viendrai aussi, en tant que tuteur légal, ainsi que Dinah et nos avocats. Elle est partie à Paris hier soir, mais elle revient dans deux semaines, et alors nous pourrons tout régler tout. Ça se passera bien, je te le promets.

En la présence de Dinah O'Halloran ? Cause toujours. Ce sera douloureux, plutôt.

Mais je me contente de hocher la tête et de dire :

– Ok. Si je dois y aller, j'irai.

Il hoche la tête lui aussi et attrape son verre.

Callum décolle un peu plus tard pour aller jouer au golf. Il prétend que marcher pendant les dix-huit trous l'aide à avoir l'esprit plus clair. Je m'inquiète en me demandant jusqu'à quel point il a prévu de se torcher avant de me rappeler qu'il est adulte et que je n'ai que dix-sept ans, alors je me mords la langue.

Un par un, les membres de la famille s'en vont. Gideon part avant le déjeuner pour rentrer à la fac.

Il a toujours l'air plus heureux quand il repart que quand il arrive.

Bientôt, il n'y a plus que moi dans la maison. Je me réchauffe un reste de quiche et j'envisage ensuite d'aller faire un tour sur la plage. Cela fait un mois à peine que je suis arrivée chez les Royal, mais ce mois a été bien rempli, plein de vie. Il se passe toujours quelque chose. Pas toujours quelque chose de bien, mais je n'ai pas été seule un instant, et maintenant je réalise que je n'aime pas la solitude. C'est agréable d'avoir des amis et de la famille autour de soi, même si cette famille est super-dysfonctionnelle.

Je me demande si c'est la raison pour laquelle Gideon continue à rentrer régulièrement.

– Est-ce que tu m'as gardé un peu de ce truc aux œufs ?

La voix de Reed me fait sursauter.

Je pose une main sur mon cœur comme pour l'empêcher de sauter hors de ma poitrine.

– Tu m'as fait peur. Je croyais que tu étais parti avec Easton.

– Nan.

Il traverse la pièce pour regarder par-dessus mon épaule.

– Qu'est ce qu'il y a d'autre dans le frigo ?

– De la nourriture, je lui réponds.

Il me tire les cheveux avec espièglerie, du moins c'est ce que je crois, et va examiner les possibilités qui s'offrent à lui.

La porte dans une main, il se tient debout devant le frigo.

– Un problème ?

Je m'arrête de manger pour admirer les lignes sexy de son corps, et la façon dont ses muscles bougent pendant qu'il farfouille à la recherche de nourriture.

– Je suppose que tu ne voudras pas me faire un sandwich ? dit-il.

– Sûrement pas.

Il claque la porte et me rejoint à table, il me pique mon assiette et ma fourchette et engloutit la moitié de la quiche avant même que j'aie le temps de protester.

– C'était à moi !

Je plonge et je tente de les lui reprendre.

– Sandra voudrait que tu partages avec moi.

Il me repousse d'une seule main… encore.

Merde. Il faut que je me mette à faire de la musculation. J'essaie de récupérer mon assiette, et cette fois, Reed ne me repousse pas. Il me tire à lui et la surprise me fait perdre l'équilibre. Je finis par m'écrouler sur ses genoux, avec mes jambes de part et d'autre de ses larges cuisses.

J'arrête de me tortiller pour me libérer sans succès quand il pose fermement une main sur mes fesses. Puis il m'embrasse, et je ne peux m'empêcher de répondre avec force à son baiser. Je veux qu'il fasse ces bruits de gorge qui m'indiquent que je l'excite.

– Tu es parti ce matin, dis-je quand il me relâche.

Soudain, j'aimerais pouvoir ravaler mes paroles, parce que je crains qu'il me dise quelque chose qui va me faire de la peine.

– Je n'en avais pas envie, répond-il.

– Pourquoi es-tu parti, alors ?

Toute ma fierté est à terre, mais ma faiblesse ne l'arrête pas.

Il passe ses doigts dans mes cheveux.

– Parce que je deviens faible quand il s'agit de toi. Je n'ai pas assez confiance en moi pour rester dans ton lit toute la nuit. Putain, la moitié des trucs auxquels je pense suffirait à me faire foutre en taule.

Ses paroles m'étourdissent de plaisir.

– Tu penses trop.

Il produit un son incompréhensible, d'impatience, de cynisme, d'humour ? Et il m'embrasse à nouveau. Très vite, ce baiser ne nous suffit plus. Je me baisse pour tirer sur sa chemise. Ses mains courent sur mon corps, sous mon tee-shirt, sous la ceinture élastique de mon short. Je me donne à lui, à la recherche de l'apaisement que seul Reed sait m'apporter.

Un bruit de pas sourd à l'extérieur de la cuisine nous fait sursauter.

– Tu as entendu quelque chose ? je chuchote.

Reed se lève dans un mouvement souple et puissant et, tout en me portant dans ses bras, sort dans le hall. Il est vide. Il me pose par terre et me donne une légère tape sur les fesses.

– Et si tu allais enfiler un maillot de bain ?

– Hum, et pourquoi je ferais ça ?

Je veux juste retourner à table, m'asseoir sur ses genoux pendant qu'il m'embrasse comme un fou, mais il est déjà en train de sortir.

– Parce qu'on va aller nager, lance-t-il par-dessus son épaule.

Je grimpe les escaliers en soupirant. En arrivant en haut des marches, je vois Brooke qui sort de ma chambre. Ou du moins, c'est ce qu'il me semble.

Je m'arrête tout net, la colère et le soupçon me tordent le ventre. Qu'est-ce qu'elle pouvait bien faire dans ma chambre ? Eh merde, mon argent est là-dedans. Et si jamais elle me l'avait pris ?

Je la détaille rapidement, mais elle n'a pas de sac et ses vêtements sont si moulants qu'il lui est impossible de cacher une liasse de billets sur elle. Cela dit, elle n'a rien à faire ici, et j'affiche mon mécontentement en avançant vers elle.

– Qu'est-ce que tu fais ici ?

Elle avance vers moi en prenant tout son temps.

– Eh bien eh bien, mais voilà la petite orpheline, Ella, la nouvelle maîtresse du château Royal.

– Je croyais que tu avais dit à Callum que tu partais et que tu ne reviendrais jamais, dis-je prudemment.

– C'est ce que tu espères, se moque-t-elle en balançant ses longs cheveux blonds sur le côté.

Si jamais elle a un jour éprouvé de l'amitié pour moi, c'est bien fini à présent.

Inutile de me battre, alors je l'évite, je fais un pas de côté et je me place devant la porte de ma chambre.

– N'entre pas dans ma chambre. Je suis sérieuse, Brooke. Si je te prends à nouveau sur le fait, je le dirai à Callum.

– C'est vrai. Callum. Ton sauveur. L'homme qui t'a tirée de la fange et qui t'a amenée dans son palais.

L'amertume se lit dans ses yeux.

– Il a fait la même chose avec moi. Moi aussi, il m'a sauvée, tu t'en souviens ? Mais devine quoi, ma poulette, nous sommes des produits jetables. Nous sommes toutes des produits jetables pour lui. (Elle lève une main parfaitement manucurée vers mon visage.) Ta vie est transformée, n'est-ce pas ? Comme celle d'une princesse de conte de fées. Mais les contes de fées n'existent pas. Les filles comme nous rentrent toujours dans leur citrouille à la fin du bal.

Je me rends compte que ses yeux brillent de larmes.

– Brooke, dis-je gentiment. Laisse-moi t'appeler un taxi, d'accord ?

Mon cœur s'attendrit en face d'elle. Elle souffre et elle a besoin d'aide. Je ne sais pas ce que je peux faire à part la faire rentrer chez elle.

– Il se fatiguera de toi aussi, continue Brooke comme si je n'avais rien dit. (Ma réponse lui importe peu. Elle a juste besoin qu'on l'écoute.) Retiens bien mes paroles.

– Merci pour tes conseils, je réponds sèchement, mais je pense qu'il est temps pour toi d'y aller.

J'essaie de la diriger vers les escaliers, mais elle me repousse et va se cogner contre le mur d'en face.

De ses lèvres rouge cerise s'échappent des éclats de rire hystériques.

– J'ai eu les Royal dans le creux de la main bien plus longtemps que toi, ma chérie.

J'en ai marre de l'écouter. Elle veut juste se plaindre et dire du mal de la famille Royal. Ma patience est à bout, alors je rentre dans ma chambre, je ferme la porte de toutes mes forces et je cours à la salle de bains. D'une main tremblante, je tâte l'intérieur du placard. Quand ma main frôle le paquet de billets, je pousse un énorme soupir de soulagement. Il faut que je déplace mon argent à un endroit auquel j'aurai seule accès. Aussi vite que possible.

– Qu'est-ce qui ne va pas ? me demande Reed à l'instant où j'entre dans le patio.

Je ne peux lui répondre tout de suite, je suis sans voix. Je ne sais pas comment je peux fonctionner avec Reed face à moi, simplement vêtu d'un short de surf qui semble sur le point de lui tomber des hanches. Sa poitrine est un véritable mur de muscles, et j'ai un mal de chien à me concentrer. Ma dispute avec Brooke perd de son importance lorsque le type le plus sexy du monde est debout devant moi.

– Ella ? demande-t-il d'une voix amusée.

– Quoi ? Oh, je suis désolée. C'était Brooke. Elle sortait de ma chambre. Du moins, je crois que c'était de ma chambre.

La chambre de Callum est de l'autre côté de la maison. La large cage d'escalier sépare la maison en deux. Les chambres des garçons sont d'un côté, celle de Callum de l'autre. Les chambres d'amis sont au premier étage. Brooke n'avait absolument aucune raison de se trouver de notre côté de la maison.

Reed fronce les sourcils et se dirige vers la porte.

– Elle est partie. J'ai vu sa voiture descendre l'allée lorsque je suis sortie.

– Il faut qu'on change le code du portail, murmure-t-il.

– Mmmm hmmm.

Je ne peux me retenir de continuer à le mater.

Avant que j'aie pu faire le moindre mouvement, Reed me prend dans ses bras et me jette dans la piscine. Je recrache de l'eau en remontant à la surface.

– Pourquoi tu as fait ça ? je hurle en repoussant mes cheveux trempés de mon visage.

Il sourit d'un air diabolique.

– Tu semblais avoir besoin de te rafraîchir un peu.

– Tu peux parler !

Je remonte sur le bord carrelé et je fais un mouvement vers lui.

Il n'a pas de mal à s'enfuir. Inutile de tenter de le rattraper. Il est plus grand et plus rapide que moi. Je vais devoir recourir à la ruse.

Je fais semblant de me cogner le pied contre une chaise longue.

– Ouille ! je braille en chancelant au bord du bassin, et en me penchant pour attraper mon pied.

Reed se précipite vers moi.

– Ça va ?

Je lève mon pied censé être blessé pour qu'il l'examine.

– Je me suis cogné l'orteil.

Il se penche et je le pousse dans l'eau. Il refait immédiatement surface en secouant la tête et il sourit.

– Je t'ai laissée faire.

– Tu parles !

Je regarde, fascinée, l'eau ruisseler sur son corps. Il me fait signe de venir le rejoindre.

– Nous sommes tous les deux mouillés à présent, alors tu pourrais aussi bien ramener ton joli petit cul dans la piscine.

– Pourquoi ? Pour que tu puisses me faire couler ?

– Je ne te ferai pas couler. (Il lève deux doigts.) Parole de scout.

Je regarde ses doigts du coin de l'œil.

– Je trouve que ça ressemble plus à un salut vulcain[15] qu'à une parole de scout.

Il frappe la surface de l'eau de toutes ses forces et une vague énorme m'éclabousse.

– Petite maligne, le salut vulcain, c'est avec quatre doigts. Alors, ne me force pas à sortir.

– Je viens juste parce que j'en ai envie, pas parce que tu me l'ordonnes.

Reed fait les gros yeux et m'éclabousse à nouveau.

Je prends mon élan et je cours, je m'élève haut dans les airs et je me mets en boule pour retomber juste

15. Le salut vulcain est, dans l'univers de *Star Trek*, un geste de la main consistant en une main levée, paume en avant avec les doigts écartés en forme de « V » et le pouce tendu.

à côté de Reed. Je l'entends hurler de rire lorsque je m'enfonce dans l'eau.

On passe dix minutes à essayer de se faire boire la tasse.

Pendant ce temps, j'ai peut-être essayé de baisser un peu son short, et sa main a dû frôler le haut de mon bikini. Mon corps réagit au quart de tour à cette caresse très légère. La fois suivante où je plonge vers ses hanches, il m'attrape les poignets et me ramène à la surface. Il me traîne en arrière jusqu'à ce qu'il soit assis sur le rebord de la piscine et que je sois debout dans l'eau, devant lui.

– Tu crois que tu peux me déculotter, hein ?

Je feins l'étonnement.

– Je nageais, c'est tout. Je suis innocente, Monsieur le commissaire.

Je lève mes poignets toujours emprisonnés. Reed passe un doigt sur ma poitrine.

– Tu n'as pas l'air d'une innocente.

En signe de vengeance, je glisse mon pied derrière son mollet et je souris d'un air narquois quand il bascule sur le carrelage.

– Il fait un froid de canard ici, je dis. N'importe qui aurait envie de sortir.

– Si tu as froid, je vais te réchauffer, moi.

Il repousse mon haut de bikini d'une main, jusqu'à ce que mes seins soient complètement à l'air.

Je crois que jusqu'à présent, j'ai toujours fermé les yeux quand il m'a touché là, et c'est étonnamment érotique de le regarder me prendre dans sa bouche en plein jour. Il me mordille tout doucement, puis lèche mon téton avant d'ouvrir la bouche et de se mettre à le sucer.

Bordel.

Je halète :

– Je… euh… je crois que je vais me noyer là-dedans.

Il lève la tête et me lance un regard coquin.

– Ce serait inacceptable.

Il me sort de l'eau et m'emporte dans la poolhouse.

Nous nous jetons sur le sofa en haletant. Reed roule sur le dos et me place sur lui, à califourchon sur ses cuisses. Nous sommes trempés tous les deux, mais peu m'importe que mes cheveux dégoulinent sur sa poitrine nue. Je suis trop occupée à gémir parce que ses mains s'accrochent à mon haut de bikini et que ses hanches se balancent contre moi.

Il défait les lanières autour de mon cou et dans mon dos, et mon bikini tombe enfin. Son regard devient instantanément lubrique.

– Je t'ai désirée à la seconde même où je t'ai vue, m'avoue-t-il.

– Vraiment, je le taquine, tu veux dire lorsque je suis entrée chez toi et que tu es resté à me dévisager du haut de l'escalier ?

– Oh oui. Tu es entrée fringuée comme une SDF, avec cette chemise de flanelle boutonnée jusqu'au cou et ton regard flamboyant posé sur moi. C'était le truc le plus torride que j'aie jamais vu.

– Je pense que nous n'avons pas la même définition du mot torride.

Il se met à rire.

En parlant de torride, sa poitrine est en feu. Elle brûle mes mains qui caressent ses pectoraux. Quand je me penche pour l'embrasser, il me répond avec tant d'avidité que j'en ai le souffle coupé. Nos lèvres s'épousent si parfaitement. Je laisse courir mes mains sur sa poitrine, sa respiration s'accélère. Ses muscles tremblent sous mes doigts.

J'adore l'idée que c'est moi qui l'excite. J'excite Reed Royal, le type qui fronce les sourcils au lieu de sourire, qui garde ses émotions sous clé, qui les cache au reste du monde.

Il ne cache plus rien du tout en ce moment. Son désir se lit sur son visage. Je le sens lorsqu'il se presse contre moi.

Je baisse la tête pour l'embrasser de nouveau. Il me fait gémir en jouant des pouces sur mes tétons.

La respiration hachée, je ploie sur ses mains. Un soupir de frustration s'échappe de sa bouche.

– Je suis à nouveau égoïste, murmure-t-il.

– J'aime ça quand tu es égoïste, je souffle.

Il a un rire étranglé, puis nous fait rouler à nouveau et glisse une main dans mon bas de maillot de bain.

– Je veux te donner du plaisir.

Ses lèvres trouvent les miennes, la jouissance me traverse. Je ferme les yeux et je surfe sur des vagues de sensations indescriptibles jusqu'à ce que nos respirations soient assez haletantes pour recouvrir de buée tous les panneaux de verre dans la poolhouse.

– Reed.

Seul son nom surgit de mon environnement rempli de brume. Mon cerveau ne fonctionne plus. La seule chose que je puisse faire, c'est de laisser le plaisir monter en moi et tout emporter.

Quand je redescends sur terre, il me sourit d'un air assez content de lui.

Je ferme un peu les paupières, je voudrais le gifler pour avoir le pouvoir de me faire perdre ainsi le contrôle, mais c'est une pensée idiote, parce que, oh mon Dieu, que c'était bon !

Mais ça ne serait pas mauvais non plus d'élever un peu le débat. Je le pousse à nouveau sur le dos et je me mets à l'embrasser sur la poitrine. Chaque centimètre carré. La respiration de Reed se fait plus saccadée. Lorsque mes lèvres se dirigent vers l'élastique de son short, il se raidit. Je lève les yeux pour voir sa tête. Il semble être en attente. Mes doigts tremblent en jouant avec sa ceinture.

– Reed ?

– Mmm ?

Ses yeux sont fermés à présent.

– Tu peux me dire comment faire… hum…

Je marmonne un vague… « tu sais ».

Il ouvre grands les yeux. J'ai l'impression qu'il se retient de rire, ce qui me contrarie.

– Ah. Ouais… bien sûr.

Je me hérisse.

– Ouais, bien sûr ? Je ne vais pas le faire si tu ne veux pas…

– J'en ai envie.

Il répond si vite que c'en est comique, et c'est moi qui ris à présent.

– J'en ai vraiment, vraiment envie.

Il baisse rapidement son short.

Mon cœur bat très fort lorsque j'approche mes lèvres. Je veux faire ça bien, mais comme je sens qu'il m'observe, j'ai envie de me dépêcher.

– Tu ne l'as vraiment jamais fait avant ? me demande-t-il d'une voix rauque.

Je secoue la tête. Pour une raison que j'ignore, ça a l'air de vraiment l'embêter.

– Qu'est-ce qui ne va pas ?

Mon front se plisse au fur et à mesure que son visage se crispe.

– Je suis un vrai salaud. Tous ces trucs que je t'ai dits sur le yacht… tu devrais me détester, Ella.

– Mais ce n'est pas le cas.

Je caresse son genou.

– Apprends-moi comment faire ça bien pour toi.

– C'est déjà bien.

Son regard est voilé, et il attrape l'arrière de ma tête dans une main en glissant doucement ses doigts dans mes cheveux. Son autre main attrape l'une des miennes et pose délicatement mes doigts autour de son sexe.

– Sers-toi aussi de ta main, murmure-t-il.

Je lui donne un petit coup de pompe.

– Comme ça ?

– Ouais… comme ça… C'est… bon…

En m'enhardissant, je glisse le bout de son gland dans ma bouche et je le suce.

Il manque sauter du sofa.

– C'est encore meilleur, gronde-t-il.

Je souris, j'aime les bruits qu'il fait. Je manque d'expérience, mais j'espère que mon enthousiasme compensera parce que j'ai vraiment envie de lui faire plaisir. J'ai envie qu'il perde le contrôle.

Il continue à caresser mes cheveux, et mon souhait est exaucé plus vite que je ne le pensais. Il explose sous moi en tremblant violemment, et quand je grimpe sur lui ensuite, il me serre fort contre lui en disant « je ne mérite pas ça ».

Je veux lui demander ce qu'il veut dire, mais je n'en ai pas l'occasion. Nous sommes interrompus par des coups violents sur l'une des vitres.

– P'tite sœur, grand frère, la baise, c'est terminé.

C'est Easton, il rit en frappant du poing sur la vitre.

– Va te faire voir, lui répond Reed.

– J'aimerais bien, mais papa vient d'appeler. Il est en train de rentrer et il veut nous emmener tous dîner dehors. Il sera là dans cinq minutes.

Merde. Reed s'assied et passe une main dans ses cheveux. Puis il regarde nos corps nus et sourit.

– On ferait mieux de s'habiller. Papa va faire un caca nerveux s'il nous trouve comme ça.

– Ah bon ?

Depuis la première fois que ce truc a débuté avec Reed, je me laisse aller à me demander comment

Callum réagirait s'il était au courant. Je pense que Reed a sans doute raison. Je suis à Bayview depuis un mois seulement, et Callum est déjà hyperprotecteur avec moi. Merde, il était protecteur avec moi avant même de me connaître.

Callum n'aimerait pas ça.

Mon regard s'arrête sur les fesses nues de Reed lorsqu'il se lève et enfile son short.

Callum détesterait ça.

Chapitre 31

– Ella !

Trente minutes plus tard, Callum m'appelle depuis le bas des escaliers.

– Descends, j'ai quelque chose à te montrer !

Je roule sur moi-même et je plaque un oreiller sur ma tête. Je n'ai pas envie de quitter ma chambre. J'étais montée me changer pour le dîner, mais en fait, je suis restée allongée sur mon lit pour repenser au truc génial qui s'est passé dans la poolhouse.

Je n'ai aucune envie de descendre voir Callum et de me demander ce qu'il ferait ou ce qu'il dirait s'il était au courant pour Reed et moi. Je veux juste rester dans ce cocon rose et me souvenir très fort. Ce que nous avons fait dans la poolhouse était si bon, rien ne doit venir interférer avec mon souvenir.

Mais ses appels insistants deviennent difficiles à ignorer. Surtout quand Easton se met à frapper à ma porte.

– Allez, ramène-toi, Ella. Je meurs de faim, et papa ne nous laissera pas partir au restaurant tant que tu ne seras pas descendue.

– Je viens.

Je me jette hors du lit et j'enfile mes chaussures bateau. Elles sont en train de devenir mes préférées. Elles sont tellement confortables. Je me demande pendant un instant si je ne commets pas un terrible impair en portant des chaussures bateau en dehors d'un bateau, avant de décider que je m'en fiche royalement.

Lorsque j'atteins l'escalier du deuxième étage, tous les membres de la famille Royal sont en bas, qui m'attendent, avec chacun un sourire différent sur le visage. Depuis une esquisse chez Reed jusqu'à la bouche fendue d'une oreille à l'autre chez Callum.

– Est-ce que l'un de vous voudrait bien fixer le plafond ? Vous me mettez mal à l'aise, je bougonne.

Callum a un geste impatient.

– Viens dehors, nous allons découvrir ensemble ce qui se trouve dans l'allée.

Malgré moi, je ressens une vague d'excitation. Ma voiture, ou du moins la voiture que Callum a achetée pour moi, doit être arrivée. J'essaie de ne pas dévaler l'escalier, mais Easton en a assez d'attendre. Il grimpe les marches quatre à quatre et il me tire jusqu'au hall d'entrée. Là, le reste des Royal me pousse à l'extérieur.

Au milieu de l'allée, au pied des larges marches, attend une décapotable deux places. L'intérieur est recouvert de cuir crème et de bois sombre vernis. Les chromes des jantes brillent si fort que je cligne des yeux.

Mais rien n'est aussi impressionnant que sa couleur. Pas rose, non. Mais d'un vrai bleu roi, le même bleu qui ornait l'avion qui m'a amenée ici, le même que sur les cartes professionnelles de Callum.

Je me tourne vers lui, il hoche la tête.

– Je l'ai fait peindre dans nos ateliers de Californie. C'est notre bleu roi, sa formule est brevetée par Atlantic Aviation.

La main de Reed exerce une légère poussée sur mes reins et je trébuche en direction de la voiture. Elle est si belle, si propre, si neuve, que je ne vais pas oser la conduire.

– Tu es prête à aller l'essayer ?

– Pas vraiment, j'avoue.

Ils se mettent tous à rire, pas de moi, mais d'un bon rire, généreux. Mon cœur se met à battre très fort. Est-ce que c'est vraiment ma famille ? Cette pensée fait disparaître mes dernières réticences.

Callum me tend les clés ainsi qu'une feuille de papier.

– C'est la carte grise à ton nom. Quoi qu'il arrive, cette voiture est à toi.

Ce qui signifie que si je décide de partir, pour quelque raison que ce soit, il s'attend à ce que j'emporte la voiture avec moi. Ce qui est dingue, parce que j'ai peur juste de m'asseoir dedans.

– Allez viens. Allons faire faire un tour à ce bébé.

Reed ouvre la portière passager et se glisse à l'intérieur.

Devant tous ces regards impatients, je n'ai pas d'autre choix que de m'installer à la place du conducteur. Reed m'explique comment avancer mon siège, il baisse le volant et allume la radio, le truc le plus important.

Et ensuite, il suffit d'appuyer sur un bouton, le moteur rugit et nous voilà partis.

– Je déteste conduire, j'avoue en me dirigeant vers la route à deux voies très tranquille qui mène à la résidence Royal.

Je suis crispée sur le volant et je ne me sens pas capable de rouler à plus de quarante kilomètres à l'heure. Les maisons, le long de ce boulevard bordé d'arbres, sont ou bien entourées de murs, ou bien les allées qui y mènent sont tellement longues qu'on ne peut rien discerner à part des chemins bituminés noyés sous les arbres et les bougainvillées.

La voiture est assez petite pour que Reed puisse tendre son bras et le poser sur le dossier de mon siège. Il passe ses doigts dans les mèches de mes cheveux.

– Alors, c'est une bonne chose que tu m'aies, parce que moi, j'adore conduire.

– Vraiment ? je lui demande tranquillement, assez contente d'avoir à regarder la route plutôt que ses yeux bleus. Tu veux dire, je t'ai ?

– Ouais, je pense que tu m'as.

Et tout le reste du trajet, j'ai l'impression de voler.

– On dirait que ça vous a plu, nous lance Callum en nous accueillant.

– C'est le meilleur tour que j'aie jamais fait.

Et ensuite, comme je suis folle de joie, je me jette dans ses bras.

– Vous êtes trop gentil, Callum. Merci. Merci pour tout.

Callum est abasourdi par mon explosion de joie, mais il me serre dans ses bras. Les garçons nous séparent en se plaignant qu'ils ont le ventre vide, et nous allons tous dans une rôtisserie plus bas, où les Royal mangent comme quatre.

Quand nous rentrons à la maison, je cours dans ma chambre pour ajouter le tour en voiture à ma liste des choses merveilleuses qui se sont produites dans ma vie. Je le place juste après la pipe.

Cette nuit-là, Reed se glisse dans mon lit.

– J'étais en train de faire un rêve merveilleux, je marmonne quand il se colle contre moi.

– C'était quoi ?

– Tu entrais dans ma chambre et tu me gardais dans tes bras toute la nuit.

– J'aime bien ce rêve, chuchote-t-il à mon oreille avant de faire exactement ça, me serrer dans ses bras jusqu'à ce que je m'endorme.

Lorsque je me réveille, il n'est plus là, mais mes draps sentent encore son odeur.

Je le retrouve en bas, affalé sur la table de la cuisine.

– Tu n'as pas d'entraînement ? je demande l'air de rien, sans oser espérer qu'il veuille toujours me conduire au boulot.

– Je ne peux pas te laisser seule sur la route, si tôt, dans une nouvelle voiture. Il va falloir que tu la bousilles un peu avant de savoir la conduire, encore à moitié endormie.

J'essaie d'oublier que mon cœur bat la chamade dans ma poitrine.

– Hé, je dormais en toute innocence quand un gros ours est entré et a décidé que mon lit lui convenait parfaitement.

Il me tire les cheveux.

– Je crois que tu te trompes de conte de fées, là.

– Et lequel serait le bon ? Aladin, parce que tu as décidé de m'emmener faire un tour en tapis volant magique ? je lui demande en faisant mine de voler.

Reed éclate de rire.

– C'est ça que tu penses de ma bite ? Qu'elle est magique ?

Je rougis tellement violemment qu'il rit encore plus fort.

– Mince, tu es vraiment vierge, n'est-ce pas ?

Les joues encore brûlantes, je lève mon majeur.

– Voilà ce que je pense de toi et de ton, hum… joujou magique.

– Bite, il me lance entre deux éclats de rire. Allez, Mademoiselle l'ingénue, dis-le, bite.

– Tu es une tête de nœud, ça c'est bien vrai.

Et je le mate tout le temps que nous mettons à atteindre la voiture.

Reed réussit enfin à recouvrer son sérieux lorsqu'il boucle sa ceinture. Il se penche pour m'embrasser et, hop, ma colère disparaît en un éclair.

Je flotte littéralement dans les airs pendant toute ma matinée à *La Baguette Française* et je reste de bonne humeur pendant toute la journée au lycée.

Je tombe sur Reed plusieurs fois de suite, mais hormis quelques regards échangés en secret et un clin d'œil de sa part, nous ne nous adressons pas la parole. Ça m'est égal, parce que je ne suis pas sûre d'être prête à annoncer à tout le monde à Astor Park que je sors avec un type qui est en quelque sorte mon demi-frère.

Au déjeuner, Valérie et moi nous sommes sidérées quand Savannah nous fait signe de venir nous asseoir avec elle est ses copines. Je suppose que l'opération Démolition-de-Daniel-Delacorte fut un succès à plusieurs niveaux, même si Savannah ne semble pas totalement à l'aise avec moi.

Après l'école, je fais mes devoirs sur la pelouse Sud en attendant que Reed et Easton aient terminé leur réunion d'équipe. Reed me raccompagne ensuite à la propriété, un bras passé sur mes épaules pendant tout le trajet. En rentrant, nous découvrons que Callum est parti en voyage d'affaires au Nevada, ce qui signifie que nous allons avoir la maison pour nous jusqu'au samedi. Ouais, génial.

Ce soir-là, Reed entre dans ma chambre sans frapper pendant que je lis.

– Bien entendu, entre, je t'en prie, je lui lance d'un ton sarcastique.

Je roule sur le dos et je le regarde poser un énorme bol de pop-corn sur ma table de nuit.

– Merci. Ne m'en veux pas. Tu veux un truc à boire ?

Il examine le contenu de mon frigo.

– Tu n'as rien là-dedans qui ne soit pas marqué « sans sucre » ?

Il s'éloigne et sort sa tête dans le couloir.

– Rapporte de la bière. Ella n'a que des merdes de régime.

J'entends un « d'accord » étouffé au bout du couloir.

Je remonte jusqu'à la tête de lit.

– J'ai bien peur d'avoir à te demander ce qui se passe.

– On va regarder le match.

– Qui ça, on ?

– Toi, moi et Easton. Nous, explique-t-il.

Et il grimpe sur mon lit.

Je dois me déplacer pour qu'il ne m'écrase pas. Je regarde autour de moi avec inquiétude. Mon lit est assez grand pour Reed et moi, mais pour Easton, Reed et moi ?

– Je ne crois pas.

– Bien sûr que si !

Reed m'attrape et me tire entre ses jambes, en m'installant confortablement contre sa poitrine.

Easton arrive un peu plus tard et s'assied à la place que j'ai abandonnée. Il ne s'étonne même pas de nous trouver dans une position aussi agréable. Reed pose le bol de pop-corn entre nous et allume la télé.

– Où sont les jumeaux ? je demande. Mon lit est rempli par deux géants Royal, alors si on ajoute les jumeaux, ça sera comme essayer de faire entrer une poitrine 95C dans un 85A.

– Ils vont chez Lauren, répond Easton avant de fourrer une poignée entière de pop-corn dans sa bouche.

– Tous les deux ?

– Ne pose pas de questions si tu ne veux pas connaître la réponse, suggère Reed, et je me tais sur-le-champ.

Même si j'avais d'autres questions, je ne suis pas sûre que j'obtiendrais des réponses. Une fois le match commencé, c'est comme si je n'étais plus là. Reed et Easton poussent des acclamations, des hurlements, et se congratulent l'un l'autre. Je passe le temps en admirant les belles fesses musclées à l'écran, en souriant aux commentaires bourrés de sous-entendus, du style comment un type qui a la balle doit foncer dans le trou, ou l'équipe adverse ne réussit pas à pénétrer assez profond la zone arrière.

Aucun des deux frères n'apprécie mes observations. Alors, je me contente de rester entre les jambes de Reed et de profiter de leur compagnie. De temps en temps, Reed se penche et me caresse le dos, ou passe une main dans mes cheveux. Ses gestes sont simples, comme si nous étions en couple depuis des années. Il y a des façons bien pires de passer la nuit, me dis-je.

Le score est assez serré, et au bout d'un moment, je m'assoupis, gavée de pop-corn et barbée par le jeu. C'est la sonnerie du téléphone d'Easton qui me réveille. Il sort répondre et Reed s'allonge à côté de moi comme mon chauffage personnel.

– C'était qui ? je demande à moitié endormie.

– Qui sait ? Tu dormais ?

– Non, je me repose les yeux, c'est tout. On en est où ?

– Les Lions sont en train d'écraser les Titans.

– Ce sont les vrais noms des équipes ou bien tu es en train de les inventer ?

– Ce sont les vrais noms des équipes.

Il paraît amusé. Son doigt tiède musarde le long de la ceinture élastique de mon short. Je m'étire, en ressentant cette chaleur, familière depuis peu, se propager dans mes os.

– Est-ce qu'on a fini de regarder le football ?

C'est plus une suggestion qu'une question. Les yeux bleus de Reed s'embrument. Il grimpe sur moi et me maintient prisonnière entre ses bras et ses jambes.

– Ouais, je crois qu'on en a fini avec ça.

Sa tête descend lentement et je lèche mes lèvres avec impatience.

– Qu'est-ce qui se passe, les Lions viennent de marquer ou quoi ? demande Easton qui entre en trombe.

Reed soupire en reculant.

– Tu vois comme ce serait chouette si les gens se mettaient à frapper avant d'entrer, je murmure, pendant que Easton attrape la télécommande et monte le volume.

Reed se contente de croiser les bras en grognant. Nous observons Easton qui se met à faire les cent pas.

L'équipe en bleu et argent, avec des lions sur ses casques, occupe le terrain. L'équipe adverse, avec un

T en flammes sur ses casques, ne fait pas un très bon boulot, elle n'arrive pas à protéger sa zone de scores.

Pendant les vingt minutes suivantes, l'équipe bleu et argent marque touchdown sur touchdown, jusqu'à ce qu'ils égalisent.

Easton est hors de lui. Au moment du coup de sifflet final, il est aussi blanc que les voilages aux fenêtres.

– Qu'est-ce qui se passe ? Combien tu as misé sur ce match ? demande Reed.

J'ai hérité des problèmes d'addiction de ma mère. Oh, Easton !

Easton hausse les épaules, il essaie de faire comme si ce n'était pas grave.

– J'ai ce qu'il faut, frangin.

Reed serre les dents, comme s'il se retenait pour ne pas hurler sur Easton. Il finit par dire :

– Si tu as besoin de quoi que ce soit, je suis là.

Easton nous fait un sourire las.

– Oui bien sûr. Je dois passer un coup de fil à présent. Ne faites rien que je ne ferais pas moi-même, nous lance-t-il sur un ton faussement joyeux.

– Easton a un problème de jeu ? je demande à Reed une fois qu'il a refermé la porte de sa chambre.

Reed pousse un soupir exaspéré.

– Peut-être bien. Je ne sais pas. Je pense qu'il boit et qu'il joue parce qu'il s'ennuie, pas parce qu'il est accro. Mais je ne suis pas psy, n'est-ce pas ?

Je cherche quelque chose à dire, mais je ne trouve que « je suis désolée ».

– Ni toi ni moi n'y pouvons rien.

En regardant les mouvements que fait la mâchoire de Reed, je sais qu'il ne le pense pas une seconde.

– Je vais me coucher.

Reed se lève. Je replie mes jambes sous moi, je me retiens de le supplier de rester.

– Okay, dis-je d'une toute petite voix.

Ses sourcils se froncent.

– Je ne crois pas que je serais de bonne compagnie ce soir.

– Ça va.

Je me lève pour aller aux toilettes. Est-ce que je suis blessée qu'il ne veuille pas rester avec moi ce soir ? Un petit peu.

Il m'attrape par le poignet lorsque je passe devant lui.

– Je suis juste énervé et je ne veux pas t'entraîner dans quoi que ce soit…

– Est-ce que c'est un discours du genre « ce n'est pas ta faute, c'est moi » ? Parce que ce sont les pires. Personne n'a envie d'entendre ça.

Un sourire contraint apparaît lentement sur ses lèvres.

– Non. C'est plutôt un « tu es bien trop bandante pour ton discours à la noix et j'ai un mal de chien à ne pas laisser traîner mes mains sur toi ».

Je me tourne vers lui et je plante un doigt dans sa large poitrine.

– Qui t'a dit que je voulais que tu gardes tes mains pour toi ?

Il attrape mon doigt et m'attire à lui.

– Tu es vraiment prête, Ella ? Prête à aller jusqu'au bout ?

J'hésite, et c'est la réponse qu'il attendait. En posant sa tête contre la mienne, il me caresse la joue avec son nez.

– Tu ne l'es pas, et ce n'est pas grave, parce que je peux très bien attendre, mais dormir avec toi est une véritable torture. Ton corps pressé contre le mien… et je me réveille…

Il s'interrompt, mais je comprends ce qu'il veut dire parce que c'est vrai pour moi aussi. J'ai soudain mal à des endroits où je n'aurais jamais pensé pouvoir avoir mal.

– On pourrait faire d'autres trucs.

Je me lèche les lèvres en pensant à la poolhouse.

Il grogne et plonge sa tête dans mon cou.

– Il n'y a pas le feu. Sérieusement. On va prendre notre temps et faire ça bien.

Avec une autre profonde inspiration, il me repousse doucement et recoiffe une mèche de mes cheveux.

– On est d'accord ?

Il n'y a aucune raison de ne pas être d'accord. Je connais assez Reed pour savoir qu'une fois qu'il a décidé quelque chose, ça prend un temps fou pour le faire changer d'avis, ce qui signifie que je vais passer la nuit toute seule.

– On est d'accord.

Je me hisse sur la pointe des pieds pour l'embrasser sur la joue, mais Reed tourne la tête et nos lèvres se rencontrent.

Le long et tendre baiser qu'il me donne calmerait n'importe quel chagrin. La sensation de son corps si dur contre le mien n'y est pas pour rien non plus.

Et les derniers relents de mon sentiment d'abandon s'évanouissent lorsque Reed se glisse dans mon lit, plus tard dans la nuit. Silencieusement, j'enroule son bras autour de moi et je tombe dans un profond sommeil.

Chapitre 32

Le jeudi, Valérie m'aborde pendant la pause déjeuner.

– Qu'est-ce qui se passe entre Reed et toi ?

J'essaie de prendre l'air le plus innocent possible en répondant.

– Qu'est-ce que tu veux dire ?

– Apparemment, hier il t'a accompagnée jusqu'en bio et il a passé sa main dans tes cheveux.

Je la regarde fixement avant d'éclater de rire.

– Et ça signifie que Reed Royal m'a fait une super-déclaration ? je lui demande d'un air incrédule.

Elle acquiesce.

– Reed ne joue jamais les chevaliers servants. Même quand il était censé sortir avec Abby…

En entendant ça, je fronce le nez. Je déteste entendre leurs deux noms dans la même phrase.

Valérie m'ignore et poursuit :

– … il l'évitait. Il ne l'embrassait jamais devant son casier. Il ne la tenait jamais par la main. Bien sûr, elle allait à ses matchs de foot, mais lui était sur le terrain, alors ce n'était pas comme s'ils flirtaient pendant les matchs.

Elle regarde dans le vague d'un air pensif comme si elle les revoyait. Je me retiens de bâiller.

– La seule fois où on les a vus ensemble, c'était dans une fête. Alors ouais, le fait qu'il t'ait touchée intentionnellement, c'est énorme.

Je baisse les yeux sur mon plateau de blancs de poulet bio élevé localement et légumes frais pour que Valérie ne se rende pas compte que pour moi aussi, c'est énorme. La sensation de ses doigts effleurant la base de mon cou mardi matin est restée gravée dans ma mémoire. Lorsque je reprends le contrôle, je jette un coup d'œil à Valérie.

– Nous avons décidé de faire une trêve.

C'est tout ce que je reconnais.

Elle me jette un regard inquiet, mais n'insiste pas parce que c'est une amie.

Avec espièglerie, je me penche sur la table, je lui prends la main et je la presse contre ma poitrine.

– Tu es la première dans mon cœur, Val.

– Y'a intérêt, ma poulette.

Elle me pince le sein et je repousse sa main. Elle enfourne une carotte en rigolant. Lorsque nous avons terminé notre déjeuner, elle m'annonce qu'il va y avoir une soirée « plus de dix-huit ans » au Moonglow club.

J'hésite, ma première réaction est d'envoyer un texto à Reed pour lui demander ce qu'il fait, mais je réalise que ça ferait de la peine à Valérie et que, quoi qu'il se passe entre Reed et moi, je dois continuer à vivre ma vie. Alors, je hoche résolument la tête.

– J'en suis.

Elle me donne une tape fraternelle sur l'épaule et nous nous dirigeons ensemble vers nos casiers. Je lui demande avec un petit sourire.

– Est-ce qu'on va danser dans une cage ?

– Est-ce que le pape est catholique ?

– Est-ce qu'il va me falloir une autre tenue ?

Elle prend un air inquiet en hochant la tête.

– On dirait ton premier jour d'école. Tu n'as donc rien appris depuis que tu es ici ? Bien sûr qu'il te faut une nouvelle tenue.

Nous décidons d'aller faire des courses ensemble plus tard.

– Je passerai te prendre après le boulot, lui dis-je en me souvenant que j'ai une quatre roues flambant neuve qui m'attend à la maison.

Elle s'arrête brusquement et m'attrape par le bras.

– Qu'est-ce que tu veux dire ? Tu as eu une voiture ?

– Une décapotable. Un cadeau de Callum.

Elle siffle longuement, assez fort pour que toutes les têtes dans un rayon de trois mètres se tournent vers nous. Elle applaudit,

– Tu es venue avec à l'école ? Je veux la voir.

– Ah non.

Je cale. J'essaie de trouver une excuse plausible pour expliquer que c'est Reed qui m'a accompagnée ce matin.

– Je suis venue avec Reed. Il a entraînement de football le matin, alors c'est plus logique de partager la même voiture.

Valérie lève les yeux au ciel.

– Pendant encore combien de temps allez-vous prétendre tous les deux qu'il n'y a rien entre vous ?

Je retiens un sourire.

– Pendant aussi longtemps que quelqu'un voudra bien le croire.

Et je ne vais pas plus loin.

Comme je m'en doutais, Valérie adore ma petite voiture. Et je pioche dans mon magot afin de m'acheter des vêtements pour ce soir. Elle m'emmène dans un centre commercial normal où les prix sont chers, mais pas au point que j'aie l'impression de porter un mois de salaire sur moi. Au manoir Royal, je nous coiffe et je nous maquille toutes les deux pour nous composer un look d'enfer spécial night-club.

– Je suis une bombe, déclare Valérie lorsqu'elle s'examine dans le miroir. Je vais faire un selfie pour Tam.

– Je peux le prendre pour toi.

Elle me tend son téléphone et je prends deux photos qu'elle envoie immédiatement à son petit ami. Ces deux-là ont l'air d'avoir une super-relation, même s'il n'est pas venu la semaine dernière, comme il l'avait promis. Val n'a pas eu l'air trop perturbée.

– Comment faites-vous ?

Je pense à Reed à l'université, et je me demande comment je vais faire pour supporter qu'il côtoie tant de jolies filles plus âgées. Valérie prend une photo de moi avant de répondre :

– Il faut que je lui fasse confiance. Je lui envoie beaucoup de photos.

– Des photos de nus ?

– Ouaip. Des photos coquines, la plupart du temps en baissant la tête… à tout hasard.

Elle fait la grimace.

– Ce n'est pas que je ne lui fais pas confiance, mais imagine que quelqu'un lui vole son téléphone, par exemple.

– C'est vrai. (J'hésite.) Tam était ton premier mec ?

– Est-ce que tu me juges ? demande-elle avec curiosité.

Je lève les mains en l'air.

– Non, absolument pas. Il n'y a aucun jugement là-dedans.

Elle me regarde d'un air incrédule.

– Attends, tu n'as jamais fait l'amour ?

Je baisse la tête et j'avoue :

– Non, jamais.

– Jamais ? Wouah. Alors je juge différemment ta relation avec Reed, parce que ce type ne sortirait jamais avec quelqu'un sans passer à l'acte.

– Je… Je… Je… je bégaye, sans trouver mes mots.

– Ce n'est pas ce que je voulais dire. S'il est avec toi, je te garantis qu'il ne baise pas à droite à gauche. Quand il sortait avec Abby, je ne l'ai jamais vu draguer une autre fille.

– Ouais, ok.

Je me sens toute chose. Je n'avais jamais imaginé qu'il puisse faire l'amour avec quelqu'un d'autre.

Est-ce que c'est pour ça qu'il ne me met pas la pression ?

Valérie me prend par l'épaule.

– C'était une réflexion stupide. Je ne voulais pas dire ça. Honnêtement. J'essayais d'être drôle et je me suis plantée. Tu me pardonnes ?

– Bien sûr.

Je la serre contre moi, mais au fond, le doute s'est installé.

Quelques minutes plus tard, nous quittons ma chambre dans nos minirobes, nos talons hauts et nos cheveux crêpés. Easton sort de sa chambre au même moment et laisse échapper un long sifflement.

– Vous allez où comme ça ?

– Au Mooglow. Il y a une nouvelle rave.

Il hausse un sourcil.

– Tu l'as dit à Reed ?

– Non, je devrais ?

Je n'ai pas vu Reed depuis ce matin.

– Très bien. À plus, lance Easton, et il dévale les escaliers.

– À plus où ça ? je lui crie.

– Où crois-tu donc ? il renifle. Si je dis à Reed que tu portes une simple bande de tissu et que tu vas danser dans une cage, tu vas avoir un Royal à tes pieds.

– Je suppose que ça veut dire que Reed et Easton seront là-bas ce soir ? demande Valérie.

Je ne cherche même pas à dissimuler mon sourire de satisfaction.

On nous escorte aux cages, Valérie et moi, avant même que nous puissions faire un pas à l'intérieur. Je suppose qu'ils se souviennent de nous. Nous faisons le spectacle pendant deux chansons, avant que j'entende quelqu'un qui m'appelle. Je regarde en bas à travers les barreaux et j'aperçois Easton qui crie mon nom, avec ses mains en entonnoir autour de sa bouche.

Il me montre le bar. Je suis son bras en direction de Reed, appuyé au bar, dans pratiquement la même position que le premier soir où Valérie et moi avons dansé. Mais cette fois-ci, il ne disparaît pas.

Il attend.

Il attend que je descende de ma cage.

Il attend que je traverse toute la pièce.

Il attend que j'arrive devant lui.

Et pendant tout ce temps, ses yeux flamboyants détaillent chaque pas qui me rapproche de lui.

Je m'arrête à trente centimètres de lui. Je lui demande d'une voix enrouée :

– À quoi tu penses ?

Il fixe d'un air entendu mes seins et mes longues jambes exposées aux regards sous ma jupe noire moulante.

– Tu sais très bien à quoi je pense.

Il respire un grand coup. Mais comme nous sommes en public, je dois me contenter d'y penser.

Je lève une main jusqu'à son épaule et là, ce type qui déteste les marques d'affection en public la prend et la pose sur ses lèvres. Je sens son haleine chaude sur ma paume et soudain, d'un mouvement brusque, il m'attire contre lui.

– Tu rends la moitié des mecs présents complètement dingues, grogne-t-il dans mes cheveux.

– Seulement la moitié ?

– L'autre moitié est amoureuse d'Easton, m'explique-t-il.

Il plonge les mains dans mes cheveux et les descend le long de mon dos, jusqu'en bas. Un petit pincement m'installe entre ses jambes. Nous retenons notre souffle quand nos corps entrent en contact. Je réussis à articuler :

– J'ai envie de danser.

Il vide son verre d'un coup, le repose sur le bar et me prend par la main.

– Allons-y.

Sur la piste de danse, nous restons serrés l'un contre l'autre. L'une de ses cuisses puissantes se fraye un chemin entre mes jambes, et il me fait plier les genoux comme si je le chevauchais.

Je passe les bras autour de son cou et je m'accroche à lui, je lui fais confiance.

– J'ai pratiquement fait exploser mon pantalon pendant que tu dansais, me dit-il à l'oreille.

– Ah ouais ? Ça te plaît de nous voir danser ensemble, Val et moi ?

Je le taquine. Je sais bien que c'est le fantasme de tous les mecs.

– Il y avait quelqu'un d'autre là-haut avec toi ? (Il me caresse les cheveux.) Je n'ai vu que toi.

Je fonds littéralement.

– Continue à parler ainsi, et tu pourrais bien avoir de la chance.

Sa respiration devient haletante et ses doigts se resserrent sur ma peau.

– Tu veux sortir d'ici ?

Allumée, impatiente, complètement en manque, je hoche la tête d'un air impuissant.

– Laisse-moi trouver Easton et le prévenir que nous partons.

Il me serre la main et se penche pour déposer un baiser sur ma tempe. Ce simple baiser suffit à me faire mouiller.

– Je vais au bar boire un verre d'eau.

Je suis complètement déshydratée.

– Ok. Je reviens dans une seconde.

Reed est avalé par la foule. Je pars dans la direction opposée en essayant de retenir l'attention d'un barman. Val est encore en haut dans les cages, elle continue à danser comme une folle.

Un garçon mignon aux cheveux bruns bizarrement coiffés se tient face à moi. Il porte une chemise aux manches roulées sur un short écossais. Il me semble vaguement familier. Je me demande s'il ne va pas à Astor Park ?

– Ella Royal, c'est ça ?

J'ai abandonné l'espoir qu'on m'appelle par mon vrai nom de famille. Je tends un billet de dix dollars entre mes doigts, et l'une des barmaids me fait un signe du menton.

– De l'eau, dis-je en articulant silencieusement.

La fille hoche la tête et met la monnaie dans le bocal à pourboires. C'est beaucoup pour de l'eau, mais j'ai soif et je me dis que c'est la meilleure façon d'être servie rapidement.

– Ouais, je suis Ella. Tu es à Astor Park ?

– Scott Gastonburg. (Il pose un coude sur le comptoir.) Je peux te poser une question ?

– Bien sûr.

J'attrape mon verre d'eau des mains de la barmaid en lui hurlant un merci.

– Je me demande si tu as commencé par les jumeaux et que tu avances dans l'échelle des âges, ou bien est-ce que tu passes d'un Royal à l'autre au pif ?

Je sursaute tellement que je renverse la moitié de mon verre.

– Va te faire mettre.

Il lève ses mains en l'air.

– J'aimerais vraiment bien, bébé, mais je ne m'appelle pas Royal.

Je résiste à la tentation de balancer le reste de mon verre sur sa tronche de connard.

– Je t'emmerde.

Je cogne mon verre sur le comptoir et en me retournant, je tombe sur Reed.

Il me jette un coup d'œil, et face à l'expression insolente du visage du short écossais, il comprend tout de suite ce qui se passe.

Il ferme à moitié les yeux et me pousse derrière lui.

– Qu'est-ce que tu viens de lui dire ? demande-t-il.

– Ce n'est rien. Rien. Allons-y, dis-je en l'attrapant par le bras.

Ou bien Scott manque sérieusement d'instinct de préservation ou bien l'alcool doit lui donner du courage, parce qu'il ricane et dit :

– Ellie vient de me proposer de baiser avec moi, mais je lui ai rappelé que je ne suis pas un membre de la famille Royal. Je ne suis même pas un cousin, mais hé, je me propose de vous en débarrasser quand elle en aura fini avec vous, les mecs.

Le poing de Reed part si vite que je n'ai pas le temps de réagir. Quand je réalise enfin ce qui se passe, Scott est par terre et Reed le roue de coups. Malgré le niveau de la sono, j'entends les craquements de ses articulations contre les os.

– Reed ! Reed ! Arrête ! je hurle et je le tire par les épaules, mais il est trop occupé à démolir Scott.

D'autres gens essaient de m'aider, même si je pense que certains d'entre eux encouragent activement les combattants.

Finalement, trois videurs traversent la foule et écartent Reed, en laissant Scott par terre, avec le nez qui pisse le sang et une paupière complètement tuméfiée.

– Il va falloir que tu sortes, lance l'un des videurs vêtu d'un tee-shirt noir.

– D'accord.

Reed se débat pour échapper au videur et m'attrape par le poignet. Je comprends ce qu'il veut avant qu'il ouvre la bouche. Je le rassure :

– Je vais chercher Easton.

Reed acquiesce du menton. Il lève un doigt en direction d'un des videurs, un type blond qui doit bouffer des stéroïdes au petit déjeuner.

– Tu restes avec elle. S'il lui arrive encore quelque chose, dès demain cet endroit sera fermé et remplacé par un jardin d'enfants.

Je n'attends pas que Reed et les videurs tombent d'accord. Il est grand temps que Reed sorte d'ici. Il est bourré d'adrénaline et je vois bien qu'il faut qu'il quitte ce bar avant que l'envie de se battre ne le reprenne.

– Easton est du côté des toilettes, me crie-t-il pendant que les videurs l'escortent vers la sortie.

J'ai perdu la trace de Val, mais je dois d'abord retrouver Easton. Tout en me dépêchant, j'entends des chuchotements autour de moi. Les gens qui étaient les plus proches de la bagarre commencent à jaser.

– Qu'est-ce qui s'est passé ?

– Je crois qu'on vient d'assister à la proclamation d'un autre édit Royal. Dites quelque chose de mal sur Ella Royal et vous boirez vos repas à la paille pendant les six prochains mois.

– Ça doit être une sacrée affaire au pieu, remarque quelqu'un.

– Rien de tel que le sexe trash. Ces salopes vous laissent faire tout ce que vous voulez.

J'ai les oreilles en feu et je suis tentée de réagir comme Reed, avec violence, mais je ne peux pas m'arrêter parce que je viens d'apercevoir Easton dans le couloir des toilettes. Je fends la foule, mais Easton n'entre pas dans les toilettes. Il continue le couloir jusqu'à la porte de sortie.

– Excusez-moi, je murmure en remontant la queue des filles qui attendent leur tour.

Je passe devant un couple qui fait sa petite affaire dans un coin pas si sombre que ça.

– Easton, je l'appelle, mais il ne s'arrête pas.

Je sais qu'il m'entend, parce que je vois son corps qui réagit au son de ma voix. Mais il se contente de continuer à avancer. Je me mets à courir et je passe la porte quelques secondes après lui. Et là, je reste figée sur place.

Il est dans l'allée de derrière avec deux autres types, et ça ne ressemble pas vraiment à une sympathique pause clope. Oh non ! Dans quoi est-ce que Easton s'est encore fourré ? Les deux types sont très bruns, les cheveux gominés. Ils portent des tee-shirts blancs et des jeans taille basse, tellement bas que je parie que de dos on voit leurs boxers. Mais je n'en ai aucune envie. Une chaîne en métal pend à la boucle de la ceinture de l'un d'entre eux.

– Rentre à l'intérieur, Ella.

La voix d'Easton est dure et froide.

– Attends, dit le type à la chaîne. Tu peux payer ta dette avec elle si tu veux. (Il se tient le sexe.) Prête-moi cette salope pendant une semaine, et nous sommes quittes.

Ma vie d'avant les Royal était remplie de ce genre de trucs sordides, et je sais reconnaître un sale coup quand j'en vois un. Le match de foot de lundi soir me revient immédiatement en mémoire et je lance à monsieur Chaîne :

– Combien ?

– Ella… commence Easton.

Je lui coupe la parole. Combien il te doit ?

– Huit mille.

Je manque m'évanouir, mais à côté de moi Easton, lui, fait comme si c'était de l'argent de poche.

– Je l'aurai la semaine prochaine. Tout ce que vous avez à faire, c'est d'attendre tranquillement.

Mais si c'était juste de l'argent de poche, il ne serait pas là, dans une ruelle sombre, en train d'être menacé, et monsieur Chaîne le sait très bien.

– Ouais, d'accord. Vous autres les mômes de richards, vous vivez à crédit, mais pas moi. Je dois payer mes factures. Alors, aboule le fric, ou tout le monde va savoir qu'on ne fait pas marcher Tony Loreno.

Les épaules d'Easton se tassent un peu et il rectifie légèrement sa position. Merde. Il se prépare à se battre, et nous le savons tous. Tony glisse une main dans sa poche et la peur me terrasse.

– Stop. (Je prends mes clés dans mon sac.) J'ai ton fric. Attends-moi ici.

– Mais qu'est-ce que tu fous, Ella ? aboie Easton.

Aucun d'eux ne m'attend. Ils me suivent tous jusqu'à ma voiture.

Chapitre 33

Tout en ouvrant mon coffre, je cherche des yeux la Range Rover de Reed. Je ne la vois nulle part, ce qui signifie qu'il s'est sans doute garé de l'autre côté du bâtiment.

J'éprouve un immense soulagement, parce que l'arrivée de Reed au beau milieu de cette petite épreuve de force serait la pire des choses. Il s'est déjà battu contre un type ce soir, et je sais qu'il n'hésiterait pas à recommencer, surtout pour défendre son frère.

– T'as pas intérêt à sortir un flingue de là-dedans, siffle Tony derrière moi.

Je lève les yeux au ciel.

– C'est ça, mon pote, je garde un véritable arsenal de fusils d'assaut dans mon coffre. Du calme.

Je soulève la moquette qui recouvre le compartiment pour la roue de secours et j'attrape le sac en plastique que j'ai caché sous le cric. J'ai un poids énorme dans la poitrine pendant que je compte huit mille dollars en billets. Easton ne dit pas un mot, il m'observe en fronçant les sourcils.

Il les fronce encore plus fort quand je balance les billets à Tony.

– Voilà. Vous êtes quittes à présent. Ce fut un plaisir de faire des affaires avec toi, dis-je de mon air le plus sarcastique.

En souriant, Tony reste là et compte son fric. Deux fois de suite. Quand il recommence une troisième fois, Easton gronde :

– Tout est là, enfoiré. Foutez-le camp.

– Fais gaffe, Royal, le prévient Tony. Je pourrais très bien faire un exemple avec toi, juste parce que j'en ai envie.

Mais nous savons qu'il ne le fera pas. Un passage à tabac ne ferait qu'attirer l'attention sur nous et sur son petit business.

– Oh, et tu peux aller parier ailleurs à présent, poursuit froidement Tony. Ton fric n'est plus assez bon pour moi. J'en ai marre de voir ta sale tronche.

Sur ce, les deux types mettent les bouts, Tony glisse le cash dans sa poche arrière, et ouais, je peux voir son caleçon sous son pantalon.

Quand ils sont partis, je me tourne vers Easton.

– Qu'est-ce qui ne va pas chez toi ? Comment peux-tu te brancher avec des sales types dans son genre ?

Il se contente de hausser les épaules.

L'adrénaline déferle dans mes veines, je le fixe avec une totale incrédulité. On aurait pu être blessés. Tony aurait pu le tuer. Et il reste planté là, comme s'il n'en avait rien à faire. Le coin de sa lèvre est même légèrement relevé, comme s'il se retenait de sourire.

– Tu trouves ça marrant ? je hurle. Avoir été pratiquement tué, ça te fait bander, c'est ça ?

Il finit par ouvrir la bouche.

– Ella…

– Non, ferme-la, c'est tout. Je ne veux rien entendre.

Je plonge la main dans mon sac, j'attrape mon téléphone et j'envoie un texto à Reed pour le prévenir que je rentre avec Easton et qu'on se retrouvera à la maison.

Je tiens toujours le sac en plastique de l'autre main et je le remets dans le coffre en essayant de ne pas penser à quel point il est vide, à présent. Huit mille balles se sont envolées, plus trois cents autres que j'ai dépensées aujourd'hui pendant mes courses avec Val. Jusqu'à ce que Callum me donne mon allocation de dix mille dollars du mois prochain, je n'ai plus que mille sept cents dollars dans ma cagnotte spécial évasion. Je n'avais pas prévu de m'enfuir, pas après tous ces changements positifs dans ma vie, mais à cet instant précis, je suis tentée de prendre le fric et de me tirer.

– Ella… commence Easton.

Je lève la main.

– Pas maintenant. Il faut que j'appelle Val.

Je compose son numéro, en espérant qu'elle l'entende dans le vacarme de la boîte. Heureusement, elle répond.

– Hé, est-ce que tout va bien ?

Je fixe Easton.

– À présent, oui. Tu peux nous rejoindre dehors à la voiture ? Le club ne nous laissera plus entrer.

– J'arrive.

– Ella… tente à nouveau Easton.

– Je ne suis pas d'humeur.

Il ferme son clapet et nous attendons Val dans un silence tendu. Quand elle arrive, je force Easton à s'asseoir à l'arrière, à l'étroit. Val ouvre la bouche pour objecter quelque chose mais décide, avec sagesse, que ça ne servirait à rien.

Je la raccompagne dans un silence de mort.

– Tu m'appelles demain ? dit-elle en sortant.

Easton la suit hors de la voiture.

– Ouais, et je suis désolée pour ce soir.

Elle me pardonne en me souriant.

– La merde, ça arrive, ma puce. Ce n'est pas grave.

– 'nuit, Val.

Elle me fait au revoir de la main et disparaît dans la maison des Carrington. Doucement, Easton se glisse sur le siège passager.

J'agrippe le volant de toutes mes forces et je tente de me concentrer sur la conduite, mais c'est difficile, j'ai envie de flanquer une gifle au type assis à côté de moi.

Au bout d'environ cinq minutes, ma respiration se calme et la voix d'Easton s'élève.

– Je suis désolé.

Il a l'air sincère. Je me tourne vers lui pour le regarder.

– Tu devrais.

Il hésite.

– Pourquoi caches-tu de l'argent dans ton coffre ?

– Parce que.

C'est une réponse stupide, mais c'est tout ce qu'il obtient de moi. Je suis trop en pétard pour lui en donner une autre.

Mais Easton me prouve qu'il me connaît mieux que je le crois.

– C'est mon père qui te l'a filé, n'est-ce pas ? C'est comme ça qu'il t'a convaincue de venir vivre avec nous, et à présent tu le planques au cas où tu aurais besoin de quitter la ville.

Je serre les dents.

– Ella.

Je sursaute quand il pose sa main sur la mienne, et qu'ensuite, sa tête vient se caler sur mon épaule. Ses cheveux me chatouillent et je m'efforce de ne pas y passer la main. Il ne mérite pas d'être câliné.

– Tu ne peux pas partir, murmure-t-il en respirant dans mon cou. Je ne veux pas que tu partes.

Il dépose un baiser sur mon épaule, mais il n'y a rien de sexuel là-dedans. Rien de romantique dans la façon dont sa main se crispe sur la mienne.

– Ta place est ici. Tu es ce qui est arrivé de mieux à notre famille.

Il me prend par surprise. Ok. Wouah.

– Tu es une des nôtres. Je suis désolé pour ce soir, vraiment, Ella, s'il te plaît… ne sois pas en colère contre moi.

Ma colère fond doucement. On dirait un petit garçon, et à présent, je ne peux plus m'empêcher de lui caresser les cheveux.

– Je ne suis pas en colère. Mais putain, Easton, il faut que tu arrêtes de jouer. La prochaine fois, je ne serai peut-être pas là pour te sortir d'affaire.

– Je sais. Tu n'aurais pas dû avoir à le faire ce soir. Je te promets que je te rembourserai jusqu'au dernier centime…

Il lève la tête et m'embrasse sur la joue.

– Merci de l'avoir fait, vraiment.

En soupirant, je me remets à fixer la route.

– De rien.

À la maison, Reed nous attend dans l'allée. Il regarde Easton, puis moi, d'un air soupçonneux, mais je rentre avant qu'il puisse demander ce qui s'est passé ce soir. Easton peut le lui dire. Moi, je suis trop fatiguée pour revenir là-dessus.

Je rentre dans ma chambre et je me déshabille. Je remplace ma robe par le tee-shirt trop grand qui me sert de chemise de nuit avant d'aller me démaquiller et me laver les dents. Il n'est que vingt-deux heures, mais cette scène avec Tony m'a vidée, alors j'éteins la lumière et je me mets au lit.

Reed arrive dans ma chambre au moins une heure plus tard, ce qui m'indique que Easton et lui ont dû avoir une longue conversation.

– Tu as défendu mon frère ce soir.

Sa voix enrouée monte de l'obscurité et le matelas s'enfonce un peu quand il se glisse à côté de moi. Il me prend dans ses bras sans que je résiste le moins du monde, et je pose ma tête contre sa poitrine.

– Merci, dit-il.

Il semble tellement ému que ça me met mal à l'aise.

– Je n'ai fait que payer sa dette. Ce n'est pas grand-chose, je lui réponds en minimisant mon rôle dans les événements de la soirée.

– Ne déconne pas. C'est énorme.

Il caresse ma nuque.

– Easton m'a dit pour l'argent dans ta voiture. Tu n'étais pas obligée de le donner à ce bookmaker, mais je te suis tellement reconnaissant de l'avoir fait. Je lui ai botté le cul pour s'être acoquiné avec ce type. Son autre bookmaker est réglo, mais Loreno, lui, il craint vraiment.

– Espérons qu'il arrêtera de faire appel à des books après ce qui s'est passé ce soir.

Je ne suis pas du tout convaincue qu'il le fera. Easton alimente le frisson en pariant, en buvant et en baisant tout ce qui bouge. Il est comme ça.

Reed me remonte un peu et nous nous mettons à rire tous les deux quand les draps s'enroulent autour de nos jambes. Il les repousse, puis approche mon visage et m'embrasse. Il me caresse à travers mon tee-shirt, sa langue cherche la mienne, puis il dit :

– Tu m'en veux d'avoir cogné ce sale type, ce soir ?

Je suis trop distraite par ses caresses pour comprendre sa question.

– Tu t'es battu avec Tony ?

– Non, ce connard de Scott.

Ses muscles se raidissent.

– Personne n'a le droit de te parler comme ça. Je ne les laisserai pas faire.

Je souris et je me penche pour l'embrasser à nouveau.

– Peut-être que ça signifie quelque chose à mon sujet, mais je trouve ça bandant quand tu te transformes en homme des cavernes pour moi.

Il sourit.

– Tu n'as qu'à dire un mot, et je te file un coup sur la tête avant de te traîner dans une cave.

J'éclate de rire.

– Ouille, c'est tellement romantique.

– Je n'ai jamais dit que j'étais doué pour ça.

Sa voix se fait plus rauque.

– Mais je suis doué pour d'autres trucs.

C'est absolument vrai. Nous nous taisons lorsque nos lèvres se rencontrent à nouveau. Quand son doigt se glisse en moi, j'oublie tout, le club, le bookmaker et les supplications d'Easton pour que je ne parte jamais. Merde, j'oublie même mon nom.

Reed est la seule chose qui existe. À cet instant précis, il est le centre de mon univers.

Le week-end passe rapidement. Callum rentre le samedi matin, du coup Reed et moi sommes obligés de nous cacher dans la poolhouse pour nous bécoter. Le samedi soir, Valérie et moi sortons dîner. Je finis par craquer et je lui raconte toutes les cochonneries que Reed et moi faisons ensemble. Elle est ravie, mais déclare que quoi qu'il en soit, nous ne faisons pas encore la chose la plus cochonne de toutes, et se met à me taquiner en me traitant de fille prude.

Mais je ne regrette pas que Reed ait décidé d'y aller doucement. Une part de moi est prête à sauter ce dernier obstacle, mais il continue à se retenir, comme s'il avait peur d'y aller. Je ne vois pas pourquoi, vu que nous nous envoyons en l'air quotidiennement, en nous arrangeant autrement.

Le lundi, Reed me conduit à mon boulot, et à mon grand regret, la journée d'école file à toute vitesse. C'est aujourd'hui qu'a lieu la lecture du testament, mais bien que je supplie ma montre de ralentir, la cloche sonne et je descends l'escalier principal pour attendre la limousine.

Callum ne dit pas grand-chose pendant que Durand nous conduit en ville, mais lorsque nous atteignons le beau bâtiment qui abrite les bureaux du cabinet d'avocats Grier, Gray et Devereaux, il me lance un sourire d'encouragement.

– Ça va peut-être être dur, me prévient-il. Mais sache que Dinah aboie plus qu'elle ne mord.

Je n'ai pas revu la veuve de Steve depuis notre rencontre dans son penthouse, et je n'ai aucune envie de remettre ça. Elle non plus, apparemment, parce que lorsque Callum et moi pénétrons dans ce bureau très chic, elle se met à faire la moue.

On me présente quatre avocats et on m'installe dans un sofa très confortable. Callum est sur le point de s'asseoir à côté de moi quand l'un des hommes de loi se retourne et qu'un personnage connu s'avance.

– Qu'est-ce que tu fais là ? aboie Callum. Je t'ai bien précisé que tu ne devais pas venir.

Brooke reste imperturbable.

– Je suis ici pour soutenir ma meilleure amie.

Dinah apparaît à ses côtés et les deux femmes s'étreignent. Elles pourraient fort bien passer pour des sœurs, avec leurs longs cheveux blonds et leurs silhouettes longilignes. Je réalise soudain que je ne connais rien de leur histoire, et j'aurais sans doute dû le demander à Callum il y a longtemps, parce qu'apparemment elles sont très proches.

S'il faut choisir un camp, je suppose que Brooke et moi sommes ennemies. Je suis du côté des Royal. Brooke le sait très bien, je le lis dans son regard dédaigneux. Je suppose qu'elle pensait que je serais avec elle. Qu'elle, Dinah et moi ferions équipe contre les horribles mâles Royal et qu'à présent je la trahis.

– Je lui ai demandé de venir, explique froidement Dinah. Commençons à présent. Nous avons réservé chez Pierre[16] ce soir.

Nous sommes sur le point de nous asseoir pour écouter les dernières volontés de son défunt mari et elle s'inquiète à l'idée de perdre sa réservation pour le dîner ? Cette femme n'est vraiment pas possible.

Un autre homme sort du groupe.

– Je suis James Drake, l'avocat de madame O'Halloran.

Il tend la main à Callum, qui regarde cette main, puis Dinah d'un air incrédule.

16. Célèbre restaurant français à Bridgehampton.

Je ne connais rien à ce genre de choses, mais il est clair que Callum est embarrassé et mécontent que Dinah ait amené Brooke et un autre avocat avec elle.

Callum s'assied à contrecœur dans le sofa tandis que Brooke et Dinah s'installent en face de nous. Puis les avocats s'asseyent sur différentes chaises, pendant que celui qui est derrière le bureau, le Grier de Grier, Gray et Devereaux, remue quelques papiers et s'éclaircit la voix.

– Voici les dernières volontés et le testament de Steven George O'Halloran, commence-t-il.

L'homme de loi aux cheveux gris énumère ensuite toute une liste de trucs légaux à propos de legs à diverses personnes dont je n'ai jamais entendu parler, de dons d'argent à des bonnes œuvres, et quelque chose au sujet d'une assurance vie pour Dinah. Son avocat se met à froncer les sourcils. Ce n'est pas bon signe pour Dinah. Il y a aussi des dons substantiels pour les fils de Callum, au cas où – et l'avocat tousse un bon coup avant de lire cette ligne – « Callum ait dépensé toute sa fortune en alcool et en blondes avant que je meure ».

Callum se contente de sourire.

« Et quels que soient les éventuels problèmes juridiques soulevés par ma mort, je laisse… »

Je suis trop occupée à me demander ce que peuvent bien être ces problèmes juridiques pour écouter le reste de la phrase de Grier, du coup je sursaute lorsque Dinah pousse un hurlement outragé.

– Quoi ? Non ! Je ne laisserai pas faire ça !

Je me penche vers Callum pour avoir une explication de ce que vient de dire l'avocat et je suis stupéfaite par sa réponse. Apparemment, c'est moi le problème juridique. Steve m'a laissé la moitié de sa fortune, quelque part à hauteur de… Je me sens mal quand Callum me dit le chiffre. Putain de merde. Le père que je n'ai jamais rencontré ne m'a pas laissé des millions. Il ne m'a pas laissé des dizaines de millions.

Il m'a laissé des centaines de millions.

Je vais tomber dans les pommes. C'est sûr.

– Et un quart de l'entreprise, ajoute Callum. Les actions seront mises à ton nom lorsque tu auras vingt et un ans.

À l'autre bout de la pièce, Dinah se lève d'un bond, vacillant sur ses talons aiguille vertigineux en se retournant pour dévisager les avocats.

– C'était mon mari ! Tout ce qui lui appartenait est à moi, et je refuse de partager avec cette traînée qui n'est peut-être même pas sa fille !

– Le test ADN… commence Callum, très en colère.

– Ton test ADN ! lui renvoie-t-elle à la figure. Et nous savons tous jusqu'où tu es capable d'aller lorsqu'il s'agit de protéger ton précieux Steve ! (Elle se retourne vers les avocats.) J'exige un autre test, qui soit effectué par des gens que je choisirai moi-même.

Grier hoche la tête.

– Nous serons heureux de satisfaire votre requête. Votre mari a laissé plusieurs échantillons d'ADN qui sont conservés dans un laboratoire privé à Raleigh. Je me suis moi-même occupé de l'enregistrement.

L'avocat de Dinah poursuit sur un ton rassurant :

– Nous allons faire un test comparatif avec Mademoiselle Harper avant de partir. Je peux superviser la chose.

Les adultes continuent à discuter et à se quereller, pendant que moi, je reste assise, abasourdie. Mon esprit n'arrête pas de tourner autour des mots « centaines de millions ». C'est plus d'argent que je n'en ai jamais rêvé, et quelque part, je me sens coupable d'en hériter. Je ne connaissais pas Steve. Je ne mérite pas la moitié de cet argent.

Callum remarque mon désarroi et me serre la main, pendant que la bouche de Brooke se tord de dégoût. J'ignore les regards hostiles qu'elle m'envoie et je me concentre sur ma respiration.

Je ne connaissais pas Steve. Il ne me connaissait pas. Mais assise là, à tenter d'encaisser le choc, je me rends soudain compte qu'il m'aimait. Ou que, du moins, il voulait m'aimer.

Et mon cœur saigne de n'avoir jamais eu la chance de pouvoir lui rendre son amour.

Chapitre 34

Des heures après la lecture des dernières volontés, je suis encore comme anesthésiée. Complètement chamboulée. Je ne sais pas quoi faire de cette boule douloureuse que j'ai dans le ventre, alors je me pelotonne dans mon lit et j'essaie de me vider la tête. Je m'interdis de penser à Steve O'Halloran et au fait que je ne le connaîtrai jamais. Je ne pense pas aux menaces de procès que Dinah a proférées contre Callum et moi lorsque nous avons quitté le cabinet d'avocats, aux mots violents que Brooke a hurlés à Callum quand il a refusé de dîner avec elle pour « parler ». Je suppose qu'elle veut le récupérer. Ça n'a rien d'étonnant.

Reed finit par entrer dans ma chambre. Il ferme la porte, puis me rejoint sur le lit et me prend dans ses bras.

– Papa nous a demandé de te laisser tranquille un moment. Alors, je t'ai laissé deux heures. Mais c'est terminé. Parle-moi, bébé.

J'enfouis mon visage dans son cou.

– Je n'ai pas envie de parler.

– Qu'est-ce qui s'est passé chez les avocats ? Papa n'a pas voulu nous dire quoi que ce soit.

Merde, il a décidé de me faire parler. En grognant, je m'assieds et je croise son regard préoccupé.

– Je suis multimillionnaire, dis-je tout de go. Pas juste une bonne vieille millionnaire de base, mais une multimillionnaire. Ça me fout les jetons.

Il sourit.

– Je suis sérieuse ! Qu'est-ce que je vais bien pouvoir faire de tout ce fric ?

– Investis-le. Donnes-en aux bonnes œuvres. Dépense-le.

Reed se rapproche.

– Tu peux faire tout ce que tu veux.

– Je… ne le mérite pas.

La réponse arrive avant que je puisse l'empêcher, et l'instant suivant, toutes mes émotions remontent à la surface. Je lui raconte la lecture du testament, la réaction de Dinah, et que j'ai réalisé que Steve me considérait comme sa fille même s'il ne m'avait jamais rencontrée. Reed ne fait aucun commentaire pendant tout mon long discours, et je comprends que c'est ce que j'attendais de lui. Je n'ai pas besoin d'avis ou de conseils, j'ai simplement besoin qu'on m'écoute.

Quand je finis enfin par me taire, il m'embrasse, un long et profond baiser, et la force de son corps contre le mien apaise mon anxiété.

Ses lèvres parcourent mon cou, la ligne de ma mâchoire, ma joue. À chaque baiser, je l'aime un peu plus fort. C'est un sentiment terrifiant, qui se loge dans ma gorge et déclenche chez moi une énorme envie de fuir. Je n'ai jamais aimé avant. J'aimais ma mère, mais ce n'est pas la même chose. Ce que je ressens à présent me… consume. C'est chaud, douloureux et puissant et ça remplit mon cœur, ça pulse dans mes veines.

Reed Royal est en moi. C'est une image, mais, oh mon Dieu, j'ai envie que ce soit aussi la réalité. J'ai envie de lui et je vais l'avoir, et mes mains deviennent frénétiques lorsqu'elles tentent d'ouvrir sa braguette.

– Ella, grogne-t-il en me prenant les mains. Non.

– Si, je lui murmure dans la bouche. J'en ai envie.

– Callum est là.

Ce rappel, c'est comme si je recevais un seau d'eau glacée sur la figure. Son père pourrait frapper à ma porte n'importe quand, et il le fera probablement. Je sais que Callum a senti à quel point j'étais perturbée quand nous sommes rentrés à la maison.

Me voilà totalement frustrée.

– Tu as raison. On ne peut pas.

Reed m'embrasse à nouveau, il m'effleure simplement les lèvres avec tendresse avant de se relever.

– Est-ce que ça va aller ? Easton et moi, on était censés sortir boire quelques bières avec des potes de l'équipe de foot, mais je peux annuler si tu veux que je reste.

– Non, ça va, vas-y. Je dois encore digérer pour ce fric, je ne serais sans doute pas d'agréable compagnie ce soir.

– Je serai de retour dans une heure ou deux, me promet-il. On pourra regarder un film ou un truc du genre si tu es toujours réveillée.

Après son départ, je me remets en boule et je finis par m'endormir pendant deux heures, ce qui va complètement perturber mon rythme de sommeil. C'est la sonnerie du téléphone qui me réveille. Je m'inquiète en découvrant le numéro de Gideon qui s'affiche sur mon écran. J'ai les numéros de tous les frères, mais Gideon ne m'a jamais appelée.

Je réponds, encore un peu dans les vapes.

– Hé ?

– Quoi de neuf ? Tu es à la maison ?

Sa réponse est pour le moins laconique. Je suis immédiatement sur mes gardes. Il n'a prononcé que quatre mots, mais je décèle quelque chose dans sa voix qui me fait peur. Il est en colère.

– Ouais, pourquoi ?

– Je suis à cinq minutes de là…

Vraiment ? Un lundi ? Gideon ne rentre jamais de la fac pendant la semaine.

– On peut aller faire un tour en voiture ? J'ai besoin de te parler.

Je me mets illico à froncer les sourcils.

– Pourquoi on ne peut pas parler ici ?

– Parce que je ne veux pas que quelqu'un puisse nous entendre.

Je m'assieds dans mon lit. Sa demande me met mal à l'aise. Bien entendu, il ne va pas me trucider sur le bord de la route, mais me demander de venir faire un tour, c'est très étrange, surtout de la part de Gideon.

– C'est à propos de Savannah, ok ? murmure-t-il. Et je veux que ça reste entre toi et moi.

Je me détends légèrement. Mais pas totalement. C'est la première fois que Gideon me parle de Savannah. Je ne suis au courant de leur histoire que par Easton. Mais je dois reconnaître que je suis terriblement intriguée. Je réponds :

– On se retrouve dehors.

Son gros SUV m'attend déjà dans l'allée lorsque je descends les escaliers extérieurs. Je grimpe sur le siège passager et Gideon démarre sans dire un mot. Son visage, de profil, semble de marbre, ses épaules sont tendues. Et il reste silencieux jusqu'au moment où il se gare sur une petite place cinq minutes plus tard et qu'il coupe le moteur.

– Tu baises avec Reed ?

Je reste bouche bée. Mon cœur se met à battre à toute vitesse. Je ne m'attendais pas à ce regard furieux.

– Hum… Je… Non, je balbutie.

C'est la vérité.

– Mais vous êtes ensemble, insiste Gideon. Vous sortez ensemble ?

– Pourquoi est-ce que tu me demandes ça ?

– J'essaie d'estimer les dégâts que je vais devoir contrôler.

Des dégâts à contrôler ? Mais qu'est-ce qu'il veut dire, bon Dieu ?

– On ne devait pas parler de Savannah ? je demande avec difficulté.

– Il s'agit de Savannah. Et de toi. Et de Reed.

Sa respiration semble malaisée.

– Quoi que tu sois en train de faire, tu dois arrêter. Dès maintenant, Ella. Tu dois y mettre fin.

Mon pouls s'accélère encore.

– Pourquoi ?

Il passe une main dans ses cheveux, ce qui lui fait baisser légèrement la tête. Mon attention est attirée par une légère marque rouge dans son cou. On dirait un suçon.

– Reed est taré, dit-il d'une voix rauque. Il est aussi bousillé que moi, et écoute-moi bien, tu es une chouette fille. Il y a d'autres types à Astor. Reed va bientôt partir en fac.

Les paroles de Gideon se précipitent, c'est une suite de phrases qui n'ont aucun sens.

– Je sais que Reed est perturbé, je commence à dire.

– Tu n'as pas idée à quel point, pas idée du tout, m'interrompt-il. Reed et moi, et mon père, on a ça en commun. On fout en l'air la vie des femmes. On les embarque jusqu'au bord de la falaise et on les fait sauter. Tu es quelqu'un de bien, Ella. Mais si tu restes ici et que tu continues avec Reed, je…

Il s'interrompt, il respire avec peine.

– Tu quoi ?

Il agrippe si violemment son volant que ses articulations blanchissent, mais il ne me donne aucune explication.

– Tu quoi, Gideon ?

– Il faut que tu arrêtes de poser des questions et que tu te mettes à écouter ce qu'on te dit, aboie Gideon. Arrête ça avec mon frère. Tu peux être copine avec lui, comme tu l'es avec Easton ou les jumeaux. Mais ne te lance pas dans une relation amoureuse avec lui.

– Et pourquoi pas ?

– Bon sang, tu es toujours aussi chiante ? J'essaie de te sauver, de t'éviter d'avoir le cœur brisé ou de te finir avec une boîte de somnifères, finit-il par exploser.

Oh ! Je comprends à présent. Sa mère s'est suicidée… Oh mon Dieu, est-ce que Savannah a fait une tentative, elle aussi ?

Reed et moi, on a dépassé ce problème, mais je ne suis pas sûre que Gideon soit prêt à entendre ça. Et j'imagine qu'il ne va pas lâcher l'affaire si je n'accepte pas sa demande ridicule. Bon, très bien. Je vais accepter. Reed et moi, on se cache déjà de Callum. On pourra tout aussi bien se cacher de Gideon.

– Okay.

Je me penche en avant et je pose une main sur la sienne en signe d'apaisement.

–Je vais rompre avec Reed. Tu as raison, on s'amuse ensemble, mais ce n'est pas vraiment sérieux.

Je mens. Il se passe une main dans les cheveux.

– Tu en es sûre ?

Je hoche la tête.

– Reed s'en tape. Et honnêtement, si ça te prend trop la tête, je suis sûre qu'il sera d'accord pour reconnaître que ça n'en vaut pas la peine.

Je serre la main de Gideon.

– Relax, okay ? Je ne veux pas foutre en l'air la bonne ambiance de cette maison. Ça ne me pose pas de problèmes d'arrêter.

Gideon se détend, il pousse un long soupir.

– Okay. Bon.

J'ôte ma main.

– On peut rentrer à présent ? Si quelqu'un passe dans le coin et nous voit garés là, demain à l'école, la machine à rumeurs va s'emballer.

Il rigole doucement.

– C'est vrai.

Je tourne la tête vers l'extérieur pendant qu'il démarre. Nous ne parlons pas pendant le chemin du retour et il ne descend pas de voiture lorsqu'il me dépose.

– Tu rentres à la fac ?

– Ouais.

Il démarre en trombe, mais je ne sais pas pourquoi, je ne crois pas qu'il retourne à l'université. Du moins pas ce soir. Je suis également un peu déboussolée par sa demande délirante d'éviter toute relation intime avec Reed.

En parlant de Reed, sa Rover est garée devant le garage, ce qui me réconforte un peu. Il est de retour. Et toutes les autres voitures sont parties, même la limousine, ce qui signifie que nous allons être seuls.

Je me dépêche d'entrer et je grimpe les escaliers quatre à quatre. Arrivée en haut, je tourne à droite, vers l'aile Ouest. Toutes les portes sont grandes ouvertes, à l'exception de celle de la chambre de Reed. Les jumeaux et Easton sont invisibles, et ma chambre est vide, elle aussi.

Je ne suis encore jamais allée dans la chambre de Reed. C'est toujours lui qui vient me voir, mais ce soir, je ne vais pas attendre qu'il se ramène. Gideon m'a vraiment secouée, et Reed est le seul qui puisse m'aider à comprendre le comportement étrange de son frère.

J'arrive devant sa porte et je lève la main pour frapper, mais avec un petit sourire je me dis que personne dans cette maison ne frappe jamais à ma porte. Et je décide de rendre à Reed la monnaie de sa pièce. C'est puéril, je sais, mais j'espère le faire sursauter assez pour qu'il comprenne que c'est important de frapper avant d'entrer quelque part.

J'ouvre la porte d'un coup.

– Reed, je…

La suite reste coincée dans ma gorge. Je trébuche, je m'arrête et je pousse un cri de surprise.

Chapitre 35

Les vêtements jonchent le sol, comme d'obscènes signes de piste. Je suis cette piste des yeux. Des escarpins à talons aiguille gisent sur le côté. Des chaussures de sport s'y intercalent. Une chemise, une robe, des sous-…

Je ferme les yeux, comme pour effacer les images, mais quand je les rouvre, rien n'a changé. Il y a des trucs en dentelle noire, des trucs que jamais je ne porterais, qui semblent avoir été jetés par terre juste avant que leur propriétaire ne se jette elle-même sur le lit.

Mon regard remonte vers le haut, glisse sur des mollets musclés, des genoux, par-dessus une paire de mains fermement serrées l'une contre l'autre. Au-dessus de son ventre nu et tendu, je m'arrête un instant sur sa poitrine, là où son cœur est censé se trouver et, enfin, je le regarde dans les yeux.

– Où est Easton ? je demande à brûle-pourpoint.

Mon cerveau rejette cette scène. Je superpose une autre histoire à celle que j'ai devant les yeux. Une histoire où j'aurais déboulé dans la chambre d'Easton, où Reed, l'esprit embrumé par l'alcool, se serait introduit par erreur, lui aussi.

Mais Reed se contente de me fixer d'un regard glacé, comme si je n'avais pas à lui poser de questions.

Reed ne sortirait jamais avec quelqu'un, j'entends Val me murmurer à l'oreille. Désespérée, je lui lance :

– Et les types avec qui tu devais sortir boire des bières ?

J'offre à Reed toutes les chances possibles de me raconter autre chose que ce que j'ai devant les yeux. *Raconte-moi un bobard, putain !*

Mais il reste obstinément muet.

Derrière lui, Brooke se lève comme un fantôme, et la terre s'arrête de tourner. Le temps s'étire lorsqu'elle se met à caresser le dos de Reed, ses épaules, avant de poser enfin une main manucurée sur sa poitrine.

Évidemment, elle est nue. Elle embrasse Reed dans le cou, tout en me regardant. Et il ne bouge pas. Pas un seul muscle.

– Reed…

Son nom n'est plus qu'un chuchotement, une griffure douloureuse à travers ma gorge.

– Ton désespoir est très triste. (La voix de Brooke sonne comme une erreur dans cette chambre.) Tu devrais partir, à moins que…

Elle étend une jambe nue et l'enroule autour des hanches de Reed qui porte encore son bas de jogging en coton blanc.

– À moins que tu aies envie de regarder ?

Dans ma gorge, la douleur augmente alors qu'elle reste lovée contre lui et qu'il ne fait aucun effort pour la repousser.

Sa main descend le long de son bras et quand elle atteint son poignet, il bouge légèrement. C'est un mouvement imperceptible. Je regarde avec terreur ses doigts glisser sur ses abdos, et avant qu'elle puisse attraper ce qui, je commençais à le croire, m'appartenait, je fais demi-tour et je m'enfuis.

J'ai eu tort. Tort à propos de tellement de choses que je n'arrive pas à les énumérer.

Comme nous n'arrêtions pas de déménager, j'ai cru que j'avais besoin de racines. Quand le énième petit copain de maman s'est mis à vraiment me reluquer, je me suis demandé si j'avais besoin d'une figure paternelle. Quand j'étais toute seule la nuit pendant qu'elle travaillait de longues heures épuisantes comme serveuse, comme strip-teaseuse et Dieu sait quoi d'autre, pour pouvoir me nourrir et m'habiller, je priais pour avoir de l'argent.

Et maintenant, j'ai tout cela et c'est encore pire qu'avant.

Je cours dans ma chambre et je remplis mon sac à dos avec mon maquillage, mes deux paires de jeans skinny, cinq tee-shirts, des sous-vêtements, le costume de strip-tease de Miss Candy et la robe de ma mère.

Je retiens mes larmes parce que pleurer ne va pas me faire sortir de ce cauchemar.

Un pied après l'autre.

Il règne un silence de mort dans la maison. L'écho des éclats de rire de Brooke lorsque je lui avais dit qu'il y avait un homme juste et bon dans cette maison tourbillonne dans mon crâne.

J'imagine Brooke avec Reed. Sa bouche sur elle, ses doigts qui la touchent. Une fois à l'extérieur, je titube et je me mets à vomir. L'acide remplit ma bouche, mais je poursuis mon chemin. La voiture démarre au quart de tour. Je passe une vitesse et, les mains tremblantes, je descends l'allée. J'espère encore cette scène de cinéma pendant laquelle Reed va sortir de la maison en courant, en me criant de revenir.

Mais ça n'arrive pas.

Il n'y a pas de retrouvailles sous la pluie, et le seul liquide, ce sont mes larmes que je ne peux retenir plus longtemps. La voix monocorde du GPS me guide vers ma destination. Je coupe le moteur, je sors les papiers de la voiture et je les glisse dans mon livre d'Auden. Auden a écrit que lorsque le garçon tombe du ciel, calamité après calamité, il a toujours un avenir possible quelque part et qu'il ne sert à rien de ruminer sur sa perte. Mais a-t-il connu une souffrance comme la mienne ? Aurait-il écrit cela s'il avait vécu ma vie ?

Je pose mon front sur le volant. Mes épaules sont secouées de sanglots, et j'ai à nouveau des haut-le-cœur. Je sors en vacillant de la voiture et c'est sur des jambes chancelantes que je me dirige vers la gare routière.

– Ça va, ma p'tite ? me demande la préposée, l'air inquiet. (Sa gentillesse me tire de nouveaux sanglots.) Je lui mens :

– Ma grand-mère vient de mourir.

– Oh, je suis désolée. Alors, tu vas à ses funérailles ?

Je hoche la tête en signe d'acquiescement. Elle tape sur son ordinateur. Ses ongles longs claquent sur le clavier.

– Aller-retour ?

– Non, ce n'est pas la peine. Je ne crois pas que je rentrerai.

Elle pose ses mains sur son clavier.

– Tu es sûre ? Un aller-retour, c'est moins cher.

– Il n'y a plus rien pour moi ici. Rien du tout, je répète.

Je crois que c'est à cause de l'angoisse qu'elle lit dans mes yeux qu'elle arrête de me poser des questions. Elle imprime silencieusement mon billet. Je le prends et je grimpe dans le car qui ne m'emmènera pas assez loin, assez vite.

Reed Royal m'a détruite.

Je suis tombée du ciel et je ne suis pas sûre de pouvoir me relever.

Pas cette fois.

Remerciements

Lorsque nous avons décidé de mettre en commun nos idées et d'écrire ensemble ce livre, nous ne nous doutions pas qu'il allait devenir tellement addictif, que nous allions devenir complètement accro aux personnages et à l'univers que nous avions créés. Dès le tout début, l'élaboration de ce projet fut un réel plaisir, mais nous n'aurions pas été capables de le concrétiser sans l'aide des quelques personnes formidables :

Nos premières lectrices, Margo, Shauna et Nina, qui ne nous détestent toujours pas, malgré l'horrible suspense à répétition que nous leur avons fait vivre.

Notre attachée de presse, Nina, et son enthousiasme contagieux et permanent pour ce projet.

Meljean Brooks, pour avoir créé un concept de couverture qui s'adapte si merveilleusement à cette série !

Et, bien sûr, nous sommes pour toujours redevables à toutes les blogueuses, les critiques et les lectrices qui ont pris le temps de lire, de relater et de s'extasier sur ce livre. C'est votre appui et votre retour qui ont fait de tout ce processus une aventure passionnante !

Restez connectées

Ella reviendra-t-elle au manoir Royal, rempli de problèmes royaux, ou bien Reed l'a-t-il perdue pour de bon ? Et êtes-vous curieuse de savoir qui dit ceci dans *Le prince brisé* ?

« Tu es sublime et tellement bandante qui si je reste ici plus longtemps, ta virginité va se retrouver par terre, quelque part pas loin de la culotte que tu portais hier. »

Restez connectées avec nous en likant la page Facebook d'Erin Watt pour découvrir les mises à jour et les teasers sympas !

Likez-nous sur Facebook :
https://www.facebook.com//authorerinwatt

Suivez-nous sur Goodreads :
httpps ://www.goodreads.com/author/
show/14902188.Erin_Watt

À propos de l'auteur

Erin Watt est née du cerveau de deux auteurs à succès qui partagent un même amour pour les super-livres et une véritable addiction à l'écriture. Toutes deux possèdent une imagination débordante de créativité. Leur plus grand amour (après leur famille et leurs animaux domestiques, bien entendu) ? Inventer des idées drôles et parfois folles. Leur plus grande crainte ? Arrêter de le faire.

Vous pouvez les contacter
sur leur messagerie commune :
authorerinwatt@gmail.com